LISA KLEYPAS es autora de más de veinte novelas románticas histó-
ricas, muchas de las cuales han figurado en las listas de best sellers
estadounidenses. Entre ellas figuran *Secretos de una noche de verano, Sucedió en otoño, El diablo en invierno, Dame esta noche,
Tuya a medianoche, Mi nombre es Liberty* y *El diablo tiene ojos
azules*. Esta novela es la tercera de la serie Hathaway, precedida por
Tuya a medianoche y *Seducción al amanecer*, pero al igual que el
resto de sus libros, se puede leer y disfrutar de forma independiente.
Lisa Kleypas ha ganado, entre otros premios, el Career Achievement
Award de Romantic Times. Vive en el estado de Washington con su
esposo, Gregory, y sus hijos, Griffin y Lindsay.

www.lisakleypas.com

Título original: *Tempt at twilight*
Traducción: M.ª José Losada Rey y Rufina Moreno Ceballos
1.ª edición: febrero 2013

© Lisa Kleypas, 2009
© Ediciones B, S. A., 2013
   para el sello B de Bolsillo
   Consell de Cent, 425-427 - 08009 Barcelona (España)
   www.edicionesb.com

Printed in Spain
ISBN: 978-84-9872-773-9
Depósito legal: B. 33.048-2012

Impreso por NOVOPRINT
              Energía, 53
              08740 Sant Andreu de la Barca - Barcelona

Tentación al anochecer

LISA KLEYPAS

Para Teresa Medeiros.
En el camino de la vida, tú me acompañas en los
desvíos, los baches y los semáforos en rojo.
El mundo es un lugar mejor porque tú estás en él.
Siempre te querré.

L. K.

1

Todas sus posibilidades de conseguir un matrimonio decente estaban a punto de irse al traste, y todo por culpa de un hurón.

Por desgracia, Poppy Hathaway ya había recorrido medio Hotel Rutledge en persecución de *Dodger* cuando recordó un hecho importante: para un hurón, una línea recta consiste en seis zigs y siete zags.

—*Dodger* —dijo Poppy con voz desesperada—. Vuelve. ¡Te daré un panecillo, una de mis cintas... todo lo que quieras! O te juro que me haré una bufanda contigo...

Poppy se prometió a sí misma que en cuanto atrapara a la mascota de su hermana, iba a decirle al gerente del Rutledge que Beatrix cobijaba alimañas salvajes en la suite familiar, algo que, sin duda, iba en contra de la política del hotel. Por supuesto, con eso sólo conseguiría que toda la familia Hathaway se viera obligada a abandonar sus habitaciones sin más dilación.

Pero eso era algo que a Poppy le traía sin cuidado en ese momento.

Dodger había robado una carta de amor que le había enviado Michael Bayning, y ella no dudaría en hacer cualquier cosa para recuperarla. Lo único que faltaba era que al hurón le diera por esconder aquella condenada carta en un lugar público donde todo el

9

mundo pudiera encontrarla. Entonces, sí que se irían al traste definitivamente las posibilidades de Poppy de casarse con un joven respetable, perfecto y maravilloso.

Dodger atravesó corriendo los lujosos pasillos del Hotel Rutledge con su sinuoso y veloz paso, manteniéndose todo el rato fuera del alcance de la joven. Llevaba la carta entre sus largos dientes delanteros.

Mientras lo perseguía, Poppy rogó no tropezarse con nadie. Aunque aquél fuera un hotel de renombre, sabía que una joven respetable jamás debería haber abandonado la suite sin un acompañante. Sin embargo, la señorita Marks, su carabina, todavía seguía acostada, y Beatrix se había ido a dar un temprano paseo matutino con su hermana Amelia.

—¡Me las pagarás, *Dodger*!

La traviesa criatura pensaba que todo lo que existía en el mundo era para su uso y disfrute personal. No había cesta o envase que no volcara para investigarlo, y siempre había que tener cuidado de no dejar a su alcance ninguna media, peine o pañuelo, pues la mascota tenía costumbre de robar cualquier clase de artículo personal y dejarlo debajo de las sillas o los sofás. Y además, le gustaba echar la siesta en los cajones de la ropa limpia. Pero lo peor de todo era que a la familia Hathaway le divertían tanto sus travesuras que estaba dispuesta a pasar por alto su mal comportamiento.

Cada vez que Poppy desaprobaba las escandalosas travesuras del hurón, su hermana Beatrix se deshacía en disculpas y le prometía que *Dodger* no volvería a hacerlo; luego, parecía genuinamente asombrada cuando el hurón hacía caso omiso de sus fervorosos sermones. Poppy quería tanto a su hermana pequeña que siempre se esforzaba por soportar la compañía de aquella odiosa mascota.

Sin embargo, esta vez *Dodger* se había pasado de la raya.

El hurón se detuvo en una esquina, miró hacia atrás para asegurarse de que todavía le perseguía y, al comprobar que así era, hizo una pequeña cabriola y una serie de saltos laterales que expresaban su regocijo. Incluso ahora, cuando sólo quería asesinarle, Poppy no podía evitar admitir que era un animalito de lo más adorable.

—Te mataré —le dijo, acercándose a él de la manera menos amenazadora posible—. Dame la carta, *Dodger*.

El hurón atravesó como un rayo un vestíbulo con elegantes columnatas de tres pisos de altura. Poppy se preguntó con disgusto hasta dónde tendría que perseguir al animal. El hurón podía recorrer grandes distancias y el Rutledge era, sin duda, un hotel enorme. Abarcaba cinco bloques completos del Theater District.

—Esto —masculló la joven por lo bajo— es lo que ocurre cuando se es un Hathaway. Contratiempos... bichos salvajes... incendios... maldiciones... escándalos...

Poppy amaba a su familia con toda su alma, pero anhelaba una vida más normal y tranquila, algo imposible siendo una Hathaway. Quería paz. Previsibilidad.

Dodger traspasó velozmente la puerta de las oficinas de la tercera planta, donde trabajaba el señor Brimbley, el administrador del hotel. Era un hombre entrado en años con un poblado bigote blanco, con las puntas elegantemente enceradas. Como la familia Hathaway se había alojado antes en el Rutledge muchas veces, Poppy sabía que Brimbley informaba de todo lo que ocurría en esa planta a sus superiores. Si el administrador descubría lo que ella perseguía con tanto ahínco, la carta quedaría confiscada y la relación de Poppy con Michael dejaría de ser un secreto. Y el padre de Michael, lord Andover, jamás aprobaría un enlace entre su hijo y ella, y menos si iba asociado a un escándalo.

Poppy contuvo el aliento y se pegó contra la pared cuando vio que Brimbley salía de las oficinas con dos miembros del personal del Rutledge.

—Vaya de inmediato a las oficinas principales, Harkins —decía el administrador—. Quiero que investigue el asunto de las facturas del señor W. El caballero afirma que hay un error en su factura, cuando está claro que quien se equivoca es él. De ahora en adelante, creo que será mejor que firme un recibo cada vez que haga un gasto.

—Sí, señor Brimbley. —Los tres hombres recorrieron el largo pasillo, alejándose de Poppy.

La joven se acercó sigilosamente a la puerta de las oficinas y se asomó con cautela. Los dos despachos conectados entre sí parecían estar vacíos.

—*Dodger* —susurró ella con tono de urgencia cuando lo vio esconderse debajo de una silla—. ¡*Dodger*, ven aquí!

Pero esa orden, por supuesto, provocó más saltos y cabriolas entusiastas de la mascota.

Poppy se mordisqueó el labio inferior y cruzó el umbral. El despacho principal, que poseía unas generosas dimensiones, estaba provisto de un escritorio de madera maciza sobre el que se amontonaban libros de cuentas y otros documentos. Había un sillón tapizado de cuero color borgoña frente al escritorio, y otro situado al lado de una chimenea vacía con la repisa de mármol.

Dodger aguardó junto al escritorio sin dejar de mirar a Poppy con aquellos pequeños ojos brillantes. Sus bigotes se movían de forma inquieta sobre la codiciada carta. Permaneció muy quieto, observando a Poppy con atención mientras ella avanzaba con paso vacilante hacia él.

—Eso es —susurró ella, extendiendo la mano muy despacio—. Buen chico, eres un chico estupendo... Por favor, no te muevas, dame la carta para que pueda guardarla en la suite. A cambio te daré... ¡maldita sea!

Un poco antes de que pudiera coger la carta, *Dodger* se había colado debajo del escritorio con ella entre los dientes.

Roja de furia, Poppy miró a su alrededor buscando algo, lo que fuera, con lo que poder hacer salir a *Dodger* de su escondite. Vio un candelabro de plata en la repisa de la chimenea, intentó cogerlo, pero el objeto no se movió. El pie de plata estaba fijado a la repisa.

Ante la mirada atónita de Poppy, el panel trasero del hogar de la chimenea giró sin hacer ruido. La joven contuvo el aliento al observar que se abría una puerta de manera automática. Lo que parecía sólida piedra, no era sino un muro falso.

Dodger no se lo pensó dos veces y con regocijo salió rápidamente del escritorio, colándose a través de la abertura.

—Maldita sea —dijo Poppy con voz entrecortada—. ¡*Dodger*, vuelve aquí!

Pero el hurón no le hizo caso. Y, para empeorar las cosas, la joven oyó la estruendosa voz del señor Brimbley que regresaba al despacho.

—Por supuesto que el señor Rutledge debe ser informado. Agréguelo en el informe. Y no olvide que...

Sin tiempo a considerar cualquier otra opción o las posibles consecuencias, Poppy atravesó el panel de la chimenea y cerró la puerta a su espalda.

Mientras esperaba, fue engullida por una oscuridad casi absoluta, y se esforzó por oír lo que estaba ocurriendo dentro del despacho. Al parecer no la habían visto. El señor Brimbley continuó hablando sobre informes y otras cuestiones relacionadas con la dirección del hotel.

A Poppy se le ocurrió que quizá tendría que esperar mucho tiempo antes de que el administrador abandonara el despacho de nuevo. Tendría que encontrar otra manera de salir de allí. Por supuesto, siempre podía volver a atravesar la chimenea y anunciar su presencia al señor Brimbley. Sin embargo, no quería ni imaginarse todas las explicaciones que tendría que dar ni lo avergonzada que se sentiría al hacerlo.

Poppy se dio la vuelta y percibió que estaba al final de un largo pasillo con una fuente de luz difusa que provenía de arriba. Levantó la vista. El pasaje estaba iluminado por un tragaluz, similar al que utilizaban los antiguos egipcios para determinar la posición de las estrellas y los planetas.

Oyó los sinuosos pasos del hurón cerca de ella.

—Bueno, *Dodger* —masculló—, has sido tú quien nos ha metido en este lío. ¿Por qué no me ayudas a encontrar una salida?

Ni corto ni perezoso, *Dodger* avanzó a lo largo del pasadizo y desapareció entre las sombras. Poppy exhaló un suspiro y lo siguió. Se negó a dejarse llevar por el pánico, pues si algo había aprendido de todas las calamidades que habían sufrido los Hathaway era a no perder la cabeza; eso nunca conducía a nada bueno.

Mientras Poppy avanzaba lentamente por la oscuridad, mantuvo la punta de los dedos en la pared para no desorientarse. Había recorrido sólo unos metros cuando oyó un sonido. Se quedó paralizada, aguardó y escuchó atentamente.

Silencio absoluto.

Pero los nervios se le habían puesto de punta y el corazón comenzó a latirle a toda velocidad cuando vio el resplandor amarillo de una lámpara delante de ella. Un segundo después se apagó.

No estaba sola en el pasadizo.

Escuchó ruido de pasos aproximándose, cada vez más cerca, sigilosos como los de un depredador. Alguien se dirigía directo hacia ella.

«Ahora sí», pensó Poppy. Había llegado el momento de dejarse llevar por el pánico. Se dio la vuelta aterrorizado y se lanzó hacia el lugar por donde había venido. Ser perseguida por un desconocido en un oscuro pasadizo era una experiencia nueva incluso para una Hathaway. Maldijo en silencio las pesadas faldas, se las alzó con rapidez e intentó correr. Pero la persona que la perseguía era demasiado rápida como para despistarla.

Soltó un grito ahogado cuando su perseguidor la agarró desde atrás y se vio atrapada en un abrazo firme y brutal. Era un hombre —un hombre grande— y la sujetaba apretándole la espalda contra su pecho. Una de las enormes manos del individuo le inclinó bruscamente la cabeza a un lado.

—Debería saber —le dijo una voz fría y ronca al oído— que, sólo con presionar un poco, podría romperle el cuello. Dígame su nombre y lo que está haciendo aquí dentro.

2

Poppy apenas podía pensar con claridad por culpa de la sangre que le retumbaba en los oídos y el dolor que le provocaba aquel torno de acero. El pecho del desconocido se apretaba contra su espalda con dureza.

—Es un error —logró decir—. Por favor, suélteme.

Él la forzó a ladear más la cabeza hasta que Poppy sintió que se le tensaban de una manera dolorosa los tendones del cuello y del hombro.

—Su nombre —insistió él con suavidad.

—Poppy Hathaway —dijo ella sin aliento—. Lo siento. No quería que...

—¿Poppy? —Él aflojó la presión de las manos.

—Sí. —¿Por qué había repetido su nombre como si la conociera?—. ¿Es usted miembro del personal del hotel?

Él ignoró la pregunta. Le pasó la mano suavemente por los brazos y el torso como si buscara algo. El corazón de la joven palpitaba como el de un pajarillo asustado.

—No haga eso —jadeó con voz entrecortada, arqueándose para alejarse de su contacto.

—¿Qué está haciendo aquí? —Él la hizo girar para mirarla directamente a los ojos. Ningún conocido de Poppy la había tocado jamás con tal familiaridad. Estaban lo suficientemente cerca como para que ella pudiera ver, bajo la iluminación del tragaluz, el contorno de los duros y afilados rasgos del desconocido y sus brillantes ojos hundidos.

Poppy intentó recuperar el aliento e hizo una mueca de dolor al sentir un calambre en el cuello. Levantó el brazo para intentar aliviar la rigidez de los tendones mientras hablaba.

—Estaba... Estaba persiguiendo un hurón y la chimenea del despacho del señor Brimbley se abrió de repente y la atravesamos. Intentaba encontrar otra salida cuando tropecé con usted.

A pesar de lo absurda que sonaba su explicación, el desconocido fue capaz de entenderla.

—¿Un hurón? ¿Una de las mascotas de su hermana?

—Sí —respondió ella, desconcertada. Se frotó el cuello e hizo otra mueca de dolor—. ¿Cómo lo ha sabido? ¿Nos conocemos? No, por favor, no me toque... ¡Ay!

Él la había hecho girar de nuevo y le había puesto la mano en el lado del cuello.

—Estese quieta. —Sus movimientos fueron hábiles y seguros cuando le masajeó el dolorido tendón—. Si intenta escapar de mí, sólo conseguirá que la atrape de nuevo.

Poppy se estremeció bajo aquellos dedos indagadores y se preguntó si no estaría a merced de un loco. Él le masajeó con más fuerza, provocándole una sensación que no era ni placentera ni dolorosa pero que, de alguna manera, resultaba extraña. Ella emitió un gemido de protesta y se contorsionó con impotencia. Para sorpresa de Poppy, el tendón que estaba dolorosamente tenso se relajó y se le aflojaron los músculos rígidos del cuello. La joven se quedó inmóvil y soltó un suspiro de alivio, dejando caer la cabeza hacia atrás.

—¿Mejor? —preguntó él, utilizando ahora las dos manos y acariciándole la nuca con los pulgares antes de deslizarlos bajo el suave encaje del cuello alto del vestido.

Poppy se removió inquieta, intentando alejarse de él, pero las manos del hombre la agarraron por los hombros de inmediato. Ella se aclaró la garganta e intentó adoptar un tono digno.

—Señor, ¿p-podría sacarme de aquí? Mi familia le recompensará generosamente. No cuestionarán su proceder...

—Por supuesto que no. —La soltó lentamente—. Nadie utiliza

este pasadizo sin mi permiso. He creído que usted era un intruso que no tramaba nada bueno.

Ese comentario debía de haber sido una disculpa, aunque el tono no sonaba arrepentido en lo más mínimo.

—Le aseguro que no tenía otra intención que intentar recuperar a ese odioso animal. —Poppy notó que *Dodger* comenzaba a hociquear en sus faldas.

El desconocido se inclinó y cogió al hurón en sus brazos. Sosteniendo a *Dodger* por el cogote, se lo dio a Poppy.

—Gracias. —El flexible cuerpo del hurón se acomodó en los brazos de la joven. Para su desgracia, la carta había desaparecido—. *Dodger*, maldito ladronzuelo... ¿Dónde la has metido? ¿Qué has hecho con ella?

—¿Qué está buscando?

—Una carta —dijo Poppy con voz tensa—. *Dodger* me la robó y la trajo hasta aquí... Debe de estar por algún lado.

—Ya aparecerá.

—Pero es muy importante para mí.

—Eso es evidente. De lo contrario, no se habría metido en este lío para recuperarla. Venga conmigo.

Poppy aceptó acompañarle a regañadientes y permitió que la tomara del codo.

—¿Adónde vamos?

No le respondió.

—Preferiría que nadie se enterara de esto —aventuró Poppy.

—Estoy seguro de ello.

—¿Puedo confiar en su discreción, señor? Debo evitar el escándalo a toda costa.

—Las jóvenes que desean evitar escándalos no deberían salir de sus habitaciones —señaló él con actitud poco colaboradora.

—Me habría encantado permanecer en mi habitación —protestó Poppy—. Pero tuve que salir detrás de *Dodger*. Debo recuperar mi carta. Y estoy segura de que mi familia le compensará la molestia si usted...

—Cállese.

Él se abrió paso a través del pasaje en penumbra sin dificultad alguna, agarrando a Poppy del codo de una manera suave pero inexorable. No se dirigieron hacia el despacho del señor Brimbley, sino que avanzaron en dirección opuesta, durante lo que le pareció una distancia interminable.

Por fin el desconocido se detuvo y se volvió hacia un lugar en la pared, donde abrió una puerta.

—Entre.

Poppy le precedió con vacilación al interior de una estancia bien iluminada, una especie de salita con una hilera de ventanas palladianas que daban a la calle. Había un escritorio de roble macizo situado en un rincón de la estancia y las librerías cubrían casi todas las paredes. En el aire flotaba una agradable mezcla de olores familiares a vela, tabaco, tinta y libros que le recordaba vagamente al viejo estudio de su padre.

Poppy se giró hacia el desconocido que entró en la estancia tras ella y después cerró la puerta secreta.

Era difícil calcular su edad. Debía de pasar de la treintena, pero poseía un aire terriblemente mundano que indicaba que había visto lo suficiente de la vida como para que hubiera dejado de sorprenderse por nada. Tenía el pelo espeso y bien cortado, negro como la medianoche, y una cara hermosa en la que destacaban las cejas oscuras. Era tan guapo como Lucifer, con aquellas cejas gruesas, la nariz recta y definida y la boca amenazadora. El ángulo de la mandíbula era afilado y tenaz, y la expresión reservada de sus rasgos hablaba de un hombre que quizá se tomaba todo —incluyéndole a sí mismo— demasiado en serio.

Poppy sintió que se ruborizaba al descubrirse mirando un par de ojos extraordinarios, de un intenso y frío color verde con los bordes oscuros, enmarcados por unas largas pestañas negras. Aquella mirada pareció captar y absorber cada detalle de ella. Notó unas sombras apenas perceptibles bajo los ojos, que no mermaban en absoluto la hermosura de aquel rostro duro.

Un caballero habría dicho algo ocurrente, algo que hubiera relajado el ambiente, pero el desconocido guardó silencio.

¿Por qué la miraba de esa manera? ¿Quién era y qué cargo ejercía en ese lugar?

Poppy tenía que decir algo, lo que fuera, para romper la tensión.

—El olor a libros y a velas me trae buenos recuerdos —comentó a lo tonto—. Me recuerda al estudio de mi padre.

El hombre dio un paso hacia ella, y Poppy retrocedió. Los dos se quedaron quietos. Parecía que una infinidad de preguntas flotaban entre ellos como si hubieran sido escritas con tinta invisible en el aire.

—Creo que su padre falleció hace algún tiempo. —Su voz hacía juego con el resto de su persona: educada, oscura e inflexible. Tenía un acento interesante que no parecía del todo británico; pronunciaba las vocales abiertas y las erres marcadas.

Poppy asintió desconcertada.

—Y que su madre le siguió poco después —añadió.

—¿Cómo... cómo sabe eso?

—Es mi trabajo averiguar todo lo que sea posible de los huéspedes del hotel.

Dodger se retorció en los brazos de Poppy. La joven se inclinó para dejarlo en el suelo. El hurón se subió a un sillón grande cerca de la pequeña chimenea y se acomodó sobre la tapicería de terciopelo.

Poppy se resignó a mirar de nuevo al desconocido. Estaba vestido con ropa oscura y de buen corte, sin duda confeccionada a medida. Las prendas eran elegantes, pero estaban realzadas por una corbata negra y sencilla, sin alfileres, y no tenía botones de oro en la camisa, ni ningún otro adorno que indicara su condición de caballero. Sólo llevaba una simple cadena de reloj que desaparecía en el bolsillo del chaleco gris.

—Tiene usted acento americano —dijo ella.

—Soy de Búfalo, Nueva York —respondió él—. Pero llevo años residiendo en Inglaterra.

—¿Trabaja para el señor Rutledge? —preguntó ella con recelo.

Él respondió simplemente con una inclinación de cabeza.

—Supongo que es usted uno de los gerentes, ¿no?

La cara del desconocido mostraba una expresión inescrutable.

—Algo parecido.

Poppy se dirigió poco a poco hacia la puerta.

—Entonces le dejaré con su trabajo, señor...

—Debería volver a su habitación con una acompañante adecuada.

Poppy consideró aquellas palabras. ¿Debería pedirle que avisara a su acompañante? No... Lo más probable era que la señorita Marks estuviera todavía dormida. Había sido una noche dura para ella. La señorita Marks era propensa a padecer horribles pesadillas que la dejaban temblorosa y exhausta al día siguiente. No le ocurría a menudo, pero cuando sucedía, Poppy y Beatrix dejaban que descansara hasta muy tarde.

El desconocido la observó durante un momento.

—¿Quiere que avise a una doncella para que la acompañe?

Poppy asintió con la cabeza. Pero no quería esperar allí con él ni siquiera unos minutos. No le inspiraba la más mínima confianza.

Él percibió su indecisión y esbozó una mueca sarcástica.

—Si hubiese querido agredirla —señaló—, ya lo habría hecho.

El rubor que cubría los rasgos de Poppy se intensificó.

—Eso es lo que usted dice, pero por lo que sé, podría tratarse de un agresor que se toma las cosas con calma.

Él apartó la vista un momento y, cuando volvió a mirarla, sus ojos brillaban de diversión.

—Está a salvo conmigo, señorita Hathaway. —La voz del desconocido era ronca y estaba cargada de risa contenida—. De veras. Permítame avisar a una doncella.

Aquella chispa de humor le cambió el semblante, confiriendo a sus rasgos tal calidez y encanto que Poppy se sintió alarmada. Fue como si en el corazón de la joven hubiera surgido un nuevo y placentero sentimiento que se extendía por todo su cuerpo.

Lo observó acercarse al cordón de la campanilla y entonces recordó el problema de la carta perdida.

—Señor, mientras esperamos, ¿podría ser tan amable de buscar la carta que se perdió en el pasadizo? Debo recuperarla.

—¿Por qué? —preguntó él, regresando junto a ella.

—Por razones personales —dijo Poppy bruscamente.

—¿Se la ha enviado un hombre?

Poppy intentó dirigirle la misma mirada desdeñosa que la señorita Marks le brindaba a los caballeros más inoportunos.

—No es de su incumbencia.

—Todo lo que ocurre en este hotel es de mi incumbencia. —Hizo una pausa y la miró atentamente—. Es de un hombre o, en otro caso, me lo habría dicho.

Poppy frunció el ceño y le dio la espalda. Se acercó a observar uno de los muchos estantes repletos de objetos peculiares.

Descubrió en uno un dorado samovar adornado con esmaltes, un enorme cuchillo en una funda recubierta de perlas, colecciones de esculturas primitivas y vasijas de cerámica, también vio una máscara egipcia, monedas exóticas, cajas de todos los materiales imaginables, un jarrón de cristal veneciano y lo que parecía una espada de hierro con la hoja oxidada.

—¿Qué habitación es ésta? —preguntó ella sin poder contener su curiosidad.

—Es la sala de curiosidades del señor Rutledge. Le gusta coleccionar objetos extraños. Algunos de ellos son regalos de clientes extranjeros. Si quiere, puede echar un vistazo.

Poppy se sintió intrigada, teniendo en cuenta la gran cantidad de extranjeros que se hospedaban en el hotel, entre los que se incluía gente de la realeza y de la nobleza europea y algunos miembros de cuerpos diplomáticos. Sin duda alguna, al señor Rutledge le habrían hecho algunos regalos inusuales.

Siguió observando las estanterías y se detuvo a examinar la figura plateada de un caballo con los cascos alzados a medio galope adornada con piedras preciosas.

—Qué bonito.

—Es un regalo del príncipe heredero Yizhu de China —dijo el hombre a su espalda—. Un caballo celestial.

Fascinada, Poppy deslizó la punta de un dedo por el lomo de la figura.

—Ahora ese príncipe ha sido coronado como emperador Xianfeng —dijo ella—. Un nombre algo irónico para un gobernante, ¿no le parece?

Deteniéndose al lado de la joven, el desconocido la miró sorprendido.

—¿Por qué dice eso?

—Porque su nombre quiere decir «prosperidad universal». Lo que no es el caso, teniendo en cuenta las rebeliones internas que se suceden en su país en este momento.

—Yo diría que para él son más peligrosos todavía los desafíos que presenta Europa.

—Sí —dijo Poppy con tristeza, devolviendo la figura a su lugar—. Uno se pregunta cuánto tiempo resistirá la soberanía china ante los sucesos actuales.

Su acompañante estaba lo suficientemente cerca como para que ella pudiera oler su aroma a ropa limpia y a jabón de afeitar. Él la miró fijamente.

—Conozco a muy pocas mujeres versadas en la política del Lejano Oriente.

Ella notó que se le ruborizaban las mejillas.

—Mi familia suele conversar de temas un tanto inusuales durante la cena. Al menos es inusual que tanto mis hermanas como yo participemos en ellas. Mi acompañante dice que es correcto hacerlo en casa, pero me ha aconsejado que no me muestre tan resabiada cuando alterne en sociedad. Dice que eso ahuyenta a los pretendientes.

—Entonces tendrá que ser más precavida —dijo él con suavidad, brindándole una sonrisa—. Sería una lástima que se le escape un comentario inapropiado en el momento menos adecuado.

Poppy se sintió aliviada cuando oyó un discreto golpe en la puerta. La doncella había llegado antes de lo esperado. El desconocido se acercó a contestar. Entreabrió la puerta y le murmuró algo a la criada, que le hizo una reverencia y desapareció.

—¿Adónde va? —preguntó Poppy, desconcertada—. ¿No debía acompañarme a mi suite?

—Le he pedido que traiga una bandeja de té.

Poppy se quedó sin habla momentáneamente.

—Señor, no puedo tomar el té con usted.

—No será mucho tiempo. Lo enviarán por uno de los montaplatos.

—Eso no importa. Porque incluso aunque tuviera tiempo, ¡no es correcto! Estoy segura de que usted sabe de sobra lo impropio que resultaría aceptar su invitación.

—Casi tan impropio como moverse furtivamente por el hotel sin acompañante —adujo él con suavidad.

Poppy frunció el ceño.

—No me movía furtivamente, perseguía a ese hurón. —Al oír de sus propios labios tan ridícula declaración, Poppy notó que su sonrojo se acentuaba. Adoptó el tono más digno que pudo y añadió—: No tuve más remedio que hacerlo. Y me encontraré en graves... gravísimos problemas si no vuelvo a mi habitación en este mismo momento. Si esperamos más tiempo, usted mismo podría acabar involucrado en un escándalo, algo que estoy segura que disgustará profundamente al señor Rutledge.

—Cierto.

—Entonces, por favor, llame de nuevo a la criada.

—Demasiado tarde. Tendremos que esperar a que vuelva con el té.

Poppy emitió un hondo suspiro.

—Ésta está siendo una mañana muy complicada. —Le lanzó una mirada al hurón y palideció al ver un montón de pelusas y algo parecido a crin de caballo flotando en el aire—. ¡*Dodger*, no!

—¿Qué sucede? —preguntó el hombre al ver que Poppy se lanzaba hacia el entretenido hurón.

—Se está comiendo su silla —dijo la joven con desconsuelo, deseando que se la tragara la tierra mientras cogía al animal en brazos—. Mejor dicho, la silla del señor Rutledge. Está intentando hacer su nido en ella. Lo siento mucho —se disculpó clavando la mirada en el agujero que el hurón había hecho en la lujosa tapicería de terciopelo—. Le prometo que mi familia pagará los desperfectos.

—No pasa nada —dijo el hombre—. El hotel cuenta con un presupuesto mensual para gastos de reparaciones.

Poppy se agachó —una hazaña bastante complicada para alguien que llevaba puesto corsé y unas amplias enaguas— e intentó recoger los trocitos de relleno y devolverlos a la silla.

—Si es necesario, escribiré una declaración para explicar cómo ha ocurrido esto.

—¿Y su reputación? —preguntó el desconocido con suavidad, extendiendo la mano para ayudarla a ponerse en pie.

—Mi reputación no importa si por culpa de ella pierde su puesto de trabajo. Podrían despedirle por esto. Es indudable que tendrá una familia que mantener, esposa e hijos, y si bien yo sobreviviría a la deshonra, usted podría no volver a encontrar un nuevo trabajo.

—Es muy amable por su parte —dijo él, cogiendo el hurón de las manos de Poppy y dejándolo de nuevo en la silla—. Pero no tengo familia que mantener. Y no pueden despedirme.

—*Dodger* —dijo Poppy con ansiedad cuando unos trozos de relleno volaron de nuevo por los aires. Estaba claro que el hurón se lo estaba pasando en grande.

—La silla ya está destrozada. Deje que se entretenga.

Poppy se quedó aturdida al ver que al desconocido no le importaba que una pieza del caro mobiliario del hotel quedara destruida por las travesuras del hurón.

—Usted —dijo— no es como los demás gerentes del hotel.

—Y usted no es como la mayoría de las damas.

Ella esbozó una sardónica sonrisa en respuesta.

—Eso me han dicho.

El cielo había adquirido un color plomizo. Una persistente llovizna había comenzado a caer sobre el pavimento de adoquines de la calle, haciendo desaparecer el polvo que levantaban los vehículos al pasar.

Aunque le traía sin cuidado lo que pasara en el exterior, Poppy se acercó a una de las ventanas y observó cómo los peatones corrían a refugiarse de la lluvia. Algunos abrieron los paraguas y continuaron su camino.

Los vendedores ambulantes atestaban la vía, pregonando sus mercancías a voz en grito. Vendían todo lo imaginable: ristras de cebollas, cepos, teteras, flores, cerillas y ruiseñores y alondras enjauladas. Estos últimos suponían un gran problema para los Hathaway, pues Beatrix estaba decidida a rescatar a cada criatura viviente que veía. Su cuñado, el señor Rohan, se había visto obligado a comprar un buen número de pájaros que más tarde liberó en la hacienda. Rohan juraba que a esas alturas ya había comprado la mitad de la población aviar de Hampshire.

Poppy se apartó de la ventana y observó al desconocido, que había apoyado un hombro contra una de las librerías y cruzado los brazos sobre el pecho. La estaba mirando como si le intrigara. A pesar de la postura relajada que había adoptado, Poppy tenía la inquietante sensación de que si intentaba escapar, él la atraparía en un instante.

—¿Por qué no está usted prometida en matrimonio? —preguntó él con una sorprendente franqueza—. ¿Cuánto hace que fue presentada en sociedad? ¿Dos? ¿Tres años?

—Tres —dijo Poppy, poniéndose a la defensiva.

—Conociendo a su familia... no me equivoco al suponer que posee una generosa dote. Y además, su hermano es vizconde. ¿Por qué no se ha casado todavía?

—¿Siempre hace esa clase de preguntas personales a la gente que acaba de conocer? —preguntó Poppy sin salir de su asombro.

—No siempre. Pero usted me resulta... interesante.

La joven consideró la pregunta que él acababa de plantear y se encogió de hombros.

—No me gustó ninguno de los caballeros que conocí en los últimos tres años. Ninguno me atrajo lo suficiente como para contraer matrimonio con él.

—¿Qué clase de hombre le atrae?

—Alguien con quien pueda compartir una vida sosegada y tranquila.

—La mayoría de las jovencitas sueñan con romance y excitación.

Ella esbozó una sonrisa torcida.

—Supongo que soy un poco más realista.

—¿Se le ha ocurrido pensar que Londres no es el lugar más adecuado para buscar una vida sosegada y tranquila?

—Por supuesto. Pero no estoy en posición de buscar en los lugares correctos. —Debería haberse callado en ese momento. No hacía falta que explicara nada más, pero uno de los mayores defectos de Poppy era que le gustaba conversar, y al igual que cuando *Dodger* hurgaba en un cajón lleno de ligueros, no pudo evitar continuar—. El problema comenzó cuando mi hermano, lord Ramsay, heredó el título.

El desconocido arqueó las cejas.

—¿Y eso supone un problema?

—Oh, sí —dijo Poppy muy seria—. Verá, ningún miembro de la familia Hathaway estaba preparado para eso. El anterior lord Ramsay no era más que un primo lejano nuestro. El título recayó en las manos de Leo por culpa de una serie de muertes prematuras. Los Hathaway no teníamos ni idea de etiqueta... ni sabíamos nada de las costumbres de las clases altas. Éramos muy felices en Primrose Place.

Poppy hizo una pausa mientras recordaba aquellos reconfortantes recuerdos de su infancia: la alegre casa de campo con el tejado de paja, el jardín de flores donde su padre cultivaba sus premiadas rosas del boticario, la pareja de conejos belgas de grandes orejas que vivían en una conejera en el fondo del jardín, los montones de libros que se apilaban en todas la esquinas. Ahora, la casita estaba en ruinas y el jardín, en barbecho.

—Pero no hay vuelta atrás. —Se inclinó y observó los objetos del estante inferior—. ¿Qué es esto? —preguntó—. Oh, un astrolabio. —Tocó uno de los discos metálicos, grabado con intrincados diseños, y el borde mellado con la escala de grados.

—¿Sabe lo que es un astrolabio? —preguntó el desconocido a su espalda.

—Sí, claro. Es un instrumento utilizado por los astrónomos y los navegantes. Y también por los astrólogos. —Poppy examinó las diminutas estrellas grabadas en uno de los discos—. Éste es de origen persa. Debe de tener unos quinientos años.

—Quinientos doce para ser más exactos —dijo él lentamente.

Poppy no pudo contener una amplia sonrisa de satisfacción.

—Mi padre era un estudioso del medievo. Solía coleccionar astrolabios. Incluso me enseñó a fabricar uno con madera, cuerda y clavos. —Movió los discos con mucho cuidado—. ¿Cuál es su fecha de nacimiento?

El desconocido vaciló antes de responder, como si le desagradara tener que dar información de sí mismo.

—El 1 de noviembre.

—Entonces ha nacido bajo el signo de Escorpio —dijo ella, girando el astrolabio entre sus dedos.

—¿Cree en la astrología? —preguntó él. Su voz tenía ahora un deje de burla.

—¿Por qué no debería hacerlo?

—No tiene base científica.

—Mi padre siempre me animó a tener la mente abierta ante esos temas. —Pasó la punta del dedo por el grabado de una estrella y luego le miró con una pícara sonrisa—. Los escorpiones son mortíferos, ¿lo sabía? Por eso Artemisa envió a uno para que matara a su enemigo Orión. Y como recompensa, ella colgó su constelación en el cielo.

—Yo no soy mortífero. Simplemente hago lo que tengo que hacer para conseguir lo que quiero.

—¿Y eso no le parece ser mortífero? —le preguntó Poppy, riéndose.

—La palabra tiene una connotación cruel.

—¿Y usted no es cruel?

—Sólo cuando es necesario.

La diversión de Poppy se esfumó bruscamente.

—No creo que haga falta ser cruel nunca.

—Si afirma tal cosa, está claro que no ha visto mucho mundo.

Decidida a no continuar con ese tema, Poppy se puso de puntillas para mirar el contenido del estante superior. Había una intrigante colección de algo parecido a juguetes de hojalata.

—¿Qué es esto?

—Autómatas.

—¿Para qué sirven?

Él alargó un brazo y cogió uno de los juguetes metálicos pintado en brillantes colores y se lo ofreció.

Sosteniendo el artefacto por la base circular, Poppy lo examinó de cerca. Era un diminuto grupo de caballos de carreras, cada uno con su propia pista. Al ver el extremo de un cordón a un lado de la base, Poppy tiró con suavidad de él. Una serie de mecanismos se puso en movimiento en el interior, incluyendo una rueda que hizo que los caballitos comenzaran a dar vueltas por las pistas como si estuvieran disputando una carrera de verdad.

Poppy se rio con deleite.

—¡Qué ingenioso! Me encantaría que mi hermana Beatrix pudiera ver esto. ¿De dónde ha salido?

—El señor Rutledge los monta en su tiempo libre para relajarse.

—¿Puedo ver otro? —Poppy parecía encantada con los objetos, que no eran precisamente juguetes sino obras de ingeniería en miniatura. Vio al almirante Nelson balanceándose sobre un pequeño barco, un monito escalando un platanero, un gato jugando con unos ratones y un domador de leones que agitaba el látigo ante un león que sacudía la cabeza de manera reiterativa.

Disfrutando del interés de Poppy, el desconocido le mostró un cuadro que había colgado en la pared; una pintura que representaba a varias parejas bailando el vals en una fiesta. Ante los asombrados ojos de la joven, el cuadro cobró vida y los caballeros comenzaron a guiar a sus parejas por la pista de baile.

—Santo Cielo —dijo Poppy, maravillada—. ¿Cómo funciona?

—Tiene un mecanismo de cuerda. —Descolgó el cuadro de la pared y le enseñó la parte de atrás—. Aquí está. Como puede ver, va unido a una pequeña rueda como la de las cajas de música que acciona una palanca de alambre... ¿Ve?... Y ésta, a su vez, activa otras palancas.

—¡Impresionante! —Entusiasmada, Poppy olvidó su reserva—. Es evidente que el señor Rutledge tiene talento para la mecánica. Esto me recuerda a una biografía que he leído recientemente sobre Roger Bacon, un fraile franciscano de la Edad Media. Mi padre era un gran admirador de su trabajo. Ese fraile hizo muchos experimentos mecánicos, algo que, por supuesto, hizo que algunas personas lo acusaran de brujería. Se dice que había construido una cabeza mecánica de bronce, la cual... —Poppy se interrumpió bruscamente al darse cuenta de que había comenzado a parlotear—. ¿Lo entiende ahora? Esto es lo que hago en los bailes y veladas. Ésa es la razón por la que no soy una joven tan popular.

Él sonrió.

—Creía que hablar animaba las fiestas.

—No si se habla de lo que yo hablo.

«Toc. Toc. Toc.»

Los dos se dieron la vuelta. Acababa de llegar la doncella.

—Debo irme —dijo Poppy con ansiedad—. Mi acompañante se preocupará mucho si se despierta y descubre que he desaparecido.

El desconocido de cabello oscuro la observó durante lo que pareció un buen rato.

—No he terminado con usted aún —le dijo con evidente despreocupación. Como si nadie pudiera negarle nunca nada. Como si pensara que podía retenerla a su lado tanto tiempo como deseara.

Poppy respiró hondo.

—Aun así, tengo que irme —dijo con serenidad, y se dirigió a la puerta.

Él llegó al mismo tiempo que ella y apoyó la mano en la hoja.

Poppy se sintió alarmada y se volvió para enfrentarse a él. En ese momento notó un veloz y frenético latido en la garganta, en las muñecas y en las rodillas. Él estaba demasiado cerca, su cuerpo, alto y duro, casi rozaba el de ella. La joven se encogió contra la pared.

—Antes de que se vaya —dijo él con suavidad—, querría darle un consejo: no es seguro para una joven vagar sola por el hotel. No vuelva a correr un riesgo tan tonto.

Poppy se puso rígida.

—Éste es un hotel de lo más respetable —dijo ella—. No tengo nada que temer.

—Por supuesto que sí —murmuró él—. Debería estar asustada.

Y antes de que ella pudiera pensar, moverse o respirar, él inclinó la cabeza y capturó la boca de Poppy con la suya.

La joven se quedó anonadada y paralizada bajo aquel suave y cálido beso. Un beso tan sutil en sus demandas que no fue consciente del momento en que sus propios labios se abrieron para él. Él le cogió la cara entre las manos y se la inclinó en el ángulo adecuado.

Luego deslizó un brazo alrededor de la cintura de Poppy, estrechándola contra su cuerpo. Ella notó su dureza y un ardiente anhelo. Con cada aliento, inspiraba el embriagador perfume que emanaba de él, un olor almizcleño a piel, a almidón y a hombre. Sabía que debía resistirse, luchar contra él... pero aquella boca era erótica y tiernamente persuasiva y hablaba de peligro y de promesas. La joven notó que el hombre le deslizaba los labios por la garganta siguiendo los latidos de su pulso, y que continuaba bajando, provocando unas sedosas sensaciones que la hicieron temblar y arquearse hacia él.

—No —dijo ella débilmente.

El desconocido le cogió la barbilla con suavidad y la obligó a mirarle. Los dos se quedaron inmóviles. Mientras le sostenía la mirada, Poppy vio un destello de frustrada animosidad, como si él acabara de hacer un descubrimiento que le molestara profundamente.

La soltó con reticencia y abrió la puerta.

—Adelante —le dijo a la doncella, que aguardaba ante el umbral con una enorme bandeja de plata con un servicio de té.

La doncella obedeció con rapidez; estaba muy bien entrenada para disimular su curiosidad ante la presencia de Poppy en la habitación.

El hombre se acercó a recoger a *Dodger*, que se había quedado dormido en la silla. Se aproximó a Poppy con el hurón adormecido y se lo entregó. Ella cogió la mascota entre sus brazos con un murmullo incoherente, acunándole contra su torso. Los ojos del hurón permanecieron cerrados y los párpados negros casi se confundían en la máscara negra que le cruzaba la cara. Sintió el fuerte latido de su pequeño corazón bajo las puntas de los dedos y la suavidad del pelaje blanco por debajo del más largo.

—¿Desea alguna cosa más, señor? —preguntó la doncella.

—Sí. Quiero que acompañe a la dama a su suite. Y que vuelva a informarme de que ha llegado sin ningún contratiempo.

—Sí, señor Rutledge.

«¿Señor Rutledge?»

Poppy sintió que se le detenía el corazón. Levantó la mirada hacia el desconocido. Una chispa diabólica brillaba en esos ojos verdes. Parecía divertido ante el evidente asombro de la joven.

Harry Rutledge... el misterioso y solitario dueño del hotel. Que no era en absoluto como ella lo había imaginado.

Poppy se apartó de él desconcertada y avergonzada. Atravesó el umbral y oyó que la puerta se cerraba con un suave clic a su espalda. ¡Qué hombre más perverso! ¡Cómo se había atrevido a divertirse a su costa! Se consoló pensando que jamás volvería a verle.

Luego recorrió el pasillo con la doncella, sin sospechar que aquel encuentro cambiaría por completo el curso de su vida.

3

Harry se quedó mirando el fuego de la chimenea.

—Poppy Hathaway —susurró como si fuera un conjuro mágico.

La había visto de lejos en dos ocasiones, una vez cuando ella se subía a un carruaje frente al hotel y otra en un baile que se celebró en el Rutledge. Harry no asistió a esa velada, pero había observado a la joven durante unos minutos desde su ventajosa posición en un balcón de la planta superior. A pesar de la sutil belleza que poseía y de su brillante pelo color caoba, no volvió a pensar en ella.

Sin embargo, conocerla en persona había sido toda una revelación.

Harry iba a sentarse en una silla cuando vio las pelusas de terciopelo y el relleno desmenuzado por el hurón.

Una renuente sonrisa le curvó los labios al tiempo que se movía hacia otra silla.

Poppy. Qué ingenua había sido, charlando como si nada sobre astrolabios y monjes franciscanos mientras examinaba los objetos de las estanterías. Había soltado una retahíla de brillantes palabras como si estuviera esparciendo confeti. Toda ella irradiaba una especie de alegre sagacidad que debería haberle irritado profundamente, pero que, por el contrario, le había proporcionado un inesperado placer. Había algo en Poppy, algo... que los franceses llamaban *esprit*, una vivacidad de mente y espíritu. Y aquella cara... tan inocente, alegre y vivaz.

La deseaba.

Y por lo general, Jay Harry Rutledge tenía cualquier cosa incluso antes de desearla siquiera. En una vida tan ajetreada y planificada como la suya, las comidas llegaban antes de que tuviera hambre, las corbatas eran reemplazadas antes de mostrar señales de desgaste y los informes estaban sobre su escritorio antes de que los pidiera. Siempre estaba rodeado de mujeres disponibles y, desde luego, todas y cada una de ellas le decían siempre aquello que quería escuchar.

Harry era consciente de que había llegado el momento de casarse. Al menos eso era lo que le aseguraba la mayoría de sus conocidos, aunque él sospechaba que era porque todos ellos ya tenían puesta alrededor del cuello esa soga en particular y querían que él corriera la misma suerte. Harry había considerado la idea del matrimonio sin ningún entusiasmo. Pero Poppy Hathaway era demasiado fascinante para resistirse.

Se metió la mano en la manga izquierda de la chaqueta y sacó la carta de Poppy. Se la había enviado el honorable Michael Bayning. Consideró lo que sabía sobre aquel joven. Bayning había asistido a Winchester, donde se había desenvuelto bien gracias a su naturaleza estudiosa. A diferencia de otros jóvenes que acudían a la universidad, Bayning nunca se había endeudado ni se había visto involucrado en ningún escándalo. La mayoría de las mujeres se sentían atraídas por su buena apariencia física y más aún por el título y la fortuna que heredaría algún día.

Harry frunció el ceño y comenzó a leer:

Mi querido amor:

No he podido dejar de pensar en nuestra última conversación, besando el lugar en mi muñeca donde cayeron tus lágrimas. ¿Acaso no sabes que yo derramo las mismas lágrimas todo el tiempo que estamos separados? Has hecho imposible que piense en alguien o algo que no seas tú. Me muero de deseo por ti, no lo dudes ni un momento.

Si pudieras esperar un poco más, encontraría la manera de abordar a mi padre. Una vez que él comprenda cuánto te adoro, sé que aprobará nuestro enlace. Mi padre y yo tenemos una relación muy estrecha; en numerosas ocasiones me ha dicho que desea verme casado y que sea tan feliz como él lo fue con mi madre, que en paz descanse. Ella te habría adorado también, Poppy. Habría apreciado tu naturaleza tierna y tranquila, tu vivacidad, tu amor por tu familia y por tu hogar. Si aún viviera, me ayudaría a persuadir a mi padre de que no existe mejor esposa para mí que tú.

Espérame, Poppy, igual que espero yo.

Estoy, como siempre, rendido a tus encantos,

M.

Harry suspiró. Miró ensimismado el fuego de la chimenea con expresión pétrea y la mente llena de planes. Un leño se partió y cayó sobre la rejilla con un ruido seco, lanzando una oleada de calor y chispas blancas. ¿Bayning quería que Poppy le esperara? Eso era impensable cuando cada célula del cuerpo de Harry estaba repleta de un impaciente deseo.

Dobló la carta con el mismo cuidado que un hombre sosteniendo una moneda de valor incalculable y se la metió en el bolsillo de la chaqueta.

En cuanto Poppy estuvo a salvo en la suite de su familia, dejó a *Dodger* en su lugar favorito, una cesta que su hermana Beatrix había forrado con una suave tela. El hurón siguió durmiendo como un bendito.

Poppy se apoyó entonces contra la pared y cerró los ojos. Soltó un largo y profundo suspiro.

¿Por qué él había hecho una cosa como ésa?

Y más importante todavía, ¿por qué ella se lo había permitido?

Ésa no era la manera en la que un hombre debería besar a una chica inocente. Poppy estaba avergonzada por haberse comportado de manera tan impropia. De hecho, si hubiera visto a otra persona portándose de la misma manera, no habría dudado en juzgarla con dureza. Se sentía muy segura de sus sentimientos por Michael.

¿Por qué, entonces, había respondido al beso de Harry Rutledge con tal abandono?

Poppy quería comentarle sus inquietudes a otra persona, pero su instinto le decía que sería mejor olvidarse del tema.

Borrando el preocupado gesto de disgusto de su cara, Poppy se dirigió a la puerta de su acompañante.

—¿Señorita Marks?

—Estoy despierta —dijo una voz cansada.

Poppy entró en el pequeño dormitorio y se encontró a su carabina en camisón, delante de la jofaina.

La señorita Marks tenía un aspecto atroz, con el cutis de color ceniciento y los ojos azules tan sombríos que parecían casi negros. Su pelo castaño, que por lo general llevaba trenzado y sujeto con horquillas en un apretado moño, estaba suelto y enredado. Después de echarse unos polvos medicinales en la boca, tomó un gran trago de agua.

—Oh, querida —dijo Poppy con suavidad—. ¿Qué puedo hacer por usted?

La señorita Marks negó con la cabeza y luego hizo una mueca.

—Nada, Poppy. Gracias por ofrecerme tu ayuda.

—¿Ha tenido más pesadillas? —Poppy la observó con preocupación mientras su acompañante se acercaba al tocador para coger las medias, los ligueros y la ropa interior.

—Sí. No debería haberme levantado tan tarde. Perdóname.

—No hay nada que perdonar. Sólo desearía que sus sueños fueran más agradables.

—La mayoría de las veces lo son. —La señorita Marks esbozó una débil sonrisa—. Mis mejores sueños consisten en estar de regreso en Ramsay House, con los sauces en flor y los trepatroncos anidando en los setos. Todo es tranquilo y seguro. No sabes cuánto lo echo de menos.

Poppy también echaba de menos Ramsay House. Londres, con todos los sofisticados y divertidos entretenimientos que ofrecía, no le llegaba a Hampshire ni a la suela de los zapatos. Además, estaba deseando ver a Win, una de sus hermanas mayores cuyo marido, Merripen, era el administrador de la hacienda Ramsay.

—La temporada está a punto de terminar —dijo Poppy—. Regresaremos muy pronto.

—Si vivo lo suficiente —masculló la señorita Marks.

Poppy sonrió compasivamente.

—¿Por qué no vuelve a la cama? Pediré una compresa fría para que se la ponga en la frente. Ya verá como se siente mejor.

—No, no puedo hacer eso. Voy a vestirme y a tomarme una reconstituyente taza de té.

—Sabía que diría eso —comentó Poppy con una mueca.

La señorita Marks hacía gala del típico temperamento británico y miraba con recelo todas aquellas cosas de naturaleza sentimental o carnal. Era joven, apenas mayor que Poppy, con una compostura natural que la hacía capaz de enfrentarse a cualquier desastre, ya fuera divino o humano, sin un solo parpadeo. Las únicas ocasiones en las que Poppy la había visto desconcertada o alterada eran cuando estaba en compañía de Leo, el único hermano varón de Poppy, cuya naturaleza sarcástica parecía sacar de quicio hasta extremos insoportables a la señorita Marks.

Dos años antes, la señorita Marks había sido contratada como institutriz, no para enseñar conocimientos académicos a las jóvenes Hathaway, sino la infinita variedad de reglas sociales esenciales que debían conocer las señoritas que deseaban alternar en sociedad. Ahora, sin embargo, su labor consistía en ejercer de carabina y señorita de compañía.

Al principio, Poppy y Beatrix se habían sentido desalentadas ante el reto que suponía tener que aprender tantas reglas sociales.

—Lo convertiremos en un juego —declaró la señorita Marks, y luego había escrito una serie de poemas que las chicas debían aprender de memoria.

Por ejemplo:

Si una dama quieres ser,
comportarse es menester.

Y en la mesa recordar,
la carne no mencionar.
Con tenedor y cuchara,
ni se apunta ni señala.
Con la comida no juegues
y, chsss, susurra si puedes.

O para cuando paseaban por la calle:

Ve despacio por la calle
y si un desconocido te aborda,
procura hacer la vista gorda.
Evitarás regañinas
de tu seria carabina.
Cuando un charco has de cruzar,
la pierna no has de mostrar.
La falda alza un poquillo
y no enseñes el tobillo.

Para Beatrix, había también versos especiales:

Cuando a alguien tú visites,
sombrero y guantes no te quites.
Deja en casa las mascotas
y bichos de cuatro patas
como ratones y ardillas
que se escurren de tu silla.

Aquella manera de aprender, tan poco convencional, funcionó; les dio a Poppy y a Beatrix la suficiente confianza en sí mismas para participar en la temporada sin quedar en ridículo. Toda la familia alabó a la señorita Marks por su ingenio. Todos menos Leo, que le había dicho en tono sarcástico que Elizabeth Barrett Browning no tenía nada que temer de ella. Entonces, la señorita Marks había respondido que dudaba de que Leo tuviera la suficiente sesera para juzgar los méritos de cualquier clase de poesía.

Poppy no entendía por qué su hermano y la señorita Marks sentían tal antagonismo el uno por el otro.

—Creo que en el fondo se gustan —había dicho Beatrix con suavidad.

Poppy se quedó tan sorprendida por la idea que se echó a reír.

—No hacen más que discutir cada vez que se encuentran en la misma habitación, lo cual, gracias a Dios, no es algo que suceda muy a menudo. ¿Cómo se te ha ocurrido pensar tal cosa?

—Bueno, si tenemos en cuenta las costumbres copulativas de ciertos animales, los hurones por ejemplo, el cortejo en cuestión puede convertirse en una auténtica batalla campal.

—Bea, por favor, no hablemos de costumbres copulativas —dijo Poppy, intentando reprimir una amplia sonrisa. Su hermana de diecinueve años tenía una profunda y alegre tendencia a saltarse las convenciones—. Estoy segura de que es de mal gusto y además, ¿qué sabes tú de costumbres copulativas?

—Pues todo lo que sale en los libros de veterinaria. Pero también he tenido ocasión de contemplarlo con mis propios ojos. Por si no lo sabías, los animales no son demasiado discretos.

—No, supongo que no. Pero no debes hablar de estas cosas, Bea. Si la señorita Marks te oye, escribirá otro de esos poemas que deberemos aprendernos de memoria.

Bea la observó durante un momento con una mirada inocente en los ojos.

—Las damas no deben pensar... en la forma de procrear...

—O su carabina se enfadará —concluyó Poppy por ella.

Beatrix había sonreído ampliamente.

—Bueno, no veo por qué no deberían sentirse atraídos el uno por el otro. Leo es vizconde y, no es porque sea mi hermano, pero es muy guapo, y la señorita Marks es inteligente y hermosa.

—Jamás he oído decir a Leo que aspire a casarse con una mujer inteligente —dijo Poppy—. Pero estoy de acuerdo contigo en que la señorita Marks es una mujer muy guapa. Sobre todo ahora. Estaba terriblemente delgada y pálida cuando llegó y, aunque no suelo fijarme en su aspecto, últimamente está un poco más rellenita. Debo decir que ha mejorado bastante.

—Yo también lo creo —convino Beatrix—. Y parece mucho más feliz. Creo que cuando la conocimos acababa de pasar por una terrible experiencia.

—Es lo que pensé yo. ¿Crees que alguna vez llegaremos a saber lo que le sucedió?

Poppy no tenía una respuesta para eso. Pero esa mañana, al mirar el rostro extenuado de la señorita Marks, pensó que había muchas posibilidades de que aquellas recurrentes pesadillas tuvieran algo que ver con ese misterioso pasado.

Poppy se acercó al armario y miró la hilera de vestidos pulcramente ordenados. Todos eran de colores lisos y oscuros, con los cuellos y los puños blancos.

—¿Qué vestido prefiere? —preguntó con suavidad.

—Cualquiera de ellos. No importa.

Poppy eligió un vestido de tela cruzada de lana en color azul oscuro y lo tendió sobre la cama deshecha. Apartó la mirada discretamente cuando su carabina se quitó el camisón y se puso la camisola, las ligas y las medias.

Lo último que Poppy quería hacer era molestar a la señorita Marks cuando le dolía la cabeza. Sin embargo, tenía que confesarle los acontecimientos de esa mañana. Si alguna vez salía a la luz la más mínima insinuación de aquel contratiempo con Harry Rutledge, era mucho mejor que su acompañante lo supiera.

—Señorita Marks —dijo con suavidad—. No es mi intención empeorarle el dolor de cabeza, pero tengo algo que contarle... —La voz de la joven se desvaneció cuando la señorita Marks le lanzó una breve y pesarosa mirada.

—¿Qué ha ocurrido, Poppy?

Ahora no era un buen momento, decidió Poppy. De hecho... ¿era necesario que se lo dijera en realidad? Lo más probable era que jamás volviera a encontrarse con Harry Rutledge. Era evidente que no asistía a los mismos acontecimientos sociales que la familia Hathaway. Y, de todas maneras, ¿por qué se molestaría él en causarle problemas a una chica a la que apenas conocía? El señor Rutledge no tenía nada que ver con ella, ni ella con él.

—Me cayó un poco de comida en el corpiño del vestido de

muselina rosa la otra noche en la cena —improvisó Poppy—. Ahora ha aparecido una mancha de grasa.

—Oh, querida. —La señorita Marks hizo una pausa mientras se abrochaba el corsé—. Haremos una solución de polvos de talco y agua, y la aplicaremos sobre la mancha. Seguro que eso la hace desaparecer.

—Creo que es una idea excelente.

Sintiéndose más que un poco culpable, Poppy cogió el camisón que la señorita Marks se acababa de quitar y lo dobló.

4

Jake Valentine había nacido como un *filius nullius*, el término en latín para «hijo natural». Su madre, Edith, había trabajado como doncella en casa de un acaudalado abogado de Oxford, que además era el padre biológico de Jake, un hombre que no había tardado en deshacerse de un plumazo tanto de la madre como del hijo, sobornando a un grosero campesino para que se casara con Edith. A los diez años, Jake ya había tenido más que suficiente de las brutales palizas del campesino. Fue entonces cuando decidió marcharse de casa y dirigirse a Londres.

Estuvo trabajando en la forja de un herrero durante diez años, en los que adquirió una fuerza y un tamaño significativos, y se ganó la reputación de ser un hombre digno de confianza al que no le daba miedo el trabajo duro. A Jake jamás se le hubiera ocurrido aspirar a algo más. Tenía un buen trabajo, la barriga llena y el mundo fuera de Londres no le interesaba en absoluto.

Pero un buen día llegó un hombre de cabello oscuro a la herrería y pidió hablar con él. Intimidado por las elegantes ropas del desconocido y por sus sofisticados modales, Jake respondió entre dientes a la multitud de preguntas que el hombre le hizo sobre su vida personal y su experiencia laboral. Justo después, el desconocido sorprendió a Jake ofreciéndole trabajo como ayuda de cámara con un sueldo mucho mayor del que cobraba en la herrería.

Jake le miró con suspicacia y le preguntó por qué razón quería contratar a un hombre inculto y con una apariencia tan burda y bruta.

—En Londres hay muy buenos ayudas de cámara, podría contratar a cualquiera —señaló Jake—. ¿Por qué yo?

—Porque todos esos ayudas de cámara son unos reconocidos chismosos que se relacionan con los sirvientes de las familias más importantes de Inglaterra y del resto del continente. Tú eres conocido por mantener la boca cerrada, y eso es algo que valoro mucho más que la experiencia. Además, por tu aspecto, pareces capaz de salir airoso de cualquier trifulca.

Jake entrecerró los ojos.

—¿Por qué necesita un ayuda de cámara que sepa pelear?

El hombre sonrió.

—Tendrás que hacer bastantes recados para mí. Algunos serán fáciles, pero otros no tanto. Bien, ¿aceptas el trabajo o no?

Y así fue como Jake había comenzado a trabajar para Jay Harry Rutledge, primero como ayuda de cámara y, más tarde, como ayudante.

Jake jamás se había topado con alguien tan excéntrico, manipulador y exigente como Rutledge. Éste era un observador perspicaz y comprendía la naturaleza humana mejor que nadie que Jake hubiera conocido nunca. A los pocos minutos de conocer a alguien, lo había evaluado con total exactitud. Sabía cómo manipular a las personas para que hicieran lo que él quería, y casi siempre se salía con la suya.

Jake tenía la impresión de que el cerebro de Rutledge nunca descansaba, ni siquiera mientras dormía. Estaba continuamente activo. Jake le había visto resolver un problema mentalmente a la vez que escribía una carta o mantenía una conversación perfectamente coherente. Su sed de información era insaciable y poseía el singular don de tener una memoria infalible. En cuanto Rutledge veía, leía u oía algo, esa información se quedaba grabada en su cerebro para siempre. La gente nunca le mentía, y si eran lo suficientemente tontos como para intentarlo, se deshacía de ellos.

Harry Rutledge no era proclive a tener gestos de bondad o consideración, pero tampoco era de los que perdía la calma, salvo en contadas ocasiones. Jake nunca había estado seguro de cuánto se preocupaba Rutledge por los suyos. Tenía un corazón tan frío como un glacial y, a pesar de las muchas cosas que ambos sabían sobre el otro, eran prácticamente dos desconocidos.

Pero aun así, Jake no dudaría en dar su vida por él. El dueño del hotel se había ganado la lealtad de todos sus sirvientes, quienes a pesar de trabajar duro, recibían un trato justo y un sueldo más que generoso. A cambio, Rutledge sólo les pedía que protegieran su intimidad celosamente. El dueño del hotel se relacionaba con un gran número de personas, pero tenía muy pocos amigos. Era muy selectivo a la hora de decidir quiénes entraban en su círculo más íntimo.

Por supuesto, Rutledge era objetivo de las mujeres, y su vibrante energía encontraba a menudo una salida entre los brazos de alguna que otra belleza. Pero en cuanto una de ellas mostraba el más mínimo indicio de cariño o afecto, Rutledge enviaba a Jake a su casa para que le entregara una carta donde se le comunicaba el final de la relación. En otras palabras, Jake se veía obligado a soportar lágrimas, rabietas y otras confusas emociones que Rutledge no toleraba. Y Jake habría sentido lástima por esas mujeres de no ser porque, junto con la carta, Rutledge incluía una joya escandalosamente cara que servía para aplacar aquellos sentimientos heridos.

Había ciertas áreas de la vida de Rutledge donde las mujeres no tenían cabida. No las dejaba entrar en sus apartamentos privados, ni mucho menos en su salita de curiosidades. Era allí donde Rutledge acudía para encontrar una solución a los problemas más difíciles. Y durante aquellas noches en las que Rutledge era incapaz de conciliar el sueño, se sentaba en el escritorio de esa salita para construir autómatas, trabajando con los mecanismos y los alambres hasta que su hiperactivo cerebro conseguía relajarse.

Así que, cuando una doncella informó a Jake discretamente de que Rutledge había estado dentro de esa estancia en compañía de una joven, Valentine supo que había ocurrido algo importante.

Jake se apresuró a terminar su desayuno en las cocinas del hotel, engullendo con rapidez un plato de huevos escalfados con crujientes lonchas de beicon. Un día cualquiera, se hubiera tomado su tiempo para saborearlos, sin embargo, esa mañana estaba impaciente por reunirse con Rutledge.

—No tan rápido —dijo Andre Broussard, el chef francés que Rutledge había sobornado para que abandonara al embajador francés dos años antes. Broussard era el único empleado del hotel que dormía menos que Rutledge. Era bien sabido que el joven chef se levantaba a las tres de la madrugada para comenzar a preparar la jornada diaria, ya que iba personalmente al mercado para seleccionar los mejores productos. Era rubio y de constitución menuda, pero poseía la disciplina y la voluntad férreas de un militar.

Broussard, que estaba añadiendo whisky a una salsa, se detuvo y miró a Jake con diversión.

—Valentine, podrías probar a masticar un poco.

—No tengo tiempo que perder —respondió Jake, limpiándose la boca con una servilleta—. Tengo que ir a recoger la lista de encargos del señor Rutledge en —sacó el reloj del bolsillo y lo consultó— dos minutos y medio.

—Ah, sí, la famosa lista. —El chef procedió a imitar a su jefe—. Valentine, encárgate de los preparativos de la *soirée* en honor del embajador portugués que tendrá lugar aquí el martes y que deberá concluir con unos fuegos artificiales. Luego, llevarás los planos de mi última invención al registro de la propiedad. Y de vuelta, pásate por Regent Street y cómprame seis pañuelos de cambray, sencillos, sin adornos ni encajes.

—Ya basta, Broussard —dijo Jake, intentando contener la risa.

El chef volvió a centrarse en la salsa.

—Por cierto, Valentine, cuando averigües quién es esa misteriosa joven, vuelve aquí y cuéntamelo. A cambio te dejaré elegir lo que quieras de la bandeja de repostería antes de enviarla al comedor.

Jake le lanzó una mirada penetrante entrecerrando sus ojos castaños.

—¿Qué joven?

—Ya sabes a quién me refiero. Esa joven que fue vista con el señor Rutledge esta mañana.

Jake frunció el ceño.

—¿Quién te lo ha dicho?

—Al menos me lo han mencionado tres personas en la última media hora. Todo el mundo habla de ello.

—Los empleados del Rutledge tienen prohibido cotillear —dijo Jake con severidad.

Broussard puso los ojos en blanco.

—Sólo con los extraños. Rutledge jamás ha dicho que no pudiéramos cotillear entre nosotros.

—No sé por qué despierta tanto interés la presencia de una joven en la sala de curiosidades.

—Hummm... ¿tal vez porque Rutledge jamás ha dejado que nadie entre allí? ¿O tal vez porque todos los que trabajamos en el hotel no dejamos de rezar para que Rutledge encuentre pronto una esposa que lo distraiga y consiga que deje de entrometerse en todo?

Jake sacudió la cabeza con pesar.

—Dudo mucho que se case. Ya está casado con el hotel.

El chef le lanzó una mirada condescendiente.

—Eso es lo que tú crees. El señor Rutledge se casará en cuanto encuentre a la mujer adecuada. Como dicen en mi país, «la esposa y el melón son difíciles de elegir». —Observó cómo Jake se abotonaba la chaqueta y se ajustaba la corbata—. Por favor, *mon ami*, cuéntame lo que averigües.

—Sabes de sobra que jamás revelaría ningún detalle sobre las aventuras amorosas de Rutledge.

Broussard suspiró.

—Eres demasiado leal. Supongamos que Rutledge te pidiera que asesinaras a alguien, ¿lo harías?

Aunque la pregunta había sido formulada en tono ligero, el cocinero lo estaba mirando ahora con aquellos penetrantes ojos grises. Porque nadie, ni siquiera Jake, estaba completamente seguro de lo que Harry Rutledge era capaz de hacer ni hasta dónde llegaría la lealtad de Jake.

—No me lo ha pedido —respondió Jake y, tras hacer una pausa significativa, añadió con un arranque de humor—: aún.

Mientras se dirigía apresuradamente a la suite privada, sin número, del tercer piso, se cruzó con muchos empleados en la escalera de servicio. Esa escalera y la entrada trasera eran utilizadas por los criados y repartidores del hotel para llevar a cabo sus tareas diarias. Algunos intentaron detener a Jake con preguntas y preocupaciones de distinta índole, pero él negó con la cabeza y apretó el paso. Jake siempre procuraba no llegar tarde a las reuniones matutinas con Rutledge. Aquellas consultas eran normalmente muy breves, de no más de un cuarto de hora, pero Rutledge siempre exigía a sus empleados la máxima puntualidad.

Jake se detuvo ante la entrada de la suite, que se encontraba al final de un pasillo privado revestido de mármol y adornado con obras de arte de un valor incalculable. Aquel pasillo interior conducía a una escalera oculta y a la puerta lateral del hotel, a fin de que Rutledge no tuviera que atravesar los corredores principales en sus idas y venidas. Rutledge, al que le gustaba seguir la pista a todo el mundo, no permitía que nadie hiciera lo mismo con él. Solía comer solo e iba y venía según le convenía, muchas veces sin avisar cuándo regresaría.

Jake llamó a la puerta y esperó hasta que oyó una voz amortiguada que le indicaba que entrara.

Entró en la suite, una serie de cuatro estancias conectadas que, si se deseaba, podía ampliarse hasta convertirse en un enorme apartamento de quince habitaciones.

—Buenos días, señor Rutledge —dijo tras entrar en el despacho.

El propietario del hotel estaba sentado ante un escritorio de caoba maciza con una cajonera en el costado. Como era habitual, el tablero estaba repleto de papeles, documentos, libros, cartas, tarjetas de visita, una caja de sellos y un montón de útiles de escritura. Rutledge estaba cerrando una carta y lacrándola con una pequeña cantidad de cera caliente.

—Buenos días, Valentine. ¿Cómo va todo por el hotel?

Jake le entregó un fajo de papeles con los informes diarios de los gerentes de planta.

—Pues todo va sobre ruedas, aunque ha habido un pequeño problema con el contingente diplomático de Nagaraja.

—¿Sí?

El pequeño reino de Nagaraja, situado entre Birmania y Siam, se había convertido en un aliado de los británicos. Después de ofrecerse a ayudar a los dirigentes de Nagaraja a expulsar a las fuerzas de Siam que habían traspasado sus fronteras, Gran Bretaña había convertido el país en uno de sus protectorados. Lo que era igual que estar bajo la pata de un león y que éste te dijera que estabas completamente a salvo. Dado que los ingleses luchaban actualmente contra los birmanos y anexaban países a diestro y siniestro, los habitantes de Nagaraja deseaban por encima de todo seguir siendo independientes. Con ese fin, el reino había enviado a Inglaterra a tres altos cargos, en misión diplomática, con costosos regalos para la reina Victoria.

—El recepcionista —dijo Jake— tuvo que cambiarlos tres veces de habitación cuando llegaron ayer por la tarde.

Rutledge arqueó las cejas.

—¿Había algún problema con las habitaciones?

—No con las habitaciones en sí, sino con los números de las mismas. Según la tradición de Nagaraja, no eran de buen auspicio. Finalmente pudimos instalarlos en la suite 218. Sin embargo, no mucho después, el gerente de la segunda planta detectó olor a humo en las dependencias que les habían sido asignadas. Al parecer estaban celebrando una ceremonia de bienvenida a una tierra nueva, lo que implicaba hacer un pequeño fuego en un plato de bronce. Por desgracia, todo se les fue de las manos y la alfombra se quemó.

Rutledge curvó los labios en una sonrisa.

—Según recuerdo, los habitantes de Nagaraja tienen ceremonias para casi todo. Búscales un lugar más apropiado donde puedan hacer todos los fuegos sagrados que quieran sin incendiar el hotel.

—Sí, señor.

Rutledge hojeó con rapidez los informes de los gerentes.

—¿Cuál es el índice de ocupación en este momento? —preguntó un rato después sin levantar la mirada.

—Del noventa y cinco por ciento.

—Excelente. —Rutledge continuó estudiando los informes con atención.

Cuando el silencio cayó sobre ellos, Jake dejó que su mirada vagara por el escritorio. Vio una carta dirigida a la señorita Poppy Hathaway, del honorable Michael Bayning.

Se preguntó qué hacía esa misiva en posesión de Rutledge. Poppy Hathaway era uno de los miembros de esa familia que se alojaba en el Rutledge durante la temporada de Londres. Como tantas otras familias de la aristocracia que no poseía una residencia en la ciudad, los Hathaway se veían obligados a alquilar una casa amueblada o una suite en un hotel. Los Hathaway habían sido fieles clientes del Rutledge durante tres años. ¿Era posible que Poppy fuera la joven que habían visto con Rutledge esa mañana?

—Valentine —dijo el propietario del hotel con aire despreocupado—. Una de las sillas de mi sala de curiosidades necesita ser retapizada. Ha ocurrido un pequeño incidente esta mañana.

Jake sabía de sobra que no debía hacer preguntas, pero no pudo contener la curiosidad.

—¿Qué clase de incidente, señor?

—Un hurón. Creo que trató de hacer un nido en el cojín.

¿Un hurón? Definitivamente los Hathaway estaban involucrados.

—¿Sigue esa criatura suelta por el hotel? —preguntó Jake.

—No, ya ha sido capturada.

—¿Por una de las hermanas Hathaway? —aventuró Jake.

Un brillo de advertencia apareció en los fríos ojos verdes.

—Sí, por una de las hermanas Hathaway. —Dejando los informes a un lado, Rutledge se reclinó en la silla. La postura despreocupada se contradecía por el repetido tamborileo de los dedos de la mano que apoyaba en el escritorio—. Necesito que hagas unos recados, Valentine. En primer lugar, quiero que vayas a la residencia de lord Andover, en Upper Brook Street, y que conciertes una reunión privada entre Andover y yo para dentro de dos días, si es posible, aquí. Déjale claro que se trata de un asunto muy importante y que espero su total discreción.

—Sí, señor. —Jake no creía que tuviera ninguna dificultad en concertar esa cita. Cuando Harry Rutledge quería reunirse con alguien, siempre se salía con la suya—. Lord Andover es el padre del señor Michael Bayning, ¿verdad?

—Así es.

¿De qué diantres iba aquello?

Antes de que Jake pudiera responder, Rutledge continuó con la lista.

—Luego le entregarás esto a sir Gerald en el Ministerio de la

Guerra. —Le ofreció a Jake un estrecho rollo de papel atado con una cinta de cuero—. Deberás dárselo en persona. Después de eso, irás a Watherston e Hijo y comprarás un collar o una pulsera con cargo a mi cuenta. Algo bonito, Valentine. Y lo llevarás a la casa de la señorita Rawlings.

—¿Con sus saludos? —preguntó Jake, esperanzado.

—No, con esta nota. —Rutledge le entregó una carta sellada—. Quiero terminar con ella.

Jake palideció. Oh, santo Dios, otra escena.

—Señor, antes preferiría que me enviara a los bajos fondos londinenses y ser apaleado por unos ladrones callejeros.

Rutledge sonrió.

—Es probable que eso ocurra dentro de poco.

Jake le dirigió a su jefe una mirada que lo decía todo y se fue.

Poppy sabía muy bien que para casarse tenía tantos puntos a favor como en contra.

A favor: pertenecía a una familia rica, lo que significaba que disponía de una buena dote.

En contra: los Hathaway no eran una familia de sangre azul ni especialmente distinguida a pesar del título de Leo.

A favor: era una joven atractiva.

En contra: era locuaz y torpe y, a menudo, las dos cosas a la vez; lo que solía suceder cuando estaba nerviosa.

A favor: actualmente la aristocracia no podía permitirse el lujo de ser tan quisquillosa como lo había sido antaño. Mientras el poder de los nobles disminuía lentamente, el de los empresarios y comerciantes crecía con rapidez. Por consiguiente, los matrimonios entre plebeyos adinerados y nobles empobrecidos eran cada vez más frecuentes y, en la mayoría de los casos, los aristócratas tenían que taparse la nariz figuradamente y relacionarse con gente de orígenes humildes.

En contra: el padre de Michael Bayning, un vizconde, era un hombre de altas miras, en especial en lo que a su hijo concernía.

—El vizconde tendrá que considerar bien las cosas —le había

dicho la señorita Marks—. Puede que tenga un linaje impecable, pero según se dice su fortuna está menguando. Su hijo tendrá que casarse con una chica de familia adinerada. Y ¿por qué no podrían ser los Hathaway?

—Espero que esté en lo cierto —había respondido Poppy, llena de esperanza.

Poppy no tenía ninguna duda de que sería muy feliz siendo la esposa de Michael Bayning. Era un joven inteligente, cariñoso, de risa fácil. Un caballero de casta y cuna. Y ella le amaba. Tal vez no con un amor ardiente y apasionado, pero sí con un amor cálido y tranquilo. Le gustaba su temperamento, su confianza en sí mismo exenta de cualquier pizca de arrogancia. Y también le gustaba su apariencia, aunque fuera impropio de una dama admitir tal cosa. Michael tenía un precioso y espeso pelo castaño y cálidos ojos marrones; además, era alto y musculoso.

Cuando Poppy había conocido a Michael, aquello había resultado casi demasiado fácil. En un abrir y cerrar de ojos se había enamorado de él.

—Espero que no esté jugando conmigo —le había dicho Michael una tarde, mientras paseaban por la galería de arte de una mansión londinense donde se celebraba una fiesta—. Es decir, espero no haber confundido lo que es mera cortesía por su parte con algo más significativo. —Se detuvo con ella delante de un enorme paisaje al óleo—. La verdad es, señorita Hathaway... Poppy... que cada minuto que paso en su compañía es tan placentero para mí que apenas puedo soportar estar separado de usted.

Y ella se lo había quedado mirando estupefacta.

—¿Cómo es posible? —había susurrado.

—¿Que la ame? —había susurrado él en respuesta mientras curvaba los labios en una sonrisa sardónica—. Poppy Hathaway, me resulta imposible no amarla.

Ella había respirado hondo, llena de alborozo.

—La señorita Marks nunca me dijo qué se supone que debe hacer una dama en una situación como ésta.

Michael sonrió ampliamente y se acercó un poco más, como si estuviera a punto de contarle algo estrictamente secreto.

—¿Debo tomar eso como una discreta aceptación?

—Yo también le amo.

—Bueno, eso no tiene nada de discreto. —A él le habían centelleado los ojos—. Pero me alegra oírlo.

El cortejo, sin embargo, estaba resultando ser de lo más discreto. El padre de Michael, el vizconde Andover, era muy protector con su hijo. Un buen hombre, había dicho Michael, pero severo. Él le había pedido que le concediera algún tiempo para poder abordar al vizconde y convencerle de que la elección que había tomado era la correcta. La joven estuvo dispuesta a darle a Michael todo el tiempo que fuera necesario.

Sin embargo, al resto de los Hathaway no le gustaba aquello. Para ellos, Poppy era un tesoro y merecía que la cortejaran con orgullo, a la vista de todo el mundo.

—¿Y si voy a ver a Andover y hablo directamente con él? —sugirió Cam Rohan esa noche a la familia mientras charlaban relajados en la sala de la suite del hotel, después de la cena. Estaba sentado en el sofá al lado de Amelia, que sostenía a su hijo de seis meses. Cuando el bebé creciera, su nombre *gadjo* (que era la palabra que los gitanos usaban para referirse a los que no eran de su raza) sería Ronan Cole, pero entre sus parientes sería conocido por su nombre romaní, Rye.

Poppy y la señorita Marks ocupaban el otro sofá mientras Beatrix estaba tendida en el suelo, delante de la chimenea, entretenida con su erizo favorito, *Medusa*. *Dodger* descansaba enfurruñado en una cesta cerca de ellos, pues ya había aprendido por experiencia que no era aconsejable meterse con *Medusa* y sus púas.

Poppy levantó la vista de su labor de costura y frunció el ceño pensativa.

—No creo que eso ayudara —le dijo a su cuñado con pesar—. Sé lo persuasivo que puedes ser... pero Michael tiene muy claro cómo debe tratar con su padre.

Cam pareció reconsiderar el asunto. Con el pelo negro demasiado largo, la piel morena y brillante y un diamante centelleando en una oreja, Rohan parecía más un príncipe pagano que un hombre de negocios que había acumulado una enorme fortuna en inversiones. Desde que se había casado con Amelia, Rohan se había convertido en el cabeza *de facto* de la familia Hathaway. Ningún otro hombre habría podido manejar la tendencia revoltosa de la familia con tanta maestría como él. Decía que eran su tribu.

—Hermanita —le dijo a Poppy. Aunque parecía relajado, su mirada era penetrante—, te lo voy a exponer desde el punto de vista de un romaní: «un árbol privado de la luz del sol, nunca dará frutos». No veo ninguna razón por la que Bayning no debería pedir permiso para cortejarte y abordar la relación de la manera más abierta posible, como suelen hacer los *gadjos* normalmente.

—Cam —dijo Poppy suavemente—, sé que los romaníes cortejan a las mujeres de una manera... bueno... de una manera bastante más franca.

Al oír aquello, Amelia tuvo que contener la risa. Cam la ignoró intencionadamente. La señorita Marks pareció quedarse perpleja. Obviamente, no tenía ni idea de que la tradición gitana implicaba a menudo raptar a la novia de su cama.

—Pero sabes tan bien como nosotros —continuó Poppy— que cuando se trata de un aristócrata, el desarrollo del cortejo es mucho más delicado.

—En realidad —dijo Amelia secamente—, por lo que he visto, los aristócratas británicos abordan el tema del matrimonio con la misma sensibilidad romántica que una transacción bancaria.

Poppy miró a su hermana mayor con el ceño fruncido.

—Amelia, ¿de qué lado estás?

—De tu lado, por supuesto. —Los ojos azules de Amelia se llenaron de preocupación—. Y es por eso por lo que no me gusta nada esta clase de cortejo encubierto. Ir a las fiestas por separado o que Bayning no te invite jamás a dar un paseo en carruaje acompañada de tu carabina... denota cierta cobardía. Como si se avergonzara de ti. Como si tú tuvieras algún secreto del que te sintieras culpable.

—¿Estás dudando de las intenciones del señor Bayning?

—No he dicho eso. Pero no me gustan sus métodos.

Poppy suspiró.

—Soy una elección poco convencional para el hijo de un noble. Y es por eso por lo que el señor Bayning debe proceder con cautela.

—Eres la persona más convencional de toda la familia —protestó Amelia.

Poppy le dirigió una mirada sombría.

—Ser la Hathaway más convencional de la familia no es precisamente algo de lo que enorgullecerse.

Amelia miró a la carabina de su hermana con irritación.

—Señorita Marks, mi hermana parece creer que su familia es tan extravagante, tan completamente inconveniente, que el señor Bayning debería plantearle la cuestión a su padre de una manera subrepticia y comedida en lugar de abordar al vizconde de una manera franca y decirle: «Papá, quiero casarme con Poppy Hathaway y me gustaría que me dieras tu bendición.» ¿Puede explicarme usted qué necesidad hay de tanta cautela por parte del señor Bayning?

Por una vez, la señorita Marks pareció quedarse sin palabras.

—No la pongas en un aprieto —dijo Poppy—. Éstos son los hechos, Amelia: Win y tú os habéis casado con dos gitanos, Leo es un reconocido bribón, Beatrix tiene más mascotas que la Royal Zoological Society y yo soy socialmente torpe, además de ser incapaz de mantener una conversación adecuada aunque me vaya la vida en ello. ¿Tan difícil resulta comprender por qué el señor Bayning no quiere soltarle la noticia a su padre de sopetón?

Pareció como si Amelia quisiera discrepar, pero se limitó a mascullar:

—A mi parecer, las conversaciones adecuadas son muy aburridas.

—Lo mismo opino yo —dijo Poppy con aire sombrío—. Ése es el problema.

Beatrix apartó la mirada del erizo, que se había hecho un ovillo entre sus manos.

—¿Por qué el señor Bayning te resulta tan interesante?

—No sería necesario que lo preguntaras —dijo Amelia—, si se hubiera dignado visitar a tu hermana.

—Sugiero —dijo atropelladamente la señorita Marks antes de que Poppy pudiera replicar— que la familia invite al señor Bayning a acompañarnos pasado mañana al concurso de floricultura de

Chelsea. Así pasaríamos toda la tarde con él y quizá nos tranquilizaríamos un poco al ver cuáles son sus intenciones.

—Creo que es una idea maravillosa —exclamó Poppy. Asistir juntos a un concurso de floricultura era mucho más inocuo y discreto que el hecho de que Michael los visitara en el Rutledge—. Amelia, estoy segura de que cuando hables con el señor Bayning te quedarás mucho más tranquila.

—Eso espero —contestó su hermana, que no sonó demasiado convencida. Tenía el ceño levemente fruncido. Centró la atención en la señorita Marks—. Como acompañante de Poppy, conoce mejor que yo al pretendiente de mi hermana. ¿Qué opina de él?

—Por lo que he observado —dijo la señorita Marks suavemente—, el señor Bayning es educado y honorable. Tiene una excelente reputación, no es mujeriego, no despilfarra el dinero y jamás se ha visto envuelto en un altercado público. En resumen, es todo lo contrario a lord Ramsay.

—Eso habla bien de él —dijo Cam con gravedad. Sus ojos color dorado brillaron con intensidad cuando bajó la mirada a su esposa. Un momento de mudo entendimiento pasó entre ellos antes de que murmurara con suavidad—: *Monisha*, ¿por qué no le envías una invitación?

Los suaves labios de Amelia se curvaron rápidamente en una sonrisa irónica.

—¿Me estás diciendo que asistirás voluntariamente a un concurso de floricultura?

—Me gustan las flores —dijo Cam con aire inocente.

—Sí, desparramadas por los campos y las colinas. Pero odias verlas en parterres y macetas.

—Puedo soportarlo por una tarde —le aseguró Cam, poniéndose a juguetear distraídamente con un mechón de pelo que se había soltado y caído sobre el cuello de Amelia—. Supongo que merece la pena tener a un cuñado como Bayning. —Sonrió mientras añadía—: Al menos, tendríamos a un hombre respetable en la familia, ¿no es cierto?

5

Enviaron la invitación a Michael Bayning al día siguiente y, para gran alegría de Poppy, él la aceptó de inmediato.

—Ahora es sólo cuestión de tiempo —le dijo Poppy a Beatrix, casi incapaz de contenerse para no brincar de excitación como solía hacer *Dodger*—. Voy a ser la señora de Michael Bayning y le amo, amo a todo el mundo... ¡Incluso quiero a ese viejo y maloliente hurón tuyo, Bea!

A última hora de la mañana, Poppy y Beatrix se cambiaron de ropa para ir a dar un paseo. Hacía un día cálido y espléndido y los jardines del hotel, con sus senderos pulcramente cubiertos de grava, resplandecían con una sinfonía de flores.

—Me muero por salir —dijo Poppy, de pie ante la ventana y la mirada clavada en los extensos jardines—. Casi me recuerda a Hampshire; las flores son tan hermosas...

—Pues a mí no me recuerda tanto a Hampshire —dijo Beatrix—, es demasiado ordenado. Sin embargo, me gusta pasear por la rosaleda del Rutledge. El aire tiene un aroma tan dulce... ¿Sabes? Hablé con el jardinero jefe hace unos días, cuando salí con Cam y Amelia, y me dijo cuál era su receta secreta para hacer que las rosas florecieran más grandes y sanas.

—¿Y cuál es?

—Caldo de pescado, vinagre y una cucharada de azúcar. Las riega con eso antes de que florezcan. Y le da resultado.

Poppy arrugó la nariz.

—Qué brebaje más asqueroso.

—El jardinero jefe me dijo que el viejo señor Rutledge siente un cariño especial por las rosas y que muchas de las variedades exóticas que hay en la rosaleda son regalos de huéspedes extranjeros. Por ejemplo, las rosas de color lavanda son de China, y la variedad «Sonrojo de doncella» proviene de Francia y...

—¿El «viejo» señor Rutledge?

—Bueno, en realidad no me dijo que el señor Rutledge fuera alguien viejo. Pero no puedo evitar pensar en él de esa manera.

—¿Por qué?

—Bueno, es terriblemente misterioso y parece que nadie lo ve nunca. Me recuerda a las historias del viejo y loco rey Jorge, que se pasaba la vida encerrado en sus aposentos del castillo de Windsor. —Beatrix sonrió ampliamente—. Quizás el señor Rutledge viva encerrado en el ático.

—Bea —susurró Poppy con tono de urgencia, invadida por un abrumador deseo de confiar en ella—, hay algo que me gustaría contarte, pero tienes que prometerme que guardarás el secreto.

Los ojos de su hermana menor se iluminaron con interés.

—¿De qué se trata?

—Primero tienes que prometerme que jamás se lo contarás a nadie.

—Te lo prometo.

—Júralo por algo.

—Te lo juro por san Francisco, el santo patrón de los animales. —Al ver que Poppy todavía vacilaba, Beatrix añadió entusiasmada—: Si una banda de piratas me secuestrara y me llevara a su barco y amenazara con hacerme caminar por una tabla sobre una multitud de tiburones hambrientos si no les contara tu secreto, seguiría sin hacerlo. Si un villano me atara y me arrojara ante una manada de caballos desbocados y la única manera de que me liberara fuera revelarle tu secreto, yo...

—Está bien, me has convencido —dijo Poppy con una amplia sonrisa. Arrastró a su hermana a una esquina y le susurró suavemente—: He conocido al señor Rutledge.

Beatrix abrió mucho sus ojos azules.

—¿Lo has conocido? ¿Cuándo?

—Ayer por la mañana —repuso Poppy y procedió a contarle toda la historia, describiendo el pasillo y la salita de curiosidades, y al propio señor Rutledge. Lo único que se guardó para sí misma fue el beso que compartieron, algo que, en lo que a ella concernía, jamás había sucedido.

—Lamento terriblemente lo que hizo *Dodger* —dijo Beatrix con seriedad—. Me disculpo en su nombre.

—No pasa nada, Bea. Es sólo que... desearía no haber perdido la carta. Pero mientras no la encuentre nadie, no habrá ningún problema.

—Entonces, ¿el señor Rutledge no es un loco decrépito como pensaba? —preguntó Beatrix, pareciendo bastante decepcionada.

—Cielos, no.

—¿Y cómo es?

—La verdad es que es muy guapo. Es alto y...

—¿Tan alto como Merripen?

Kev Merripen había vivido con los Hathaway después de que su tribu hubiera sido atacada por unos ingleses deseosos de expulsar a los gitanos del condado. El niño había resultado herido, pero los Hathaway le acogieron en su casa, donde se quedó a vivir para siempre. Hacía poco que se había casado con la otra hermana de Poppy, Winnifred. Merripen había emprendido la ardua tarea de poner en marcha la hacienda Ramsay durante la ausencia de Leo. Los recién casados se habían sentido muy dichosos de quedarse en Hampshire durante la temporada, disfrutando de la belleza y la relativa privacidad de Ramsay House.

—Nadie es tan alto como Merripen —dijo Poppy—, pero no cabe duda de que el señor Rutledge es también muy alto. Tiene el pelo oscuro y unos penetrantes ojos verdes que... —Sintió unas inesperadas mariposas en el estómago al recordarlo.

—¿Te gustó?

Poppy vaciló.

—El señor Rutledge es... inquietante. Es encantador, pero, aun así, una no deja de tener la impresión de que es alguien capaz de hacer casi cualquier cosa. Es como el ángel malvado del poema de William Blake.

—Ojalá le hubiera visto —dijo Beatrix con tristeza—. Y ojalá hubiera visto también la salita de curiosidades. Te envidio, Poppy. Hace mucho tiempo que no me ocurre nada tan interesante.

Poppy se rio suavemente.

—¿Qué me dices? ¿Justo cuando estamos a punto de terminar la temporada de Londres?

Beatrix puso los ojos en blanco.

—La temporada londinense es casi tan apasionante como una carrera de caracoles. En enero y con los caracoles muertos.

—Chicas, ya estoy lista —dijo alegremente la señorita Marks, entrando en la estancia—. Aseguraos de llevar las sombrillas... a no ser que queráis que se os queme la piel. —Las tres jóvenes abandonaron la suite y avanzaron por el pasillo con paso digno. Antes de que doblaran la esquina para acercarse a la elegante escalinata, percibieron un inusual altercado en el siempre decoroso hotel.

Una maraña de voces masculinas inundaba el aire, algunas agitadas y otras enojadas, y varias de ellas tenían acento extranjero. Luego se oyó un fuerte golpetazo y un extraño traqueteo metálico.

—¿Qué demonios...? —dijo por lo bajo la señorita Marks.

Al doblar la esquina, las tres se detuvieron bruscamente al ver a media docena de hombres apiñados junto al montaplatos. Un agudo chillido cortó el aire.

—¿Ha sido una mujer? —preguntó Poppy, palideciendo—. ¿O un niño?

—Quedaos aquí —dijo la señorita Marks con voz tensa—. Voy a averiguar qué pasa.

Las tres dieron un brinco al oír una serie de gritos que parecían llenos de pánico.

—Es un niño —dijo Poppy, echando a andar a pesar de la orden de la señorita Marks de no moverse de donde estaban—. Tenemos que ayudarle.

Beatrix ya había pasado junto a ella corriendo.

—No es un niño —dijo por encima del hombro—. ¡Es un mono!

6

Había pocas actividades que Harry disfrutara tanto como practicar esgrima, sobre todo ahora que se había convertido en un arte obsoleto. Las espadas ya no eran un arma necesaria, ni siquiera como complemento de moda, y quienes practicaban tal disciplina eran casi en su mayoría oficiales del ejército y un puñado de aficionados entusiastas. Pero a Harry le gustaba la elegancia que la esgrima poseía y la precisión que se requería, tanto física como mental. Un esgrimista tenía que planear cualquier movimiento por adelantado, algo que ya formaba parte de la naturaleza de Harry.

Un año antes se había unido a un club de esgrima que contaba con casi cien miembros, entre los que había lores, banqueros, actores, políticos y militares de distintos rangos. Tres veces a la semana, Harry y algunos amigos de confianza se reunían en el club y practicaban con floretes con la punta protegida bajo la atenta mirada del profesor. Aunque el club disponía de un vestuario y de baños con duchas, a menudo había cola, por lo que Harry solía volver al hotel en cuanto acababa la clase.

El entrenamiento de esa mañana había sido especialmente duro, pues el profesor les había enseñado nuevas técnicas para luchar contra dos adversarios a la vez. Aunque había sido un ejercicio muy extenuante, también resultó ser todo un desafío, y todos habían acabado cansados y magullados. Harry había recibido varios impactos en el pecho y en el bíceps, y ahora estaba cubierto de sudor.

Cuando regresó al hotel, todavía llevaba puesto el uniforme de esgrima blanco, aunque se había quitado las protecciones de cuero acolchadas. Estaba deseando darse una buena ducha, pero no tardó en darse cuenta de que eso tendría que esperar.

Uno de los gerentes, un joven con gafas llamado William Cullip, le abordó en cuanto entró por la puerta trasera del hotel. La cara de Cullip estaba llena de ansiedad.

—Señor Rutledge —le dijo en tono de disculpa—, el señor Valentine me ha pedido que le dijera en cuanto regresara al hotel que tenemos un... Bueno, un pequeño problema.

Harry clavó la mirada en él sin decir nada y esperó con forzada paciencia. A Cullip no se le podía meter prisa si no quería que tardara toda una eternidad en decir lo que tuviera que decir.

—Implica a los diplomáticos de Nagaraja —continuó el gerente.

—¿Han vuelto a encender otro fuego?

—No, señor. Tiene que ver con uno de los artículos de regalo que los emisarios de Nagaraja han traído de su país para entregarle mañana a la reina. Lo han perdido.

Harry frunció el ceño, pensando en la colección de piedras preciosas de valor incalculable, obras de arte y telas que los nagarajaníes habían traído.

—Sus posesiones están guardadas bajo llave en el sótano. ¿Cómo pueden haber perdido algo?

Cullip soltó un profundo suspiro.

—Bueno, señor, al parecer tenían ese regalo en particular consigo en la suite.

Harry arqueó las cejas.

—¿De qué diablos estás hablando, Cullip?

—Entre los regalos que los nagarajaníes han traído a la reina hay un par de animales raros. Unos macacos azules que sólo habitan en los bosques de tecas de Nagaraja. Van a donarlos al zoológico de Regent's Park. Evidentemente, cada macaco estaba encerrado en su propia jaula, pero de alguna manera uno de ellos consiguió abrir el cerrojo y...

—¿¡Qué demonios estás diciendo!? —Aunque la incredulidad fue superada con rapidez por el enfado, Harry logró mantener el tono de voz tranquilo—. ¿Se puede saber por qué nadie se ha molestado en informarme de que alojamos a una pareja de monos en el hotel?

—Al parecer existe cierta confusión sobre ese punto en cuestión, señor. El señor Lufton, de recepción, está seguro de haber incluido dicha información en su informe, pero el señor Valentine dijo que jamás ha leído nada al respecto y no tardó en perder los estribos, asustando a una doncella y a dos lacayos. Y ahora todos están buscando al macaco con la máxima discreción posible, asegurándose de no alertar a los huéspedes de la presencia...

—Cullip. —Harry apretó los dientes en un esfuerzo por mantener la calma—. ¿Cuánto tiempo hace que se perdió el macaco?

—Calculamos que unos cuarenta y cinco minutos.

—¿Dónde está Valentine?

—La última vez que lo vi se dirigía al tercer piso. Una de las criadas había descubierto algo que parecían excrementos cerca del montaplatos.

—Excrementos de mono cerca del montaplatos —repitió Harry casi sin poder creérselo. Santo Dios. Lo único que faltaba para que empeoraran aún más las cosas era que uno de sus huéspedes de edad avanzada sufriera una apoplejía ante la visión de un animal salvaje o que aquel macaco mordiera a una mujer o un niño, eso sí que sería desastroso.

No resultaría fácil encontrar a esa condenada criatura. El hotel era un laberinto de pasillos, puertas secretas y pasadizos ocultos. Podrían tardar días en dar con el animal, durante los cuales el Rutledge sería un auténtico caos. Su negocio se iría a pique. Y lo que era todavía peor, sería objeto de burlas durante años. Y para cuando los humoristas acabaran con él...

—Por Dios, van a rodar cabezas —dijo Harry con una letal suavidad en la voz que hizo que Cullip se sobresaltara—. Ve a mis habitaciones, Cullip, y coge el Dreyse del gabinete de caoba de mi despacho privado.

El joven gerente pareció quedarse perplejo.

—¿El Dreyse, señor?

—Es una escopeta. Es la única arma de retroceso que hay en el gabinete.

—¿Arma de retroceso...?

—Es el arma marrón —dijo Harry sin perder la calma—. Con una palanca de seguro a un lado.

—¡Entendido, señor!

—Y, por el amor de Dios, ni se te ocurra apuntar a nadie con ella. Está cargada.

Con el florete todavía en la mano, Harry se dirigió con rapidez a la escalera de servicio. Subió los escalones de dos en dos y pasó corriendo junto a un par de doncellas que llevaban unos grandes cestos de ropa.

Al llegar al tercer piso se encaminó al montaplatos, donde se encontró con Valentine, los tres diplomáticos de Nagaraja, y Brimbley, el administrador de la tercera planta. Muy cerca de ellos había una jaula de madera con barrotes de metal. Los hombres estaban reunidos en torno a la abertura del montaplatos y miraban hacia dentro.

—Valentine —dijo Harry bruscamente, avanzando con paso firme hasta el hombre que era su mano derecha—. ¿Lo habéis encontrado?

Jake Valentine le dirigió una mirada angustiada.

—Ha trepado hasta la polea de la cuerda del montaplatos. Ahora está sentado encima del soporte. Cada vez que intentamos bajarlo, se sube a la cuerda y trepa hacia arriba.

—¿Está lo suficientemente cerca para que pueda alcanzarle?

Valentine dirigió la mirada al florete que empuñaba su patrón. Agrandó los ojos oscuros al darse cuenta de que Harry tenía intención de clavárselo a la criatura antes de permitir que ésta deambulara libremente por el hotel.

—No creo —dijo Valentine—. Lo más probable es que lo único que consiga sea ponerle más nervioso.

—¿Habéis intentado atraerlo con comida?

—No se deja engañar. Yo mismo metí el brazo por el hueco para ofrecerle una manzana, pero intentó morderme la mano. —Valentine le dirigió una mirada preocupada al montaplatos, donde los demás hombres silbaban y emitían todo tipo de arrullos para que el obstinado mono bajara de una vez.

Uno de los nagarajaníes, un hombre delgado de mediana edad y ataviado con una túnica y un pañuelo estampado que le cubría los hombros, dio un paso al frente. Tenía una expresión tensa y angustiada.

—¿Es usted el señor Rutledge? Gracias por venir a ayudarnos a recuperar el regalo más preciado de los que traemos para la reina. Es un macaco de una raza poco común. Es muy especial. No debe sufrir ningún daño.

—¿Cómo se llama? —preguntó Harry bruscamente.

—Niran —dijo el diplomático.

—Señor Niran, aunque comprendo su preocupación por el animal, mi prioridad es proteger a mis huéspedes.

El nagarajaní le lanzó una mirada feroz.

—Si se atreve a hacerle daño al regalo de la reina, tenga por seguro que lo lamentará.

—Niran, si no encuentra una manera de sacar a ese animal de mi montaplatos y meterlo en esa jaula en menos de cinco minutos, voy a hacer kebab con él —dijo Harry serenamente mientras dirigía al diplomático una dura mirada.

Aquella declaración obtuvo como resultado una mirada indignada del nagarajaní, que echó a correr hacia el hueco del montaplatos. El mono soltó un grito excitado seguido por una serie de gruñidos.

—No tengo ni idea de qué es un kebab —dijo Valentine sin dirigirse a nadie en particular—, pero no creo que al mono le guste la idea.

Antes de que Harry pudiera responderle, Valentine divisó algo detrás de él y soltó un gemido.

—Huéspedes —masculló el ayudante.

—Maldita sea —dijo Harry por lo bajo, y se volvió hacia las personas que se acercaban, preguntándose qué iba a decirles.

Tres mujeres corrían hacia él, dos estaban un poco más rezagadas y seguían a una jovencita de cabello oscuro. Dio un respingo al

65

reconocer a Catherine Marks y a Poppy Hathaway. Supuso que la tercera mujer era Beatrix, que parecía decidida a pasar por encima de él en su prisa por llegar al montaplatos.

Harry se movió a un lado para bloquearle el paso.

—Buenos días, señorita. Me temo que no puede pasar por aquí. Ni tampoco creo que quiera.

La jovencita se detuvo de inmediato y lo miró con unos ojos del mismo color azul que los de su hermana. Catherine Marks le lanzó una mirada dura e irritada, mientras que Poppy respiraba hondo y se ruborizaba.

—Usted no conoce a mi hermana, señor —dijo Poppy—. Si hay una criatura salvaje en las cercanías, le aseguro que querrá verla.

—¿Qué le hace pensar que hay una criatura salvaje en mi hotel? —preguntó él como si la mera idea resultara inconcebible.

El macaco escogió ese momento para lanzar un chillido entusiasta.

Sosteniéndole la mirada, Poppy le dirigió una amplia sonrisa. A pesar de la irritación que le producía la situación y la falta de control que tenía sobre ella, Harry no pudo evitar devolverle la sonrisa. La joven era todavía más exquisita de lo que recordaba, con aquellos ojos de un azul oscuro y penetrante. Había muchas mujeres hermosas en Londres, pero ninguna de ellas poseía aquella perturbadora combinación de inteligencia y encanto sutil. En ese momento, lo único que Harry quería era llevársela a algún sitio y tenerla sólo para él.

Sin embargo, se obligó a mantener la expresión neutra y se recordó que, aunque se habían conocido el día anterior, se suponía que la joven y él no habían sido presentados, así que hizo una reverencia con impecable cortesía.

—Harry Rutledge, para servirla.

—Yo soy Beatrix Hathaway —dijo la jovencita—. Éstas son mi hermana Poppy y nuestra acompañante, la señorita Marks. Hay un mono en el montaplatos, ¿verdad? —Parecía sorprendentemente tranquila, como si descubrir animales exóticos en el edificio donde vivía fuera algo de lo más normal.

—Sí, pero...

—Jamás le atraparán de esa manera —le interrumpió Beatrix.

Harry, al que nadie había interrumpido nunca, se encontró conteniendo una sonrisa.

—Le aseguro que tenemos la situación controlada...

—Necesitan ayuda —repuso Beatrix—. Vuelvo enseguida. Mientras tanto dejen al mono tranquilo. Y ni se le ocurra utilizar esa espada... podría hacerle daño sin querer. —Sin decir nada más, se alejó corriendo en la misma dirección por la que había venido.

—No sería sin querer —masculló Harry.

La señorita Marks dejó de mirar a Harry para observar con la boca abierta a su pupila, que corría como alma que lleva el diablo.

—Beatrix, no corras de esa manera por el hotel. ¡Detente de inmediato!

—Creo que tiene un plan —comentó Poppy—. Será mejor que la siga, señorita Marks.

La acompañante le dirigió una mirada suplicante.

—Tendrás que acompañarme.

Pero Poppy no se movió del lugar.

—La esperaré aquí, señorita Marks —se limitó a decir con aire inocente.

—Pero no es decoroso —dijo la acompañante paseando la mirada de la figura de Beatrix que se alejaba con rapidez a Poppy que permanecía inmóvil. Decidiendo en un instante que Beatrix planteaba un problema mayor, se dio la vuelta con una maldición impropia de una dama y corrió detrás de su pupila.

Harry se encontró a solas con Poppy quien, como su hermana, parecía sorprendentemente impasible ante las travesuras del macaco. Se miraron el uno al otro, él sosteniendo el florete y ella, la sombrilla.

Poppy deslizó la mirada por el uniforme blanco de esgrima y, en vez de permanecer tímidamente en silencio o de exhibir el nerviosismo propio de una señorita sin carabina que la protegiera, se puso a conversar con él.

—Mi padre decía que la esgrima era al cuerpo lo que el ajedrez a la mente —dijo—. Admiraba mucho ese deporte.

—Todavía soy un principiante —dijo Harry.

—Según mi padre, el truco consiste en sostener el florete como si fuera un pajarito apresado en la mano, con la suficiente fuerza para impedir que escape, pero con la suavidad necesaria para no aplastarlo.

—¿Su padre le dio lecciones de esgrima?

—Oh, sí. Mi padre nos animaba a mis hermanas y a mí a practicarla. Decía que ningún otro deporte era tan adecuado para una mujer.

—Por supuesto. Las mujeres son muy rápidas y ágiles.

Poppy le dirigió una sonrisa de pesar.

—Parece que no tanto como para eludirle a usted.

Con ese sencillo comentario, cargado de humor irónico, se burlaba suavemente tanto de él como de ella misma.

De alguna manera, ahora estaban más cerca el uno del otro, aunque Harry no estaba seguro de quién se había acercado primero. Poppy emitía un olor delicioso, a perfume, jabón y piel dulce. Recordó lo suave que era su boca y deseó tanto volver a besarla que tuvo que recurrir a toda su fuerza de voluntad para no cogerla entre sus brazos. Se quedó aturdido al comprender que casi se había quedado sin aliento.

—¡Señor! —La voz de Valentine le sacó de su ensimismamiento—. El macaco está trepando por la cuerda.

—No irá a ninguna parte —dijo Harry lacónicamente—. Prueba a mover el montaplatos hacia arriba a ver si podemos atraparlo contra el techo.

—¡Podría herir al macaco! —exclamó uno de los nagarajaníes.

—Es una pena —dijo Harry, irritado por la distracción. No quería que le dijeran qué debería hacer para capturar un mono revoltoso. Lo que quería era estar a solas con Poppy Hathaway.

William Cullip llegó en ese momento, portando la escopeta Dreyse con mucho cuidado.

—¡Señor Rutledge, aquí tiene!

—Gracias. —Harry alargó el brazo para cogerla, pero en ese momento, Poppy dio un paso atrás en un acto reflejo y sus hombros chocaron contra el pecho del propietario del hotel. Harry la agarró por los brazos y percibió los estremecimientos de pánico que atravesaban a la joven de los pies a la cabeza. Con suavidad, hizo que se diera la vuelta para mirarle. Tenía la cara pálida y la mirada desenfocada.

—¿Qué sucede? —le preguntó con suavidad, sosteniéndola contra él—. ¿Es por la escopeta? ¿Le dan miedo las armas?

Ella asintió con la cabeza, intentando respirar hondo.

Harry se quedó aturdido por la intensidad de su reacción ante ella. En ese momento sentía un enorme deseo de protegerla. Poppy se estremeció y se acercó más a él, poniéndole una mano en el pecho.

—Está bien. No pasa nada —murmuró él. No podía recordar la última vez que alguien había buscado refugio en él. En realidad, nunca lo había hecho nadie. Quiso estrecharla entre sus brazos y tranquilizarla. Parecía que eso era lo que él siempre había querido, lo que siempre había esperado, incluso sin saberlo.

Harry se dirigió a su empleado utilizando el mismo tono tranquilo.

—Cullip, ya no hace falta la escopeta. Llévala de vuelta al gabinete.

—Sí, señor Rutledge.

Poppy permaneció en el refugio de sus brazos, con la cabeza gacha. La oreja que apoyaba contra él parecía muy suave. La fragancia de su perfume inundaba las fosas nasales de Harry, embriagando todo su ser.

—Está bien —murmuró él otra vez, acariciándole la espalda con movimientos circulares—. Ya se la han llevado. Lamento que se haya asustado.

—No, yo... lo siento. —Poppy dio un paso atrás; su rostro, que antes estaba blanco como el papel, ahora estaba rojo como la grana—. No suelo ponerme nerviosa, es sólo que me ha pillado por sorpresa. Hace mucho tiempo... —Se interrumpió y se removió inquieta antes de mascullar—: No pienso balbucear ni ponerme a parlotear.

Harry no quería que se callara. Todo lo que concernía a Poppy le resultaba muy interesante, aunque no podía explicar por qué. Sencillamente era así.

—Cuénteme —dijo él en voz baja.

Poppy hizo un gesto de impotencia y le lanzó una mirada sardónica que decía que ya se lo había advertido.

—Cuando era niña, uno de mis parientes favoritos era mi tío Howard, el hermano de mi padre. No estaba casado y no tuvo hijos, así que volcó toda su atención en nosotros.

Una sonrisa llena de añoranza le curvó los labios.

—Tío Howard tenía mucha paciencia conmigo. Mi cháchara incesante volvía loca a toda mi familia, pero él siempre me escuchaba como si dispusiera de todo el tiempo del mundo. Una mañana vino a visitarnos mientras mi padre estaba de caza con algunos hombres del pueblo. Cuando regresaron con una ristra de aves, tío Howard y yo fuimos al final de la carretera para reunirnos con ellos. Pero entonces, el rifle de alguien se disparó accidentalmente... Aún hoy, sigo sin saber si falló el seguro o si el hombre no lo había puesto. Recuerdo el sonido del disparo, retumbó como un trueno, y noté unas dolorosas punzadas en el brazo y en el hombro. Me giré para decírselo a tío Howard, pero él se estaba cayendo lentamente al suelo. Le habían herido de muerte y a mí me habían alcanzado algunos perdigones perdidos.

Poppy vaciló con los ojos muy brillantes.

—Estaba lleno de sangre. Me arrodillé a su lado y le puse el brazo debajo de la cabeza, luego le pregunté qué debía hacer. Me susurró que siempre debía ser una buena chica, con el fin de que pudiésemos reencontrarnos algún día en el cielo. —Poppy se aclaró la garganta y suspiró bruscamente—. Perdóneme. Hablo demasiado. No debería...

—No —dijo Harry, abrumado por una extraña y desconocida emoción que lo desconcertaba—. Podría estar escuchándola todo el día.

Poppy parpadeó sorprendida, emergiendo de la melancolía que la había envuelto. Una tímida sonrisa curvó sus labios.

—Aparte de mi tío Howard, es usted el primer hombre que me dice eso.

Fueron interrumpidos por las exclamaciones de los hombres reunidos en torno a la cuerda del montaplatos cuando el macaco trepó más alto.

—Maldita sea —masculló Harry.

—Por favor, espere un momento más —dijo Poppy con seriedad—. Mi hermana es muy buena con los animales. Hará que salga de ahí sin que resulte herido.

—¿Tiene experiencia con los primates? —preguntó Harry sarcásticamente.

Poppy consideró la pregunta un momento.

—Sólo con los que hemos conocido en la temporada londinense. ¿Eso cuenta?

Harry se rio entre dientes, con una diversión genuina; algo tan impropio de él que Valentine y Brimbley le lanzaron una mirada de asombro.

Beatrix regresó rápidamente junto a ellos, sosteniendo un objeto con firmeza entre los brazos y haciendo caso omiso de la señorita Marks, que iba detrás de ella regañándola sin parar.

—Ya estamos aquí —dijo Beatrix alegremente.

—¿Nuestro frasco de confites? —preguntó Poppy.

—Ya le hemos ofrecido comida, señorita —dijo Valentine—. No picará.

—Esta vez sí. —Beatrix se dirigió con paso firme hasta el hueco del montaplatos—. Enviémosle el frasco.

—¿Ha adulterado los dulces? —preguntó Valentine en tono esperanzado.

Los tres emisarios de Nagaraja exclamaron con ansiedad que no querían que el macaco fuera drogado o envenenado.

—No, no, no —dijo Beatrix—. Podría caerse si hiciera eso, y no queremos que ese precioso animal sufra daño alguno.

Los extranjeros se calmaron ante esa declaración.

—¿Cómo puedo ayudarte, Bea? —preguntó Poppy, acercándose a ella.

Su hermana menor le dio un largo cordón de seda.

—Átalo alrededor del cuello del frasco, por favor. Tus nudos son mucho mejores que los míos.

—¿Un ballestrinque? —sugirió Poppy, cogiendo la cuerda.

—Sí, ése es perfecto.

Jake Valentine lanzó una mirada desconfiada a las dos atareadas jóvenes y luego se volvió hacia Harry.

—Señor Rutledge.

Harry hizo un gesto para que guardara silencio y dejara que las hermanas Hathaway se encargaran del asunto. Funcionara o no, él estaba disfrutando demasiado de todo aquello para detenerlas.

—¿Podrías hacer un nudo corredizo en el otro extremo? —le preguntó Beatrix a Poppy.

La joven frunció el ceño.

—¿Un nudo corredizo? No sé si recordaré cómo hacerlo.

—Permítame —se ofreció voluntario Harry, dando un paso adelante.

Poppy le entregó el extremo de la cuerda con los ojos chispeantes.

Harry cogió el cabo del cordón e hizo una pelota con él, envolviéndolo varias veces alrededor de sus dedos. Luego pasó el cabo libre por el hueco. En un gesto teatral, tensó la cuerda con una hábil floritura.

—Maravilloso —dijo Poppy—. ¿Qué clase de nudo es?

—Aunque parezca una ironía —respondió Harry—, se le conoce como el «puño de mono».

Poppy sonrió.

—¿De veras? No, tiene que estar de broma.

—Jamás bromeo sobre nudos. Un nudo bien hecho es algo muy hermoso. —Harry le dio la cuerda a Beatrix y observó cómo ella ponía el frasco encima del soporte del montaplatos. En ese momento se dio cuenta de cuál era su plan.

—Chica lista —murmuró.

—Puede que no funcione —dijo Beatrix—. Todo depende de si el mono es más inteligente que nosotros o no.

—Temo conocer la respuesta —contestó Harry secamente. Metiendo la mano dentro del hueco del montaplatos, comenzó a tirar de la cuerda lentamente, subiendo el frasco hacia el macaco, mientras Beatrix agarraba el cordón de seda.

Todos guardaron silencio y contuvieron el aliento mientras esperaban.

«Toc.»

El mono había bajado al soporte del montaplatos. Unos gruñidos y chillidos resonaron en el conducto. Un traqueteo, silencio y, de repente, un fuerte tirón del cordón. Una serie de gritos ofendidos llenaron el aire y unos pesados golpes sacudieron el montaplatos.

—Lo hemos atrapado —exclamó Beatrix.

Harry cogió el cordón de sus manos mientras Valentine bajaba el montaplatos.

—Por favor, señorita Hathaway, retírese un poco.

—Deje que me encargue yo —le urgió Beatrix—. Es probable que el macaco se abalance sobre usted. Pero los animales confían en mí.

—No obstante, no puedo arriesgarme a que uno de mis clientes resulte herido.

Poppy y la señorita Marks apartaron a Beatrix del montaplatos. Todos se quedaron sin aliento cuando un enorme macaco negro y azul apareció ante ellos. Tenía los ojos grandes y brillantes sobre un hocico sin pelo y movía compulsivamente la cabeza sacudiendo el pelaje. El mono era de complexión fuerte y robusta y agitaba bruscamente la cola. Su cara expresiva estaba retorcida por la furia y sus dientes blancos brillaron cuando chilló.

Una de las manos parecía estar pegada al frasco de confites. El furioso macaco intentaba liberar frenéticamente la pata apresada, sin éxito alguno. El puño que había cerrado sobre los confites dentro del frasco era la razón por la que seguía cautivo, pues se negaba a soltarlos incluso para sacar la pata del frasco.

—¡Oh, es precioso! —dijo Beatrix, entusiasmada.

—Quizá sea una macaca —dijo Poppy con aire dudoso.

Harry sostenía el cabo del cordón con una mano y el florete con la otra. El macaco era más grande de lo que había imaginado y, si se descuidaba, podía infligirle un daño considerable. Resultaba evidente que estaba considerando a quién debía atacar primero.

—Vamos, amigo —murmuró Harry, tratando de conducir al mono a la jaula abierta.

Beatrix metió la mano en el bolsillo y sacó algunos dulces, lanzándolos al interior de la jaula.

—Ahí tienes, amiguito —le dijo al macaco—. Están muy buenos. Venga, no hace falta montar tanto escándalo.

Milagrosamente, el mono obedeció, arrastrando el frasco con él. Después de brindarle a Harry una mirada airada, entró en la jaula y recogió los dulces desparramados con la mano libre.

—Deme el frasco —dijo Beatrix con paciencia, tirando del cordón para sacarlo de la jaula. Le lanzó al macaco un último puñado de dulces y cerró la puerta con barrotes. Los nagarajaníes se apresuraron a echarle el cerrojo.

—Quiero que pongan otros dos cerrojos en la jaula —le dijo Harry a Valentine—, y también en la jaula del otro mono. Y luego que los lleven lo más pronto posible a Regent's Park.

—Sí, señor.

Poppy se acercó a su hermana, abrazándola con manifiesto afecto.

—Muy bien hecho, Bea —exclamó—. ¿Cómo supiste que el mono no soltaría los confites?

—Porque es un hecho de sobra conocido que los monos son casi tan golosos como las personas —dijo Beatrix, y Poppy se rio.

—Chicas —dijo la señorita Marks en voz baja, intentando que guardaran silencio y conducirlas fuera de allí—. Esto es de lo más indecoroso. Debemos irnos.

—Sí, por supuesto —dijo Poppy—. Lo siento, señorita Marks. Continuaremos con nuestro paseo.

Sin embargo, el intento de la acompañante de alejar de allí a las dos hermanas Hathaway se vio frustrado cuando los nagarajaníes se apiñaron alrededor de Beatrix.

—Nos ha hecho un gran favor —dijo Niran, el diplomático que llevaba la voz cantante—. Un enorme favor, en realidad. Tiene la gratitud de nuestro país y de nuestro rey y será recomendada a Su Majestad la reina Victoria por su valiente ayuda...

—No, gracias —intercedió la señorita Marks con firmeza—. La señorita Hathaway no desea ser recomendada. Perjudicarán su reputación si exponen lo sucedido públicamente. Si de verdad quieren agradecer su amabilidad, les rogamos que la recompensen con su silencio.

Aquello produjo más debate y vigorosos asentimientos.

Beatrix suspiró y observó cómo se llevaban al macaco en su jaula.

—Me gustaría tener un mono —dijo con tristeza.

La señorita Marks le dirigió a Poppy una mirada sufrida.

—Y yo desearía que estuviera igual de ansiosa por conseguir un marido.

Conteniendo una carcajada, Poppy intentó parecer comprensiva.

—Hay que limpiar el montaplatos —le dijo Harry a Valentine y a Brimbley—. Quiero que quede como los chorros del oro.

Los hombres se apresuraron a obedecer; el mayor usando las poleas para enviar abajo el montaplatos, mientras Valentine se alejaba con unas rápidas y firmes zancadas.

Harry miró a las tres jóvenes, demorándose un poco más en el decidido semblante de la señorita Marks.

—Señoras, gracias por su ayuda.

—De nada —dijo Poppy con la risa bailando en los ojos—. Si vuelven a tener problemas con monos recalcitrantes, no dude en avisarnos.

La sangre de Harry corrió por sus venas cuando unas lujuriosas imágenes llenaron su mente... de ella, contra él, debajo de él. De esa boca sonriéndole sólo a él y susurrándole al oído. De su piel, suave y marfileña, pálida en la oscuridad. Se le calentó la sangre como si en realidad estuviera tocando a la joven en ese momento.

Poppy valía su peso en oro, pensó; incluso merecía la pena perder los últimos vestigios de su alma por ella.

—Buenos días —se escuchó decir, con voz ronca pero educada. Luego se obligó a darse la vuelta y a alejarse.

Por ahora.

7

—Ahora comprendo lo que me quisiste dar a entender antes —le dijo Beatrix a Poppy después de que la señorita Marks saliera a hacer un recado. Poppy se había tumbado en la cama mientras Beatrix lavaba a *Dodger* y lo secaba con una toalla ante la chimenea—. Cuando me hablaste del señor Rutledge —continuó—. No es de extrañar que dijeras que te resultaba inquietante. —Hizo una pausa para brindarle una amplia sonrisa al hurón que se retorcía feliz en la toalla—. *Dodger*, te gusta estar limpito, ¿verdad? Hueles de maravilla después de un buen baño.

—Siempre dices lo mismo y siempre huele igual. —Poppy se apoyó en un codo y los observó, con el pelo cayéndole sobre los hombros. Se sentía demasiado inquieta para dormir—. Entonces, ¿también te resulta inquietante el señor Rutledge?

—No, pero entiendo a qué te refieres. Te observa como si fuera un depredador. De esos que acechan a sus presas justo antes de lanzarse a por ellas.

—Qué dramática eres —dijo Poppy con una sonrisa despectiva—. No es un depredador, Bea, tan sólo es un hombre.

Beatrix no respondió y siguió secando el pelaje de *Dodger*. Cuando se inclinó sobre él, el hurón se estiró y le lamió la nariz con cariño.

—Poppy —murmuró—, por más que la señorita Marks intente hacer de mí una señorita y yo me esfuerce en seguir sus consejos, todavía observo el mundo a mi manera. Para mí, las personas no son muy diferentes de los animales. A fin de cuentas, todos somos criaturas de Dios, ¿no te parece? Siempre que conozco a alguien, sé de inmediato qué animal sería. Por ejemplo, cuando conocimos a Cam, supe, sin lugar a dudas, que era un zorro.

—Bueno, no niego que Cam es tan astuto como un zorro —dijo Poppy, divertida—. ¿Qué es Merripen? ¿Un oso?

—No, indudablemente es un caballo. Y Amelia, una gallina.

—Yo diría que nuestra hermana es más bien un búho.

—Sí, pero ¿recuerdas aquel día en Hampshire cuando una de nuestras gallinas salió en persecución de una vaca que se había acercado demasiado a su polluelo? Ésa es Amelia.

Poppy asintió con una sonrisa.

—Tienes razón.

—Y Win es un cisne.

—¿Y yo? ¿También soy un pájaro? ¿Tal vez una alondra o un petirrojo?

—No, tú eres un conejo.

—¿Un conejo? —Poppy torció el gesto—. No me gustan esos bichejos. ¿Por qué crees que soy un conejo?

—Oh, los conejos son unos animalitos muy tiernos y bellos a los que les gusta que les abracen y mimen. Son muy sociables, pero son más felices en pareja.

—Pero son tímidos —protestó Poppy.

—No siempre. Son lo suficientemente valientes como para estar en compañía de otras criaturas. Incluidos perros y gatos.

—Bueno —dijo Poppy con resignación—. Supongo que es mejor que ser un erizo.

—La señorita Marks es un erizo —dijo Beatrix en un tono que no admitía réplica y que hizo que Poppy esbozara una amplia sonrisa.

—Y tú eres un hurón, ¿verdad, Bea?

—Sí. Pero nos estamos yendo por la tangente.

—Lo siento, continúa.

—Iba a decirte que el señor Rutledge es un gato. Un cazador solitario. Uno al que, al parecer, le gusta mucho el conejo.

Poppy parpadeó desconcertada.

—¿Crees que está interesado en mí? Oh, Bea, lo ducho mucho. Ni siquiera creo que vuelva a verlo otra vez.

—Espero que tengas razón.

Poppy se puso de lado y observó a su hermana bajo el resplandor titilante del fuego de la chimenea mientras una gélida sensación de desasosiego le penetraba hasta los huesos.

No porque temiera a Harry Rutledge.

Sino porque le gustaba.

Catherine Marks sabía que Harry se traía algo entre manos. Siempre lo hacía. Desde luego, él no iba a tranquilizarla de ninguna manera, ya que lo que ella pensara le importaba un bledo. Consideraba que la mayoría de las personas, incluida Catherine, no merecían la más mínima atención.

Fuera lo que fuese el misterioso mecanismo que hacía bombear la sangre de Harry Rutledge en sus venas, no era un corazón.

A pesar de que hacía mucho tiempo que le conocía, Catherine jamás le había pedido nada, pues sabía que una vez que Harry le hacía un favor a alguien, lo apuntaba en el libro de cuentas invisible que llevaba en ese infernal y astuto cerebro suyo, y que sólo era cuestión de tiempo que exigiese un pago con intereses. La gente le temía por muy buenas razones. Harry tenía amigos y enemigos poderosos, aunque era muy probable que ni siquiera ellos supieran en cuál de las dos categorías se encontraban.

Su ayuda de cámara, su secretario, o lo que sea que fuera aquel hombre, la hizo pasar al regio apartamento de Harry. Catherine se lo agradeció con un frío y seco murmullo y tomó asiento en la sala de espera con las manos sobre el regazo. La sala en cuestión había sido diseñada para intimidar a las visitas, pues estaba decorada con telas pálidas y lujosas, mármoles fríos y arte renacentista de valor incalculable.

Harry entró en la estancia. Era una figura alta e impresionante, segura de sí misma. Como siempre, estaba elegantemente vestido con un traje a medida.

Se detuvo ante ella y la examinó con aquellos insolentes ojos verdes.

—Cat. Tienes buen aspecto.

—Vete al infierno —dijo ella quedamente.

La mirada de Harry cayó sobre los dedos entrelazados de la joven y esbozó una sonrisa perezosa.

—Supongo que para ti soy el diablo. —Señaló con la cabeza hacia el otro lado del sofá que ella ocupaba—. ¿Puedo?

Catherine asintió brevemente con la cabeza y esperó a que él tomara asiento antes de retomar la conversación.

—¿Por qué me has llamado? —preguntó con voz temblorosa.

—Lo de esta mañana fue muy divertido, ¿no te parece? Tus Hathaway son unas chicas encantadoras. Ciertamente, no son las típicas florecillas de la aristocracia.

Catherine levantó la mirada lentamente hacia la de él, intentando no estremecerse ante las insondables profundidades verdes. Harry era muy bueno ocultando sus pensamientos, pero esa mañana había mirado a Poppy con un deseo voraz, algo inusual en alguien tan disciplinado como él. Y Poppy no tenía ni idea de cómo defenderse de un hombre como Harry.

La joven se esforzó por mantener un tono de voz tranquilo.

—No pienso hablar de las hermanas Hathaway contigo. Y te advierto de que te mantengas alejado de ellas.

—¿Me adviertes? —repitió Harry suavemente, con los ojos chispeantes y llenos de burla.

—No permitiré que le hagas daño a mi familia.

—¿Tu familia? —Arqueó una de sus cejas oscuras—. Tú no tienes familia.

—Me refería a la familia para la que trabajo —dijo Catherine con fría dignidad—. Quiero que te mantengas alejado de mis pupilas. En especial de Poppy. Vi la manera en que la mirabas esta mañana. Si te atreves a hacerle daño de alguna manera...

—No tengo intención de hacerle daño a nadie.

—Pero en lo que a ti respecta, la gente siempre resulta herida sin importar cuáles sean tus intenciones —repuso Catherine, sintiendo una punzada de satisfacción al ver cómo él entrecerraba los ojos—. Poppy es demasiado buena para ti —continuó— y está fuera de tu alcance.

—Casi nada está fuera de mi alcance, Cat. —Lo dijo sin arrogancia, pero su tono revelaba una total certeza, lo que hizo que Catherine se sintiera aún más atemorizada.

—Poppy está prácticamente prometida —respondió ella bruscamente—. Está enamorada de un joven.

—De Michael Bayning.

El corazón de Catherine comenzó a palpitar con temor.

—¿Cómo sabes eso?

Harry ignoró la pregunta.

—¿De verdad piensas que el vizconde Andover, un hombre conocido por sus grandes aspiraciones, permitirá que su hijo se case con una Hathaway?

—Pues sí. El vizconde quiere a su hijo y, sin duda alguna, pasará por alto el hecho de que Poppy provenga de una familia poco convencional. No podría encontrar mejor madre que ella para sus futuros nietos.

—Es un aristócrata. Los orígenes lo son todo para él. Y aunque los de Poppy han dado lugar a alguien encantador, están muy lejos de ser puros.

—Su hermano es lord —espetó Catherine.

—Sólo por casualidad. Los Hathaway pertenecen a la rama más alejada del árbol genealógico. Puede que Ramsay haya heredado un título, pero en lo que a términos de aristocracia se refiere, no es más noble que tú o que yo. Y Andover lo sabe.

—Qué esnob eres —observó Catherine en el tono más calmado posible.

—En absoluto. A mí me importa un bledo qué tipo de sangre tengan los Hathaway. De hecho, me gustan tal y como son. Todas esas jóvenes anémicas de la aristocracia no llegan ni a la suela de los zapatos de las dos jóvenes que vi esta mañana. —La sonrisa de Harry fue genuina durante un deslumbrante momento—. Vaya par. Atrapar a un mono salvaje con un frasco de confites y una cuerda.

—Déjalas en paz —dijo Catherine—. Juegas con la gente igual que un gato con los ratones. ¿Por qué no te buscas otro entretenimiento, Harry? Bien sabe Dios que hay montones de mujeres dispuestas a hacer cualquier cosa por complacerte.

—Eso es lo que las hace tan aburridas —dijo Harry con voz grave—. No, no te vayas aún. Hay algo que quiero preguntarte. ¿Te ha comentado Poppy algo de mí?

Desconcertada, Catherine negó con la cabeza.

—Sólo que le resultaba interesante haber podido ponerle cara por fin al misterioso dueño del hotel. —Catherine lo miró fijamente—. ¿Qué otra cosa me iba a decir?

Harry adoptó una expresión inocente.

—Nada. Sólo me preguntaba si la habría dejado impresionada de alguna manera.

—Estoy segura de que Poppy no te ha dedicado ni un solo pensamiento. Siente afecto por el señor Bayning que, a diferencia de ti, es un hombre bueno y honorable.

—Eso me hiere profundamente. Por fortuna, en temas de amor la mayoría de las mujeres pueden ser persuadidas para que escojan a un hombre malo en vez de a uno bueno.

—Si supieras algo sobre el amor, Harry —dijo Catherine con brusquedad—, sabrías que Poppy jamás elegiría a un hombre al que no hubiera entregado su corazón.

—Él puede quedarse con su corazón —fue la despreocupada respuesta de Harry—, siempre y cuando el resto sea mío.

Mientras Catherine balbuceaba llena de indignación, Harry se puso de pie y se dirigió a la puerta.

—Deja que te acompañe a la puerta. Sin duda alguna querrás regresar lo antes posible a la suite y hacer sonar las alarmas. Pero no servirá de nada.

Hacía mucho tiempo que Catherine no sentía esa insondable ansiedad. Harry... Poppy... ¿Realmente había puesto sus miras en su pupila o, simplemente, había decidido torturar a Catherine con una broma cruel?

No, no estaba actuando. Por supuesto que Harry quería a Poppy, una joven que poseía una calidez, una espontaneidad y una bondad de la que carecía el sofisticado mundo de él. Harry quería satisfacer sus propias e inagotables necesidades y, una vez que hubiera terminado con Poppy, le habría robado toda la felicidad y el inocente encanto que le había atraído desde el principio.

Catherine no sabía qué hacer. No podía revelar a nadie su relación con Harry Rutledge y él lo sabía.

La única opción que le quedaba era asegurarse de que Poppy se prometía en matrimonio con Michael Bayning y de que el compromiso se anunciara públicamente lo antes posible. Por lo pronto, Bayning conocería a la familia y les acompañaría al concurso de floricultura que se celebraría al día siguiente. Después de eso, Catherine tendría que encontrar la manera de apresurar el cortejo. Les diría a Cam y a Amelia que presionaran a la pareja para que la boda se celebrara lo más rápido posible.

Y si por alguna razón no llegara a concretarse aquel compromiso matrimonial, Catherine pensaba sugerir hacer un viaje al extranjero con su pupila. Quizás a Francia o a Italia. Incluso soportaría la compañía del irritante lord Ramsay, si éste quería acompañarlas. Cualquier cosa con tal de proteger a Poppy de Harry Rutledge.

—Despierta, dormilón. —Amelia recorrió el dormitorio vestida con un camisón de suave encaje y la bata a juego; llevaba el pelo oscuro recogido en una gruesa trenza sobre el hombro. Acababa de alimentar a su bebé. Tras dejarle al cuidado de la niñera, había regresado al dormitorio para despertar a su marido.

La tendencia natural de Cam era permanecer despierto hasta altas horas de la noche y levantarse bien entrado el día. Aquella costumbre era totalmente opuesta a la de Amelia, cuya filosofía era la de acostarse pronto y levantarse temprano.

Acercándose a las ventanas, abrió de un tirón las cortinas para que la luz del sol matutino entrara en la estancia. Fue recompensada con un gemido de protesta proveniente de la cama.

—Buenos días —dijo ella jovialmente—. La doncella llegará en cualquier momento para ayudarme a vestir. Será mejor que te pongas algo.

Se dirigió al tocador y abrió un cajón para coger unas medias bordadas.

Por el rabillo del ojo vio que Cam se estiraba en la cama; la piel que cubría el cuerpo ágil y musculoso de su marido brillaba como la miel.

—Ven aquí —dijo Cam con la voz más ronca por el sueño, apartando la ropa de cama.

Ella soltó una risita.

—Ni hablar. Tengo mucho que hacer. Todos están ocupados menos tú.

—Pienso ponerle remedio a eso en este mismo momento. Ven aquí, *Monisha*, no me obligues a perseguirte tan temprano.

Amelia le dirigió una mirada severa mientras le obedecía.

—No es temprano. De hecho, como no te asees y te vistas pronto, llegaremos tarde al concurso de floricultura.

—¿Cómo vamos a llegar tarde a una cita con flores? —Cam meneó la cabeza y sonrió, como siempre hacía cuando ella decía algo que él consideraba un disparate de los *gadjos*. Tenía una mirada ardiente y somnolienta—. Vamos, acércate un poco más.

—Dejémoslo para más tarde. —Ella soltó una risa ahogada cuando él alargó la mano con una agilidad asombrosa y le agarró la muñeca—. Cam, no.

—Una buena esposa gitana jamás rechaza a su marido —bromeó.

—La doncella... —dijo ella con un jadeo cuando fue arrojada sobre las mantas y apresada bajo toda aquella piel, cálida y dorada.

—La doncella puede esperar. —Cam le desató la bata y deslizó la mano por debajo del encaje del camisón, explorando con la punta de los dedos las sensibles curvas de los pechos.

La risita tonta de Amelia se desvaneció. Él sabía lo que sucedía cuando se acercaba tanto a ella y jamás dudaba en aprovecharse ventajosamente de las sensaciones que provocaba en su esposa. Amelia cerró los ojos al mismo tiempo que llevaba la mano a la nuca de su marido. Los mechones sedosos del pelo de Cam se le deslizaron entre los dedos como si fueran líquido.

Cam la besó en la tierna y sensible garganta mientras introducía una de sus rodillas entre las piernas de ella.

—Es ahora —murmuró él— o detrás de los rododendros en el concurso de floricultura. Tú eliges.

Ella se contorsionó un poco, no en señal de protesta sino de excitación, cuando él le atrapó los brazos con las mangas de la bata.

—Cam —logró decir Amelia mientras él inclinaba la cabeza sobre los pechos expuestos—. Vamos a llegar terriblemente tarde...

Él murmuró su deseo por ella, hablando en romaní como hacía cada vez que su estado de ánimo se volvía incivilizado, y las exóticas palabras cayeron como cera caliente sobre la sensible piel de Amelia. Durante varios minutos, él la poseyó, consumido por ella, con una falta de inhibición que hubiera parecido salvaje de no haber sido tan tierno.

—Cam —dijo ella luego, rodeándole el cuello con los brazos—. ¿Hablarás hoy con el señor Bayning?

—¿Sobre pensamientos y prímulas?

—Sobre cuáles son sus intenciones hacia mi hermana.

Cam sonrió cuando ella le acarició un mechón de pelo.

—¿Te parecería mal que lo hiciera?

—No, de hecho, quiero que lo hagas. —Frunció el ceño—. Poppy se niega a que nadie critique al señor Bayning por esperar tanto tiempo para hablar con su padre.

Cam pasó suavemente la yema del pulgar por la frente de Amelia para borrar su ceño.

—Ya ha esperado demasiado tiempo. Desde el punto de vista de los romaníes, Bayning es uno de esos hombres a los que les gusta comer pescado, pero no quieren meterse en el agua.

Amelia respondió con una risita ahogada carente de humor.

—Es muy frustrante ver cómo intenta pasar de puntillas por un asunto así. Desearía que Bayning se enfrentara a su padre de una vez por todas.

—Un joven que espera heredar un título y unas propiedades como las que recibirá Bayning tiene que proceder con prudencia. —dijo Cam con sequedad, pues conocía bien las costumbres de la aristocracia desde sus días de gerente en una exclusiva casa de juego.

—No me importa. Le ha dado muchas esperanzas a mi hermana. Si al final todo queda en nada, quedará destrozada. Le ha pedido que no consienta que la cortejen otros hombres y lleva tonteando con ella toda la temporada...

—Chsss. —Cam rodó a un lado, llevándola consigo—. Estoy de acuerdo contigo, *Monisha*... Este cortejo encubierto debe salir a la luz. Me aseguraré de que Bayning comprenda que es hora de pasar a la acción. Y también hablaré con el vizconde, si eso sirve de ayuda.

—Gracias. —Amelia apoyó la mejilla en una de las duras curvas del torso de su marido, buscando consuelo—. Me alegraré mucho cuando todo esto se haya resuelto. Últimamente no puedo evitar tener el presentimiento de que las cosas no saldrán bien para Poppy y el señor Bayning. Espero equivocarme. Deseo tanto que Poppy sea feliz... ¿qué haremos si él le rompe el corazón?

—La cuidaremos —murmuró él, abrazándola con suavidad—. Y le daremos todo nuestro amor. Para eso está la familia.

8

Poppy se estaba volviendo loca. Se sentía muy nerviosa y exaltada mientras esperaba a Michael, que llegaría en cualquier momento para acompañar a la familia al concurso de floricultura. Después de tantos subterfugios, ése era el primer paso hacia un cortejo público.

Se había arreglado con especial esmero, con un vestido de paseo de color amarillo ribeteado con una cinta de terciopelo negro. La falda, de doble capa, estaba adornada con unos lazos de terciopelo del mismo tono. Beatrix llevaba un vestido parecido, sólo que el suyo era azul, con los adornos en color chocolate.

—Estáis preciosas —dijo la señorita Marks, sonriendo cuando las dos jóvenes entraron en la salita de la suite familiar—. Seréis las dos señoritas más elegantes del concurso de floricultura. —Se acercó a Poppy y alzó la mano para colocarle una de las horquillas que se le había soltado del pelo—. Presiento que el señor Bayning no te va a quitar la vista de encima —añadió.

—Se está retrasando un poco —dijo Poppy con voz tensa—. No es propio de él. Espero que no le haya surgido ningún problema.

—Llegará en cualquier momento, estoy segura.

Cam y Amelia entraron en la estancia. Esta última estaba radiante, con un vestido rosa y un cinturón de piel color bronce, ceñido a su pequeña cintura, a juego con los botines.

—Hace un día precioso para salir de paseo —dijo Amelia, con chispeantes ojos azules—. Aunque dudo mucho de que te fijes en las flores, Poppy.

Llevándose una mano al estómago, Poppy soltó un suspiro tembloroso.

—Me estoy poniendo muy nerviosa.

—Lo sé, querida. —Amelia se acercó a abrazarla—. Es por eso que doy gracias a Dios por no haber tenido que sufrir nunca una temporada en Londres. Jamás lo habría soportado con tanta paciencia como tú. Realmente, deberían cobrar un impuesto a los solteros de Londres que tardaran en contraer matrimonio. Así los cortejos serían más cortos.

—No entiendo por qué la gente tiene que casarse —dijo Beatrix—. A Adán y a Eva no les casó nadie. Vivieron juntos con total naturalidad. ¿Por qué nosotros tenemos que perder el tiempo con una boda si ellos no lo hicieron?

Poppy soltó una risita nerviosa.

—Cuando llegue el señor Bayning —dijo ella—, no quiero que saques a colación este tipo de temas extravagantes, Bea. Me temo que él no está acostumbrado a nuestra manera de... Bien, a nuestros...

—¿Floridos debates? —sugirió la señorita Marks.

Amelia sonrió ampliamente.

—No te preocupes, Poppy. Nos comportaremos de una manera tan seria y correcta que incluso le pareceremos aburridos.

—Gracias —dijo Poppy con fervor.

—¿Yo también tengo que ser aburrida? —le preguntó Beatrix a la señorita Marks, que asintió con énfasis.

Con un suspiro, Beatrix se acercó a la mesa de la esquina y comenzó a vaciar los bolsillos.

A Poppy le dio un vuelco el corazón cuando oyó un golpe en la puerta.

—Ya está aquí —dijo con un grito ahogado.

—Abriré la puerta —dijo la señorita Marks, lanzándole a Poppy una cálida sonrisa—. Respira hondo, querida.

Poppy asintió con la cabeza e intentó tranquilizarse. Observó que Cam y Amelia intercambiaban una mirada que ella no pudo interpretar. El entendimiento entre la pareja era tan absoluto que parecía que podían leerse el pensamiento el uno al otro.

Poppy estaba tentada a sonreír cuando recordó el comentario que había hecho Beatrix de que los conejos eran más felices cuando vivían emparejados. Beatrix tenía razón. Poppy deseaba con fervor ser amada y formar parte de una pareja. En realidad, llevaba mucho tiempo esperando comprometerse; todavía seguía soltera cuando el resto de sus amigas de su misma edad ya se habían casado y tenían dos o tres niños. Parecía que los Hathaway estaban destinados a encontrar el amor más bien tarde que pronto.

Los pensamientos de Poppy se vieron interrumpidos cuando Michael entró en la salita y le hizo una reverencia. La sensación de felicidad que embargaba a la joven se desvaneció de golpe al ver la expresión del hombre; era tan sombría que no recordaba habérsela visto así nunca. Tenía el rostro pálido y los ojos enrojecidos, como si no hubiera dormido en toda la noche. Parecía enfermo. De hecho, era muy posible que lo estuviera.

—Señor Bayning —dijo ella con suavidad, con el corazón palpitando como el de un animalito que luchara por liberarse de una trampa—. ¿Se encuentra bien? ¿Ha ocurrido algo?

Los ojos castaño oscuro de Michael, tan cálidos por lo general, parecían apagados al mirar a la familia.

—Discúlpenme —dijo con voz ronca—. No sé qué decir. —Pareció quedarse sin aliento—. Tengo eh... un problema... muy serio. —Miró fijamente a Poppy—. Señorita Hathaway, debo hablar con usted. No sé si podríamos conversar un momento a solas...

La petición fue seguida por un profundo silencio. Cam se quedó mirando al joven con una expresión insondable mientras que Amelia sacudía la cabeza, como si negara lo que estaba a punto de ocurrir.

—Me temo que no es posible, señor Bayning —murmuró la señorita Marks—. Hemos de tener en cuenta la reputación de la señorita Hathaway.

—Por supuesto. —Se pasó la mano por la frente y Poppy se dio cuenta de que le temblaban los dedos.

Sin duda había ocurrido algo malo.

Una helada calma cayó sobre ella.

—Amelia —dijo con una voz aturdida que no reconoció como suya—, ¿podrías quedarte en la salita con nosotros?

—Sí, por supuesto.

El resto de la familia, incluida la señorita Marks, salió de la estancia.

Poppy sintió que un reguero de sudor frío se le deslizaba bajo la camisola, formándole unas manchas húmedas bajo los brazos. Se sentó en el sofá y observó a Michael con los ojos muy abiertos.

—Quizá debería sentarse —le dijo.

Él vaciló y miró a Amelia, que se había detenido al lado de la ventana.

—Por favor, tome asiento, señor Bayning —dijo Amelia sin apartar la mirada de la calle—. Estoy intentado fingir que no estoy aquí. Lamento que no puedan disponer de un poco más de intimidad, pero me temo que la señorita Marks tiene razón. Debemos proteger la reputación de Poppy.

Aunque no había rastro de reprimenda en el tono de Amelia, Michael se sobresaltó visiblemente. Se sentó junto a Poppy en el sofá, le cogió las manos e inclinó la cabeza sobre ellas. Tenía los dedos incluso más fríos que los de ella.

—Ayer por la noche tuve una terrible discusión con mi padre —dijo con la voz apagada—. Al parecer le ha llegado un rumor sobre mi interés por usted. Sobre mis intenciones. Estaba... indignado.

—Ha debido de ser espantoso —dijo Poppy, que sabía que Michael rara vez discutía con su padre si es que lo hacía alguna vez. Sentía un gran respeto, casi temor, por el vizconde y siempre se esforzaba por complacerle.

—Ha sido peor de lo que pueda imaginar. —Michael respiró hondo—. Pero le ahorraré los detalles. El resultado de nuestra larga y desagradable discusión es que el vizconde me ha dado un ultimátum: si me caso con usted, dejaré de existir para él. No me reconocerá como su hijo y me desheredará.

No hubo ningún sonido en la estancia salvo el súbito grito ahogado que emitió Amelia.

Poppy sintió una dolorosa opresión en el pecho que la dejó sin aliento.

—¿Qué razón le dio? —logró preguntar.

—Sólo me dio una: usted no encaja en el molde en el que debe encajar la mujer de un Bayning.

—Quizá debería darle tiempo para que se le enfríe el temperamento y, luego, cuando esté más tranquilo, podría intentar convencerle de que cambie de opinión. Yo puedo esperar, Michael. No me importa esperar lo que haga falta.

Michael negó con la cabeza.

—No puedo pedirle tal cosa. Mi padre fue muy tajante al respecto. Podría tardar años en hacerle cambiar de opinión, si es que alguna vez lo consigo. Y mientras tanto, usted perdería la oportunidad de encontrar la felicidad.

Poppy le miró con firmeza.

—Sólo podría ser feliz con usted.

Michael alzó la cabeza, sus ojos oscuros brillaban con intensidad.

—Lo siento, Poppy. No puedo pedirle que me espere, no cuando sé que jamás podremos casarnos. Mi única excusa es que pensé que conocía a mi padre, pero al parecer no es así. Siempre creí que podría convencerle de que aceptara a la mujer que amo, que sería suficiente con que hubiera escogido a mi futura esposa. Y yo... —Se le quebró la voz y tragó saliva—. La amo y... maldita sea, jamás podré perdonar a mi padre. —Soltando las manos de la joven, metió la suya en el bolsillo de la chaqueta y sacó un paquete de cartas atadas con un cordón. Eran las cartas que Poppy le había escrito—. Mi honor me obliga a devolvérselas.

—No pienso devolverle las suyas —dijo ella, aceptando las cartas con una mano temblorosa—. Quiero conservarlas.

—Está en su derecho, por supuesto.

—Michael —dijo Poppy con voz rota—, yo... también le amo.

—Yo... no puedo darle ninguna razón para que me espere.

Los dos permanecieron callados y temblorosos, mirándose a los ojos con absoluta desesperación.

La voz de Amelia rompió aquel sofocante silencio. Una voz que, gracias a Dios, sonó racional.

—Las objeciones del vizconde no tienen por qué detenerle, señor Bayning. Su padre no puede impedir que herede el título y los bienes vinculados a él, ¿verdad?

—No, pero...

—Llévese a mi hermana a Gretna Green. Les proporcionaremos un carruaje. La dote de mi hermana es lo suficientemente grande para asegurar una generosa renta vitalicia para ambos. En el caso de que necesiten más dinero, mi marido se lo dará. —Amelia le dirigió una mirada firme y desafiante—. Si de verdad quiere a mi hermana, señor Bayning, cásese con ella. Los Hathaway los ayudarán en todo lo que puedan.

Poppy nunca había querido más a su hermana que en ese momento. Le brindó a Amelia una sonrisa con los ojos llenos de lágrimas.

Sin embargo, la sonrisa de la joven desapareció cuando Michael respondió.

—Es cierto que el título y los bienes vinculados al mismo no pueden serme arrebatados, pero hasta que mi padre muera quedaría abandonado a mis propios recursos que son, prácticamente, inexistentes. Y no puedo vivir de la caridad de la familia de mi esposa —dijo con voz débil

—No es caridad. La familia está para ayudarse —contraatacó Amelia.

—Usted no comprende cómo son las cosas en mi familia —dijo Michael—. Es una cuestión de honor. Soy hijo único. Desde que nací me educaron para asumir las responsabilidades aparejadas a mi rango y a mi título. Nunca he conocido otra cosa. No puedo vivir como un marginado, fuera del círculo de mi padre. No puedo sobrevivir en medio del escándalo y el ostracismo. —Inclinó la cabeza—. Santo Dios, no quiero seguir discutiendo sobre esto. Llevo toda la noche dándole vueltas al asunto.

Poppy vio la impaciencia reflejada en la cara de su hermana y supo que Amelia estaba preparándose para rebatir, por ella, cada uno de esos puntos al señor Bayning. Incapaz de soportarlo, le sostuvo la mirada y meneó la cabeza, enviándole un silencioso mensaje de «es inútil». Él ya había tomado una decisión. Jamás desafiaría a su padre. Discutir sólo haría que Michael se sintiera peor de lo que ya se sentía.

Amelia apretó los labios y se giró para volver a mirar por la ventana.

—Lo siento —dijo Michael después de un largo silencio, todavía sosteniendo las manos de Poppy—. Nunca tuve intención de engañarla. Todo lo que le dije que sentía..., cada palabra, era cierta. Lamento haberle hecho perder el tiempo. Un tiempo muy valioso para una joven en su posición.

Aunque él no lo había dicho como un insulto, Poppy dio un respingo.

«Una joven en su posición.»

Veintitrés años. Soltera después de tres temporadas en Londres.

Lentamente apartó las manos de las de Michael.

—No crea ni por un momento que me ha hecho perder el tiempo —logró decir—. Me alegro de haberle conocido, señor Bayning. Por favor, no lo lamente. Yo no lo hago.

—Poppy —dijo él con un tono tan atormentado que casi la hizo derrumbarse.

La joven temió echarse a llorar.

—Por favor, váyase.

—Si sólo pudiera entender...

—Lo entiendo. De veras que lo entiendo. No se preocupe por mí. Estaré perfectamente bien... —Se interrumpió y tragó saliva—. Pero ahora... por favor, váyase. Se lo ruego.

Se dio cuenta de que Amelia se acercaba y le murmuraba algo a Michael antes de acompañarlo a la puerta de la suite para que no viera cómo Poppy perdía la compostura. Bendita Amelia, que no dudaba en hacerse cargo de un hombre mucho más grande que ella.

«Una gallina ahuyentando una vaca», pensó Poppy, y soltó una risita llorosa justo cuando las ardientes lágrimas comenzaron a resbalarle por las mejillas.

Después de cerrar la puerta con firmeza, Amelia se sentó al lado de Poppy y le pasó el brazo por los hombros. Entonces miró con impotencia los llorosos ojos de su hermana.

—Eres... —dijo con la voz ronca de la emoción— toda una dama, Poppy. Y alguien mejor de lo que él se merece. Estoy orgullosa de ti. Me pregunto si él se dará cuenta algún día de lo que ha perdido.

—Lo que ha sucedido no es culpa suya.

Amelia sacó un pañuelo de la manga y se lo dio.

—No estoy de acuerdo, pero no voy a criticarle. Sé que no resolvería nada con eso. Sin embargo, debo señalar que no hacía más que decir «no puedo» a todo.

—Es un hijo obediente —dijo Poppy, enjugándose las lágrimas. Luego, cuando vio que le resultaba imposible contener el llanto, se rindió y enterró la cara en el pañuelo.

—Sí, bueno... De ahora en adelante te aconsejo que busques a un hombre que sepa valerse por sí mismo.

Poppy negó con la cabeza sin levantar la cara del pañuelo.

—No hay otro hombre para mí.

Sintió que su hermana la rodeaba con los brazos.

—Lo hay. Claro que lo hay, te lo prometo. Te está esperando y te encontrará. Y algún día, Michael Bayning no será más que un recuerdo lejano.

Poppy dio rienda suelta a las lágrimas con unos sollozos tan estremecedores que le provocaron dolor en las costillas.

—Santo Dios —dijo casi sin aliento—. Esto duele, Amelia. Y tengo la sensación de que este dolor no desaparecerá nunca.

Muy suavemente, Amelia apoyó la cabeza de Poppy en su hombro y la besó en la mojada mejilla.

—Lo sé —dijo—. Una vez pasé por lo mismo que tú. Recuerdo cómo fue. Llorarás, luego te enfadarás, después caerás en la desesperación y, por último, volverás a enfadarte. Pero conozco la cura para tu angustia.

—¿Cuál? —le preguntó Poppy con un suspiro tembloroso.

—Tiempo... reflexión... Y, sobre todo, una familia que te quiera. Nosotros siempre te querremos, Poppy.

Poppy esbozó una trémula sonrisa.

—Doy gracias a Dios por tener una hermana como tú —dijo ella, y siguió llorando contra el hombro de Amelia.

Mucho más tarde, esa misma noche, sonó un firme golpe en la puerta del apartamento privado de Harry Rutledge. Jake Valentine interrumpió su labor de preparar la ropa limpia y pulir los zapatos negros para el día siguiente. Se acercó a abrir la puerta y, ante el umbral, apareció una mujer que le resultó vagamente familiar. Era menuda y delgada, con el pelo castaño claro, los ojos azul grisáceo y unas gafas redondas sobre la nariz. La miró durante un momento, intentando situarla.

—¿Puedo ayudarla en algo?

—Desearía ver al señor Rutledge.

—Me temo que no está.

La joven torció la boca ante la socorrida frase que utilizaban los sirvientes cuando su amo no deseaba ser molestado.

—¿Quiere decir que no está porque no quiere verme —dijo con hirviente desprecio— o que realmente no está?

—De una manera u otra —dijo Jake de manera implacable—, él no la recibirá esta noche. Pero, si de veras quiere saberlo, no está aquí. ¿Quiere que le dé algún mensaje?

—Sí. Dígale que espero que se pudra en el infierno por lo que le ha hecho a Poppy Hathaway, y que si se atreve a acercarse a ella otra vez, no dudaré en matarle.

Jake respondió con una absoluta calma, pues que alguien amenazara de muerte a Harry solía ocurrir con bastante frecuencia.

—¿De parte de quién?

—Limítese a darle el mensaje —dijo ella lacónicamente—. Estoy segura de que sabrá quién soy.

Dos días después de que Michael Bayning fuera al hotel, Leo Hathaway, lord Ramsay, llegó de visita. Como la mayoría de los hombres cuyas propiedades estaban fuera de la ciudad, Leo alquilaba un pequeño apartamento en Mayfair durante la temporada y se retiraba a su hacienda en el campo a finales de junio. Aunque Leo podría hospedarse con su familia en el Rutledge, prefería disfrutar de la intimidad de su apartamento.

Nadie podía negar que Leo era un hombre bien parecido. Alto y con los hombros anchos, el pelo castaño oscuro y unos ojos llamativos. Tenía los ojos azules pero, a diferencia de sus hermanas, sus iris eran más claros y con los bordes oscuros. Su mirada era fría y sombría y mostraba un profundo hastío por la vida. Se consideraba un canalla y se comportaba como tal; parecía que no le importaba nada ni nadie. Sin embargo, había momentos en que la fachada tras la que se ocultaba se desvanecía el tiempo suficiente para revelar a un hombre con extraordinarios sentimientos, y era en esos raros momentos en los que Catherine se sentía más en guardia contra él.

Cuando estaba en Londres, Leo solía estar demasiado ocupado para pasar tiempo con su familia, algo que Catherine agradecía profundamente. Desde el momento en el que se conocieron, ambos habían sentido una aversión mutua, y en cuanto se encontraban flotaban a su alrededor chispas de odio. A veces competían para ver quién de los dos era capaz de decir la cosa más hiriente, picándose y aguijoneándose, tratando de encontrar el punto más vulnerable del adversario. Ambos parecían incapaces de evitar aquel deseo constante de hacerse picadillo mutuamente.

En cuanto abrió la puerta de la suite familiar, Catherine se sobresaltó ante la aparición de la larga y robusta figura de Leo. Estaba vestido a la última moda, con un abrigo oscuro de anchas solapas, unos pantalones sueltos sin raya y un chaleco con un llamativo estampado y botones de plata.

Él la miró fijamente con aquellos gélidos ojos y una sonrisa arrogante curvándole los labios.

—Buenas tardes, Marks.

Catherine mantuvo la expresión pétrea y cuando habló su voz tenía un deje de desprecio.

—Lord Ramsay. Me sorprende que haya podido abandonar sus diversiones el tiempo suficiente para venir a visitar a su hermana.

Leo le dirigió una desdeñosa mirada.

—¿Qué he hecho ahora para ganarme una reprimenda? —le preguntó con curiosidad—. Sabe, Marks, si aprendiera a mantener la boca cerrada durante un buen rato, sus posibilidades de cazar a un hombre aumentarían considerablemente.

La joven entrecerró los ojos.

—¿Para qué querría yo cazar a un hombre? No creo que sirvan para nada.

—Aunque le pese —dijo Leo—, aún nos necesitan para traer al mundo a más mujeres. —Hizo una pausa—. ¿Cómo se encuentra mi hermana?

—Destrozada.

La expresión de Leo se volvió sombría.

—Déjeme pasar, Marks. Quiero verla.

Catherine se apartó a un lado con reticencia.

Leo entró en la salita y se encontró a Poppy, sentada a solas, con un libro entre las manos. Le lanzó una mirada evaluadora. Su hermana, que normalmente tenía una mirada chispeante, estaba pálida y ojerosa. Parecía muy cansada y envejecida por la pena.

Se sintió furioso. Había pocas personas que le importaran en el mundo, pero Poppy era una de ellas.

Era injusto que aquellas personas que más desesperadamente buscaban el amor tuvieran más dificultades para encontrarlo, y que cuando lo hacían, éste fuera tan fugaz. Y lo cierto era que no existía ninguna buena razón para que Poppy, la joven más hermosa de Londres, no estuviera casada en esos momentos. Pero Leo había repasado mentalmente la lista de los hombres que conocía, preguntándose si alguno de ellos sería bueno para su hermana, y no había encontrado ninguno que encajara con ella. Si alguno tenía el temperamento adecuado, resultaba ser un idiota o un viejo. Y luego estaban los sátiros, los derrochadores y los réprobos. Que Dios le ayudara, pero entre los aristócratas no había más que una colección de inútiles especímenes masculinos. Y él se incluía entre ellos.

—Hola, hermanita —dijo Leo con suavidad, acercándose a ella—. ¿Dónde están los demás?

Poppy le brindó una lánguida sonrisa.

—Cam está ocupándose de unos negocios, y Amelia y Beatrix en el parque, dando un paseo con Rye. —Bajó los pies del sofá, haciendo sitio para que Leo se sentara—. ¿Cómo estás, Leo?

—Eso no importa ahora. ¿Cómo estás tú?

—Mejor que nunca —dijo ella con valentía.

—Sí, ya lo veo. —Leo se sentó y rodeó a Poppy con sus brazos, estrechándola contra su cuerpo. La abrazó y le dio palmaditas en la espalda hasta que la oyó sorber por la nariz—. Menudo bastardo —dijo con suavidad—. ¿Quieres que lo mate por ti?

—No —dijo ella, con la voz congestionada—. No ha sido culpa suya. Realmente quería casarse conmigo. Sus intenciones eran buenas.

Leo la besó en la coronilla.

—Jamás confíes en los hombres con buenas intenciones, siempre te decepcionarán.

Negándose a sonreír ante tal ocurrencia, Poppy se echó hacia atrás para mirarle a la cara.

—Quiero volver a casa, Leo —le dijo con voz lastimera.

—Por supuesto, cariño. Pero aún no es posible.

Ella parpadeó.

—¿Por qué no?

—Sí, ¿por qué no? —preguntó bruscamente Catherine Marks, sentándose en una silla cercana.

Leo se volvió para lanzar una mirada de advertencia a la carabina de su hermana antes de volver a centrar la atención en Poppy.

—Los rumores vuelan —dijo secamente—. Anoche asistí a una fiesta que ofrecía la esposa del embajador de España. Una de esas reuniones a las que sólo se va para presumir, y ni te imaginas cuánta gente me preguntó por Bayning y por ti. Al parecer todos se inclinan a creer que estabas enamorada de él y que te rechazó porque su padre opina que no eres lo suficientemente buena para su hijo.

—Es la verdad.

—Poppy, ésta es la sociedad de Londres. Aquí la verdad puede meterte en problemas. Si dices la verdad una vez, luego tendrás que seguir diciéndola una y otra vez, hasta que al final sólo conseguirás empeorarlo todo.

Aquellas palabras arrancaron una genuina sonrisa a Poppy.

—Leo, ¿estás tratando de darme un consejo?

—Sí, y aunque siempre te digo que ignores mis consejos, esta vez será mejor que me tomes en serio. El último acontecimiento importante de la temporada es un baile que ofrecen lord y lady Norbury esta semana...

—Hemos escrito una nota para rechazar la invitación —le informó Catherine—. Poppy no desea asistir.

Leo le lanzó una mirada severa.

—¿Ya la ha enviado?

—No, pero...

—Entonces, rómpala. Es una orden. —Leo observó que la señorita Marks se ponía rígida y sintió un perverso placer.

—Pero Leo... —protestó Poppy—. No quiero ir a ese baile. La gente no dejaría de mirarme para ver si yo...

—Claro que te mirarán —dijo Leo—. Te observarán como una bandada de buitres. Por eso tienes que asistir. Porque si no lo haces, las malas lenguas te despedazarán, y cuando comience la próxima temporada, se burlarán de ti sin piedad.

—No me importa —dijo Poppy—. No volveré la próxima temporada.

—Pero podrías cambiar de idea. Algo que espero que hagas. Por eso irás al baile, Poppy. Y te pondrás el vestido más bonito que tengas, con esas cintas azules para el pelo que te sientan tan bien, y le demostrarás a todo el mundo que Michael Bayning te importa un bledo. Vas a bailar y a reírte con la cabeza bien alta.

—Leo —gimió Poppy—. No sé si podré hacerlo.

—Claro que puedes. Es una cuestión de orgullo.

—No tengo razones para sentirme orgullosa.

—Ni yo —dijo Leo—. Pero ¿eso me ha detenido alguna vez? —Desplazó la mirada de la expresión renuente de Poppy a la ilegible de Catherine—. Dígale que tengo razón, maldita sea. ¿No cree que debería ir?

Catherine se removió incómoda. Por mucho que le molestase admitirlo, Leo tenía razón. Poppy sólo tendría que presentarse en el baile con un aspecto sonriente y confiado para poner fin a las malas lenguas que recorrían los salones londinenses. Pero el instinto le urgía a decir que su pupila debería regresar a la seguridad que representaba Hampshire tan pronto como fuera posible. Si se quedaba en la ciudad, estaría al alcance de Harry Rutledge.

Por otra parte... Harry jamás asistía a tales acontecimientos, donde las madres desesperadas buscaban incansablemente una pareja para sus hijas casaderas y acechaban a cualquier soltero disponible. Harry jamás se rebajaría a asistir al baile de los Norbury, sobre todo porque su presencia allí convertiría el acontecimiento en un auténtico circo.

—Por favor, modere su lenguaje lord Ramsay —dijo Catherine—. Y sí, tiene razón. Sin embargo, será difícil para Poppy. Si pierde la compostura en el baile... si se derrumba o si llora... sólo dará más munición a las malas lenguas.

—No perderé la compostura —dijo Poppy, sonando triste y agotada—. Siento como si ya hubiera llorado para toda una vida.

—Buena chica —dijo Leo con suavidad. Observó la expresión preocupada de Catherine y sonrió—. Parece que por una vez coincidimos en algo, Marks. Pero no se preocupe, estoy seguro de que no volverá a repetirse.

9

El baile de los Norbury se ofrecía en Belgravia, un distrito muy tranquilo en el corazón de Londres. Uno podía verse abrumado por el constante ajetreo, el rugido del tráfico y la actividad febril de Knightsbridge o Sloane Street, pero en cuanto cruzaba Belgrave Square, se encontraba en un remanso de paz y elegancia. Enclave de enormes embajadas de mármol con majestuosas terrazas blancas, mansiones solemnes con empolvados y altos lacayos y pomposos mayordomos, y carruajes con fornidos cocheros que transportaban lánguidas señoritas y sobrealimentados y diminutos perritos.

Los distritos de las afueras de Londres no despertaban ningún interés para aquellos afortunados que vivían en Belgravia. Sus conversaciones solían girar en torno a temas locales, como quién se había ido a vivir a una mansión en particular, qué calle necesitaba ser reparada o qué nuevos acontecimientos habían tenido lugar en una residencia vecina.

Para consternación de Poppy, Cam y Amelia se mostraron de acuerdo con la valoración que Leo había hecho sobre la situación de la joven. Era imprescindible que Poppy presentara una fachada de orgullo e indiferencia si de verdad quería cortar de raíz la oleada de murmuraciones que había provocado el rechazo de Michael Bayning.

—Los *gadjos* no suelen olvidar este tipo de cosas con facilidad —dijo Cam con sarcasmo—. Sólo Dios sabe por qué muestran tanto interés en temas tan banales. Pero lo hacen.

—Es sólo un baile —le dijo Amelia a Poppy con cara de preocupación—. ¿Crees que podrás soportarlo, querida?

—Sí —convino Poppy lentamente—. Si tú estás a mi lado, estoy segura de que podré hacerlo.

Sin embargo, cuando subió por la larga escalinata que conducía al pórtico de la mansión, Poppy se vio abrumada por el pesar y el temor. La copa de vino que había tenido que tomarse antes de salir para armarse de valor le había revuelto el estómago y ahora lamentaba llevar el corsé demasiado apretado.

Se había puesto un vestido blanco con capas de raso en tono azul claro. Llevaba la cintura ceñida por un cinturón de satén y el profundo escote del corpiño estaba adornado con un ribete de delicada gasa de color azul. Después de recogerse la larga masa de tirabuzones con horquillas, Amelia se lo había adornado con una cinta celeste.

Leo acudió a la residencia de los Norbury, tal y como había prometido, para acompañar a la familia al baile. Tomó a Poppy del brazo y la escoltó por las escaleras mientras el resto de la familia los seguía. Entraron en la caldeada mansión llena de flores, música y el alboroto de centenares de conversaciones simultáneas. Habían quitado las puertas de sus goznes para permitir la circulación fluida de los invitados entre el salón de baile, el comedor para la cena y las salitas de cartas.

Los Hathaway se pusieron en la fila del vestíbulo para ser recibidos por los anfitriones.

—Pero qué dignos y educados parecen todos —dijo Leo, observando la multitud—. No creo que deba quedarme mucho tiempo. Alguien podría resultar una mala influencia para mí.

—Me prometiste que te quedarías hasta el final de la velada, Leo —le recordó Poppy.

Su hermano suspiró.

—Lo haré por ti. Pero ya sabes cómo detesto este tipo de acontecimientos.

—No más que yo —los sorprendió la señorita Marks, que observaba la fiesta con desagrado, como si estuviera en medio de territorio enemigo.

—Santo Dios. Hemos coincidido otra vez —le dijo Leo a la acompañante con una mirada burlona e inquietante a la vez—. Tenemos que dejar de hacerlo, Marks. Hace que se me revuelva el estómago.

—Por favor, no diga esa palabra —le reprendió ella.

—¿Estómago? ¿Por qué no?

—Es una grosería mencionar partes de la anatomía —le dijo ella, brindándole a la alta figura una mirada de desdén—. Le aseguro que a nadie le interesa oír hablar de eso.

—¿De veras, Marks? Pues quizá debería saber que muchas mujeres me han comentado que cierta parte de mi anat...

—Ramsay —le interrumpió Cam, lanzándole una mirada de advertencia.

Cuando atravesaron el vestíbulo, la familia se dispersó. Leo y Cam se dirigieron a las salas de cartas, mientras que las mujeres se encaminaron a las mesas del buffet. Amelia no tardó en ser acaparada por un grupo de matronas parlanchinas.

—No soy capaz de comer nada —comentó Poppy, dirigiendo una mirada de asco a la mesa del buffet repleta de platos fríos, carne, jamón y ensalada de langosta.

—Pues yo estoy hambrienta —dijo Beatrix en tono de disculpa—. ¿Te importa si como algo?

—En absoluto, te esperaremos aquí.

—Tienes que tomar un poco de ensalada —le susurró la señorita Marks a Poppy—. Para guardar las apariencias. Y sonríe.

—¿Así? —Poppy trató de curvar los labios hacia arriba.

Beatrix le lanzó una mirada dubitativa.

—No, no parece una sonrisa sincera. En realidad, pareces un salmón.

—Es que me siento como un salmón —dijo Poppy—. Uno al que acaban de hervir, desmenuzar y guardar en conserva.

Mientras los invitados hacían cola ante el buffet, los lacayos llenaban los platos y los llevaban a las mesas cercanas.

Poppy todavía estaba esperando su turno cuando se acercó a ella lady Belinda Wallscourt, una hermosa joven con la que había entablado amistad durante la temporada. En cuanto Belinda hizo su presentación en sociedad, había sido acosada por los solteros más cotizados, y se había casado con rapidez.

—Poppy —dijo lady Belinda, cordial—. Me alegro mucho de verte aquí. He oído rumores de que quizá no vendrías.

—¿Al último baile de la temporada? —dijo Poppy con una sonrisa forzada—. No me lo perdería por nada del mundo.

—Me alegro de oírlo. —Lady Belinda le lanzó una mirada compasiva. Bajó la voz—. Es terrible lo que te ha pasado. Lo siento muchísimo.

—Oh, no tienes por qué lamentarlo —dijo Poppy jovialmente—. ¡Estoy perfectamente bien!

—Eres muy valiente, Poppy —respondió Belinda—. Pero ya verás cómo algún día conoces a una rana que acabará convirtiéndose en un apuesto príncipe.

—Eso estaría bien —dijo Beatrix—. Porque hasta ahora lo único que ha conocido son príncipes que acaban convirtiéndose en ranas.

A pesar de su mirada perpleja, Belinda consiguió esbozar una sonrisa antes de alejarse de ellas.

—El señor Bayning no es una rana —protestó Poppy.

—Tienes razón —dijo Beatrix—. Ese comentario ha estado fuera de lugar. Es muy injusto para las ranas, que son unas criaturas adorables.

Cuando Poppy abrió la boca para volver a protestar, oyó que la señorita Marks reía disimuladamente. Y luego, ella misma comenzó a reírse también, hasta que atrajeron las miradas curiosas de los invitados que esperaban en la cola del buffet.

Después de que Beatrix acabara de comer, deambularon por el salón de baile. La música flotaba desde la galería superior, donde tocaba la orquesta. La enorme estancia estaba iluminada por ocho lámparas de araña y la fragancia de las rosas y otras plantas inundaba el aire.

Atrapada en la inclemente sujeción del corsé, Poppy se esforzó por intentar llenar los pulmones de aire.

—Aquí dentro hace demasiado calor —dijo.

La señorita Marks observó el rostro húmedo de su pupila y se apresuró a darle un pañuelo antes de guiarla a una de las muchas sillas de mimbre que había a un lado de la estancia.

—Sí que hace mucho calor —dijo—. Dentro de un momento iré a buscar a tu hermano o al señor Rohan para que te acompañen afuera a tomar el aire. Pero primero tengo que encargarme de Beatrix.

—Sí, por supuesto —logró decir Poppy, observando a los dos caballeros que se habían acercado a Beatrix con la esperanza de que la joven anotara sus nombres en el carnet de baile. Su hermana pequeña se sentía cómoda con los hombres de una manera inimaginable para Poppy, y ellos parecían adorarla porque los trataba igual que a sus criaturas salvajes: les seguía suavemente la corriente a la vez que mostraba con ellos un paciente interés.

Mientras la señorita Marks supervisaba el carnet de baile de Beatrix, Poppy se reclinó en la silla y se concentró en respirar a pesar de la prisión que suponía el corsé. Tuvo la mala suerte de que aquella silla en particular estuviera apoyada contra una columna llena de guirnaldas y que llegase a sus oídos la conversación que tenía lugar detrás.

Había allí tres jóvenes damas que murmuraban sin parar con presumida satisfacción.

—Por supuesto que Bayning no se casará con ella —dijo una—. Es muy guapa, lo reconozco, pero no sabe desenvolverse en las tertulias y conversaciones. Un caballero que conozco me dijo que intentó hablar con ella sobre arte, en una exposición privada en la Royal Academy, y que ella se puso a parlotear sobre un tema ridículo... algo sobre un experimento francés con un globo en el que hicieron volar a una oveja delante del rey Luis «nosequé» de Francia. Imaginaos.

—Luis XVI —susurró Poppy.

—Pero ¿qué esperaba? —dijo otra voz—. Pertenece a una familia de lo más extravagante. El único interesante es lord Ramsay, y es un bribón.

—Un canalla —convino otra.

Poppy pasó de sentirse acalorada a quedarse totalmente helada. Cerró los ojos mareada, deseando con todas sus fuerzas desaparecer de allí. Había sido un error asistir a aquel baile. ¿Por qué intentaba demostrarle a todo el mundo que no le importaba Michael Bayning, cuando era todo lo contrario? ¿Que no tenía el corazón roto cuando lo tenía destrozado? En Londres todo el mundo fingía, todos guardaban las apariencias. ¿Tan difícil era mostrar los verdaderos sentimientos?

Al parecer sí.

Permaneció sentada en silencio, apretando los dedos enguantados hasta que sus pensamientos fueron interrumpidos por un tumulto cerca de la puerta del salón de baile. Parecía que había llegado alguien importante, quizás algún miembro de la familia real, una celebridad militar o un político influyente.

—¿Quién es? —preguntó una de las mujeres, detrás de la columna.

—Alguien nuevo —dijo otra.

—Y apuesto.

—Muy apuesto —convino su compañera—. Debe de ser un hombre importante. De lo contrario no se hubiera producido tal conmoción.

Una de ellas soltó una risita tonta.

—Y, desde luego, lady Norbury no estaría revoloteando a su alrededor de esa manera. ¡Mirad cómo se sonroja!

Llevada por la curiosidad, Poppy se inclinó hacia delante para observar al recién llegado. Pero lo único que pudo ver fue una cabeza oscura y que el hombre era más alto que aquellos que lo rodeaban. El extraño se abrió paso por el salón de baile, charlando con facilidad con sus acompañantes mientras la robusta, radiante y enjoyada lady Norbury se aferraba a su brazo.

Cuando lo reconoció, Poppy se hundió en la silla.

Harry Rutledge.

No entendía por qué él estaba allí ni por qué eso la hacía sonreír.

Probablemente porque no podía evitar recordar la última vez que lo había visto, vestido con ropa de esgrima y a punto de clavarle el florete a un mono revoltoso. Esa noche, sin embargo, Harry estaba totalmente arrebatador, ataviado con un traje a medida y una corbata de un blanco inmaculado. Se movía y conversaba con el mismo carisma y facilidad con que parecía hacer todo.

La señorita Marks regresó al lado de Poppy cuando Beatrix y un hombre rubio desaparecían entre el remolino de parejas que bailaban el vals.

—¿Cómo te en...? —La señorita Marks interrumpió sus palabras para inspirar bruscamente—. Maldita sea —susurró—, está aquí.

Era la primera vez que oía maldecir a su acompañante. Sorprendida por la reacción de la señorita Marks ante la presencia de Harry Rutledge en el baile, Poppy frunció el ceño.

—Ya le he visto. Pero ¿por qué le molesta...?

Se interrumpió bruscamente al seguir la dirección de la mirada de su acompañante.

La señorita Marks no estaba mirando a Harry Rutledge.

Estaba observando a Michel Bayning.

Una explosión de dolor inundó el pecho de Poppy al ver a su antiguo pretendiente al otro lado del salón de baile. Delgado y apuesto, tenía la mirada clavada en ella. La había rechazado, la había expuesto a la burla pública y ¿ahora se presentaba en el baile? ¿Acaso estaba buscando una nueva chica a la que cortejar? ¿O es que había pensado que mientras él bailaba con las jóvenes ansiosas en Belgravia, Poppy se quedaría escondida en la suite del hotel, llorando desconsolada sobre la almohada?

Lo que, de hecho, era lo que quería estar haciendo en ese mismo momento.

—Oh, Dios mío —susurró Poppy, lanzando una mirada desesperada a la cara de la señorita Marks—. No deje que hable conmigo.

—No creo que pretenda hacer una escena —dijo su acompañante con suavidad—. Más bien todo lo contrario. Supongo que se acercará a intercambiar los cumplidos de rigor para suavizar la situación entre vosotros.

—No lo entiendo —dijo Poppy con voz ronca—. Ahora mismo no soportaría hablar con él. No puedo enfrentarme a él. Por favor, señorita Marks...

—Yo me encargaré —dijo Catherine con suavidad, enderezando sus estrechos hombros—. No te preocupes. Mantén la compostura, querida. —Se puso delante de Poppy para bloquearle la vista de Michael y luego avanzó directa hacia él.

—Gracias —susurró Poppy, aunque la señorita Marks ya no podía escucharla. La joven se sintió horrorizada y desesperada al sentir que se le llenaban los ojos de lágrimas, y se concentró en clavar la mirada en el suelo. «No llores. No llores. No...»

—Señorita Hathaway. —La jovial voz de lady Norbury interrumpió sus frenéticos pensamientos—. Este caballero me ha pedido que los presente. ¡Qué jovencita más afortunada! Es un honor y un placer presentarle al señor Harry Rutledge, el propietario del hotel.

Un par de brillantes zapatos negros apareció ante los ojos de Poppy. La joven alzó la vista hacia aquellos vívidos ojos verdes.

Harry hizo una reverencia, sosteniéndole la mirada.

—Señorita Hathaway. ¿Le gustaría...?

—Me encantaría bailar con usted —dijo Poppy, prácticamente saltando de la silla y agarrándole del brazo. Tenía un nudo en la garganta que casi le impedía hablar—. Vamos.

Lady Norbury soltó una risita llena de desconcierto.

—Qué encantador entusiasmo.

Poppy se colgó del brazo de Harry como si su vida dependiera de ello. La mirada del hombre cayó sobre los dedos femeninos que aferraban la manga de su chaqueta negra de lana fina. Los cubrió con un reconfortante apretón de su mano libre al tiempo que le acariciaba la muñeca con la yema del pulgar. Incluso a pesar de los guantes blancos que ambos llevaban puestos, ella sintió la calidez de la caricia.

En ese momento regresó la señorita Marks, que arqueó las cejas y miró a Harry con el ceño fruncido.

—No —dijo ella bruscamente.

—¿No? —Harry curvó los labios con diversión—. Todavía no he pedido nada.

La señorita Marks le dirigió una mirada fría.

—Es evidente que desea bailar con la señorita Hathaway.

—¿Tiene alguna objeción al respecto? —preguntó él con aire inocente.

—Muchas —dijo la señorita Marks, de una manera tan brusca que lady Norbury y Poppy se la quedaron mirando sorprendidas.

—Señorita Marks —dijo lady Norbury—, le aseguro que el caballero posee una reputación intachable.

La acompañante apretó los labios en una fina línea. Observó los brillantes ojos de Poppy y su rostro ruborizado, y se dio cuenta de lo cerca que estaba su pupila de perder la compostura.

—En cuanto termine el baile —le dijo a Poppy en tono seco— lo tomarás del brazo izquierdo e insistirás en que te traiga de regreso conmigo, aquí, y luego él se despedirá de ti. ¿Entendido?

—Sí —susurró Poppy, mirando por encima del ancho hombro de Harry.

Michael seguía mirándola desde el otro lado de la estancia, con la cara blanca como el papel.

Era una situación horrible. Poppy quería escapar de allí, pero en lugar de eso, no le quedaba más remedio que bailar el vals.

Harry condujo a Poppy hacia las parejas que se arremolinaban en la pista de baile y le puso la mano en la cintura. Ella se volvió hacia él, posándole una mano temblorosa en el hombro, mientras Rutledge le sostenía la otra mano con firmeza. Con una astuta mirada, Harry observó la escena al completo: las lágrimas no derramadas de Poppy, la expresión resuelta con la que Michael Bayning miraba a la joven y la multitud de ojos curiosos que les seguían a ellos.

—¿Puedo ayudarla en algo? —preguntó él con suavidad.

—Podría sacarme de aquí —dijo ella—. Y llevarme lo más lejos posible. A Tombuctú.

Harry pareció divertido y compasivo a la vez.

—No creo que en este momento dejen entrar allí a los europeos. —Condujo a Poppy entre el remolino de bailarines, girando primero en el sentido contrario a las manecillas del reloj y luego, en el otro. Era la única manera de no tropezarse con nadie y que ella le siguiera con facilidad.

Poppy agradeció profundamente tener algo en lo que concentrarse que no fuera Michael Bayning. Como había esperado, Harry Rutledge era un consumado bailarín. Poppy se relajó entre aquellos gentiles y fuertes brazos y se dejó llevar por la pista.

—Gracias —le dijo—. Es probable que se pregunte por qué yo...

—No, no me lo pregunto. Lo tiene escrito en la cara, lo mismo que Bayning. Todo el mundo puede verlo. No sabe ocultar sus sentimientos, ¿verdad?

—Jamás he tenido que hacerlo. —Para horror de Poppy, sintió un nudo en la garganta y el aguijón de las lágrimas. Estaba a punto de echarse a llorar delante de todo el mundo. Intentó respirar hondo para tranquilizarse, pero el corsé le oprimía los pulmones y se mareó—. Señor Rutledge —dijo casi sin voz—. ¿Podría acompañarme a la terraza para tomar el aire?

—Por supuesto —dijo con una voz reconfortante y tranquila—. Una vuelta más alrededor de la pista y saldremos sin que nadie se dé cuenta.

En otras circunstancias, Poppy habría disfrutado de la seguridad con la que Harry la conducía por la pista y de la música que flotaba en el ambiente. No podía apartar la mirada de la cara morena de su rescatador. Harry Rutledge estaba deslumbrante, vestido con aquella ropa elegante y con el espeso pelo oscuro retirado de la cara. Pero en sus ojos siempre había un leve toque de oscuridad; en ellos se reflejaba un alma inquieta. La joven pensó que él no debía de dormir lo suficiente y se preguntó si alguien se habría atrevido a decírselo en algún momento.

Incluso a través de la neblina de fría desolación que la embargaba, a Poppy se le ocurrió que pidiéndole que bailara con él, Harry Rutledge había hecho algo que podría ser considerado por muchos como una declaración de intenciones.

Pero eso no podía ser.

—¿Por qué? —preguntó ella en voz baja, casi sin pensar.

—¿Por qué, qué?

—¿Por qué me ha pedido que baile con usted?

Harry vaciló como si estuviera dividido entre decírselo con tacto y su profunda inclinación por la honradez. Se decidió por lo último.

—Porque quería abrazarla.

Llena de confusión, Poppy centró la mirada en el nudo simple de la blanca corbata de su pareja. En otro tiempo y lugar, se habría sentido extraordinariamente halagada. Pero, sin embargo, ahora estaba demasiado abrumada por la desesperación que le había provocado ver a Michael.

Con la destreza de un ladrón, Harry la condujo entre los bailarines y la guió hacia la hilera de puertaventanas que llevaban a la terraza. Ella le siguió a ciegas, sin apenas importarle si les veían o no.

El aire del exterior era fresco y seco cuando inundó los pulmones de Poppy. La joven aspiró largas bocanadas, agradecida por haberse librado de la sofocante atmósfera del salón de baile. Comenzaron a caerle unas ardientes lágrimas por las mejillas.

—Venga —dijo Harry, guiándola al otro lado de la terraza, que ocupaba casi todo el ancho de la mansión. El césped del jardín, debajo de ellos, parecía un océano en calma mientras la conducía a una esquina oscura. Sacó un pañuelo blanco del bolsillo de la chaqueta y se lo dio.

Poppy se secó los ojos.

—No se imagina —dijo ella con voz entrecortada— cuánto lo siento. Ha sido muy amable al pedirme que bailara con usted y, además, ahora tiene que soportar la compañía de alguien que parece una regadera.

Mirándola con una mezcla de diversión y simpatía, Harry apoyó el codo en la barandilla del balcón y la observó. Su silencio calmó a la joven. Él aguardaba pacientemente, como si supiese que no existían palabras para aliviar el maltrecho espíritu de la joven.

Poppy soltó un profundo suspiro, sintiéndose más aliviada ahora por el frescor de la noche y aquella bendita paz.

—El señor Bayning iba a pedirme que me casara con él —le dijo a Harry. Se sonó la nariz y tragó saliva—. Pero cambió de idea.

Harry la estudió en medio de la oscuridad con aquellos ojos de gato.

—¿Qué razón le dio?

—Que su padre no me aprobaba.

—¿Y eso la sorprende?

—Sí —dijo ella a la defensiva—. Porque él me hizo una promesa.

—A los hombres en la posición de Bayning rara vez se les permite casarse con la mujer que quieren. Tienen que considerar muchas cosas antes que sus preferencias personales.

—¿Cosas más importantes que el amor? —preguntó Poppy con una fría y amarga vehemencia.

—Por supuesto.

—Al fin y al cabo, el matrimonio es la unión entre dos personas bendecida por Dios. Ni más ni menos. ¿No le parece un argumento simple?

—Sí —dijo él de manera inexpresiva.

Poppy curvó los labios aunque no se sentía para nada divertida.

—Estoy segura de que he leído demasiados cuentos de hadas, pero se supone que el príncipe mata al dragón, derrota al villano y se casa con la chica de origen humilde antes de llevársela a su castillo.

—Los cuentos de hadas están bien para entretenerse —dijo Harry—, pero no como guía en la vida. —Se quitó los guantes lentamente y se los metió en el bolsillo de la chaqueta. Apoyó los dos antebrazos en la barandilla de hierro y la miró de reojo—. ¿Y qué se supone que hace la chica de origen humilde cuando el príncipe la abandona?

—Se va a su casa. —Poppy apretó el pañuelo entre los dedos, haciendo una pelota—. No me gusta Londres y sus entretenimientos. Quiero regresar a Hampshire, donde puedo descansar en paz.

—¿Durante cuánto tiempo?

—Para siempre.

—¿Y casarse con un granjero? —preguntó él con escepticismo.

—¿Por qué no? —Poppy se secó los restos de lágrimas—. Sería una granjera muy buena. Se me dan bien las vacas. Sé hacer un puchero estupendo. Y disfrutaría de la paz y la quietud necesarias para mis lecturas.

—¿Puchero? ¿Qué es eso? —Harry parecía sentir un inaudito interés por el tema e inclinó la cabeza hacia ella.

—Un guiso de legumbres de temporada.

—¿Cómo aprendió a hacerlo?

—Me enseñó mi madre. —Poppy hablaba en voz baja, como si estuviera compartiendo una información estrictamente confidencial—. El secreto de un buen puchero —dijo ella con sabiduría— es echarle un chorrito de cerveza.

Estaban demasiado cerca. Poppy sabía que lo más apropiado sería apartarse, pero se sentía protegida por la cercanía de él y su olor era fresco y seductor. El aire de la noche le puso la piel de gallina en los brazos desnudos. Qué grande y cálido era él. Quería estrecharse contra él y refugiarse dentro de su abrigo como si fuera una de las pequeñas mascotas de Beatrix.

—No sé qué quiere decir con que sería una buena esposa para un granjero —dijo Harry.

Poppy le dirigió una mirada llena de pesar.

—¿Cree que un granjero no me querría por esposa?

—Creo —dijo él lentamente— que debería casarse con un hombre que la aprecie.

Ella hizo una mueca.

—Andan escasos.

Él sonrió.

—No necesita muchos, con uno es suficiente. —Cogió a Poppy por el hombro y curvó la mano sobre la manga corta del vestido de tul hasta que ella sintió el calor de la palma a través de la frágil gasa. Luego le acarició con el pulgar el borde transparente de la tela y la piel del brazo de una manera que hizo que Poppy sintiera un hormigueo en el estómago—. Poppy —dijo Harry en voz baja—, ¿qué ocurriría si le pidiera permiso para cortejarla?

Ella se quedó en blanco mientras el asombro la atravesaba por completo.

Finalmente alguien quería cortejarla.

Y ese alguien no era Michael, ni cualquiera de esos apocados y prepotentes aristócratas que le habían presentado durante las tres temporadas pasadas. Era Harry Rutledge, un hombre enigmático y reservado que había conocido hacía unos días.

—¿Por qué a mí? —Fue todo lo que pudo decir.

—Porque es una mujer hermosa e interesante. Porque con sólo decir su nombre sonrío. Y, sobre todo, porque es la única esperanza que tengo de llegar a probar el puchero.

—Lo siento, pero... no. No creo que fuera una buena idea.

—Creo que es la mejor idea que he tenido nunca. ¿Por qué no?

A Poppy le daba vueltas la cabeza. Apenas podía tartamudear una respuesta.

—Porque no me gustan los cortejos. Son muy estresantes. Y no provocan más que decepciones.

El pulgar de Harry encontró la suave protuberancia de la clavícula y la siguió lentamente.

—Está claro que nunca la han cortejado en serio. Pero si lo prefiere, prescindiremos de ello. Nos ahorraría tiempo.

—Yo no quiero prescindir de ello —dijo Poppy, cada vez más nerviosa. Se estremeció cuando sintió que las yemas de los dedos de Harry le acariciaban el cuello—. Lo que quiero decir es que... señor Rutledge, acabo de sufrir una gran decepción. Es demasiado pronto.

—Ha sido cortejada por un jovenzuelo, alguien que no se atreve a hacer nada sin que lo apruebe su padre. —Poppy sintió el cálido aliento de Harry contra los labios cuando él susurró—: Debería dejarse cortejar por un hombre, alguien que no necesita el permiso de nadie.

Un hombre. Bueno, él ciertamente lo era.

—No puedo esperar —continuó Harry—. No cuando usted está tan decidida a volver a Hampshire. Poppy, usted es la razón por la que esté aquí esta noche. Créame, de lo contrario no me hubiera molestado en venir.

—¿No le gustan los bailes?

—Me gustan. Pero a los que yo asisto acude gente mucho más interesante.

Poppy no podía imaginarse a qué clase de gente se refería, ni con qué clase de personas se relacionaba normalmente. Harry Rutledge era un hombre demasiado misterioso. Demasiado experimentado, demasiado abrumador en todos los aspectos. Jamás podría ofrecerle la vida tranquila, normal y pacífica que ella anhelaba.

—Señor Rutledge, por favor, no se tome esto como un insulto, pero no posee las cualidades que busco en un marido.

—¿Cómo lo sabe? Poseo unas cualidades excelentes que usted todavía no ha visto.

Poppy soltó una risita temblorosa.

—Creo que usted sería capaz de convencer a un pez de que salga del agua —dijo ella—. Pero, aun así, creo que... —Se interrumpió con un grito ahogado cuando él inclinó la cabeza y le dio un beso en los labios, como si la risa de la joven fuera algo que quisiera saborear. Ella siguió sintiendo el roce de su boca incluso después de que se retirara; sus terminaciones nerviosas se negaban a dejar extinguir esa sensación.

—Pase una tarde conmigo —la urgió él—. Mañana.

—No, señor Rutledge. Yo...

—Harry.

—Harry, no puedo.

—¿Una hora tal vez? —susurró él. Volvió a inclinarse sobre ella, y Poppy giró la cabeza, envuelta en un mar de confusión. Entonces él siguió la línea de su cuello, rozando la vulnerable piel con los labios antes de depositar unos besos suaves.

Nadie le había hecho tal cosa, ni siquiera Michael. ¿Quién podía haber pensado que resultaría ser tan delicioso? Aturdida, Poppy echó la cabeza hacia atrás, apoyándose en el firme soporte que le proporcionaban los brazos de Harry. Él siguió besándola en el cuello con una ternura devastadora y le pasó la lengua por el pulso. Le acarició la nuca con la mano, deslizando la yema del pulgar por el nacimiento del pelo. Poppy le rodeó el cuello con los brazos cuando sintió que empezaba a perder el equilibrio.

La caricia de Harry sobre su piel era suave y delicada y su boca le provocaba escalofríos. Pero ella también quería conocer su sabor. Volvió la cara hacia la de él, rozándole con los labios la tersa superficie de la mandíbula recién afeitada. Harry contuvo el aliento.

—Jamás deberías llorar por un hombre —dijo él contra su cuello. Su voz era suave y sombría como miel ahumada—. Nadie se merece tus lágrimas. —Antes de que ella pudiera responderle, él capturó su boca en un beso profundo y devastador.

Poppy se sentía débil, pero se fundió contra él cuando la besó lentamente. La punta de la lengua de Harry penetró entre sus labios y acarició la suya con suavidad. La sensación que le provocó fue tan íntima y tentadora que un salvaje estremecimiento recorrió a la joven de arriba abajo. Él levantó la cabeza de golpe.

—Lo siento. ¿Te he asustado?

Poppy no parecía capaz de pensar una respuesta. No es que la hubiera asustado, es que le había mostrado un vislumbre de un vasto territorio erótico que ella jamás había conocido hasta ese momento. Incluso a pesar de su inexperiencia, la joven comprendió que aquel hombre tenía el poder de hacer que se estremeciera de placer. Y eso era algo que jamás hubiera esperado.

Intentó apaciguar los rápidos latidos del corazón, que parecía querer salírsele de la garganta. Sentía los labios hormigueantes e hinchados. Y su cuerpo palpitaba en lugares desconocidos.

Harry le tomó la cara entre las manos y le acarició con los pulgares las mejillas ardientes.

—Ya habrá acabado el vals. Tu acompañante se abalanzará sobre mí como un zorro contra un ratón si no te llevo pronto con ella.

—Es muy protectora conmigo —logró decir Poppy.

—Es así como debe ser. —Harry la soltó y bajó las manos a los costados.

Poppy se tambaleó, pues tenía las rodillas flojas. Harry la sujetó veloz en un gesto reflejo, estrechándola contra su cuerpo.

—Tranquila. —Le oyó reírse suavemente—. Es culpa mía. No debería haberte besado así.

—Tienes razón —dijo ella, recobrando el sentido del humor—. Debería haberte apartado, abofeteado o algo por el estilo. ¿Cómo reaccionan normalmente las mujeres cuando te tomas tales libertades con ellas?

—¿Me piden que lo haga otra vez? —sugirió Harry de una manera tan pícara que Poppy no pudo evitar sonreír.

—No —dijo ella—, no voy a pedírtelo.

Se miraron el uno al otro en aquella oscuridad iluminada sólo por la luz proveniente de las ventanas de los pisos superiores. Qué caprichosa era la vida, pensó Poppy, debería de haber bailado con Michael esa noche. Pero él la había abandonado y, ahora, ella estaba fuera del salón de baile, entre las sombras, con un desconocido.

Era interesante que pudiera estar enamorada de un hombre y, aun así, sentirse atraída por otro tan fascinante y seductor. Porque, desde luego, Harry Rutledge era una de las personas más fascinantes que ella hubiera conocido nunca, con tantas capas de encanto, poder e inclemencia que seguía sin saber cómo era en realidad. Se preguntó cómo sería en la intimidad.

Casi sintió pesar al pensar que jamás lo sabría.

—Ponme una penitencia —la urgió él—. Haré cualquier cosa que me pidas.

Cuando sus miradas se encontraron y se sostuvieron entre las sombras, Poppy se dio cuenta de lo que él quería decir en realidad.

—¿Qué clase de penitencia? —le preguntó.

Harry inclinó un poco la cabeza, estudiándola con intensidad.

—Pídeme lo que quieras.

—¿Y si lo que quiero es un castillo?

—Hecho —dijo él con prontitud.

—La verdad es que no quiero un castillo. Hay muchas corrientes. ¿Qué tal una diadema de diamantes?

—No está mal. Una modesta que pudieras ponerte durante el día ¿o prefieres algo más elaborado?

Poppy comenzó a sonreír cuando sólo unos minutos atrás había pensado que jamás volvería a hacerlo. Sintió una oleada de placer y gratitud. No podía pensar en nadie más que hubiera podido consolarla en esas circunstancias. Pero su sonrisa se volvió agridulce cuando volvió a mirarlo.

—Gracias —dijo—. Pero me temo que nadie puede darme lo único que quiero de verdad.

Poniéndose de puntillas, Poppy apretó los labios dulcemente contra la mejilla de Harry. Fue un beso muy tierno.

Un beso de despedida.

Harry la miró fijamente. Después miró por encima de su hombro antes de que su boca cayera sobre la de ella en una urgente demanda. Confundida por aquel repentino asalto, Poppy perdió el equilibrio y se agarró a él sin pensar. Fue la reacción equivocada, en el momento y el lugar más inoportunos... Era un error sentir aquella oleada de placer cuando él la saboreaba y le exploraba dulcemente el interior de la boca... Pero, como Poppy estaba descubriendo esa noche, había tentaciones que eran imposibles de resistir. Y los besos de Harry parecían provocar una indefensa respuesta en ella, una hoguera de sentimientos. La joven no podía controlar su pulso ni su respiración. Sus sentidos se encendieron con aquellas chispeantes sensaciones, mientras millones de estrellas caían en cascada alrededor de su cuerpo y las pequeñas esquirlas de luz golpeaban el suelo de la terraza con el mismo sonido que el cristal al romperse...

Intentando ignorar aquel estridente sonido, Poppy se apoyó contra él. Pero Harry la soltó con un murmullo tranquilizador, y apretó la cabeza de la joven contra su pecho, como si estuviera tratando de protegerla.

Poppy abrió los ojos y se quedó helada al ver que alguien —varias personas en realidad— había salido a la terraza.

Se trataba de lord y lady Norbury, que sorprendida había dejado caer una copa de champán, acompañados de otra pareja de su misma edad.

Y Michael, con una joven rubia cogida del brazo.

Todos miraban a Harry y a Poppy, absolutamente conmocionados.

Si el ángel de la muerte hubiera aparecido en ese momento, con sus alas negras y su reluciente guadaña, Poppy habría corrido hacia él con los brazos abiertos. Porque ser pillada en el balcón besando a Harry Rutledge no sólo daría lugar a un escándalo, sino al comienzo de una leyenda. Estaba arruinada. Su vida estaba arruinada. Su familia estaba arruinada. Y todo Londres lo sabría antes del amanecer.

Aturdida por aquella terrible y espantosa verdad, Poppy miró a Harry con impotencia. Y durante un confuso momento creyó ver un destello de depredadora satisfacción en sus ojos. Pero luego el hombre cambió de expresión y dijo simplemente:

—Va a ser difícil explicar esto.

10

Mientras atravesaba la mansión Norbury, Leo se rio para sus adentros al ver a varios de sus amigos —jóvenes aristócratas cuyo anterior libertinaje le hacía avergonzarse incluso a él— almidonados y reservados, y haciendo gala de unos modales impecables. No por primera vez, Leo pensó lo injusto que era que un hombre pudiera permitirse una vida disoluta y una mujer no.

Por ejemplo, todo aquel asunto de los modales... Había visto cómo sus hermanas se esforzaban por recordar centenares de aquellas estúpidas reglas de etiqueta que se esperaba que acataran en sociedad. Sin embargo, en lo que a Leo concernía, su único interés por las reglas consistía en romperlas y regocijarse en cómo él, un hombre con título nobiliario, siempre era disculpado casi por cualquier cosa. Las damas que asistían a una cena eran criticadas a sus espaldas si usaban el tenedor incorrecto con el plato de pescado, y sin embargo un hombre podía beber en exceso o hacer algún comentario soez y todo el mundo fingía no darse cuenta.

Leo entró con aire despreocupado en el salón de baile y se detuvo a un lado de las amplias puertas para observar la escena que se desarrollaba ante él. Aburrida, sosa e insípida, no cabía otra descripción. Allí estaba, por supuesto, la siempre presente fila de vírgenes con sus damas de compañía, y los grupos de cotillas que tanto le recordaban a un corral de gallinas.

Sin embargo, su atención fue capturada de inmediato por la figura de Catherine Marks, que estaba de pie en una esquina observando cómo Beatrix bailaba con su pareja.

Marks estaba, como era habitual en ella, con el cuerpo rígido como una vara y envuelto en unas prendas oscuras. Jamás perdía la oportunidad de desdeñarle y de tratarle como si no tuviera más capacidad intelectual que una ostra, además de ser totalmente inmune a cualquier intento de encanto o humor. Como cualquier hombre sensato, Leo hacía todo lo posible para evitarla.

Pero para gran disgusto suyo, Leo no pudo evitar preguntarse qué aspecto tendría Catherine Marks después de un buen revolcón. Se la imaginaba sin gafas, con el sedoso pelo suelto y alborotado, y su pálido cuerpo libre de todo tipo de encajes y corsés...

De repente no hubo nada más interesante en el baile que la acompañante de sus hermanas.

Leo decidió ir a fastidiarla un poco.

Se acercó a ella con paso tranquilo.

—Hola, Marks. ¿Cómo lo...?

—¿Dónde se había metido? —le susurró ella bruscamente, con los ojos brillando de furia detrás de las gafas.

—En la sala de cartas. Y luego fui a servirme un plato del buffet. ¿En dónde debería haber estado?

—Se suponía que tenía que ayudar a Poppy.

—¿Ayudarla con qué? Le prometí que bailaría con ella, y aquí estoy. —Leo hizo una pausa y miró a su alrededor—. Pero ¿dónde está ella?

—No lo sé.

Leo frunció el ceño.

—¿Cómo que no lo sabe? ¿Quiere decir que la ha perdido de vista?

—La última vez que la vi fue hace aproximadamente diez minutos, cuando se fue a bailar con el señor Rutledge.

—¿Con el propietario del hotel? Que yo sepa, jamás asiste a este tipo de eventos.

—Pues hoy lo ha hecho —repuso ella en tono seco, sin levantar la voz—. Y ahora han desaparecido. Juntos. Debe encontrarla, milord. Ya. Antes de que la reputación de su hermana se vea arruinada.

—¿Por qué no la ha seguido?

—Alguien tenía que vigilar a Beatrix o, sin duda, también habría desaparecido. Además, no quise llamar la atención sobre la ausencia de Poppy. Encuéntrela lo más deprisa que pueda.

Leo la miró con el ceño fruncido.

—Marks, por si todavía no se había dado cuenta, los sirvientes no les dan órdenes a sus amos. Así que si no le importa...

—Usted no es mi amo —tuvo el descaro de replicar la joven, lanzándole una mirada insolente.

«Oh, pero ya me gustaría», pensó Leo mientras sentía una rápida y frenética oleada de excitación que le puso la piel de gallina. Además de despertar otra parte de su anatomía. Decidió irse antes de que su reacción ante ella fuera evidente.

—Bueno, deje de erizar las plumas, Marks. Buscaré a Poppy.

—Empiece por buscar en todos aquellos lugares a los que usted llevaría a una mujer que quisiera comprometer. No puede haber muchos.

—Sí, claro que los hay. Le sorprendería saber la cantidad de lugares donde llevarí...

—Por favor —masculló ella—, no haga que me den más náuseas de las que ya siento en este momento.

Tras lanzar una mirada escrutadora a su alrededor, Leo se fijó en la hilera de puertaventanas que había al otro lado del salón de baile. Se dirigió hacia la terraza, intentando ir tan rápido como le era posible sin delatar su prisa. Maldijo su mala suerte al ser abordado dos veces en el camino, una por un amigo que quería conocer su opinión sobre cierta dama en particular, y otra por una viuda que pensaba que el ponche estaba aguado y quería saber si él ya lo había probado.

Por fin logró alcanzar una de las salidas que daban a la terraza.

Y se le pusieron los ojos como platos al toparse de frente con un asombroso espectáculo. Su hermana Poppy se encontraba entre los brazos de un hombre alto con el pelo negro y, además, estaba siendo observada por un grupo de personas que habían salido al balcón por otra puerta. Una de esas personas era Michael Bayning, que parecía sufrir un ataque de celos e indignación.

El hombre del pelo negro alzó la cabeza, le murmuró algo a Poppy y le dirigió una gélida mirada a Michael Bayning.

Una mirada triunfal.

Duró sólo un segundo, pero Leo la vio y la reconoció como lo que era.

—Maldita sea —susurró Leo.

Su hermana se había metido en un buen lío.

Estaba claro que cuando un Hathaway provocaba un escándalo, jamás lo hacía a medias.

Cuando Leo condujo a Poppy de vuelta al salón de baile y se reunieron con la señorita Marks y Beatrix, el escándalo ya había comenzado a extenderse por el salón. En un abrir y cerrar de ojos, Cam y Amelia se habían reunido con ellos, y toda la familia formó un círculo protector en torno a Poppy.

—¿Qué ha sucedido? —preguntó Cam, cuya mirada preocupada desmentía su postura relajada.

—Harry Rutledge es lo que ha ocurrido —masculló Leo—. Te lo explicaré en cuanto salgamos de aquí. Ahora será mejor que nos marchemos tan pronto como sea posible; luego nos reuniremos con Rutledge en el hotel.

—No te preocupes, querida —le murmuró Amelia a Poppy al oído, que estaba roja como un tomate—. Sea lo que sea, lo arreglaremos.

—Eso no es posible —susurró Poppy—. Nadie puede arreglarlo.

Leo miró por encima de los hombros de sus hermanas y observó el gran alboroto que había entre la multitud. Todos tenían la mirada clavada en ellos.

—Es como observar un océano embravecido —comentó—. Uno puede ver cómo el escándalo recorre, literalmente, toda la estancia.

Cam parecía resignado e irónico.

—*Gadjos* —masculló—. Leo, ¿por qué no llevas a la señorita Marks y a tus hermanas al carruaje? Amelia y yo nos despediremos de lord y lady Norbury.

Llena de estupor y desdicha, Poppy permitió que Leo la condujera al coche. Todos permanecieron en silencio hasta que el vehículo se puso en marcha y se alejó de la mansión.

Beatrix fue la primera en hablar.

—¿Han comprometido tu reputación, Poppy? —preguntó preocupada—. ¿Igual que le ocurrió a Win el año pasado?

—Sí, así es —respondió Leo, mientras Poppy emitía un pequeño gemido—. Es una mala costumbre que tiene nuestra familia. Marks, debería escribir un poema sobre ello.

—Este desastre podría haberse evitado —le dijo la acompañante secamente— si la hubiera encontrado antes.

—También podría haberse evitado si usted no la hubiera perdido de vista —le espetó Leo.

—Yo soy la única culpable —les interrumpió Poppy, con la voz ahogada contra el hombro de Leo—. Me fui con el señor Rutledge. Acababa de ver al señor Bayning en el salón de baile y estaba alterada y disgustada. El señor Rutledge me pidió que bailara con él, pero yo necesitaba tomar aire fresco y salimos al balcón y entonces...

—No, la culpable soy yo —dijo la señorita Marks, que parecía tan alterada como ella—. Permití que bailara con él.

—No ganamos nada echándonos las culpas los unos a los otros —dijo Leo—. Lo hecho, hecho está. Pero si alguien es culpable de algo, es Rutledge que, al parecer, llegó al baile dispuesto a cazar.

—¿Qué? —Poppy levantó la cabeza y le miró desconcertada—. ¿Crees que él...? No, fue un accidente, Leo. El señor Rutledge no tenía intención de echar a perder mi reputación.

—Fue a propósito —dijo la señorita Marks—. Harry Rutledge jamás se dejaría atrapar en una situación comprometida. Y si lo hace, es porque quiere.

Leo le lanzó una mirada inquisitiva.

—¿Cómo es que sabe tan bien lo que haría Rutledge?

La señorita Marks se sonrojó. Parecía que le costaba un gran esfuerzo sostener la mirada de Leo.

—Por su reputación, por supuesto.

Leo apartó la atención de ella cuando Poppy volvió a enterrar la cara en su hombro.

—Me moriré de vergüenza —dijo.

—No, no lo harás —respondió Leo—. Soy un experto en materia de humillaciones, y si pudiera matar, yo habría muerto más de una docena de veces.

—Uno no se puede morir una docena de veces.

—Sí, si se es budista —dijo Beatrix solícita.

Leo acarició el brillante pelo de Poppy.

—Pues espero que Harry Rutledge lo sea —dijo él.

—¿Por qué? —preguntó Beatrix.

—Porque lo único que quiero en este momento es matarlo tantas veces como sea posible.

Harry recibió a Leo y a Cam Rohan en la biblioteca privada. Con cualquier otra familia, aquella situación habría sido algo previsible. Le habrían exigido que hiciera lo correcto, luego habrían discutido los términos de compensación y se habría llegado a un acuerdo. Dada la vasta fortuna de Harry, la mayoría de las familias habría aceptado el resultado de buena gana. Puede que no perteneciera a la aristocracia, pero era un hombre rico e influyente.

Sin embargo, Harry sabía que era mejor no esperar una respuesta previsible a esa situación en particular ni de Leo ni de Cam. No eran hombres convencionales y sabía que tendría que llevar el asunto con mucho cuidado. No obstante, tenía que reconocer que no estaba preocupado en lo más mínimo. A lo largo de su vida había negociado temas mucho más trascendentales que el honor de una mujer.

Mientras consideraba los acontecimientos de esa noche, Harry no podía evitar sentirse lleno de una inmoral sensación de triunfo. No, no era triunfo exactamente, sino júbilo. Todo había resultado mucho más fácil de lo que había previsto, en especial tras la inesperada aparición de Michael en el baile de los Norbury. Aquel idiota le había entregado a Poppy prácticamente en bandeja de plata. Y cuando a Harry se le presentaba una oportunidad como aquélla, no dudaba en aprovecharla.

Además, Harry sentía que se merecía a Poppy. Cualquier hombre que no tuviera el arrojo para conseguir a la mujer que quería, era un tonto. Recordó el aspecto de la joven en el salón de baile, tan pálida, frágil y afligida. Cuando se acercó a ella, era imposible malinterpretar su expresión de puro alivio. Le había mirado y le había pedido que la sacara de allí.

Y cuando Harry la llevó a la terraza, la satisfacción había sido reemplazada con rapidez por una nueva sensación... el deseo de mitigar el dolor de la joven. Sin duda, el hecho de que él mismo hubiera contribuido a aquella angustia era lamentable. Pero el fin justificaba los medios. Y en cuanto Poppy fuera suya, haría más por ella, la cuidaría mucho mejor de lo que Michael Bayning hubiera hecho nunca.

Pero ahora tenía que tratar con la familia de Poppy, que se había indignado, comprensiblemente, porque hubiera echado a perder la reputación de la joven. El tema no le preocupaba en absoluto. No tenía ninguna duda con respecto a su habilidad para persuadir a Poppy de que se casara con él. Y por muchas objeciones que pusieran los Hathaway, al final tendrían que llegar a un acuerdo.

Casarse con él era la única manera de salvaguardar el honor de Poppy. Todo el mundo lo sabía.

Manteniendo una expresión neutra, ofreció a Cam y a Leo una copa de vino en cuanto entraron en la biblioteca, pero ambos la rechazaron.

Leo se acercó a la chimenea y apoyó el hombro en la repisa mientras cruzaba los brazos sobre el pecho. Cam se dirigió a una silla tapizada en piel y se sentó en ella; estiró sus largas piernas y cruzó los tobillos.

Harry no se dejó engañar por aquellas relajadas posturas. En la estancia se palpaba la rabia y la animosidad de los dos hombres. Sin perder la calma, Harry aguardó a que comenzara a hablar uno de ellos.

—Debería saber, Rutledge —dijo Leo con voz agradable—,

que si por mí fuera le mataría en este mismo instante, pero Rohan dice que al menos debemos hablar con usted durante unos minutos. Personalmente, creo que está intentando distraerme para tener él el placer de matarle. Pero, aunque Rohan y yo no quisiéramos matarle, no seríamos capaces de impedir que mi cuñado Merripen lo hiciera.

Harry apoyó la cadera en el borde del pesado escritorio de caoba de la biblioteca.

—Sugiero que esperen a que Poppy y yo nos casemos, al menos así sería una viuda respetable.

—¿Por qué supone —preguntó Cam— que permitiremos que se case con usted?

—Si no se casa conmigo después de lo ocurrido, nadie la recibirá en su casa. De hecho, dudo mucho de que cualquier miembro de su familia fuera bien recibido en las salas londinenses.

—No creo que lo seamos ahora —respondió Cam, entrecerrando sus ojos color avellana.

—Rutledge —dijo Leo con fingida despreocupación—. Antes de que yo heredase el título, los Hathaway estuvimos alejados de la sociedad londinense durante muchos años, por lo que sencillamente nos importa un bledo si somos bien recibidos o no. Poppy no tiene por qué casarse con nadie si no quiere hacerlo. Y además, está convencida de que usted y ella jamás encajarían.

—Las mujeres suelen cambiar de opinión con bastante frecuencia —dijo Harry—. Deje que hable con su hermana mañana. La convenceré de cómo sacar el mejor partido a esta situación.

—Pero antes de convencerla a ella —dijo Cam—, tendrá que convencernos a nosotros. Porque por lo poco que sé de usted, no puedo evitar sentirme condenadamente inquieto.

Por supuesto, Cam Rohan tenía que saber cosas de él. Hacía tiempo, Cam había sido gerente de un club de juego para caballeros, por lo que siempre estaba al tanto de cualquier información importante. Harry sentía curiosidad por saber qué había averiguado de él.

—¿Por qué no me dice lo que sabe? —le pidió Harry con un gesto despreocupado—, y yo le confirmaré si es cierto o no.

Cam clavó sus ojos ámbar en él sin parpadear.

—Es oriundo de la ciudad de Nueva York, donde su padre regentaba un hotel con bastante éxito.

—Lo cierto es que soy de Búfalo —dijo Harry.

—No se llevaba bien con él, pero encontró otros mentores. Trabajó de aprendiz en una empresa de ingeniería, donde llegó a ser reconocido por sus habilidades como mecánico y dibujante. Patentó varias innovaciones para válvulas y calderas. A los veinte años, abandonó América y vino a Inglaterra por razones que desconozco.

Cam hizo una pausa para observar la reacción de Harry ante sus revelaciones.

La aparente tranquilidad del dueño del hotel parecía haberse evaporado y ahora tenía los músculos de los hombros tensos. Harry se obligó a relajarlos y a contener el impulso de llevarse la mano al cuello para aliviar un calambre.

—Continúe —le pidió con suavidad.

Cam le complació.

—Se asoció con un grupo de inversores privados y compraron una manzana de casas por muy poco dinero. Las alquiló durante algún tiempo, luego las derribó y compró el resto de la calle, donde construyó este hotel. No tiene familia, salvo su padre en Nueva York, con quien no mantiene contacto en la actualidad. Posee un puñado de amigos leales y un sinfín de enemigos, a muchos de los cuales les cae bien a su pesar.

Harry pensó que Cam Rohan debía de tener unas impresionantes conexiones para haber obtenido tal información.

—Sólo hay tres personas en Inglaterra que saben todo eso —masculló, preguntándose cuál de ellas había hablado.

—Pues ahora son cinco —dijo Leo—. Y Rohan ha olvidado mencionar el fascinante descubrimiento de que se ha convertido en el colaborador favorito del Ministerio de la Guerra después de que diseñara algunas modificaciones para el rifle del ejército de fabricación estándar. Pero creemos que no sólo trabaja para el gobierno británico, sino que además tiene tratos con reyes y criminales extranjeros. Por lo que uno llega a la conclusión de que, el único lado que existe para usted es el suyo propio.

Harry sonrió con frialdad.

—Jamás he mentido sobre mí mismo ni sobre mi pasado. Pero protejo mi intimidad tanto como me es posible. No le debo lealtad a nadie. —Se acercó al aparador y se sirvió un brandy. Sostuvo la copa entre las palmas de las manos para calentarlo, luego miró a los dos hombres. Habría apostado su fortuna a que Cam sabía bastante más de lo que había revelado. Lo que estaba claro es que no habría ninguna coacción por parte de la familia Hathaway para que él hiciera de Poppy una mujer respetable. A los Hathaway les importaba un bledo la respetabilidad, y no necesitaban ni el dinero ni las influencias de Harry.

Lo que quería decir que tendría que concentrar todos sus esfuerzos en Poppy.

—Tanto si lo aprueban como si no —les dijo a Cam y a Leo—, voy a declararme a su hermana. Será ella quien decida si quiere casarse conmigo. Pero si me acepta, no habrá ningún poder sobre la Tierra que me lo impida. Comprendo que estén preocupados por su bienestar, pero les aseguro que nunca le faltará de nada. Será una mujer protegida, querida e incluso mimada.

—Usted no tiene ni la más remota idea de cómo hacerla feliz —dijo Cam quedamente.

—Rohan —dijo Harry con una leve sonrisa—, mi trabajo consiste en hacer feliz a la gente, o al menos hacerle pensar que lo es. —Hizo una pausa para observar sus expresiones resueltas—. ¿Van a prohibirme que hable con ella? —preguntó con educado interés.

—No —dijo Leo—. Poppy no es una niña ni una mascota. Si quiere hablar con usted, lo hará. Pero tenga presente que, sea lo que sea lo que le diga para intentar convencerla de que se case con usted, se verá contrarrestado por la opinión de su familia.

—Y hay algo más que debería saber —dijo Cam con una gélida suavidad que desmentía cualquier indicio de serenidad—. Si tiene éxito y se casa con ella, no perderemos una hermana. Será usted quien gane una familia... que la protegerá a cualquier precio.

Aquello casi fue suficiente para que Harry renunciara.

Casi.

11

—No le caes bien ni a mi hermano ni al señor Rohan —le dijo Poppy a Harry a la mañana siguiente mientras paseaban por la rosaleda de los jardines del hotel. Los rumores sobre el escándalo se habían extendido por todo Londres como un fuego incontrolado, por lo que había que hacer algo al respecto. Poppy sabía que como caballero que era, Harry Rutledge estaba obligado a proponerle matrimonio para salvarla del ostracismo social. Sin embargo, no estaba segura de si pasar toda la vida con el hombre equivocado sería mejor que convertirse en una paria. No conocía a Harry lo suficiente como para poder formarse un juicio sobre su carácter. Y, por otro lado, su familia estaba en contra de él de una manera categórica.

—Tampoco le caes bien a mi acompañante —continuó ella—, y mi hermana Amelia dice que no te conoce tan bien como para poder decidirse a favor o en contra, aunque se inclina más por esto último.

—¿Y Beatrix? —preguntó Harry; el sol arrancó destellos brillantes de su cabello negro cuando inclinó la cabeza hacia ella.

—A ella le gustas. Pero también le gustan los lagartos y las serpientes.

—¿Y a ti?

—Yo aborrezco los lagartos y las serpientes.

Harry esbozó una sonrisa.

—Poppy, por favor, no respondas con evasivas. Sabes muy bien por qué te lo pregunto.

Ella respondió con una vacilante inclinación de cabeza.

Había sido una noche infernal. Había estado hablando, llorando y discutiendo con su familia hasta altas horas de la madrugada, luego le había resultado casi imposible dormir. Hubo más conversaciones y discusiones con su familia a lo largo de la mañana, hasta que sintió que su pecho era una caldera hirviente de emociones encontradas.

Su mundo seguro y familiar se había vuelto del revés, pero la paz de la rosaleda le proporcionaba un indescriptible alivio. Por extraño que pareciera, se sentía mejor en compañía de Harry Rutledge, aunque fuera tan responsable como ella del lío en el que se había metido. En ese momento, él permanecía tranquilo y mostraba una gran seguridad en sí mismo. Había algo en sus modales, una mezcla de simpatía y práctico pragmatismo, que la tranquilizaba.

Se detuvieron ante una larga pérgola cubierta por las hojas de los rosales. Era como un túnel de flores rosas y blancas. Beatrix paseaba junto a unos de los setos cercanos. Poppy había insistido en que fuera su hermana menor la que ejerciera de carabina en vez de la señorita Marks o Amelia, ya que cualquiera de ellas le habría impedido tener un mínimo de intimidad con Harry.

—A mí me gustas —admitió Poppy con timidez—, pero eso no es suficiente para que un matrimonio tenga futuro, ¿verdad?

—Es más de lo que tienen muchas parejas al principio. —Harry la observó—. Estoy seguro de que tu familia te ha hablado de ello.

—Largo y tendido —dijo Poppy. Su familia le había augurado una vida matrimonial con Harry Rutledge en términos tan horribles que la joven ya había decidido rechazarle. Torció la boca en una mueca de disculpa—. Y después de oír todo lo que tenían que decir, lamento mucho tener que decirte que...

—Espera. Antes de que tomes una decisión, me gustaría escuchar tu opinión. Cuáles son tus sentimientos al respecto.

Bueno. Eso era todo un cambio. Poppy parpadeó desconcertada al comprender que ni su familia ni la señorita Marks, a pesar de sus buenas intenciones, habían tomado en cuenta lo que ella pensaba limitándose a decirle lo que tenía que hacer. Los pensamientos y los sentimientos de Poppy habían estado fuera de toda consideración.

—Bueno... eres un desconocido —dijo ella—. Y no creo que deba tomar una decisión sobre mi futuro cuando estoy enamorada del señor Bayning.

—¿Todavía esperas casarte con él?

—Oh, no. No existe ninguna posibilidad de que eso ocurra. Pero mis sentimientos por él siguen vivos, y hasta que no pase el tiempo suficiente para poder olvidarle, no puedo confiar en mi propio juicio.

—Eso es muy sensato por tu parte. Pero algunas decisiones no pueden postergarse, y me temo que ésta es una de ellas. —Harry hizo una pausa antes de preguntar con suavidad—: Si regresas a Hampshire bajo la sombra de un escándalo, sabes de sobra lo que ocurrirá, ¿verdad?

—Sí. Seré... marginada, por no decir algo peor. —Era una palabra suave para el desdén, la piedad y el desprecio con los que la tratarían al ser una mujer caída en desgracia. Y lo que era todavía peor, aquel escándalo podría echar a perder las posibilidades de que Beatrix hiciera un buen matrimonio—. Y mi familia no podrá impedirlo —añadió débilmente.

—Pero yo sí podría hacerlo —dijo Harry, alargando el brazo hacia la coronilla de Poppy para colocar una horquilla en su lugar con la punta del dedo—. Podría impedirlo si te casas conmigo. De lo contrario, no podré hacer nada por ti. Y no importa lo que los demás te hayan aconsejado, Poppy, serás tú quien tengas que soportar la carga del escándalo.

Poppy intentó sonreír, pero no lo logró.

—Yo siempre había soñado con tener una vida tranquila y normal. Y ahora tengo que elegir entre vivir como una paria social o como la esposa del propietario de un hotel.

—¿Tan poco atractiva te parece la segunda opción?

—No es lo que esperaba —dijo Poppy con franqueza.

Harry consideró sus palabras durante un momento mientras alargaba la mano para rozar con los dedos un macizo de rosas en flor.

—No será una existencia tranquila en una casita de campo —reconoció él finalmente—. Viviríamos en el hotel la mayor parte del año. Pero también pasaríamos algún tiempo en el campo. Si lo que quieres es una casa en Hampshire como regalo de boda, es tuya. Y también pondré a tu disposición un carruaje con cuatro caballos.

«Exactamente lo que me dijeron que haría», pensó Poppy, lanzándole una mirada irónica.

—Harry, ¿estás tratando de sobornarme?

—Sí. ¿Funciona?

El tono esperanzado en su voz la hizo sonreír.

—No, aunque no es un mal intento. —Oyeron el crujido del follaje, y Poppy gritó—: Beatrix, ¿estás ahí?

—Estoy a dos filas de vosotros —respondió su hermana alegremente—. ¡*Medusa* ha encontrado unos gusanos!

—Genial.

Harry le dirigió a Poppy una mirada aturdida.

—¿Quién o, debería decir, qué es *Medusa*?

—Un erizo —respondió la joven—. *Medusa* está poniéndose un poco rechoncha y Beatrix quiere que haga ejercicio.

En favor de Harry, tenía que reconocer que ni siquiera se inmutó cuando comentó:

—¿Sabes? Pago una fortuna a los jardineros para no tener esa clase de bichos en el jardín.

—Oh, no temas. *Medusa* es sólo un erizo invitado. Jamás se escaparía de Beatrix.

—Un erizo invitado —repitió Harry con la insinuación de una sonrisa en los labios. Se alejó unos pasos de Poppy antes de girarse para mirarla. Un nuevo tono de urgencia asomó a su voz—. Poppy, dime qué es lo que te preocupa e intentaré arreglarlo. Debe de haber algo que podamos hacer al respecto.

—Eres muy persistente —dijo ella—. Me dijeron que lo serías.

—Soy todo lo que te dijeron y más —dijo Harry sin titubear—. Pero lo que no te dijeron es que eres la mujer más fascinante y deseable que he conocido nunca y que haría cualquier cosa por hacerte mía.

A ella le halagaba que un hombre como Harry Rutledge la persiguiera, en especial después del daño que le había inflingido Michael Bayning. Poppy se sonrojó de placer y sus mejillas adquirieron el mismo tono rojizo que si hubieran estado expuestas al sol.

«Voy a considerarlo sólo por un momento —se encontró pensando—, y en un sentido puramente hipotético. Harry Rutledge y yo...»

—Tengo que hacerte algunas preguntas —dijo.

—Pregúntame lo que quieras.

Poppy decidió ir al grano.

—¿Eres peligroso? Todo el mundo dice que sí.

—¿Para ti? No.

—¿Y para los demás?

Harry encogió los hombros con inocencia.

—Sólo soy el dueño de un hotel. ¿Crees que eso me convierte en un hombre muy peligroso?

Poppy le lanzó una mirada recelosa, haciéndole saber que no la había engañado ni por un momento.

—Quizá sea una soñadora, Harry, pero no soy tonta. Conoces los rumores... Sabes muy bien lo que la gente comenta de ti. ¿Tienes tan pocos escrúpulos como dicen?

Harry guardó silencio durante un buen rato, con la mirada perdida en un macizo de flores distante. La luz del sol se filtraba entre las ramas y las hojas de la pérgola que les daba sombra.

Finalmente, él levantó la cabeza y la miró directamente a la cara; sus ojos eran más verdes que las hojas de las rosas.

—No soy un auténtico caballero —dijo él—. Ni por nacimiento ni por carácter. Muy pocos hombres pueden permitirse el lujo de ser totalmente honorables si quieren tener éxito en la vida. No miento, pero rara vez digo todo lo que sé. No soy un hombre religioso ni espiritual. Actúo en mi propio beneficio y no lo oculto. Sin embargo, siempre voy de frente, no hago trampas y pago mis deudas.

Harry hizo una pausa, metió la mano en el bolsillo de la chaqueta y sacó un cortaplumas. Alargó la mano hacia una flor y, después de cortar el tallo pulcramente, se dedicó a arrancarle las espinas con la pequeña hoja afilada.

—Jamás usaría la fuerza física contra una mujer ni contra nadie más débil que yo. No fumo, no tomo rapé ni mastico tabaco. No me emborracho. No duermo bien. Y puedo hacer un reloj con casi cualquier cosa. —Le quitó la última espina al tallo y le ofreció la rosa a Poppy antes de volver a guardarse el cortaplumas en el bolsillo.

Poppy concentró la mirada en la satinada rosa y acarició los pétalos con los dedos.

—Mi nombre completo es Jay Harry Rutledge —oyó que decía—. Mi madre es la única persona que me ha llamado Jay y, por esa misma razón, no me gusta ese nombre. Abandonó a mi padre cuando yo era pequeño y no he vuelto a verla.

Poppy lo miró con los ojos abiertos como platos, dándose cuenta de que ése era un tema delicado para él y del que hablaba en raras ocasiones, si es que lo hacía alguna vez.

—Lo siento —dijo ella con suavidad, aunque mantuvo el tono de voz desprovisto de cualquier atisbo de compasión.

Él se encogió de hombros como si eso le resultara indiferente.

—Hace mucho tiempo de ello. Apenas la recuerdo.

—¿Por qué viniste a Inglaterra?

Otra dilatada pausa.

—Quería dirigir un hotel. No me importaba si era un éxito o no, pero no quería vivir cerca de mi padre.

Poppy supuso de inmediato que aquella escueta información sólo era la punta del iceberg.

—Ésa no es toda la historia —afirmó más que preguntó.

Un amago de sonrisa curvó los labios de Harry.

—No.

Ella volvió a bajar la mirada hacia la rosa, notando que las mejillas se le encendían de nuevo.

—¿Te gustaría... quieres... tener hijos?

—Sí. Espero tener más de uno. No me gustó ser hijo único.

—¿Quieres criarlos en el hotel?

—Por supuesto.

—¿Consideras que es un ambiente adecuado?

—Tendrían lo mejor de todo. Educación. Viajes. Lecciones sobre cualquier cosa que les interese.

Poppy intentó imaginar cómo sería criar a sus hijos en el hotel. ¿Alguna vez llegaría a considerar aquel lugar como su hogar? Cam le había dicho una vez que los romaníes consideraban que el mundo entero era su hogar. Siempre y cuando estuvieras con tu familia, estabas en casa. Miró a Harry preguntándose cómo sería en la intimidad. Parecía un hombre independiente e invulnerable. Era difícil pensar en él haciendo cosas corrientes, como afeitarse, peinarse o quedarse en cama con un catarro.

—¿Respetarías los votos matrimoniales? —preguntó ella.

Harry le sostuvo la mirada.

—Si no fuera así, no los haría.

Poppy entendió entonces que las preocupaciones de su familia sobre dejarle hablar con Harry eran totalmente justificadas. Era tan persuasivo y atractivo que ella comenzaba a considerar la idea de casarse con él, y ahora estaba sopesando seriamente la decisión.

Tendría que descartar los sueños sobre cuentos de hadas si al final decidía contraer matrimonio con un hombre al que no amaba y al que apenas conocía. Pero sabía que los adultos tenían que ser responsables de sus actos. En ese momento se le ocurrió que ella no era la única que estaba corriendo un riesgo, Harry tampoco podía estar seguro de que fuera a obtener la esposa que necesitaba.

—No es justo que sea yo quien haga todas las preguntas —le dijo—. Tú también deberías preguntarme lo que quieras.

—No, yo ya he decidido lo que quiero.

Poppy no pudo contener una risita nerviosa.

—¿Siempre tomas las decisiones de una manera tan impulsiva?

—Por lo general no. Pero sé cuándo debo confiar en mi instinto.

Harry estaba a punto de añadir algo más cuando por el rabillo del ojo vio una sombra moviéndose sobre la tierra. Poppy siguió su mirada y observó que *Medusa* se abría paso por el camino de la rosaleda, avanzando con un inocente bamboleo hacia ellos. La pequeña erizo de color café con leche parecía un cepillo de fregar andante. Para sorpresa de Poppy, Harry se inclinó para coger al animal.

—No la toques —le advirtió Poppy—. Se encogerá como una bola y te clavará las púas.

Pero Harry puso las manos en la tierra, con las palmas hacia arriba, a ambos lados del curioso erizo.

—Hola, *Medusa*. —Colocó suavemente las manos debajo de la criatura—. Lamento interrumpir tu ejercicio, pero créeme, no te gustaría tropezarte con uno de mis jardineros.

Poppy observó con incredulidad cómo *Medusa* se relajaba y acomodaba voluntariamente entre las cálidas manos masculinas. Sin erizar las púas, dejó que la alzara y le diera la vuelta quedándose boca arriba. Harry acarició el suave pelaje blanco del abdomen de *Medusa* mientras el animal alzaba el delicado hocico y le miraba con su perpetua sonrisa.

—Jamás había visto que nadie lo cogiera de esa manera salvo Beatrix —dijo Poppy, acercándose a él—. ¿Tienes experiencia con los erizos?

—No —respondió él, brindándole una sonrisa—. Pero sí tengo alguna experiencia con mujeres espinosas.

—Disculpadme —los interrumpió la voz de Beatrix, apareciendo en el túnel de rosas. Estaba desaliñada y tenía algunas hojas pegadas al vestido; el pelo le caía lacio delante de la cara—. Parece que he perdido la pista... ¡Oh, aquí estás, *Medusa*! —exclamó con una amplia sonrisa al ver que Harry acunaba al erizo entre las manos—. Siempre he dicho que se puede confiar en un hombre capaz de manejar un erizo.

—¿De veras? —preguntó Poppy con sequedad—. Jamás te lo había oído decir.

—Sólo se lo digo a *Medusa*.

Harry depositó cuidadosamente a la mascota en las manos de Beatrix.

—El zorro tiene muchos trucos —recitó Harry—; el erizo, sólo uno. —Le lanzó una sonrisa a Beatrix y añadió—: Pero es uno muy bueno.

—Arquíloco —se apresuró a decir Beatrix—. ¿Le gusta la poesía griega, señor Rutledge?

—No especialmente. Pero hago una excepción con Arquíloco. Sabía hacer buenas observaciones.

—Mi padre solía llamarle el «yámbico abusivo» —dijo Poppy, y Harry se rio.

En ese momento Poppy tomó una decisión.

Porque aunque Harry Rutledge tenía sus defectos, los admitía sin tapujos. Y un hombre capaz de hechizar a un erizo y de entender los chistes sobre poetas de la antigua Grecia, era un hombre por el que valía la pena correr riesgos.

Puede que no se casara por amor, pero al menos podría casarse por esperanza.

—Bea —murmuró—. ¿Nos dejas un momento a solas?

—Sí, claro. A *Medusa* le gustaría remover la tierra de la siguiente hilera.

—Gracias, querida. —Poppy se volvió hacia Harry, que estaba sacudiéndose el polvo de las manos—. ¿Puedo hacerte una pregunta más?

Él la miró con suspicacia y extendió las manos hacia arriba como si quisiera dejar claro que no tenía nada que ocultar.

—¿Dirías que eres un buen hombre, Harry?

Él meditó la respuesta.

—No —dijo finalmente—. En el cuento de hadas que mencionaste anoche, yo sería probablemente el villano. Pero es posible que este villano te trate mucho mejor que el príncipe de la historia.

Poppy se preguntó qué era lo que le pasaba. Aquella confesión no debería parecerle divertida, sino atemorizante.

—Harry, se supone que no debes cortejar a una joven diciéndole que eres el villano.

Él le dirigió una mirada inocente que no la engañó en absoluto.

—Estoy tratando de ser honesto.

—Quizá. Pero también estás admitiendo todo lo que la gente dice de ti. Y hasta ahora habías conseguido que todas esas críticas resultaran ineficaces.

Harry parpadeó como si ella le hubiera sorprendido.

—¿Crees que soy un manipulador?

Ella asintió con la cabeza.

Harry pareció estupefacto al ver que ella se daba cuenta de sus intenciones con tanta facilidad. Sin embargo, en lugar de sentirse molesto, se la quedó mirando con un profundo anhelo.

—Poppy, tienes que ser mía.

Dio dos pasos hacia ella, la tomó entre sus brazos. El corazón de Poppy comenzó a latir con una fuerza repentina y dejó caer la cabeza hacia atrás, esperando sentir en sus labios la cálida presión de la boca de Harry. Sin embargo, al no ocurrir nada, abrió los ojos y le miró inquisitivamente.

—¿No vas a besarme?

—No. No quiero que se te nuble el juicio. —Pero le rozó la frente con los labios antes de continuar—: En mi opinión, éstas son tus opciones. Por un lado, podrías irte a Hampshire, aunque allí te convertirás en una paria social, y felicitarte a ti misma porque por lo menos no te has visto atrapada en un matrimonio sin amor. O podrías casarte con un hombre que te desea más que a nada en el mundo y vivir como una reina. —Hizo una pausa antes de continuar—: Eso sin mencionar la casa en el campo y el carruaje.

Poppy no pudo contener una sonrisa.

—Me estás sobornando otra vez.

—Bueno, añadiré también el castillo y la diadema —dijo Harry con picardía—. Y vestidos, pieles y un barco.

—Cállate —susurró Poppy al tiempo que le ponía los dedos sobre los labios, sin saber de qué otra manera detenerle. La joven respiró hondo, casi incapaz de creer lo que estaba a punto de decir—. Me conformaré con un anillo de compromiso. Y que sea pequeño y sencillo.

Harry se la quedó mirado, como si temiera confiar en sus propios oídos.

—¿De veras?

—Sí —dijo Poppy, con la voz un poco jadeante—. Sí, me casaré contigo.

12

«No es demasiado tarde para cambiar de idea.» Ésa fue la frase que más escuchó Poppy el día de su boda.

Se la oyó decir a cada miembro de su familia, con alguna que otra variación, desde primera hora de la mañana. Bueno, hubo una excepción: su hermana Beatrix; que gracias a Dios no compartía la animosidad general de los Hathaway hacia Harry.

De hecho, Poppy le había preguntado a Beatrix por qué no desaprobaba el enlace.

—Creo que los dos hacéis una buena pareja —dijo Beatrix.

—¿De veras? ¿Por qué?

—Porque un conejo y un gato pueden vivir juntos pacíficamente. Aunque primero el conejo tiene que pararle los pies al gato un par de veces si quiere que sea su amigo.

—Gracias —dijo Poppy secamente—. Lo recordaré. Aunque me figuro que Harry se sorprenderá cuando le tumbe como a un bolo.

La boda y la recepción que se ofrecería después serían tan multitudinarias como fuera humanamente posible, como si la intención de Harry fuera que medio Londres presenciara la ceremonia. Por consiguiente, Poppy se pasaría la mayor parte del día en medio de un mar de desconocidos.

Había esperado que Harry y ella pudieran conocerse mejor en las tres semanas que duró el compromiso matrimonial, pero apenas le había visto, salvo en las dos ocasiones en las que la había llevado a dar un paseo en carruaje. Y la señorita Marks, que los había acompañado, parecía tan encolerizada y feroz que Poppy se había sentido avergonzada y molesta.

El día anterior a la boda llegaron su hermana Win y su cuñado Merripen. Para alivio de Poppy, Win había elegido permanecer neutral sobre la controversia del matrimonio. Poppy y ella se sentaron en la lujosa suite del hotel que les habían preparado y hablaron del tema largo y tendido. Y, al igual que cuando eran niñas, Win asumió el papel conciliador.

La luz de la lámpara de aceite se derramaba sobre el cabello rubio de Win como si fuera un brillante barniz.

—Si él te gusta, Poppy —le dijo en voz baja—, si has encontrado suficientes cualidades en Harry para hacer que lo estimes, entonces seguro que yo también lo haré.

—Me gustaría que Amelia pensara igual. Y también la señorita Marks. Las dos son demasiado... bueno... demasiado testarudas. Y me resulta casi imposible tratar este tema con ellas.

Win sonrió.

—Recuerda que fue Amelia quien se encargó de cuidar de todos nosotros durante mucho tiempo. Y no es fácil para ella renunciar a ese papel de protectora. Pero lo hará. ¿Recuerdas cuando Leo y yo nos fuimos a Francia y lo difícil que le resultó vernos partir? ¿Lo asustada que estaba por nosotros?

—Creo que temía más por Francia.

—Bueno, Francia sobrevivió a los Hathaway —dijo Win, sonriendo—. Y tú sobrevivirás a tu enlace con Harry Rutledge. Pero... ¿puedo darte mi opinión al respecto?

—Claro. Todos lo han hecho ya.

—La temporada de Londres es como uno de esos melodramas que se representan en Drury Lane, siempre finalizan con un matrimonio y nadie ve lo que sucede después. Pero el matrimonio no es el fin de la historia, sino el principio. Y exige muchos esfuerzos por ambas partes para hacer que prospere. Espero que el señor Rutledge te haya convencido de que será el tipo de marido que puede hacerte feliz.

—Bueno... —Poppy hizo una pausa incómoda—. Lo que me dijo fue que me trataría como a una reina. Aunque eso no significa nada, ¿verdad?

—No —dijo Win con voz suave—. Ten cuidado, querida, porque podrías terminar siendo la reina de un reino muy solitario.

Poppy asintió con la cabeza, intentando disimular su tristeza e inquietud. De aquella manera sencilla, Win le había dado un consejo más devastador que todas las funestas advertencias del resto de los Hathaway.

—Lo tendré en cuenta —dijo, clavando la mirada en el suelo, en las diminutas flores del vestido o en cualquier otra cosa que no fueran los perspicaces ojos de su hermana. Hizo girar el anillo de compromiso en el dedo. Aunque estaban de moda los anillos con muchos diamantes o piedras preciosas, Harry le había comprado uno con un solo diamante rosa, moldeado de tal manera que las facetas imitaban la espiral interior de una rosa.

—Te pedí algo pequeño y sencillo —le había dicho a Harry cuando se lo dio.

—Es sencillo —le había respondido él.

—Pero no es pequeño.

—Poppy —le dijo él con una sonrisa—, siempre hago las cosas a lo grande.

Echando un vistazo al reloj que había en la repisa de la chimenea, Poppy regresó al presente.

—No cambiaré de idea, Win. Prometí a Harry que me casaría con él y eso es lo que haré. Ha sido muy amable conmigo. Jamás se lo pagaría dejándole plantado ante el altar.

—Entiendo. —Win deslizó la mano sobre la de Poppy y se la apretó en un gesto de cariño—. Poppy... ¿ha mantenido Amelia cierta... conversación contigo?

—¿Te refieres a si sé lo que debo esperar en mi noche de bodas?

—Sí.

—Amelia pensaba hablar conmigo esta noche, pero ya que estás aquí, podrías contármelo tú. —Poppy hizo una pausa—. Sin embargo, después de pasar tanto tiempo con Beatrix, debería decirte que conozco las costumbres copulativas de, por lo menos, veintitrés especies diferentes.

—Caray —dijo Win con una amplia sonrisa—. Quizá deberías ser tú la que me instruya a mí, querida.

Estaba de moda que los más ricos y poderosos se casaran en la iglesia de St. George, en Hanover Square, que estaba situada en medio de Mayfair. De hecho, en aquel lugar se habían unido en sagrado matrimonio tantos nobles y vírgenes que la iglesia de St. George era conocida, coloquial y vulgarmente, como «el templo del himen de Londres».

La impresionante estructura poseía un frontón con seis enormes columnas, pero, aun así, era relativamente sencilla. La iglesia de St. George había sido diseñada con una deliberada falta de ornamentación para que las miradas se recrearan en la pureza de su arquitectura. El interior era igual de austero, con un púlpito con dosel situado unos metros más arriba que los bancos de los fieles. Pero había una magnífica vidriera de colores encima del altar, donde se había plasmado el árbol de Jesé así como varias figuras bíblicas.

Con expresión impasible, Leo estudió la multitud que abarrotaba la iglesia. Hasta ese momento había entregado a dos de sus hermanas en matrimonio. Ninguna de esas bodas había poseído aquel tipo de pompa y boato. Pero, aun así, habían estado llenas de genuina felicidad. Amelia y Win estaban enamoradas de los hombres que habían elegido por marido.

Al parecer estaba pasado de moda casarse por amor, cosas de la burguesía. Pero ése era el ideal al que siempre habían aspirado los Hathaway.

Sin embargo, aquella boda no tenía nada que ver con el amor.

Vestido con una levita negra, pantalones grises y una corbata blanca, Leo estaba al lado de la puerta lateral de la sacristía, donde se guardaban los objetos ceremoniales y sagrados. Los lienzos sagrados y las túnicas del coro estaban colgados a lo largo de la pared.

Aquella mañana, la sacristía se había convertido en el lugar de donde saldría la novia.

Catherine Marks estaba al otro lado de la puerta como si fuera un centinela haciendo guardia en la entrada de un castillo. Leo la miró a hurtadillas. Llevaba un vestido color lavanda, muy diferente de los monótonos y oscuros colores que solía usar habitualmente y se había recogido el pelo castaño en un moño tan apretado que era muy posible que ni siquiera pudiera parpadear. Llevaba las gafas un poco ladeadas, ya que una de las patillas estaba torcida. Parecía un búho aturdido.

—¿Qué mira? —le preguntó ella con mal humor.

—Tiene las gafas torcidas —dijo Leo, intentando no sonreír.

Ella frunció el ceño.

—Intenté arreglarlas, pero las he dejado peor de lo que estaban.

—Démelas. —Antes de que ella pudiera negarse, se las quitó y se puso a enderezar la patilla de alambre.

Ella balbuceó una protesta.

—Milord... No le he pedido que... Como me las estropee más aún...

—¿Cómo ha doblado la patilla? —le preguntó Leo, enderezando pacientemente el alambre.

—Se me cayeron al suelo y las pisé mientras las buscaba.

—Es realmente corta de vista, ¿verdad?

—Bastante.

Después de enderezar la patilla, Leo examinó las gafas con cuidado.

—Tenga. —Comenzó a dárselas pero se detuvo cuando su mirada se cruzó con la de la señorita Marks. Tenía los ojos de un tono verde azulado, casi grises, con los bordes oscuros. Brillantes, cálidos, volubles. Como ópalos. ¿Por qué no se había fijado en ellos antes?

Una nueva conciencia se abrió paso en su mente, haciendo que la piel le ardiera como si hubiera sufrido un repentino cambio de temperatura. La señorita Marks no era una mujer común y corriente. Era hermosa, de una manera sutil y elegante, como la luz de la luna en invierno o el suave aroma de las margaritas. Era fría y pálida... deliciosa. Por un momento, Leo fue incapaz de moverse.

Marks se había quedado igualmente inmóvil, atrapada con él en aquel peculiar momento de intimidad.

Luego, ella le arrebató las gafas de la mano y se las puso firmemente sobre la nariz.

—Esto es un error —dijo ella—. No debería haberlo consentido.

Luchando por salir de aquella nube de atolondramiento y deseo, Leo comprendió que ella se refería a la boda de su hermana. Le dirigió una mirada de irritación.

—¿Qué sugiere que haga, Marks? ¿Que encierre a Poppy en un convento de monjas? Tiene derecho a casarse con quien quiera.

—¿Aun sabiendo que todo acabará en un completo desastre?

—No acabará en un desastre, sino más bien en un distanciamiento. Y ya se lo he dicho un montón de veces a Poppy. Pero está decidida a casarse con él. Siempre pensé que Poppy era demasiado sensata para cometer un error de este tipo.

—Es sensata —dijo Marks—. Pero también es una joven solitaria. Y Rutledge ha sabido aprovecharse de eso.

—¿Cómo va a ser una joven solitaria si continuamente está rodeada de gente?

—Ésa puede ser la peor soledad de todas.

Había una nota inquietante en su voz, una frágil tristeza. Leo quiso tocarla, cogerla entre sus brazos y apoyar la cara contra su cuello... Aquel deseo le provocó una dolorosa punzada de algo parecido al pánico. Tenía que hacer algo, cualquier cosa, que cambiara el estado de ánimo entre ellos.

—Anímese, Marks —le dijo enérgicamente—. Estoy seguro de que algún día usted también encontrará a esa persona especial a la que poder atormentar durante el resto de su vida.

Se sintió aliviado al ver que reaparecía en ella el familiar ceño fruncido.

—Me conformaría con conocer a un hombre con el que pudiera compartir una estimulante taza de té.

Leo estaba a punto de responderle cuando oyó un ruido en el interior de la sacristía donde aguardaba Poppy.

Y luego la voz de un hombre, tensa y urgente.

Marks y Leo se miraron.

—¿No se supone que está sola? —preguntó Leo.

La acompañante asintió desconcertada.

—¿Será Rutledge? —se preguntó Leo en voz alta.

Marks negó con la cabeza.

—Acabo de verle fuera de la iglesia.

Sin decir nada más, Leo agarró la manilla de la puerta y la abrió; la señorita Marks le siguió dentro de la sacristía.

Leo se detuvo tan bruscamente que Marks chocó contra su espalda. Su hermana, ataviada con un vestido blanco de encaje y cuello alto, destacaba contra una fila de hábitos negros y púrpura. Poppy parecía un ángel, iluminada por la luz de una estrecha ventana rectangular. El velo, sujeto con una pequeña diadema de capullos blancos, le caía en cascada por la espalda.

Delante de ella se encontraba Michael Bayning, que parecía haberse vuelto loco, con los ojos feroces y la ropa desarreglada.

—Bayning —dijo Leo, cerrando la puerta de una enérgica patada—. No sabía que hubiera sido invitado a la boda. Los invitados ya están sentados en los bancos de la iglesia. Le sugiero que se una a ellos. —Hizo una pausa, su voz gélida tenía un deje de advertencia—. O quizá debería marcharse. Sería lo mejor para todos.

Bayning negó con la cabeza. Una furiosa desesperación brillaba en sus ojos.

—No puedo. Debo hablar con Poppy antes de que sea demasiado tarde.

—Ya es demasiado tarde —dijo Poppy, con la cara casi tan blanca como su vestido—. Ya he tomado una decisión, Michael.

—Pero debe saber lo que he averiguado. —Michael le lanzó a Leo una mirada suplicante—. Déjeme hablar un momento a solas con ella.

Leo negó con la cabeza. No es que no sintiera simpatía por Bayning, pero no veía qué bien podía hacer aquello a su hermana.

—Lo siento, amigo, pero hay que tener en cuenta el decoro. Esto podría considerarse como una última cita antes de la boda. Y si ya sería suficientemente escandaloso entre los novios, sería incluso más inaceptable entre la novia y otro hombre. —Notó que Marks se colocaba a su lado.

—Déjele hablar —dijo la acompañante.

Leo le lanzó una mirada exasperada.

—Por Dios, Marks, ¿no se cansará nunca de decirme lo que debo hacer?

—Cuando crea que no necesita mis consejos —dijo ella—, dejaré de dárselos.

Poppy seguía con la mirada clavada en Michael. Aquello era como un sueño, una pesadilla; allí estaba él, con ella vestida de novia, unos minutos antes de que se casara con otro hombre. Se sintió presa del pánico. No quería oír lo que Michael tenía que decirle, pero tampoco podía darle la espalda.

—¿Por qué está aquí? —logró preguntarle finalmente.

Michael le dirigió una mirada afligida y suplicante. Le tendió algo... Una carta.

—¿La reconoce?

Cogiendo el sobre con las manos enguantadas, Poppy lo miró detenidamente.

—Su carta de amor —dijo ella, desconcertada—. La perdí. ¿Dónde... dónde la ha encontrado?

—La tenía mi padre. Harry Rutledge se la dio. —Michael se pasó la mano por el pelo con rabia contenida—. Ese bastardo fue a ver a mi padre y le habló de nuestra relación. Expuso el asunto de la peor manera posible. Rutledge puso a mi padre en nuestra contra antes de que yo tuviera la oportunidad de aclarárselo todo.

Poppy se quedó helada y se le secó la boca. Su corazón palpitaba con un martilleo lento y doloroso. Al mismo tiempo, su cerebro trabajaba a toda velocidad, llegando a una conclusión tras otra, cada una más desagradable que la anterior.

Se abrió la puerta y todos se volvieron para ver quién entraba en la sacristía.

—Por supuesto —oyó Poppy que decía Leo con voz hosca—. Sólo faltaba usted para que la función resultara completa.

Harry entró en la pequeña y abarrotada habitación. Se mostraba impasible y asombrosamente tranquilo. Se acercó a Poppy con una mirada fría en los ojos verdes. Era evidente que utilizaba el autocontrol como si fuera una armadura impenetrable.

—Hola, querida. —Alargó la mano para deslizarla suavemente por el encaje transparente del velo.

Aunque no la había tocado directamente, Poppy se puso rígida.

—Da mala suerte —le susurró ella, con la boca seca— que el novio vea a la novia antes de la ceremonia.

—Por fortuna —dijo Harry—, no soy supersticioso.

Poppy se sentía llena de confusión, rabia y un horror sordo y doloroso. Se quedó mirando fijamente la cara de Harry, pero no vio ningún rastro de remordimiento en su expresión.

«En el cuento de hadas... —le había dicho—, probablemente yo sería el villano.»

Era cierto.

Y ella estaba a punto de casarse con él.

—Le he contado lo que usted hizo —le dijo Michael a Harry—. Cómo ha impedido que nos casemos.

—Yo no impedí nada —dijo Harry—. Sólo se lo puse difícil.

Qué joven y vulnerable parecía Michael; era el héroe ofendido.

Y qué grande, cruel y desafiante parecía Harry. A Poppy le costaba creer que alguna vez hubiera considerado encantador a su prometido, que le hubiera caído bien, que hubiera llegado a pensar que algún día podría ser feliz con él.

—Habría sido suya si usted la hubiera deseado de verdad —continuó Harry, con una sonrisa despiadada en los labios—. Pero está claro que yo la deseaba más.

Michael se abalanzó sobre él con un grito ahogado y el puño en alto.

—No. —Poppy se quedó sin aliento al mismo tiempo que Leo daba un paso adelante para detenerlo. Sin embargo, Harry fue más rápido. Agarró el brazo de Michael y se lo retorció detrás de la espalda. Luego lo empujó con habilidad contra la puerta.

»¡Detente! —dijo Poppy, corriendo hacia ellos y golpeando el hombro y la espalda de Harry con un puño—. ¡Suéltale! ¡No le hagas daño!

Harry no pareció sentir sus golpes.

—Díganos, Bayning —dijo fríamente—. ¿Ha venido aquí sólo para llorar o por alguna otra razón en particular?

—He venido a llevarme a Poppy lejos de aquí. ¡Lejos de usted!

Harry le dirigió una sonrisa escalofriante.

—Antes le enviaré al infierno.

—Suél... te... lo —dijo Poppy con una voz que jamás había usado antes.

Fue suficiente para que Harry la escuchara. Se quedó mirando a Poppy con un destello cruel en aquellos ojos verdes. Lentamente soltó a Michael, que se dio la vuelta y comenzó a jadear con angustia para recuperar el aliento.

—Venga conmigo, Poppy —imploró Michael—. Nos iremos a Gretna. Ya no me importa lo que diga mi padre. Que me desherede si quiere. No puedo dejar que se case con este monstruo.

—¿Porque me ama? —preguntó ella con un susurro—. ¿O porque quiere salvarme?

—Por las dos cosas.

Harry la observó atentamente, estudiando cada matiz de su expresión.

—Ve con él —la invitó con suavidad—, si es eso lo que quieres.

Poppy no se dejó engañar. Harry haría cualquier cosa para obtener lo que quería, no le importaba el daño que causara ni el dolor que provocara. Jamás la dejaría ir. Sólo la estaba poniendo a prueba, sentía curiosidad por saber cuál era su elección.

Una cosa estaba clara: Michael y ella jamás serían felices juntos. Porque, tarde o temprano, el furioso afán de justicia de Michael acabaría por agotarse y, entonces, todas las razones por las que no había querido comprometerse volverían a tener validez para él. Lamentaría haberse casado con ella. Lamentaría el escándalo y verse desheredado, y también tener la desaprobación de su padre durante el resto de su vida. Y al final, centraría todo su resentimiento en ella.

Tenía que despedirse de Michael... era lo mejor que podía hacer por él.

Con respecto a sus propios intereses... todas las opciones le parecían igual de malas.

—Te sugiero que te deshagas de estos dos idiotas —le dijo Leo—, y que regreses conmigo a Hampshire.

La única respuesta fue un sombrío silencio. Poppy se volvió hacia la señorita Marks, que parecía afligida. En la mirada que compartieron, Poppy vio que su acompañante comprendía su precaria situación mucho mejor que los hombres. En esos temas, las mujeres eran juzgadas y condenadas con mucha más dureza que los hombres. Su elusivo sueño de una vida sencilla y tranquila había desaparecido. Si no se casaba ahora, no se casaría nunca. Jamás tendría hijos ni un lugar en la sociedad. La única cosa que podía hacer era sacar el mejor partido a esa situación.

Se volvió hacia Michael con una resolución inquebrantable.

—Debe irse —le dijo.

Él torció el gesto.

—Poppy, no puedo haberla perdido. No puede decir...

—Váyase —insistió. Intercambió una mirada con su hermano—. Leo, por favor, acompaña a la señorita Marks a su asiento en la iglesia. La boda comenzará pronto y necesito hablar a solas con el señor Rutledge.

Michael la miró con incredulidad.

—Poppy, no puede casarse con él. Escúcheme...

—Se acabó, Bayning —dijo Leo quedamente—. No hay manera de deshacer el lío que ha montado aquí. Respete la decisión que ha tomado mi hermana.

—Cristo. —Michael se dirigió tambaleándose hacia la puerta, como si estuviera borracho.

Poppy deseó consolarle, seguirle y asegurarle que le amaba. Pero continuó allí, en la sacristía, con Harry Rutledge.

Después de lo que pareció una eternidad, los tres abandonaron la estancia, y Poppy y Harry se miraron el uno al otro.

Resultaba evidente que a él no le importaba lo más mínimo que ella supiera lo que había hecho. Harry no estaba arrepentido ni quería su perdón. No lamentaba nada.

«Pasaré el resto de mi vida —pensó Poppy— con un hombre en el que nunca podré confiar.»

O se casaba con un villano o no se casaba nunca. O se convertía en la esposa de Harry Rutledge o vivía como una marginada, viendo cómo las madres regañaban a sus hijos por hablar con ella, como si la inocencia de éstos se viera contaminada por su presencia, y siendo objeto de todo tipo de proposiciones por parte de los hombres, que pensarían que era una inmoral o que estaba desesperada. Ése era el futuro que le esperaba si no se convertía en su esposa.

—¿Y bien? —le preguntó Harry en voz baja—. ¿Piensas seguir adelante con la boda o no?

Poppy se sentía estúpida allí de pie, con un exquisito vestido de novia, engalanada con flores y un velo que simbolizaba una esperanza y una inocencia que ella no sentía. Deseó arrancarse el anillo de compromiso y arrojárselo a la cara. Se sentía como un sombrero que alguien hubiera pisoteado contra el suelo. Por un breve instante quiso llamar a Amelia para que fuera ella quien se hiciera cargo de la situación y lo resolviera todo.

Pero Poppy ya no era una niña que no pudiera ocuparse de sus propios problemas.

Lanzó una mirada a la cara implacable de Harry y a sus ojos duros. Parecía burlón, totalmente seguro de que había ganado. Sin duda, pensaba que podría hacer lo que le viniera en gana durante el resto de sus vidas.

Puede que le hubiera subestimado.

Pero él también la había subestimado a ella.

Todo el pesar, todo el sufrimiento y toda la rabia impotente de Poppy se unieron para llenarla de una nueva amargura. Se sorprendió de lo calmada que sonó su voz cuando finalmente habló.

—Jamás podré olvidar que me apartaste del hombre que amaba y que ocupaste su lugar. No estoy segura de que alguna vez pueda perdonarte esto. De lo único que estoy absolutamente segura es de que nunca te amaré. ¿Sigues queriendo casarte conmigo a pesar de ello?

—Sí —dijo Harry sin titubear—. Jamás he querido que me amen. Y tampoco importa. Bien sabe Dios que nadie lo ha hecho nunca.

13

Poppy le prohibió a Leo que le contara al resto de la familia lo que había ocurrido con Michael Bayning antes de la boda.

—Puedes decirles lo que quieras después del desayuno —le dijo—, pero, por favor, mantén la boca cerrada hasta entonces. No sería capaz de soportar la ceremonia y el resto de los rituales, tarta nupcial y brindis, si tengo que mirarles a los ojos sabiendo que lo saben.

Leo parecía muy enfadado.

—Esperas que te acompañe al altar y te entregue a Harry Rutledge cuando ni siquiera comprendo las razones por las que debo hacerlo.

—No tienes que comprender nada. Lo único que te pido es que me ayudes a pasar por todo esto.

—Es que no quiero ayudarte a que te conviertas en la mujer de Harry Rutledge.

Pero al final, Leo aceptó interpretar su papel en aquella elegante ceremonia porque Poppy se lo había pedido, adoptando una expresión digna y adusta. Le ofreció el brazo a su hermana con un gesto de cabeza y siguieron a Beatrix hasta el altar, donde les aguardaba Harry Rutledge.

La ceremonia fue, gracias a Dios, breve y desapasionada. Sólo hubo un momento en el que Poppy sintió una punzada de ansiedad, cuando el pastor dijo: «... si alguien conoce alguna razón por la que estas dos personas no puedan unirse en sagrado matrimonio, que hable ahora o calle para siempre». Todo el mundo se quedó inmóvil durante los segundos siguientes. A Poppy se le aceleró el pulso, esperando oír la vehemente protesta de Michael resonando en el interior de la iglesia.

Pero sólo hubo silencio. Michael se había ido.

La ceremonia continuó.

La mano de Harry era cálida cuando se cerró sobre la de ella, mucho más fría. Repitieron los votos y el pastor le entregó la alianza a Harry, que la deslizó en el dedo de Poppy.

—Con este anillo yo te desposo —dijo Harry con voz firme y tranquila—, con mi cuerpo te honraré y todos mis bienes serán tuyos.

Poppy no le miró, sino que clavó los ojos en la alianza que brillaba en su dedo. Por suerte, no tuvieron que darse un beso. La costumbre de besar a la novia era considerada de mal gusto; una tradición plebeya que jamás se llevaba a cabo en la iglesia de St. George.

Cuando finalmente se atrevió a mirar a Harry, Poppy se sobresaltó por la satisfacción que vio en sus ojos. Él la tomó del brazo y se alejaron juntos del altar, avanzando hacia un futuro y un destino que parecía cualquier cosa menos feliz.

Harry sabía que Poppy lo consideraba un monstruo. Reconocía que sus métodos habían sido injustos y egoístas, pero no había tenido más remedio que proceder así si quería que fuera su esposa. Desde luego, no se arrepentía lo más mínimo de habérsela arrebatado a Bayning. Quizá fuera inmoral, pero era la única manera en que sabía abrirse paso en el mundo.

Ahora, Poppy era suya y ya se encargaría él de que no lamentara haberse convertido en su esposa. La trataría lo mejor que pudiera. Por experiencia, sabía que las mujeres acababan perdonando cualquier cosa si se les ofrecían los incentivos adecuados.

Harry estuvo relajado y de buen humor durante el resto del día.

Una procesión de «carrozas de cristal», carruajes lujosos con adornos dorados y muchas ventanillas, acompañó al cortejo nupcial hasta el Hotel Rutledge, donde se sirvió un enorme desayuno en el comedor principal, cuyos amplios ventanales estaban abarrotados de mirones ansiosos por captar un vislumbre de la brillante escena que se desarrollaba en el interior. Las columnas griegas y los arcos de la estancia habían sido envueltos con lienzos de tul y flores.

Un regimiento de criados entró en el comedor, cargado con fuentes de plata y bandejas repletas de copas de champán, y los invitados tomaron asiento para disfrutar de la comida. Les sirvieron porciones individuales de ganso aderezado con nata y hierbas aromáticas cubiertas con una fina capa de oro al vapor, tazones de melón y uvas, huevos de codorniz hervidos sobre un lecho de lechuga, cestitas con magdalenas, tostadas y bollitos, lonchas de beicon ahumado, platos de carne cortada en finas rodajas y tiras rosadas cubiertas de trufa. Y por último, trajeron tres tartas de boda de helado y frutas.

Como era costumbre, Poppy fue la primera en ser servida, y Harry sólo pudo imaginar el esfuerzo que le costó a la joven comer y sonreír. Si alguien se dio cuenta de que la novia parecía aturdida, seguramente supuso que se debía a que el acontecimiento le resultaba abrumador o que, como muchas otras novias, estaba nerviosa ante la inminente noche de bodas.

La familia de Poppy la miraba con una protectora preocupación, en especial Amelia, que parecía sospechar que pasaba algo. Harry estaba fascinado por los Hathaway, por las misteriosas conexiones que había entre ellos, como si compartieran un secreto colectivo. Casi se podía palpar la muda comprensión que fluía entre ellos.

Aunque Harry era un buen conocedor de la gente, no sabía nada sobre relaciones familiares.

Después de que su madre se hubiera fugado con uno de sus amantes, el padre de Harry había intentado deshacerse de cualquier rastro de su existencia; hasta tal punto que se había esmerado en olvidar que tenía un hijo, dejando a Harry en manos del personal del hotel y de una sucesión de tutores.

Harry tenía muy pocos recuerdos de su madre. Sólo recordaba que había sido una mujer muy hermosa y que tenía el pelo dorado.

Parecía que ella siempre estaba fuera de casa, huyendo de él, eludiéndolo una y otra vez. Recordaba haber llorado una vez, aferrado con firmeza a las faldas de terciopelo de su madre, y que ella había intentado que la soltara sin dejar de reírse por su tosca insistencia.

A raíz del abandono de sus padres, Harry comenzó a comer con los empleados en la cocina del hotel. Cuando se ponía enfermo, eran las criadas las que cuidaban de él. En cuanto a las familias que se hospedaban en el hotel, había aprendido a mirarlas con la misma indiferencia que el personal. En lo más profundo de su ser, Harry abrigaba la sospecha de que la razón por la que su madre se había marchado, la razón por la que su padre nunca había querido saber nada de él, era porque les resultaba antipático. Y por esa razón, no tenía el más mínimo deseo de formar parte de una familia. De hecho, cuando Poppy y él comenzaran a tener hijos, Harry no permitiría que ninguno de ellos significara lo suficiente para él como para crear un vínculo. Jamás se dejaría atrapar de esa manera. Pero, aun así, algunas veces sentía una fugaz envidia por aquellos que eran capaces de establecer ese tipo de lazos, como los Hathaway.

El desayuno transcurrió en medio de una interminable ronda de brindis. Cuando Harry observó que Poppy hundía los hombros, dedujo que la joven había tenido más que suficiente. Así que se levantó e hizo un discurso breve y educado, dando las gracias a los invitados por honrarlos con su presencia en un día tan significativo para él.

Era la señal para que la novia se retirara junto con sus doncellas. Muy pronto las seguiría el resto de los presentes, que se dispersarían para asistir a diversos entretenimientos durante el resto del día. Poppy se detuvo en la puerta. Como si sintiera la mirada de Harry clavada en ella, se giró para mirarle por encima del hombro.

El destello de advertencia que brilló en los ojos de su flamante esposa excitó a Harry al instante. Poppy no sería una novia complaciente, ni mucho menos, pero él tampoco había esperado que lo fuera. Iba a exigir que la compensara por lo que había hecho y él la complacería, claro que sí... aunque sólo hasta cierto punto. Se preguntó cómo reaccionaría la joven cuando se reuniera con ella más tarde.

Harry se forzó para apartar la mirada de su esposa y se acercó a Kev Merripen, el cuñado de Poppy, un hombre que lograba pasar relativamente desapercibido a pesar de su tamaño y apostura. Era un gitano moreno, alto y de pelo oscuro; su austero exterior encubría una naturaleza intensa y sombría.

—Merripen —dijo Harry con amabilidad—. ¿Ha disfrutado del desayuno?

El romaní no estaba de humor para cháchara. Clavó los ojos en Harry con una mirada que prometía la muerte.

—Aquí pasa algo —dijo—. Como descubra que le ha hecho daño a Poppy, iré a por usted y le arrancaré la cabeza.

—¡Merripen! —exclamó Leo alegremente, apareciendo a su lado de repente—. Aquí estás. Todo encanto y amabilidad, como siempre. Se supone que debes felicitar al novio, *phral*, no amenazar con desmembrarle.

—No es una amenaza —masculló el romaní—, es una promesa.

Harry sostuvo la mirada de Merripen con firmeza.

—Agradezco su preocupación por ella. Le aseguro que haré todo lo posible por hacerla feliz. Poppy tendrá todo lo que desee.

—Creo que un divorcio encabezaría la lista —reflexionó Leo en voz alta.

Harry le dirigió a Merripen una mirada fría.

—Me gustaría señalar que su hermana se casó conmigo voluntariamente. Michael Bayning debería haber tenido las agallas suficientes para entrar en la iglesia y llevársela consigo, aunque fuera a la fuerza. Pero no lo hizo. Si no estaba dispuesto a luchar por ella, no se la merecía. —Observó por el rápido parpadeo de Merripen que se había apuntado un tanto—. Además, después de tomarme tantas molestias para casarme con Poppy, lo último que haría sería maltratarla.

—¿Qué molestias? —preguntó el romaní suspicazmente, y Harry se dio cuenta de que aún no le habían contado toda la historia.

—No te preocupes por eso ahora —le dijo Leo a Merripen—. Si te lo contara, acabarías montando una escena bochornosa en la boda de Poppy. Y se supone que soy yo quien me encargo de ese tipo de cosas.

Intercambiaron una mirada y Merripen masculló algo en romaní.

Leo sonrió débilmente.

—No tengo ni idea de lo que has dicho. Pero sospecho que tiene que ver con darle una paliza al marido de Poppy y enterrarlo en lo más profundo del bosque. —Guardó silencio durante un momento—. Más tarde, amigo —le dijo. Y luego intercambiaron una mirada de sombría comprensión.

Merripen se despidió con una brusca inclinación de cabeza y se fue sin decirle nada más a Harry.

—Y eso que hoy tiene un buen día —comentó Leo, siguiendo a su cuñado con una pesarosa mirada de afecto. Volvió a centrar la atención en Harry. De repente pareció como si sus ojos estuvieran repletos de un profundo cansancio por todo lo que habían visto en la vida—. Me temo que no puedo decir nada que alivie la preocupación de Merripen. Ha vivido con la familia desde que era un crío y el bienestar de mis hermanas lo es todo para él.

—La cuidaré bien —dijo Harry.

—Estoy seguro de que lo intentará. Y lo crea o no, espero que tenga éxito.

—Gracias.

Leo le dirigió una astuta y penetrante mirada que habría preocupado a un hombre con conciencia.

—Por lo general suelo acompañar a mi familia cuando regresan a Hampshire, pero no lo haré en esta ocasión.

—¿Le retienen negocios en Londres? —preguntó Harry educadamente.

—Sí, unas últimas obligaciones parlamentarias. Y también algo relacionado con la arquitectura... mi pasatiempo favorito. Pero principalmente me quedo por Poppy. Quiero que sepa que espero que ella le abandone muy pronto, y tengo intención de acompañarla a casa cuando eso ocurra.

Harry esbozó una desdeñosa sonrisa, divertido por el descaro de su nuevo cuñado. ¿Se haría Leo alguna idea de las muchas maneras en que podría arruinarle la vida? ¿De lo fácil que le resultaría?

—Ándese con cuidado —le dijo Harry con suavidad.

Ya fuera por ingenuidad o valor, Leo no se sobresaltó. Por el contrario, esbozó una sonrisa carente de humor.

—Hay algo que parece no entender, Rutledge. Puede que haya logrado casarse con Poppy, pero no tiene lo que hay que tener para mantenerla a su lado. Por consiguiente, no me alejaré demasiado. Estaré aquí cuando ella me necesite. Y si le hace daño, le prometo que su vida no valdrá ni un penique. Ningún hombre es intocable... ni siquiera usted.

Después de ayudar a Poppy a quitarse el vestido de novia y a ponerse una bata, la doncella le llevó una copa de champán helado y se marchó con discreción.

Disfrutando del silencio reinante en el apartamento privado, Poppy se sentó en el tocador y se quitó las horquillas del pelo una a una. Le dolía la cara de tanto sonreír y de intentar no fruncir el ceño. Tomó un sorbo de champán y se peinó el pelo con largas pasadas, dejando que cayera a su alrededor en ondas color caoba y agradeciendo el suave masaje de las cerdas del cepillo en el cuero cabelludo.

Harry aún no había ido al apartamento. Poppy reflexionó sobre qué le diría cuando apareciera, pero no se le ocurrió nada. Como si estuviera en trance, vagó lentamente de una habitación a otra. A diferencia de la fría formalidad del área de recepción, las habitaciones estaban decoradas con lujosas telas y colores cálidos, con muchos sitios donde sentarse, leer y relajarse. Todo estaba inmaculado. Los cristales de las ventanas brillaban con intensidad. Las alfombras turcas que cubrían el suelo emanaban un agradable olor a hojas de té. Había chimeneas con repisas de mármol o de madera y en todas crepitaba un cálido fuego. También había suficientes lámparas para mantener las estancias bien iluminadas por la noche.

Se había añadido un dormitorio extra para Poppy. Harry le había dicho que podía tener tantas habitaciones como quisiera, que el apartamento había sido proyectado de tal manera que los espacios de comunicación podían ser abiertos con facilidad. El cubrecama era de un suave color azul verdoso y las sábanas de fino lino estaban bordadas con unas diminutas flores azules. Unas cortinas de raso azul claro cubrían las ventanas. Era una habitación hermosa y femenina, y Poppy habría disfrutado de ella si las circunstancias hubieran sido diferentes.

Intentó decidir con quién estaba más furiosa, si con Harry, con Michael o con ella misma. Quizá con los tres por igual. Y estaba más nerviosa cada minuto que pasaba, pues sabía que Harry no tardaría mucho en llegar. Se fijó en la cama. Se consoló con el pensamiento de que Harry no la obligaría a acostarse con él. Puede que fuera un villano, pero no hasta ese extremo.

Sintió que se le encogía el estómago cuando oyó que alguien entraba en el apartamento. Respiró hondo un par de veces y esperó a que la figura, alta y ancha de hombros, de Harry apareciera en la puerta.

Él se detuvo en el umbral y la observó impasible. Se había quitado la corbata y el cuello abierto de la camisa revelaba la línea firme de la garganta. Poppy se obligó a permanecer quieta cuando Harry se acercó a ella. Él alargó la mano para acariciarle el pelo brillante, dejando que se le deslizara entre los dedos como si fuera líquido ardiente.

—Jamás te lo había visto suelto —dijo él. Estaba lo suficientemente cerca para que ella pudiera oler un leve aroma a jabón de afeitar y el fuerte aroma del champán en su aliento. Harry le rozó la mejilla con los dedos y notó cómo Poppy se estremecía con la caricia.

—¿Estás asustada? —le preguntó con suavidad.

Poppy se obligó a sostenerle la mirada.

—No.

—Quizá deberías estarlo. Soy mucho más amable con aquellos que me tienen miedo.

—Lo dudo mucho —dijo ella—. Diría que es más bien todo lo contrario.

Él sonrió.

Poppy se encontraba desorientada por la complicada mezcla de emociones que él suscitaba en ella; hostilidad y atracción, curiosidad y resentimiento. Apartándose de él, la joven se acercó al tocador y examinó una pequeña caja de porcelana con la tapa dorada.

—¿Por qué seguiste adelante con la boda? —le oyó preguntar a Harry suavemente.

—Pensé que era lo mejor para Michael. —Poppy sintió una punzada de satisfacción al ver que sus palabras le molestaban.

Harry se sentó en la cama y adoptó una postura informal sin apartar la mirada de ella.

—Si hubiera tenido elección, habría hecho todo esto de un modo más convencional. Te habría cortejado abiertamente y me habría ganado tu afecto honestamente. Pero tú ya te habías decidido por Bayning, así que actué de la única manera posible.

—No, eso no es cierto. Podrías haber dejado que me casara con Michael.

—Dudo mucho de que te hubiera propuesto matrimonio alguna vez. Se engañaba a sí mismo y a ti al pensar que podría convencer a su padre de que te aceptara como nuera. Deberías haber visto al vizconde cuando le enseñé la carta... Se sintió profundamente ofendido al saber que su hijo quería casarse con una joven tan por debajo de sus posibilidades.

Eso le dolió, quizá la intención de Harry al hacer ese comentario hubiera sido ésa, y Poppy se puso rígida.

—Entonces, ¿por qué tomarse tantas molestias? ¿Por qué no esperaste a que Michael me abandonara para luego recoger los pedazos rotos?

—Porque cabía la posibilidad de que Bayning se atreviera a fugarse contigo. No podía arriesgarme. Además, sabía que tarde o temprano te darías cuenta de que lo que sentías por Bayning no era más que un encaprichamiento.

Poppy le lanzó una mirada de desprecio puro.

—¿Qué sabes tú del amor?

—He observado cómo se comportan las personas enamoradas. Y lo que he presenciado esta mañana en la sacristía no tenía nada que ver. Si de verdad os hubierais amado, nada en el mundo hubiera impedido que salierais juntos de la iglesia.

—¡Tú no lo habrías consentido! —le escupió ella, indignada.

—Cierto. Pero habría respetado el intento.

—A ninguno de nosotros nos habría importado un bledo tu respeto.

Harry endureció el gesto al oír que Poppy se refería a Michael y a ella misma como «nosotros».

—Sean cuales sean tus sentimientos por Bayning, ahora eres mi esposa. Y él acabará casándose con alguna condenada heredera de sangre azul como debería haber hecho desde el principio. Lo único que queda por decidir es cómo será la relación entre nosotros dos.

—Mi deseo es que este matrimonio lo sea sólo de nombre.

—No te culpo —dijo Harry—. Sin embargo, el matrimonio no será legal hasta que no sea consumado. Y, por desgracia para ti, nunca dejo ningún cabo suelto.

Por lo cual, él insistiría en reclamar sus derechos. Nada lo disuadiría de obtener lo que quería. A Poppy le picaron los ojos y la nariz. Pero prefería morirse antes que echarse a llorar delante de él. Le lanzó una mirada de repulsión mientras notaba las palpitaciones del corazón en las sienes, las muñecas y los tobillos.

—Me siento abrumada ante tan poética declaración. Por supuesto, debemos formalizar el contrato. —Poppy comenzó a desabrocharse los botones dorados de la bata con los dedos fríos y temblorosos. Tenía la respiración entrecortada—. Lo único que te pido es que sea rápido.

Harry se levantó de la cama con elegante soltura y se acercó a ella. Una de sus cálidas manos cubrió las de Poppy y a la joven dejaron de temblarle los dedos.

—Poppy. —Esperó hasta que ella se atrevió a mirarle. La diversión brillaba en los ojos de Harry—. Haces que me sienta como un vil violador —dijo—. Y creo que deberías saber que jamás he forzado a una mujer. Si quieres disuadirme basta con que digas «no».

El instinto de Poppy le decía que Harry estaba mintiendo. Pero... ¿y si no era así? Maldito fuera por jugar con ella como el gato con el ratón.

—¿De veras? —preguntó con ofendida dignidad.

Harry le dirigió una mirada inocente.

—Recházame y lo sabremos.

El hecho de que un ser humano tan despreciable como él pudiera ser tan bien parecido era una prueba irrefutable de que el mundo era un lugar totalmente injusto o que, al menos, estaba mal repartido.

—No voy a rechazarte —dijo ella, apartándole la mano—. No pienso divertirte con dramas virginales. —Poppy continuó desabrochándose los botones de la bata—. De hecho, me gustaría acabar con esto de una vez por todas para no tener que temerlo más.

Complaciéndola, Harry se quitó la chaqueta y la tiró sobre una silla. Poppy dejó caer la bata al suelo y se quitó las zapatillas. El aire se coló por debajo del dobladillo del fino camisón de cambray y le enfrió los tobillos. Apenas podía pensar. Tenía la cabeza llena de temores y preocupaciones. El futuro que una vez había anhelado había desaparecido para siempre y, en su lugar, se gestaba otro repleto de infinitas complicaciones. Harry iba a conocerla de una manera en la que nadie la había conocido ni lo haría jamás. Pero aquello no era como los matrimonios de sus hermanas. Era una relación construida con algo muy diferente al amor y la confianza.

La información que su hermana Win le había dado sobre la intimidad matrimonial estaba repleta de flores y rayos de la luz de la luna, y apenas había sido una descripción del acto físico. El consejo de Win fue que confiara en su marido y se relajara, que entendiera que la intimidad sexual era una parte maravillosa del amor. Nada que ver con la situación en la que Poppy se encontraba ahora.

Sobre la habitación había caído un denso silencio. Poppy intentó convencerse a sí misma de que eso no significaba nada para ella. Cuando se deshizo del camisón, quitándoselo por encima de la cabeza y dejándolo caer sobre la alfombra, se sintió como si estuviera en el cuerpo de una desconocida. Se le puso la piel de gallina y los pezones se le irguieron por el frío.

Se dirigió a la cama, apartó las sábanas y se acostó en silencio. Se subió las mantas hasta cubrirse los pechos y se recostó contra las almohadas. Sólo entonces miró a Harry.

Su marido había hecho una pausa mientras se quitaba un zapato, con el pie apoyado en una silla. Ya se había quitado la camisa y el chaleco, y Poppy pudo observar los músculos tensos y marcados de su espalda. Él la miró por encima del hombro, con los ojos entrecerrados. Tenía la piel morena, como si hubiera estado tomando el sol, y tenía los labios separados como si fuera a hablar y se le hubiera olvidado lo que iba a decir. Lo vio respirar profunda y entrecortadamente antes de seguir quitándose los zapatos.

Tenía un cuerpo hermoso, pero Poppy no se recreó en él. De hecho, se sintió molesta al verlo. Habría preferido ver alguna señal de vulnerabilidad, un poco de carne fofa o los hombros estrechos, algo que pusiera a Harry en desventaja. Pero él era delgado y fuerte y estaba muy bien proporcionado. Con los pantalones todavía puestos, Harry se acercó a la cama. A pesar de todos sus esfuerzos por parecer indiferente, Poppy no pudo evitar cerrar los puños bajo las sábanas bordadas.

Harry le puso una mano sobre un hombro desnudo y le acarició la garganta de arriba abajo con la yema de los dedos. Se detuvo al encontrar una diminuta y casi invisible cicatriz en el hombro, la marca de aquel disparo de escopeta que había acabado con la vida de su tío.

—¿Es del accidente? —preguntó él con voz ronca.

Poppy asintió con la cabeza, incapaz de hablar. Se dio cuenta de que él acabaría familiarizándose con cada pequeño e íntimo detalle de su cuerpo, pues tenía derecho a ello. Harry encontró tres cicatrices más en el brazo, y acarició cada una de ellas como si de esa manera pudiera aliviar el dolor de las heridas que había sufrido hacía ya tanto tiempo. Lentamente, Harry llevó la mano a un mechón del pelo de Poppy, que caía como un fino riachuelo color caoba sobre su pecho, antes de deslizarla bajo las sábanas y las mantas.

La joven contuvo el aliento al sentir cómo Harry le acariciaba suavemente la cima del pezón con el pulgar, dibujando círculos y provocándole estremecimientos ardientes en la boca del estómago. Luego, él apartó la mano un momento y, cuando la volvió a sentir sobre el pecho, el pulgar estaba húmedo de saliva. Trazó otro provocativo y estremecedor círculo sobre el pezón, más sensible por la humedad de la caricia. Ella levantó las rodillas ligeramente, moviendo las caderas como si su cuerpo se hubiera convertido en una vasija que albergara todas aquellas nuevas sensaciones. Harry deslizó la otra mano bajo la barbilla de Poppy y le alzó la cara hacia la de él.

Se inclinó para besarla, pero la joven giró la cabeza.

—Soy el mismo hombre que te besó en la terraza —oyó Poppy que decía—. Y en aquel momento te gustó que lo hiciera.

Poppy apenas podía hablar mientras aquella mano le acariciaba el pecho.

—Pero ya no. —Un beso significaba más para ella que un simple gesto físico. Era un regalo de amor, de afecto o, como mínimo, de simpatía, y ella no sentía ninguna de esas cosas por él. Puede que Harry tuviera derecho a reclamar su cuerpo, pero no su corazón.

Él apartó las manos y le indicó que le hiciera sitio.

Poppy se movió y se le aceleró el pulso cuando él se metió en la cama a su lado. Harry se inclinó sobre ella; sus pies se extendían mucho más abajo que los suyos bajo las sábanas. Poppy se obligó a soltar las mantas cuando él la destapó.

Harry paseó la mirada por el delgado y desnudo cuerpo femenino, por las curvas de los pechos, por la unión de sus muslos. Ella se ruborizó de los pies a la cabeza, un rubor que se volvió más intenso cuando él la estrechó contra sí. Tenía el pecho caliente y duro, y el vello oscuro que lo cubría le hizo cosquillas en los pechos.

Poppy se estremeció cuando le deslizó la mano por la espalda, apretando su cuerpo contra el de él. La intimidad de ser abrazada por un hombre casi desnudo y de respirar el aroma de su piel era más de lo que su aturdida mente podía asimilar. Harry la instó a separar las piernas desnudas y la joven sintió la suave y fría tela del pantalón. Harry la sostuvo de esa manera, sin dejar de acariciarle la espalda hasta que, finalmente, cesaron los escalofríos que le hacían castañetear los dientes.

Le acarició el tenso cuello con los labios. La besó allí un buen rato, hociqueando luego en el hueco de la oreja, en el nacimiento del pelo, en la garganta. Harry buscó con la lengua el frenético latido del pulso de Poppy, y se lo lamió durante tanto rato que la joven se quedó sin aliento e intentó apartarle. Él tensó los brazos que la envolvían y con una mano le acarició la curva desnuda del trasero, manteniéndola apretada contra él.

—¿No te gusta lo que estoy haciendo? —le preguntó él contra la garganta.

—No —dijo Poppy, intentando meter los brazos entre sus cuerpos para separarlos.

Harry volvió a dejarla de espaldas sobre la cama; en sus ojos brillaba una diabólica diversión.

—De ninguna manera vas a admitir que te gusta lo que te hago, ¿verdad?

Ella negó con la cabeza.

Harry le puso la mano en la mejilla y le rozó los labios apretados con el pulgar.

—Poppy, aunque no te guste nada más de mí, al menos danos una oportunidad con esto.

—No puedo. No cuando pienso que debería estar haciendo esto con... él. —A pesar de lo enfadada y resentida que estaba, Poppy no pudo decir allí el nombre de Michael.

Aun así, sus palabras molestaron a Harry tal como ella había esperado. Él le sujetó la barbilla con firmeza, aunque sin hacerle daño, y la miró con los ojos llameantes de furia. Ella le sostuvo la mirada con gesto desafiante, casi retándole a que hiciera algo horrible, algo que demostrara que era tan vil y despreciable como pensaba.

Pero la voz de Harry, cuando finalmente habló, era cuidadosamente controlada.

—Entonces, voy a arrancarlo de tus pensamientos.

Apartó las sábanas con una fuerza implacable, impidiendo que se ocultara de ninguna manera. Poppy intentó incorporarse, pero él la empujó, tumbándola de nuevo sobre el colchón. Le cogió un pecho y lo alzó, luego se inclinó hasta que ella notó su aliento contra el pezón.

Harry trazó la areola con la lengua y atrapó el pezón suavemente con los dientes, jugando con la carne sensible. El placer corría por las venas de Poppy con cada giro de su lengua, con cada lametazo, con cada leve tirón. La joven cerró los puños, intentando mantener los brazos inmóviles a los costados. Le parecía de vital importancia no tocarle voluntariamente. Pero él tenía mucha experiencia y era insistente. Sabía cómo excitarla y hacer que se estremeciera. Y, al parecer, el cuerpo de Poppy prefería elegir el placer sobre los principios.

Llevó las manos a la cabeza de Harry y enterró los dedos entre sus oscuros, espesos y suaves cabellos. Él emitió un ronco murmullo y abrió la boca sobre el brote ardiente. Harry deslizó las manos por el cuerpo de la joven, trazando las curvas de la cintura y las caderas. Le rodeó el ombligo con la punta del dedo índice y trazó un sendero provocador por el vientre y el valle donde ella apretaba las piernas. Desde las rodillas a la parte superior de los muslos. Y vuelta a empezar.

—Ábrete para mí —le susurró Harry sin dejar de acariciarla suavemente.

Poppy permaneció quieta, intentando resistir, jadeando como si cada aliento le desgarrara la garganta. Sintió que se le agolpaban las lágrimas detrás de los párpados cerrados. Experimentar cualquier tipo de placer con Harry le parecía una traición.

Y él lo sabía.

—Lo que ocurra en esta cama, quedará entre nosotros —le dijo con suavidad al oído—. No es pecado entregarte a tu marido, y no ganas nada negándote el placer que puedo darte. Ríndete, Poppy. No tienes por qué ser virtuosa conmigo.

—No estoy tratando de serlo —dijo ella con voz temblorosa.

—Entonces deja que te toque.

Ante el silencio de la joven, Harry le separó las piernas sin que ella opusiera resistencia. Le pasó la palma de la mano por el interior del muslo hasta que le rozó con el pulgar los suaves rizos de su sexo. Las respiraciones jadeantes de ambos resonaban en la silenciosa habitación. El pulgar de Harry se coló entre los rizos femeninos, acariciando un lugar tan sensible que Poppy se estremeció con fuerza mientras emitía una ahogada protesta.

Él la atrajo suavemente hacia los duros músculos y el vello áspero de su pecho. Bajando la mano de nuevo, Harry jugueteó con la húmeda carne que se abría para él. Ella sintió el incontenible deseo de apretarse contra esa mano, pero se obligó a permanecer pasiva, aunque le suponía un esfuerzo imposible.

Harry buscó la entrada de su cuerpo y la acarició con suavidad hasta que el sexo de la joven estuvo húmedo y resbaladizo. Siguió tocándola con delicadeza y luego introdujo un dedo en su interior. Alarmada, ella se puso rígida y gimió.

Harry la besó en la garganta.

—Chsss... No voy a hacerte daño. Tranquila. —La acarició por dentro, girando suavemente el dedo al tiempo que lo hundía aún más. Una y otra vez, como si tuviera todo el tiempo del mundo. El placer adquirió una nueva dimensión. Poppy sentía las extremidades pesadas como si estuviera envuelta por sensaciones encontradas. Harry retiró el dedo de su interior y comenzó a jugar con ella sin cesar.

Poppy se tragó los sonidos que le subían por la garganta. Quería moverse, contonearse ante aquel ardor incesante. Le hormigueaban las manos por aferrarse a los flexibles músculos de los hombros de Harry. Pero se mantuvo dolorosamente quieta.

Pero él sabía cómo hacer que su cuerpo respondiera, cómo arrancar placer a su renuente carne. Poppy no podía impedir que sus caderas se arquearan, ni que sus talones se clavaran en el colchón. Él se deslizó sobre su cuerpo, besándola cada vez más abajo, midiendo con su boca la sensibilidad de su piel. Sin embargo, cuando él realizó esas mismas caricias en los suaves rizos de su monte de Venus, ella se puso rígida e intentó apartarle. A Poppy comenzó a darle vueltas la cabeza. Nadie le había dicho nada sobre eso. Simplemente, no podía ser correcto.

Cuando ella comenzó a retorcerse, él deslizó las manos debajo de su trasero y la inmovilizó mientras su lengua penetraba en su cuerpo con unos húmedos y fluidos envites. Poco a poco, él fue marcando un ritmo pausado, haciendo que ella se arqueara sin parar, sin dejar de acariciarla de aquella pecaminosa manera, con su malvada boca y su lengua despiadada. Poppy sentía el cálido aliento sobre su carne y cómo una ardiente e intensa sensación se hacía más grande en su interior hasta que, finalmente, alcanzó la cúspide y explotó. La joven soltó un gemido, y luego otro, mientras unos fuertes estremecimientos la recorrían por completo. No había escapatoria ni marcha atrás. Simplemente no podía contenerse. Y él permaneció con ella, prolongando el placer con unos suaves lametazos, aplacando las últimas contracciones de éxtasis mientras ella se estremecía debajo de él.

Luego vino la peor parte, cuando Harry la cogió entre sus brazos para reconfortarla... y ella se lo permitió.

Poppy no pudo evitar sentir el deseo de él, que tenía el cuerpo tenso y duro, y escuchar cómo le latía el corazón bajo su oreja. Harry le deslizó la mano por la flexible curva de la espalda. Con una punzada de renuente excitación, Poppy se preguntó si la tomaría en ese momento.

—No te haré mía a la fuerza —dijo Harry, sorprendiéndola.

—N-no hace falta que te detengas. —La voz de Poppy sonó extraña y ronca incluso a sus oídos—. Como te dije...

—Sí, quieres acabar con esto de una vez —dijo Harry sarcásticamente—, para no tener que temerlo más. —La soltó, rodó a un lado y se puso en pie. Se ajustó los pantalones con despreocupación. A Poppy le ardieron las mejillas—. Pero he decidido que es mejor que me temas un poco más. Sólo recuerda que si en algún momento se te ocurre pedir la anulación, te tumbaré en la cama y dejarás de ser virgen en un abrir y cerrar de ojos. —La cubrió con las sábanas antes de añadir—: Dime, Poppy... ¿Has pensado todo el rato en él? ¿Eran su cara y su nombre lo que ocupaba tu mente mientras yo te acariciaba?

Poppy sacudió la cabeza, negándose a mirarle.

—Entonces, vamos por buen camino —dijo él con suavidad. Apagó la lámpara y salió.

Poppy se quedó a solas en la oscuridad, avergonzada, saciada y confusa.

14

A Harry siempre le resultaba difícil dormir, pero aquella noche le resultó totalmente imposible. Su mente, acostumbrada a resolver varios problemas a la vez, se encontraba sopesando ahora un nuevo y más que interesante tema.

Su esposa.

Había aprendido mucho sobre Poppy en las últimas veinticuatro horas. Le había demostrado que era una mujer muy fuerte cuando estaba bajo presión y que no se dejaba llevar por la histeria ante una situación difícil. Y aunque amaba a su familia, no había corrido a refugiarse en ella.

Harry admiraba la manera en que Poppy se había comportado el día de su boda. Más aún, admiraba la manera en que se había enfrentado a él. Nada de dramas virginales, como bien había dicho ella misma.

Pensó en aquellos abrasadores minutos antes de dejarla, cuando había sido dulce y flexible, y su hermoso cuerpo había estallado en llamas bajo sus expertas caricias. Harry permanecía excitado e inquieto en su dormitorio, justo al lado del de ella. Pensar en que Poppy estaba durmiendo en el mismo lugar donde él vivía era más que suficiente para mantenerle despierto. Ninguna mujer había dormido antes en su apartamento. Siempre había mantenido relaciones fuera de casa y jamás había pasado toda la noche con alguien. Le hacía sentir incómodo la mera idea de dormir con otra persona en la misma cama. Aquello le parecía incluso más íntimo que el acto sexual en sí, y para Harry estaba fuera de toda consideración.

Se sintió aliviado cuando despuntó el amanecer y el cielo comenzó a teñirse de un color gris plateado. Se levantó, se aseó y se vistió. Dejó pasar a una doncella que encendió la chimenea y llevó unos ejemplares recién planchados del *Morning Chronicle*, el *Globe*, y el *Times*. De acuerdo con la habitual rutina, la doncella de planta llevaría el desayuno y luego aparecería Jake Valentine para entregarle los informes de los gerentes y recoger la lista de encargos de esa mañana.

—¿La señora Rutledge desayunará con usted, señor? —preguntó la doncella.

Harry se preguntó hasta qué hora dormiría Poppy.

—Llama a su puerta y pregúntale.

—Sí, señor.

Observó la manera en que la joven paseaba la mirada del dormitorio de Harry al de Poppy. Aunque era normal que los matrimonios de clase alta tuvieran dormitorios separados, la criada dejó traslucir su sorpresa antes de adoptar una expresión neutra. Harry se sintió algo molesto mientras observaba cómo la joven abandonaba el comedor.

Oyó el murmullo de la doncella y la respuesta de Poppy. El sonido apagado de la voz de su esposa le provocó una oleada de excitación.

La criada regresó al comedor.

—Traeré una bandeja para la señora Rutledge. ¿Desea alguna otra cosa más, señor?

Harry negó con la cabeza y volvió a centrar su atención en los periódicos mientras ella salía. Intentó leer el mismo artículo por lo menos tres veces antes de rendirse y mirar en dirección a la habitación de Poppy.

Por fin apareció ella, ataviada con un vestido de tafetán azul, bordado con flores. Tenía el pelo suelto y los mechones caoba lanzaban destellos llameantes. Su expresión era neutra y sus ojos tenían un brillo cauteloso. Harry deseó arrancarle aquella prenda del cuerpo y besarla por todos lados hasta que estuviera sonrojada y jadeante.

—Buenos días —murmuró Poppy, sin mirarle a los ojos.

Harry se puso en pie y aguardó a que se acercara a la mesa. No le pasó inadvertido que ella procuró que no la tocara cuando la ayudó a tomar asiento. «Paciencia», se recordó a sí mismo.

—¿Has dormido bien? —le preguntó.

—Sí, gracias. —Resultó evidente que fue la cortesía y no la preocupación lo que la indujo a preguntar a su vez—: ¿Y tú?

—Muy bien.

Poppy miró la variedad de periódicos que había sobre la mesa. Cogió el que tenía más cerca y lo sostuvo delante de su cara de manera que él no pudiera mirarla mientras leía. Ya que no parecía dispuesta a conversar, Harry cogió otro periódico.

El silencio sólo se vio interrumpido por el crujido de las páginas al pasarse.

Llegó el desayuno y dos doncellas dispusieron los platos de porcelana, los cubiertos y las copas de cristal sobre la mesa.

Harry observó que Poppy había pedido buñuelos y que éstos aún humeaban ligeramente. Él comenzó a dar cuenta de su desayuno, que consistía en huevos revueltos con tostadas; la yema amarilla, aún jugosa, se esparcía sobre el pan crujiente.

—Puedes levantarte más tarde si quieres —le dijo, echando un poco de sal sobre los huevos—. Muchas damas de Londres duermen hasta el mediodía.

—Me gusta levantarme al amanecer.

—Como toda buena esposa de granjero —dijo Harry, dirigiéndole una breve sonrisa.

Pero Poppy no mostró reacción alguna a ese comentario y se limitó a verter un poco de miel sobre los buñuelos.

Harry detuvo el tenedor en el aire cuando estaba a punto de tomar un bocado de huevo, fascinado por la imagen de los dedos delgados de Poppy girando la varilla de la miel mientras llenaba meticulosamente cada hueco de los buñuelos con el espeso líquido ámbar. Al darse cuenta de que se había quedado mirando fijamente a su esposa, Harry se metió el cubierto en la boca. Poppy dejó la varilla en la pequeña salsera de plata. Al notar que se le había caído una gota de miel en el pulgar, se lo llevó a los labios para lamerla.

Harry se atragantó un poco, cogió la taza de té y le dio un trago. La bebida hirviente le quemó la lengua, haciendo que se sobresaltara y maldijera entre dientes.

Poppy le dirigió una mirada de extrañeza.

—¿Ocurre algo?

Nada. Sólo que ver desayunar a su esposa era la cosa más erótica que él hubiera visto nunca.

—Nada —dijo Harry con voz ronca—. El té está muy caliente.

Cuando se atrevió a mirar a Poppy otra vez, ésta se estaba comiendo una fresa fresca, sujetándola por el tallo. La joven fruncía los labios de una manera deliciosa mientras mordía pulcramente la pulpa madura de la fruta. «Santo Dios.» Harry se removió incómodo en la silla al sentir que el deseo insatisfecho de la noche anterior resurgía con más fuerza. Poppy se comió dos fresas más, mordisqueándolas lentamente, y Harry hizo todo lo posible por ignorarla. Se sentía arder bajo la ropa y usó la servilleta para secarse la frente.

Poppy se llevó entonces el buñuelo empapado en miel a la boca y le lanzó una mirada confusa.

—¿Seguro que estás bien?

—Hace demasiado calor aquí dentro —dijo Harry con irritación mientras lujuriosas imágenes invadían sus pensamientos. Imágenes llenas de miel, de suave piel femenina, húmeda y...

Sonó un golpe en la puerta.

—Adelante —dijo Harry lacónicamente, agradeciendo cualquier tipo de distracción.

Jake Valentine entró en el apartamento con más cautela de la habitual, y pareció un poco sorprendido al ver a Poppy sentada a la mesa del desayuno. Harry supuso que todos tardarían unos días en acostumbrarse a la nueva situación.

—Buenos días —dijo Valentine, sin saber si dirigirse sólo a Harry o también a Poppy.

Ella resolvió el dilema brindándole una inocente sonrisa.

—Buenos días, señor Valentine. ¿Se ha escapado algún otro mono por el hotel?

Valentine le devolvió la sonrisa.

—No que yo sepa, señora Rutledge. Pero todavía es temprano.

Harry experimentó una nueva sensación; un venenoso resentimiento que le atravesaba todo el cuerpo. ¿Acaso eran... celos? Tenían que serlo. Intentó reprimir aquel molesto sentimiento, pero siguió notándolo durante mucho rato en la boca del estómago. Quería que Poppy le sonriera de esa manera. Quería su risa, su encanto y su atención sólo para él.

—¿Alguna novedad en la reunión de personal? —preguntó Harry con serenidad, echando un terrón de azúcar en el té.

—Nada reseñable, en realidad. —Valentine le tendió una hoja de papel—. El sumiller desea que apruebe la lista de vinos. Y la señora Pennywhistle ha informado que la cubertería y la vajilla desaparecen de las bandejas que se llevan a las habitaciones.

Harry entrecerró los ojos.

—¿No suele ocurrir eso en el comedor?

—No, señor. Al parecer, muy pocos clientes se sienten inclinados a sustraer la vajilla directamente del comedor. Pero en la intimidad de sus habitaciones... Bueno, la otra mañana sin ir más lejos, desapareció un servicio completo. Por consiguiente, la señora Pennywhistle ha sugerido que compremos cubiertos de hojalata para el servicio de habitaciones.

—¿Espera que mis clientes utilicen tenedores y cuchillos de hojalata? —Harry negó con la cabeza vigorosamente—. Ni hablar, tendremos que encontrar otra solución para desalentar a esos mezquinos ladrones. No somos una condenada posada de caminos.

—Pensé que diría eso —dijo Valentine, observando cómo Harry hojeaba la lista—. La señora Pennywhistle me dijo que si la señora Rutledge lo desea, sería un honor para ella acompañarla por las oficinas y las cocinas y presentarle al personal del hotel.

—No creo que... —comenzó a decir Harry.

—Me encantaría —le interrumpió Poppy—. Por favor, dígale que estaré lista después del desayuno.

—No es necesario —dijo Harry— que intervengas en la dirección del negocio.

Poppy le brindó una educada sonrisa.

—Jamás osaría entrometerme. Pero dado que éste es mi nuevo hogar, me gustaría familiarizarme con él.

—No es un hogar —dijo Harry.

Se sostuvieron la mirada.

—Por supuesto que lo es —dijo Poppy—. La gente vive aquí. ¿Acaso tú no lo consideras tu hogar?

Jake Valentine cambió el peso a la otra pierna con inquietud.

—Si me da la lista, señor Rutledge...

Harry apenas le oyó. Continuó mirando fijamente a su esposa, preguntándose por qué aquella pregunta parecía tan importante para ella. Trató de explicarle su postura.

—El hecho de que la gente viva aquí, no lo convierte en un hogar.

—¿No sientes ningún cariño por este lugar? —preguntó Poppy.

—Bueno —dijo Valentine con embarazo—, es hora de que me vaya.

Ninguno de los dos se dio cuenta de su apresurada partida.

—Es sólo un lugar que poseo —dijo Harry—. Lo valoro por razones prácticas. Pero no siento nada por él.

Los ojos azules de Poppy buscaron los suyos con una curiosidad y agudeza vagamente compasivas. Nadie le había mirado antes de esa manera y Harry se puso a la defensiva.

—Has pasado toda la vida en hoteles, ¿verdad? —murmuró ella—. Jamás has vivido en una casa con árboles y un patio.

Harry era incapaz de comprender por qué eso era relevante. Descartó el tema con un gesto de la mano e intentó retomar el control de la conversación.

—Deja que te aclare algo, Poppy... Esto es un negocio. Y será mejor que no trates a mis empleados como si fueran parte de la familia, ni siquiera como amigos, o acabarás provocando un problema administrativo, ¿me has entendido?

—Sí —dijo ella, sin apartar la mirada de él—. Comienzo a hacerlo.

Esta vez fue el turno de Harry de levantar el periódico para evitar la mirada de Poppy. Notó que lo invadía una sensación de desasosiego. No quería que ella le comprendiera de ninguna manera. Sólo quería disfrutar de su esposa, mirarla como miraba su colección de tesoros. Poppy tenía que ceñirse a los límites que él estableciera. Y a cambio, él sería un marido indulgente... siempre y cuando ella entendiera quién de los dos tenía la sartén por el mango.

—Todos —dijo enérgicamente la señora Pennywhistle, el ama de llaves del hotel—, empezando por mí hasta las lavanderas, estamos encantados de que el señor Rutledge se haya casado por fin. Y hablo en nombre de todo el personal al decirle que esperamos que se sienta a gusto aquí. Hay trescientas personas dispuestas a satisfacer todas sus necesidades.

Poppy se emocionó ante la evidente sinceridad de la mujer. El ama de llaves era una mujer alta, rubicunda y ancha de hombros, y poseía un aire de vivacidad apenas contenido.

—Le prometo —dijo Poppy con una sonrisa— que no requeriré la asistencia de trescientas personas. Aunque necesitaré su ayuda para encontrar una doncella. Jamás la he necesitado antes, pero ahora, sin mis hermanas ni mi acompañante...

—Por supuesto. Entre el personal tenemos a algunas chicas que podrían ocuparse de esa tarea. Podría entrevistarlas si así lo desea y, si ninguna le parece adecuada, pondremos un anuncio.

—Gracias.

—Supongo que de vez en cuando querrá echar un vistazo a los gastos domésticos y a los libros de cuentas, así como a las listas de suministros y al inventario. Yo, por supuesto, estaré a su disposición por si necesita mi ayuda.

—Es usted muy amable —dijo Poppy—. Me alegro de tener la oportunidad de conocer al personal del hotel. Y de ver algunos lugares que no pude visitar como huésped. En especial, las cocinas.

—Nuestro jefe de chefs, *monsieur* Broussard, se sentirá encantado de enseñarle la cocina y alardear de sus logros. —La mujer hizo una pausa antes de añadir en voz baja—: Por fortuna para todos, la vanidad va pareja con su talento.

Comenzaron a bajar la escalinata principal.

—¿Cuánto tiempo hace que trabaja aquí, señora Pennywhistle? —preguntó Poppy.

—Pues casi diez años. Desde el principio, en realidad. —El ama de llaves sonrió al recordar—. El señor Rutledge era un hombre muy joven. Larguirucho como un espárrago y con un acento americano muy marcado. Tenía la costumbre de hablar tan rápido que apenas podías seguirle. Yo trabajaba en el salón de té que mi padre poseía en el Strand. Me encargaba de dirigirlo por él, y el señor Rutledge era un cliente habitual. Un día entró y me ofreció el trabajo que tengo ahora, aunque por aquel entonces el hotel sólo era una hilera de casas particulares. Nada comparado a lo que es ahora. Por supuesto, dije que sí.

—¿Por qué «por supuesto»? ¿Acaso su padre no quería que trabajara en su negocio?

—Sí, pero mis hermanas podían ayudarle. Y había algo en el señor Rutledge que jamás había visto antes en un hombre, y que tampoco he visto desde entonces: una extraordinaria fuerza de voluntad. Desde luego, puede ser muy persuasivo.

—Ya lo he notado —dijo Poppy con sequedad.

—Todo el mundo quiere seguirle o formar parte de lo que sea en que esté involucrado. Por eso consiguió esto —señaló a su alrededor— a una edad tan temprana.

A Poppy se le ocurrió en ese momento que podría averiguar muchas cosas de su marido a través de sus empleados. Esperaba que al menos algunos estuvieran tan dispuestos a hablar de él como la señora Pennywhistle.

—¿Es un patrón exigente?

El ama de llaves se rio entre dientes.

—Oh, sí. Pero siempre es justo y razonable.

Se acercaron a las oficinas principales, donde dos hombres, uno de edad avanzada y otro más joven, examinaban un enorme libro de cuentas, que estaba abierto sobre un escritorio de roble.

—Caballeros —dijo el ama de llaves—, estoy enseñándole el

hotel a la señora Rutledge. Señora, me gustaría presentarle al señor Myles, el director general, y al señor Lufton, el conserje.

Ambos se inclinaron en una respetuosa reverencia, haciendo que Poppy se sintiera como una reina de visita. El más joven de los dos, el señor Myles, le brindó una brillante sonrisa y se sonrojó hasta la coronilla casi calva.

—¡Señora Rutledge, qué gran honor! Me gustaría ofrecerle mis más sinceras felicitaciones por su matrimonio...

—Más que sinceras —interpuso el señor Lufton de repente—. Es usted la respuesta a nuestras plegarias. Les deseamos al señor Rutledge y a usted toda la felicidad del mundo.

Algo sorprendida por aquella muestra de entusiasmo, Poppy sonrió y asintió con la cabeza hacia los dos hombres.

—Gracias, caballeros.

Procedieron a enseñarle las oficinas, donde se guardaba una larga hilera de libros de cuentas, libros de registro, libros sobre historia y costumbres de países extranjeros, diccionarios de varios idiomas, mapas diversos y los planos del hotel. Estos últimos estaban clavados en una pared, y en ellos habían marcado con lápiz qué habitaciones estaban vacías y las que se encontraban en obras.

Dos libros con la cubierta de piel habían sido separados del resto, uno era de color rojo y el otro, negro.

—¿Qué son esos dos volúmenes? —preguntó Poppy.

Los hombres se miraron el uno al otro y luego el señor Lufton respondió con cautela:

—Hay veces en las que un huésped en particular ha resultado ser... bueno... un tanto difícil...

—Imposible, más bien —interpuso el señor Myles.

—Y que, lamentablemente, tenemos que incluir en la «lista negra», lo que quiere decir que ya no es bienvenido.

—Sino todo lo contrario —añadió el señor Myles.

—Y no permitimos que vuelva a alojarse aquí.

—Nunca —recalcó el señor Myles con énfasis.

Poppy asintió con la cabeza, divertida.

—Ya veo. ¿Y el libro rojo?

Fue el señor Lufton quien procedió a explicárselo.

—Ahí apuntamos a ciertos huéspedes que son un poco más exigentes de lo habitual.

—Huéspedes problemáticos —aclaró el señor Myles.

—Huéspedes que tienen peticiones especiales —continuó el señor Lufton—. Como aquellos que quieren que sus habitaciones sean limpiadas a ciertas horas del día o insisten en traer a sus mascotas consigo. Cosas de ese tipo. No les impedimos el alojamiento, pero tomamos nota de sus peculiaridades.

—Hummm. —Poppy cogió el libro rojo y le lanzó una pícara mirada al ama de llaves—. No me sorprendería nada que los Hathaway estuvieran mencionados varias veces en este libro.

Aquel comentario fue acogido con un absoluto silencio.

Al ver la expresión de sus caras, Poppy se echó a reír.

—Lo sabía. ¿Dónde se menciona a mi familia? —La joven abrió el libro y hojeó algunas páginas al azar.

Los dos hombres se mostraron preocupados y se pusieron a revolotear a su alrededor como si estuvieran buscando la oportunidad de arrebatarle el libro.

—Señora Rutledge, por favor, no debe...

—Estoy seguro de que el nombre de su familia no aparece en ese libro —dijo el señor Myles con ansiedad.

—Pues yo creo que sí —le respondió Poppy con una amplia sonrisa—. De hecho, lo más probable es que tengamos un capítulo propio.

—Sí... quiero decir... Señora Rutledge, se lo suplico...

—Muy bien —dijo Poppy, entregándoles el libro rojo. Los hombres suspiraron aliviados—. Sin embargo —dijo ella—, me gustaría que me prestaran ese libro algún día. Seguro que me divertiré leyéndolo.

—Si ya ha terminado de tomar el pelo a estos pobres caballeros, señora Rutledge —dijo el ama de llaves, con los ojos chispeantes de risa—, le ruego que me acompañe. Muchos de los empleados aguardan al otro lado de la puerta para conocerla.

—¡Estupendo! —Poppy se dirigió al área de recepción, donde le presentaron a las doncellas y a los jefes de planta, al personal de mantenimiento y a las camareras. Repitió el nombre de todos ellos, intentando aprenderse de memoria todos los que le fuera posible, y luego les hizo preguntas sobre sus tareas. Todos respondieron con entusiasmo a su interés y, entre otras cosas, le contaron de qué parte de Inglaterra procedían y cuánto tiempo llevaban trabajando en el Rutledge.

Poppy recapacitó sobre que, a pesar de las muchas ocasiones que se había alojado en el hotel como huésped, jamás había pensado en los empleados. Siempre habían sido personas anónimas y sin rostro, que se movían en las sombras con discreta eficacia. Ahora se sentía afín a ellos. Ella también había pasado a formar parte del hotel... Todos eran como satélites orbitando en torno a Harry Rutledge.

Tras llevar una semana conviviendo con Harry, Poppy descubrió que su marido tenía un horario que habría matado a un hombre normal. La única vez que tenía oportunidad de verle era por la mañana, en el desayuno. Durante el resto del día estaba ocupado, a menudo se perdía la cena y rara vez se retiraba antes de medianoche.

A Harry le gustaba encargarse de dos o más cosas a la vez, haciendo listas y planes, concertando reuniones, solventando discusiones o haciendo favores. Siempre estaba rodeado de personas que necesitaban que resolviera algún que otro problema. La gente le visitaba a todas horas y, a veces, parecía que no había pasado ni un cuarto de hora sin que alguien, normalmente Jake Valentine, llamara a la puerta del apartamento.

Cuando Harry no estaba ocupado con sus diversos planes, se entrometía en las tareas del personal del hotel. Sus constantes exigencias de perfección y una mejor calidad de servicio eran implacables. Los empleados recibían un sueldo generoso y eran tratados bien pero, a cambio, se esperaba que trabajaran duro y, sobre todo, que fueran leales. Si alguno de ellos resultaba herido o enfermaba, Harry avisaba al médico y le pagaba el tratamiento. Si alguien sugería una manera de mejorar el hotel y sus servicios, la idea era enviada directamente a Harry y, si él la aprobaba, recompensaba al empleado con una generosa gratificación. Por esa razón, el escritorio de Harry siempre estaba lleno de montones de informes, cartas y notas.

A Harry no parecía habérsele pasado por la cabeza ir de luna de miel con su flamante esposa, y Poppy supuso que era porque en realidad no quería abandonar el hotel. Desde luego, ella no deseaba pasar una luna de miel con un hombre que la había traicionado.

Desde la noche de bodas, Poppy se había sentido nerviosa con Harry, sobre todo cuando estaban solos. Él no ocultaba su deseo y su interés por ella, pero hasta el momento no le había hecho ninguna insinuación al respecto. De hecho, se desvivía por mostrarse educado y considerado con ella. Parecía como si estuviera intentando que su mujer se acostumbrara a él y a las circunstancias que habían alterado su vida. Poppy agradecía su paciencia, porque todo aquello resultaba nuevo para ella. Paradójicamente, sin embargo, aquella autoimpuesta contención no impedía que se produjera algún que otro contacto entre ellos, como el roce de una mano en el brazo o la presión de sus cuerpos cuando estaban en medio de una multitud, lo que sólo exacerbaba la vibrante atracción que había entre ellos.

Pero a Poppy no le gustaba sentirse atraída por un marido en el que no confiaba.

La joven no tenía ni idea de cuánto tiempo se prolongaría aquel alivio temporal en el cumplimiento de sus deberes conyugales. Sólo podía estar agradecida de que Harry siempre estuviera ocupado con los asuntos del hotel. Aun así, no podía evitar pensar que trabajar desde el amanecer hasta mucho después del anochecer no podía ser bueno para él. Debería animarlo a que se relajara y descansara un poco, como haría con cualquier persona a la que apreciara y que estuviera trabajando sin descanso.

Y eso fue lo que hizo una tarde en la que Harry entró inesperadamente en el apartamento, llevando la chaqueta en la mano. Él había pasado la mayor parte del día con el jefe de bomberos de Londres. Juntos habían revisado meticulosamente el hotel, examinando el equipo antiincendios y las medidas de seguridad.

Si alguna vez estallaba un fuego en el Rutledge —no lo quisiera

Dios—, los empleados estaban preparados para ayudar a abandonar el edificio con la mayor rapidez a tantos huéspedes como fuera posible. Las escaleras de incendios eran frecuentemente examinadas y contadas, así como los planos de planta y las rutas de salida que se debían seguir, que estaban debidamente señalizadas. En la fachada del hotel había impresa una señal antiincendios, que había sido diseñada por el propio cuerpo de bomberos y que indicaba que el edificio contaba con todas las medidas de seguridad.

Cuando Harry entró en el apartamento, Poppy se dio cuenta de que aquel día su marido se había exigido demasiado a sí mismo. En su cara se reflejaba un profundo cansancio.

Harry se detuvo al ver a Poppy acurrucada en una esquina del sofá, leyendo un libro que apoyaba sobre las rodillas.

—¿Qué tal fue el almuerzo? —le preguntó Harry.

Poppy había sido invitada a unirse a un grupo de jóvenes y ricas matronas que organizaban un rastrillo anual.

—Estuvo bien, gracias. Es un grupo agradable, aunque esas mujeres no parecen saber muy bien qué hacer en los comités. Siempre he pensado que un comité tarda un mes en organizar algo que una sola persona puede hacer en menos de diez minutos.

Harry sonrió.

—El objetivo no es ser eficientes. Sólo buscan algo en lo que ocupar su tiempo.

Poppy lo miró con atención y agrandó los ojos.

—¿Qué le ha ocurrido a tu ropa?

La camisa blanca de lino de Harry y el chaleco de seda azul oscuro estaban salpicados de hollín. Tenía manchas negras en las manos y otra debajo de la barbilla.

—Probé una de las escaleras de incendios.

—¿Has salido del edificio por una escalera de incendios? —A Poppy le sorprendió que él hubiera corrido aquel riesgo innecesario—. ¿No podías haberle pedido a otra persona que lo hiciera por ti? ¿Quizás al señor Valentine?

—Estoy seguro de que lo habría hecho sin dudar. Pero no permito que mis empleados utilicen un equipo sin que yo lo haya probado antes. Sobre todo, las criadas, cuyas faldas hacen más difícil el descenso por una de esas escaleras de incendios. Sin embargo, tengo mis propios límites. —Lanzó una mirada de pesar a las palmas de sus manos—. Tengo que lavarme y cambiarme antes de regresar al trabajo.

Poppy devolvió la atención al libro, pero, aun así, no podía evitar estar pendiente de los sordos sonidos provenientes de la otra habitación, como el abrir y cerrar de cajones, el chapoteo del agua o el golpe pesado de un zapato al caer en el suelo. Al pensar que Harry estaba desnudo en ese mismo momento en la habitación de al lado, sintió una oleada de calor que le atravesó el vientre.

Cuando su marido volvió a la sala, estaba igual de impecable que por la mañana antes de salir. Salvo por...

—Una mancha —dijo Poppy, conteniendo una sonrisa de diversión—. Te has olvidado de ella.

Harry se miró de arriba abajo.

—¿Dónde?

—En la mandíbula. No, ahí no. —Poppy cogió una servilleta y le hizo señas para que se acercara a ella.

Harry se inclinó sobre el respaldo del sofá y bajó la cara hacia la de ella. Permaneció inmóvil mientras Poppy le pasaba la servilleta por la mandíbula para limpiarle la mancha de hollín. El fresco y limpio olor masculino, mezclado con un leve matiz de madera de cedro, inundó las fosas nasales de la joven.

Deseando prolongar el momento, Poppy se quedó mirando aquellos insondables ojos verdes. Estaban ensombrecidos por la falta de sueño. Santo Cielo, ¿es que aquel hombre no se tomaba nunca un respiro?

—¿Por qué no te sientas un rato conmigo? —le preguntó Poppy de manera impulsiva.

Harry parpadeó, claramente sorprendido por la invitación.

—¿Ahora?

—Sí, ahora.

—No puedo. Tengo mucho que...

—¿Has comido algo desde el desayuno?

Harry negó con la cabeza.

—No he tenido tiempo.

Poppy le indicó que tomara asiento a su lado con un gesto mudo y exigente.

Para su sorpresa, Harry obedeció. Rodeó el sofá y se sentó en la esquina sin dejar de mirarla. Arqueó una de sus cejas oscuras de manera inquisitiva.

Poppy alargó una mano hacia la bandeja y cogió un plato lleno de sándwiches, pastas y galletas.

—Han traído demasiada comida para mí sola. Tómate el resto.

—No creo...

—Venga —insistió ella, obligándole a coger el plato.

Harry cogió un sándwich y comenzó a mordisquearlo poco a poco. Poppy cogió una taza de la bandeja y sirvió un té recién hecho, al que añadió una cucharadita de azúcar. Luego se lo ofreció a Harry.

—¿Qué estás leyendo? —le preguntó él, mirando el libro que ella tenía en el regazo.

—Una novela de un autor naturalista. Por ahora no he encontrado nada parecido a un complot, pero las descripciones del campo son preciosas. —Hizo una pausa, observando cómo él se tomaba la taza de té—. ¿Te gusta leer novelas?

Él negó con la cabeza.

—Normalmente leo para buscar información, no por entretenimiento.

—¿No te gusta leer por placer?

—No es eso, sino que no logro encontrar tiempo para hacerlo.

—Quizá por eso no duermes bien. Necesitas relajarte entre el trabajo y la hora de acostarte.

Hubo un tenso y largo silencio antes de que Harry preguntara:

—¿Qué sugieres que haga?

Consciente del doble significado de la pregunta, Poppy sintió que se ruborizaba de los pies a la cabeza. Harry pareció disfrutar de su turbación, aunque no de una manera burlona, sino como si la encontrara encantadora.

—A todos los miembros de mi familia les gustan las novelas —dijo Poppy atropelladamente, retomando el tema anterior—. Nos reunimos en la salita casi todas las noches y uno de nosotros lee en voz alta. Win es la mejor... se inventa una voz distinta para cada personaje.

—Me gustaría oírte leer —dijo Harry.

Poppy negó con la cabeza.

—No soy ni la mitad de entretenida que Win. Consigo que todos se queden dormidos.

—Sí —dijo Harry—. Tienes voz de hija de profesor. —Antes de que ella pudiera sentirse ofendida, añadió—: Transmites sosiego. Nunca gritas. Eres suave.

Poppy se dio cuenta de que él estaba muy cansado. Tanto, que incluso el esfuerzo de articular palabra parecía superarle.

—Debería irme —masculló, frotándose los ojos.

—Pero antes termina de comerte los sándwiches —dijo Poppy con voz autoritaria.

Él la obedeció y cogió uno. Mientras comía, Poppy pasó las páginas del libro que estaba leyendo hasta encontrar lo que buscaba: una descripción de un paseo a través del campo bajo un cielo lleno de nubes blancas, con los almendros cubiertos de flores blancas y susurrantes arroyos. Lo leyó en voz baja, lanzándole miradas furtivas de vez en cuando mientras él se terminaba de comer los sándwiches que quedaban en el plato. Luego se acomodó en la esquina del sofá, más relajado de lo que ella lo había visto nunca.

Poppy leyó varias páginas más, en las que se continuaba describiendo el paseo por los setos y los prados y luego por un bosque con un lecho de hojarasca mientras el pálido y suave brillo del sol daba paso a una lluvia tranquila...

Y cuando por fin llegó al final del capítulo, volvió a mirar a Harry.

Estaba dormido.

Su pecho subía y bajaba con un ritmo constante y sus largas pestañas le sombreaban las mejillas. Tenía una mano apoyada en el pecho y otra abierta a un costado, con los elegantes dedos medio cerrados.

—Nunca falla —murmuró Poppy sonriendo para sí misma. El talento que poseía para dormir a la gente servía incluso para la implacable energía de Harry. Con cuidado, dejó el libro a un lado.

Ésta era la primera vez que podía observar a Harry a placer. Era extraño verle completamente vulnerable. Cuando dormía, se le relajaban las líneas de la cara, que adoptaba un gesto inocente, lo que contrastaba con su habitual expresión adusta. La boca, siempre tan resuelta, parecía tan suave como el terciopelo. Parecía un niño perdido en un sueño solitario. Poppy sintió deseos de velar el sueño que Harry tanto necesitaba, de cubrirlo con una manta y acariciarle el pelo oscuro que le caía sobre la frente.

Transcurrieron unos minutos tranquilos, en los que el silencio sólo se vio roto por los distantes sonidos de la actividad en el hotel y de la calle. Eso era algo que Poppy no había sabido que necesitaba... un momento para observar al desconocido que había tomado una posesión absoluta de su vida.

Intentar entender a Harry Rutledge era como intentar desarmar uno de esos mecanismos de cuerda tan intrincados que él había construido. Podrías examinar cada engranaje, cada tuerca y cada palanca, pero eso no quería decir que fueras a comprender cómo funcionaba.

Parecía que Harry se hubiera pasado toda la vida luchando contra el mundo, intentando doblegarlo a su voluntad y, al final, lo hubiera conseguido. Aunque resultaba evidente que estaba insatisfecho y que era incapaz de disfrutar de lo que había logrado en la vida, lo que le hacía diferente a los demás hombres que había en la vida de Poppy, en especial a Cam y a Merripen.

Por sus antecedentes romaníes, sus cuñados no consideraban el mundo como algo que debiera ser conquistado, sino un lugar donde poder vagar libremente. Y luego estaba Leo, que prefería ser un observador de la vida en vez de un participante activo.

Harry era, ni más ni menos, un bandolero, alguien que hacía planes para conquistar todo aquello que se le pusiera por delante. ¿Cómo se podía contener a un hombre así? ¿Cómo podría encontrar la paz?

Poppy estaba tan perdida en la tranquila quietud de la estancia que se sobresaltó cuando oyó un suave golpe en la puerta. Se le pusieron los nervios de punta. No respondió y deseó que el maldito ruido no se repitiera. Pero no tuvo suerte.

«Toc. Toc. Toc.»

Harry se despertó con un murmullo inarticulado, parpadeando con la confusión de alguien que había sido arrancado demasiado pronto del sueño.

—¿Sí? —dijo bruscamente, incorporándose de golpe.

La puerta se abrió y entró Jack Valentine. Pareció avergonzado al ver a Harry y a Poppy juntos en el sofá. Poppy apenas podía evitar mirarle con el ceño fruncido, aunque sabía de sobra que el hombre sólo cumplía con su deber. Valentine se acercó para entregarle a Harry una nota doblada, le murmuró algunas palabras en voz baja y luego abandonó el apartamento.

Harry estudió la nota con una mirada aturdida. Se la metió en el bolsillo y le brindó a Poppy una sonrisa pesarosa.

—Al parecer me he quedado dormido mientras leías. —Le lanzó la mirada más cálida que ella le hubiera visto nunca—. Ha sido un interludio agradable —murmuró sin ninguna razón aparente, curvando levemente los labios—. Me gustaría disfrutar de otro dentro de poco.

Y se fue mientras ella aún intentaba pensar qué responderle.

15

Sólo las damas más ricas de Londres poseían sus propios carruajes y caballos, pues costaba una fortuna mantener tal privilegio. Las mujeres que no tenían establos, o aquellas que vivían solas, se veían obligadas a contratar todo un servicio de carruaje —vehículo, caballos y cochero— cada vez que necesitaban atravesar Londres.

Harry había insistido en que Poppy tuviera su propio coche con un par de caballos, por lo que había avisado a un diseñador de vehículos para que fuera al hotel. Después de consultar con Poppy, el fabricante se había dedicado a construir uno que se adaptara a las necesidades de la joven. Poppy había permanecido aturdida durante todo el proceso, y la irritación de Harry ante la insistencia de su esposa de preguntar el precio de todos los materiales había provocado una discusión entre ellos.

—No estás aquí para preguntar cuánto cuesta todo, Poppy —le había dicho Harry—. Lo único que tienes que hacer es elegir lo que más te gusta.

Pero por experiencia, Poppy sabía que había que tomar muchas cosas en consideración a la hora de hacer una elección. Había que averiguar qué materiales estaban disponibles y comparar los precios hasta encontrar uno que no fuera ni muy caro ni muy barato. Sin embargo, Harry parecía considerar ese proceder como una afrenta, como si su esposa estuviera cuestionando su habilidad para proporcionarle todo aquello que necesitaba.

Al final se decidió que el exterior del vehículo estuviera lacado en un elegante color negro y que los asientos del interior fueran tapizados en terciopelo verde y piel color beis, con tachuelas de latón. Los paneles interiores irían decorados con pintura. Y en vez de contraventanas de caoba, el vehículo dispondría de unas persianas venecianas cubiertas con unas cortinas de seda verde, además de cojines de piel de Marruecos, soldaduras decoradas en los escalones, lámparas chapadas a juego con las manillas... A Poppy no se le había ocurrido pensar que hubiera que elegir tantas cosas.

La joven pasó el resto de la tarde en la cocina con los chefs, el *monsieur* Broussard y el señor Rupert, que se encargaba de la repostería, y la señora Pennywhistle. Broussard estaba concentrado en la creación de un nuevo postre, aunque quizá fuera más acertado decir que estaba intentando recrear un postre que recordaba de la infancia.

—Mi tía abuela Albertine no siempre hacía la receta de la misma manera —aclaró Broussard con tristeza mientras abría el horno donde lo había puesto al baño María. En el interior había media docena de pastelitos de manzana dentro de unos pequeños recipientes—. Siempre me fijaba en cómo lo hacía pero, por alguna razón, hay algún ingrediente que se me escapa. Lo he probado quince veces y sigue sin salirme perfecto. Pero *quand en veut, en peut*.

—Pero querer es poder —tradujo Poppy.

—*Exactement*. —Broussard sacó cuidadosamente los recipientes del agua caliente.

El chef de repostería, Rupert, vertió un poco de nata sobre cada pastel y los adornó con delicadas virutas de chocolate.

—¿Los probamos? —preguntó, repartiendo cucharas para todos.

Con gesto solemne, Poppy, la señora Pennywhistle y los dos chefs tomaron cada uno un postre y lo probaron. A Poppy se le llenó la boca de nata y del suave pastel de manzana y ambos sabores se mezclaron deliciosamente en su paladar. Cerró los ojos para disfrutar mejor de las texturas y los sabores y oyó los suspiros de satisfacción, tanto de la señora Pennywhistle como del chef Rupert.

—Todavía no es perfecto —dijo *monsieur* Broussard, mirando el postre con el ceño fruncido, como si estuviera preguntándose por qué éste seguía siendo tan deliberadamente obstinado.

—No importa si no es perfecto —dijo el ama de llaves—. Es el mejor postre que he probado en mi vida. —Se volvió hacia Poppy—. ¿Está de acuerdo conmigo, señora Rutledge?

—Creo que esto es lo que deben de comer los ángeles en el cielo —dijo Poppy, cogiendo otra cucharada. El chef de repostería, Rupert, ya se había metido otro bocado de pastel en la boca.

—Quizás un poco más de limón y de canela... —dijo pensativo *monsieur* Broussard.

—Señora Rutledge...

Poppy se giró para ver quién la llamaba. La sonrisa que iluminaba su rostro se desvaneció un poco al ver que Jake Valentine entraba en la cocina. No es que el ayudante de Harry le cayera mal, de hecho, Valentine le parecía un hombre muy agradable y simpático. Sin embargo, parecía haberse convertido en su perro guardián, siguiendo las órdenes de Harry para que Poppy no pasara más tiempo del debido con los empleados del hotel.

—Señora Rutledge, me han pedido que le recuerde que tiene una cita con la modista —dijo el señor Valentine, sin parecer mucho más contento que Poppy al tener que interrumpirla.

—¿Una cita con la modista? ¿Ahora? —Poppy le miró con resignación—. No recuerdo haber concertado esa cita.

—Es que no fue usted, señora Rutledge. Fue el señor Rutledge quien la solicitó.

—Oh. —Poppy soltó la cuchara a regañadientes—. ¿Y a qué hora debemos marcharnos?

—Dentro de un cuarto de hora.

Con lo que sólo tenía el tiempo suficiente para peinarse y coger una capa.

—Tengo ropa de sobra —dijo Poppy—. No necesito más.

—Una dama de su posición —dijo la señora Pennywhistle sabiamente— necesita muchos vestidos. He oído que las damas que siguen la moda nunca se ponen dos veces el mismo vestido.

Poppy puso los ojos en blanco.

—Yo también lo he oído. Y creo que es algo ridículo. ¿Qué importancia tiene que una mujer se ponga dos veces el mismo vestido? Salvo para demostrar que su marido es lo suficientemente rico como para comprarle más ropa de la que una persona pueda necesitar.

El ama de llaves le dirigió una mirada compasiva.

—¿Quiere que la acompañe al apartamento, señora Rutledge?

—No, gracias. Regresaré por el pasillo de servicio. No me verá ningún huésped.

—No debería andar por el hotel sin acompañante —dijo Valentine.

Poppy suspiró con impaciencia.

—¿Señor Valentine?

—¿Sí?

—Quiero volver al apartamento sola. Si tampoco puedo hacer eso, este hotel comenzará a parecerme una prisión.

Él asintió con la cabeza con renuente comprensión.

—Gracias —murmuró. Despidiéndose de los chefs y del ama de llaves, Poppy abandonó la cocina.

Jake Valentine se removió con inquietud mientras los demás lo fulminaban con la mirada.

—Lo siento —masculló—, pero el señor Rutledge ha decidido que su esposa no debe confraternizar con los empleados. Dice que de esa manera sólo conseguiría que fuésemos menos productivos y que ella debería ocupar su tiempo en cosas más apropiadas.

Aunque la señora Pennywhistle no era de las que estaba dispuesta a criticar al patrón, adoptó una expresión tensa y molesta.

—¿Haciendo qué? —preguntó lacónicamente—. ¿Comprando cosas que la señora ni necesita ni quiere? ¿Leyendo revistas de moda? ¿Paseando a caballo por el parque con la única compañía de un lacayo? No dudo de que muchas esposas se sentirían muy felices llevando una existencia tan solitaria y vacía. Pero esa joven siempre ha estado muy unida a su familia y está acostumbrada a recibir mucho amor por parte de sus seres queridos. Necesita a alguien que comparta las cosas con ella... un compañero. Necesita un marido.

—Ya tiene un marido —protestó Jake.

El ama de llaves entrecerró los ojos.

—Valentine, ¿acaso no ha notado nada raro en su relación?

—No, y no es apropiado que discutamos al respecto.

Monsieur Broussard miró a la señora Pennywhistle con agudo interés.

—Yo soy francés —dijo—, no tengo ningún problema en hablar de ello.

—Sospecho que todavía no han mantenido relaciones conyugales —dijo la señora Pennywhistle en voz baja, atenta a las fregonas que lavaban las cazuelas en la habitación contigua.

—¡Escúcheme bien, señora...! —comenzó a protestar Jake, indignado ante aquella violación de la privacidad de su patrón.

—Tómese uno de éstos, *mon ami* —dijo Broussard, ofreciéndole uno de los postres. Mientras Jake se sentaba y cogía una cuchara, el chef le dirigió a la señora Pennywhistle una mirada alentadora—. ¿Así que tiene la impresión de que él aún no ha probado... er... el berro?

—¿El berro? —repitió Jake, con incredulidad.

—*Cresson*. —Broussard le lanzó una mirada de superioridad—. Es una metáfora. Y mucho más agradable que las metáforas que se usan en inglés para la misma cosa.

—Yo no uso metáforas —masculló Jake.

—*Bien sûr*, eso es porque usted no tiene imaginación. —El chef se volvió hacia el ama de llaves—. ¿Por qué sospecha que *monsieur et madame* Rutledge no han mantenido relaciones conyugales todavía?

—Por las sábanas —dijo ella sucintamente.

Jake casi se atragantó con el postre.

—¿Ha hecho que las doncellas les espíen? —preguntó, tragando a duras penas un bocado del crujiente pastel.

—Por supuesto que no —dijo el ama de llaves a la defensiva—. Es sólo que las doncellas me cuentan todo lo que ocurre. Y aunque no lo hicieran, no hacen falta grandes dotes de observación para darse cuenta de que el señor y la señora Rutledge no se comportan como un matrimonio normal.

El chef parecía profundamente preocupado.

—Pero ¿cree que existe un problema con la zanahoria?

—Berro, zanahoria... ¿Es que todo se reduce a comida para usted? —le preguntó Jake.

El chef se encogió de hombros.

—*Oui*.

—Bueno —dijo Jake, con evidente mal humor—. Hay una larga lista de antiguas amantes del señor Rutledge que sin duda testificarían que no ocurre nada malo con su zanahoria.

—*Alors*, él es un hombre viril... Ella, una mujer hermosa... ¿Por qué no hacen una ensalada juntos?

Jake detuvo la cuchara a medio camino de sus labios al recordar el asunto de la carta de Bayning y la cita secreta entre Harry Rutledge y el vizconde Andover.

—Creo —dijo con inquietud— que para conseguir que la señora Rutledge se casara con él, el señor Rutledge tuvo... bueno, manipuló los acontecimientos para que las cosas salieran de la manera que él quería. Y que lo hizo sin tener en consideración los sentimientos de la señora Rutledge.

Los demás le miraron sin comprender.

El chef Rupert fue el primero en hablar.

—Pero eso es lo que hace con todo el mundo.

—Pues al parecer a la señora Rutledge no le gustó que lo hiciera —masculló Jake.

La señora Pennywhistle apoyó la barbilla en una mano y con aire pensativo tamborileó los dedos sobre la mandíbula.

—Creo que ella ejerce una buena influencia en él, o la ejercería si estuviera dispuesta a hacerlo.

—Nada —dijo Jake con firmeza— cambiará nunca a Harry Rutledge.

—Bueno —dijo pensativa el ama de llaves—, eso sería posible si ambos recibieran un poco de ayuda.

—¿De quién? —preguntó el chef Rupert.

—De nuestra parte —respondió el ama de llaves—. Que el patrón sea feliz nos beneficia a todos, ¿no estáis de acuerdo?

—No —dijo Jake con firmeza—. Jamás he conocido a alguien más reacio a ser feliz que Harry Rutledge. No sabría cómo.

—Razón de más para que lo intente —declaró la señora Pennywhistle.

Jake le lanzó una mirada de advertencia.

—No vamos a entrometernos en la vida personal del señor Rutledge. Os lo prohíbo categóricamente.

16

Poppy estaba sentada en el tocador, empolvándose la nariz y aplicándose un poco de bálsamo de pétalos de rosa en los labios. Esa noche, Harry y ella ofrecerían una cena en los comedores privados; un evento rígido y formal al que asistirían diplomáticos extranjeros y altos cargos del gobierno para rendir homenaje al monarca de Prusia, el rey Federico Guillermo IV, que estaba de visita en Londres. La señora Pennywhistle le había mostrado a Poppy el menú y ella había comentado con ironía que, constando de diez platos como constaba, lo más seguro era que la cena durara hasta medianoche.

Poppy se había puesto su mejor vestido, uno de seda color violeta que lanzaba iridiscencias azules y rosas cada vez que la luz incidía sobre él. Aquel color único era el resultado de un nuevo tinte sintético, y era tan deslumbrante y llamativo que la prenda apenas requería adornos. El corpiño era ceñido y dejaba al descubierto los hombros, y las faldas, con amplias capas, crujían suavemente cada vez que ella se movía.

Harry apareció en la puerta justo cuando Poppy dejaba la polvera sobre el tocador y la observó con detenimiento.

—Ninguna mujer podrá compararse contigo esta noche —murmuró él.

Poppy sonrió y le dio las gracias por el cumplido.

—Tú también estás muy elegante —dijo la joven, aunque «elegante» no era la palabra que mejor definía a su marido.

Harry estaba guapísimo vestido con un traje de gala negro, una corbata de un blanco impoluto y los zapatos negros y brillantes. Vestía aquella ropa con absoluta naturalidad, con tal elegancia cautivadora, que era fácil olvidar lo calculador que era.

—¿Ya es hora de bajar? —preguntó Poppy.

Harry se sacó el reloj del bolsillo y consultó la hora.

—Faltan catorce... no, trece minutos.

Poppy arqueó las cejas al ver lo estropeado y arañado que estaba el reloj.

—Dios mío, ¿lo tienes desde hace mucho tiempo?

Él vaciló antes de enseñárselo. Poppy cogió el objeto con mucho cuidado. El reloj era pequeño pero pesado, y la cubierta de oro conservaba el calor del cuerpo de Harry. La abrió y observó que el metal estaba lleno de arañazos y que no tenía ninguna inscripción ni adorno.

—¿Dónde lo compraste? —preguntó ella.

Harry se metió el reloj en el bolsillo con una expresión inescrutable en el rostro.

—Era de mi padre. Me lo dio el día que le dije que me marchaba a Londres. Me dijo que su padre se lo había regalado años antes, junto con el consejo de que cuando se convirtiera en un hombre de éxito, lo celebrara comprándose uno mejor que éste. Así que mi padre me lo entregó a mí con el mismo consejo.

—¿Y nunca te has comprado uno?

Harry negó con la cabeza.

Poppy esbozó una sonrisa, desconcertada.

—Pues creo que has conseguido el suficiente éxito para merecerte uno nuevo.

—Todavía no.

Poppy pensó que no lo decía en serio, pero no había ni rastro de humor en la expresión de Harry. Preocupada y fascinada a la vez, la joven se preguntó cuánta más riqueza tendría intención de ganar su marido, cuánto más poder querría acumular, antes de que lo considerara suficiente.

Quizás el término «suficiente» no existiera en el vocabulario de Harry Rutledge.

Estaba ensimismada en sus pensamientos cuando él sacó algo de uno de los bolsillos de la chaqueta, una caja rectangular de piel.

—Tengo un regalo para ti —dijo Harry, ofreciéndosela.

Ella agrandó los ojos, sorprendida.

—No es necesario que me regales nada. Gracias. No esperaba que... Oh. —Eso fue todo lo que pudo decir al abrir la caja y ver el collar de diamantes sobre un lecho de terciopelo tan resplandeciente como el fuego. Tenía la forma de una pesada guirnalda de flores centelleantes y tréboles de cuatro hojas.

—¿Te gusta? —preguntó Harry con aire despreocupado.

—Sí, por supuesto que sí. Es... impresionante. —Poppy jamás había imaginado poseer una joya como ésa. El único collar que tenía era una cadena con una perla—. ¿Quieres... quieres que me lo ponga esta noche?

—Creo que quedará bien con ese vestido. —Harry cogió el collar del estuche, se puso detrás de Poppy y se lo abrochó con delicadeza alrededor del cuello. El tacto frío de los diamantes y el cálido roce de sus dedos en la nuca hicieron que la joven se estremeciera. Harry permaneció detrás de ella, y le acarició con suavidad la línea del cuello, deslizando las manos lentamente por los hombros desnudos de la joven—. Precioso —murmuró él—, aunque no hay nada tan hermoso como tu piel desnuda.

Poppy lanzó una mirada al espejo, no a su cara ruborizada, sino a las manos de su marido sobre su piel. Los dos observaron el reflejo inmóvil como si fueran dos figuras talladas en hielo.

Harry movió las manos con exquisita ternura, como si estuviera tocando una obra de arte de valor incalculable. Con la punta del dedo índice, trazó la línea de la clavícula de Poppy hasta el hueco en la base de la garganta.

La joven se sintió agitada y se apartó de sus manos. Se puso en pie y se giró hacia él, rodeando el taburete.

—Gracias —logró decir. Se acercó a él despacio, deslizándole los brazos alrededor de los hombros.

Era más de lo que Poppy había tenido intención de hacer, pero había algo en la expresión de Harry que le había llegado al alma. Algunas veces había observado la misma expresión en la cara de Leo cuando, siendo un niño, le habían pillado *in fraganti* haciendo alguna travesura y había ido a ver a su madre con un ramillete de flores o algún pequeño tesoro.

Harry la rodeó con los brazos, estrechándola contra su cuerpo. Él olía de una manera deliciosa, y Poppy percibió la calidez y la dureza por debajo de las capas de lino, seda y lana. Se estremeció al sentir el suave aliento de Harry contra la piel de su cuello.

Poppy cerró los ojos y se apoyó en él. Su marido la besó en la garganta, buscando la unión entre la mandíbula y el cuello. La joven se sintió subyugada por completo cuando descubrió algo sorprendente en ese abrazo: una sensación de seguridad. Sus cuerpos se amoldaban a la perfección; suavidad contra dureza, flexibilidad contra tensión. Parecía como si cada una de las curvas de Poppy encajara perfectamente en los contornos masculinos. Se sentía tan bien que no le hubiera importado en absoluto seguir abrazándole así un ratito más.

Pero Harry decidió tomar más de lo que le había ofrecido.

Llevó la mano a la cara de Poppy y se la inclinó en el ángulo adecuado para besarla. Bajó la boca con rapidez con intención de hacerlo. Pero entonces, Poppy se arqueó y se retorció para apartarse de él, casi provocando que sus cabezas chocaran entre sí.

La joven se giró para enfrentarse a él, con una rotunda negativa grabada en la cara.

El rechazo pareció irritar a Harry. Unas chispas de furia encendían sus ojos, como si Poppy estuviera siendo muy injusta con él.

—Parece que al final sí vas a montar un drama virginal.

Poppy lo miró indignada.

—No creo que apartarme porque no quiera que me beses sea montar un drama virginal.

—Un collar de diamantes por un beso. ¿No te parece un trato justo?

Las mejillas de Poppy se tiñeron de rubor.

—Agradezco tu generosidad. Pero te equivocas al pensar que

puedes negociar o comprar mis favores. No soy una de tus amantes, Harry.

—Eso es evidente. Porque a cambio de un collar como éste, una amante se acercaría a esa cama, se tumbaría allí de buena gana y me diría que hiciera con ella lo que quisiera.

—Jamás te he negado tus derechos conyugales —repuso Poppy—. Si eso es lo que quieres, me tumbaré en esa cama de buena gana y podrás hacer conmigo lo que quieras. Pero no será porque me hayas regalado un collar como si éste formara parte de una simple transacción comercial.

Lejos de sentirse aliviado, Harry la miró como si le hubiera insultado.

—Que te comportes como una mártir en un altar de sacrificio no es lo que tenía en mente.

—¿Por qué no te basta con que esté dispuesta a someterme a ti? —preguntó Poppy, con el temperamento inflamado—. ¿Por qué debo estar dispuesta a complacerte cuando no eres el marido que deseaba?

En el mismo instante en que esas palabras abandonaron sus labios, Poppy lamentó haberlas pronunciado. Pero ya era demasiado tarde. Los ojos de Harry se tornaron helados. Abrió la boca y ella se preparó mentalmente para la réplica hiriente e insultante que sabía que diría.

Pero en vez de eso, Harry se limitó a darse la vuelta y a salir de la estancia.

«Someterme.»

La palabra se quedó grabada a fuego en la mente de Harry, resonando una y otra vez.

«Someterme a ti...» Como si él fuera un sapo odioso, cuando algunas de las mujeres más hermosas de Londres habían suspirado por él. Mujeres sensuales, expertas y complacientes, con boca y manos preparadas para satisfacer sus deseos más exóticos... De hecho, podría tener a una de esas mujeres esa misma noche.

Cuando se tranquilizó lo suficiente como para pensar con claridad y comportarse con normalidad, Harry regresó al dormitorio de Poppy y le informó de que había llegado la hora de acudir a la cena. Ella le dirigió una mirada cautelosa, como si quisiera decirle algo, pero tuvo la prudencia de guardar silencio.

«No eres el marido que deseaba.»

Y jamás lo sería. Ningún tipo de artimaña o manipulación cambiaría ese hecho.

Pero Harry no pensaba rendirse. Poppy era legalmente suya, y Dios sabía que tenía el dinero de su parte. El tiempo se encargaría del resto.

La cena fue todo un éxito. Cada vez que Harry miraba al otro lado de la larga mesa, observaba que Poppy se desenvolvía a la perfección. Estaba relajada y sonriente, y tomaba parte activa en la conversación, encandilando a sus compañeros de mesa. Justo lo que Harry había esperado: las mismas cualidades que se consideraban defectos en una joven soltera, eran admiradas en una mujer casada. Las agudas observaciones de su esposa y su participación en los animados debates de los comensales la hacían mucho más interesante que cualquier joven debutante de la sociedad que se limitara a permanecer sentada con la mirada baja.

Poppy estaba arrebatadora con ese vestido violeta, el esbelto cuello adornado con diamantes y aquel hermoso cabello que brillaba como un fuego oscuro. La naturaleza la había bendecido con una deslumbrante belleza. Pero era su sonrisa lo que la hacía irresistible: una sonrisa dulce y brillante que calentaba por dentro.

Harry deseaba que le sonriera así. Como lo había hecho al principio. Ahora tenía que encontrar la manera de que volviera a sonreírle otra vez, de volver a gustarle. Todo el mundo tenía una debilidad.

Mientras tanto, Harry se conformaría con mirar a hurtadillas cada vez que pudiera a su distante y preciosa esposa, y de empaparse de las sonrisas que ella les brindaba a los demás.

A la mañana siguiente, Harry se despertó a la hora de costumbre. Se aseó, se vistió y se sentó a la mesa del desayuno para leer el periódico sin dejar de mirar la puerta de Poppy. No hubo señal de su esposa. Supuso que se levantaría más tarde, ya que se habían retirado mucho después de medianoche.

—No despiertes a la señora Rutledge —le dijo a la doncella—. Esta mañana necesita descansar.

—Sí, señor.

Harry desayunó solo, intentando concentrarse sin éxito en el periódico, pues su mirada regresaba una y otra vez a la puerta cerrada de Poppy.

Se había acostumbrado a verla todas las mañanas. Le gustaba empezar el día desayunando con ella. Pero Harry era consciente de que había sido muy grosero con ella el día anterior, regalándole una joya y exigiéndole a cambio una compensación. Debería haberlo pensado mejor.

Pero el caso era que deseaba a su esposa con locura. Y estaba acostumbrado a salirse con la suya, en especial en lo que a mujeres se refería. Pensó que no le vendría mal aprender a tener en cuenta los sentimientos de los demás.

Sobre todo, si con ello conseguía lo que quería con más rapidez.

Después de recibir los informes matutinos de Jake Valentine, Harry lo acompañó al sótano del hotel para evaluar los daños producidos por un desagüe defectuoso que había provocado una pequeña inundación.

—Necesitaré un presupuesto de reparación —dijo Harry—, y también quiero un inventario de los artículos dañados.

—Sí, señor —respondió Valentine—. Por desgracia, teníamos almacenadas unas alfombras turcas, pero no sé si las manchas...

—¡Señor Rutledge! —gritó una agitada criada que bajaba la escalera y se acercaba a ellos corriendo. La muchacha apenas podía hablar por la respiración entrecortada—. La señora Pennywhistle me ha dicho que... viniera a decirle que... la señora Rutledge...

Harry le lanzó una mirada severa a la criada.

—¿Qué ha ocurrido?

—La señora Rutledge se ha lesionado, señor... Se ha caído...

—¿Dónde está? —preguntó Harry, alarmado.

—En el apartamento, señor.

—Avise al médico —le ordenó Harry a Valentine, y se lanzó corriendo hacia la escalera, subiendo los escalones de tres en tres. Para cuando llegó al apartamento, era presa del pánico. Intentó contenerlo para poder pensar con claridad. Había un montón de doncellas ante la puerta, y se abrió paso entre ellas para entrar en la habitación principal—. ¿Poppy?

—Estamos aquí, señor Rutledge —dijo la señora Pennywhistle desde el cuarto de baño.

Harry alcanzó el cuarto de baño en tres zancadas. Se le encogió el estómago de miedo cuando vio a Poppy en el suelo, recostada en los fuertes brazos del ama de llaves. La habían envuelto en una toalla para preservar su modestia, pero tenía las piernas y los brazos vulnerables y expuestos en contraste con las duras baldosas grises del suelo.

Harry se arrodilló a su lado.

—Poppy, ¿qué ha sucedido?

—Lo siento. —Parecía dolorida, avergonzada y contrita—. Ha sido algo absurdo. Al salir de la bañera resbalé y me caí al suelo.

—Gracias a Dios una de las criadas vino a retirar los platos del desayuno —le dijo la señora Pennywhistle— y oyó gritar a la señora Rutledge.

—Estoy bien —dijo Poppy—. Sólo me he torcido un poco el tobillo. —Le lanzó al ama de llaves una mirada suavemente reprobatoria—. Y soy perfectamente capaz de levantarme, pero la señora Pennywhistle no me deja.

—Me asustaba que se hiciera mas daño si la ayudaba a moverse —le explicó el ama de llaves a Harry.

—Ha hecho bien al no dejar que se levante —respondió Harry, examinando la pierna de Poppy. El tobillo estaba amoratado y comenzaba a hincharse. Incluso el más leve roce de los dedos de su marido hacía que la joven diera un respingo y contuviera la respiración.

—No creo que necesite un médico —dijo Poppy—. Con un pequeño vendaje y un té de corteza de sauce, yo...

—Oh, por supuesto que verás a un médico —dijo Harry, inundado por una sombría preocupación. Observó la cara de Poppy, que estaba manchada de lágrimas, y extendió una mano hacia ella para acariciarle la mejilla con suma ternura. Tenía la piel tan suave como la de un bebé y una marca roja en el centro del labio inferior, donde debía de haberse mordido.

Fuera lo que fuese lo que ella vio en su expresión, provocó que se le dilataran las pupilas y que se le enrojecieran las mejillas.

La señora Pennywhistle se levantó del suelo.

—Bueno —dijo con determinación—, ahora que está usted a cargo, señor Rutledge, iré a buscar vendajes y un bálsamo. Será mejor que nos encarguemos de ese tobillo hasta que llegue el médico.

—Sí —dijo Harry lacónicamente—. Y, por favor, avise a otro médico. Me gustaría tener una segunda opinión.

—Sí, señor. —El ama de llaves se apresuró a cumplir su orden.

—Pero si ni siquiera tenemos una primera opinión —protestó Poppy—. Estás haciendo una montaña de un grano de arena. No es más que un simple esguince, y... pero ¿qué haces?

Harry le había puesto dos dedos sobre el pie, dos centímetros por debajo del tobillo para comprobarle el pulso.

—Asegurarme de que no se te ha cortado la circulación.

Poppy puso los ojos en blanco.

—Dios mío, lo único que necesito es sentarme en algún sitio y tener el pie en alto.

—Voy a llevarte a la cama —dijo él, deslizándole un brazo por la espalda y otro bajo las rodillas—. ¿Puedes rodearme el cuello con los brazos?

Poppy se sonrojó de los pies a la cabeza y le obedeció con un murmullo ahogado. Él la levantó en brazos con sumo cuidado. Poppy se retorció un poco cuando notó que la toalla se deslizaba de su cuerpo y soltó un gemido ahogado de dolor.

—¿Te he hecho daño en la pierna? —le preguntó Harry, preocupado.

—No. Creo... —dijo avergonzada—, creo que también me he hecho daño en la espalda.

Harry masculló algunas imprecaciones que hicieron que ella arqueara las cejas, y la llevó al dormitorio.

—De ahora en adelante —le dijo con severidad—, no debes salir de la bañera a menos que alguien te ayude.

—No puedo hacer eso —protestó ella.

—¿Por qué no?

—No necesito que nadie me ayude a bañarme. ¡No soy una niña!

—Créeme —dijo Harry—, soy muy consciente de eso. —La dejó suavemente sobre la cama y la tapó con las mantas. Después de retirar la toalla húmeda, le colocó las almohadas—. ¿Dónde guardas los camisones?

—En el último cajón del tocador.

Harry se acercó al tocador, abrió el cajón de golpe y sacó un camisón blanco. Regresó junto a la cama y ayudó a Poppy a ponérselo, torciendo el gesto con preocupación cada vez que ella daba un respingo al moverse. Necesitaba algo para el dolor. Necesitaba un médico.

¿Por qué demonios no había más movimiento en el apartamento? Quería ver a todo el mundo yendo y viniendo de aquí para allá como si le fuera la vida en ello. Quería ver acción.

Después de arroparla en la cama, salió con rapidez de la estancia.

Había tres doncellas en el pasillo, cuchicheando entre ellas. Harry las miró con el ceño fruncido y las tres criadas palidecieron a la vez.

—¿S-señor? —preguntó una de ellas con nerviosismo.

—¿Por qué estáis aquí paradas sin hacer nada? —exigió saber—. ¿Y dónde se ha metido la señora Pennywhistle? ¡Quiero que una de vosotras vaya a buscarla de inmediato y que le diga que se dé prisa! Y quiero que las otras dos comiencen a traer cosas.

—¿Qué cosas, señor? —se atrevió a preguntar una.

—Cosas para la señora Rutledge. Una bolsa de agua caliente. Hielo. Láudano. Un servicio de té. Un libro. Me importa un bledo lo que traigáis, pero ¡traedlo ya!

Las doncellas salieron corriendo como ardillas aterradas.

Transcurrió medio minuto y siguió sin aparecer nadie.

¿Dónde diablos estaba el médico? ¿Por qué todo el mundo tardaba tanto en cumplir sus órdenes?

Oyó que Poppy le llamaba y giró sobre sus talones para volver a entrar corriendo en el apartamento. Estuvo junto a la cabecera de la cama en un instante.

Poppy estaba acurrucada bajo las mantas, completamente inmóvil.

—Harry —le dijo con la voz amortiguada—, ¿estás gritándole a todo el mundo?

—No —se apresuró a decir él.

—Bien. Porque esto no es un problema grave y desde luego no es necesario que...

—Para mí sí que es grave.

Poppy apartó las mantas con una expresión de dolor en la cara y lo miró como si él fuera un completo desconocido. Una débil sonrisa asomó a sus labios. Alargó la mano lentamente hacia la de Harry y la tomó entre sus pequeños dedos.

Aquel simple gesto provocó algo extraño en el corazón de Harry. Los latidos de su corazón adquirieron un ritmo errático y el pecho se le calentó con una emoción desconocida. Envolvió la mano de Poppy con la suya y la apretó suavemente. Quería tomarla entre sus brazos, no como un acto de pasión, sino de consuelo. Pero sabía que lo último que ella quería era que la abrazara.

—Volveré enseguida —dijo él, saliendo a zancadas de la habitación. Se dirigió con rapidez al aparador de la biblioteca y sirvió una copita de brandy francés. Luego se lo llevó a Poppy—. Prueba esto. Te sentirás mejor.

—¿Qué es?

—Brandy.

Ella intentó incorporarse, pero con cada movimiento que hacía daba un respingo.

—No creo que me guste.

—No tiene por qué gustarte. Sólo tienes que bebértelo. —Harry intentó ayudarla, pero se sentía inexplicablemente torpe. Él, que siempre se conducía con las mujeres con absoluta confianza. Con sumo cuidado le puso otra almohada detrás de la espalda.

Ella tomó un sorbo de brandy y torció el gesto.

—¡Uf!

Si Harry no hubiera estado tan preocupado, le habría resultado divertido ver la reacción de Poppy ante el brandy, un licor que tenía por lo menos cien años. Mientras ella continuaba tomándoselo poco a poco, Harry colocó una silla al lado de la cama.

Para cuando Poppy terminó de tomarse el brandy, la mayor parte de las líneas de tensión que le surcaban la cara había desaparecido.

—La verdad es que me ha ayudado un poco —dijo ella—. Todavía me duele el tobillo, pero ya no lo noto tanto.

Harry le quitó la copa y la dejó a un lado.

—Eso es bueno —le dijo con suavidad—. ¿Te importa si te dejo sola un momento?

—Sí, si tu intención es volver a gritarle al personal. Están haciendo todo lo que pueden, Harry, así que preferiría que te quedases conmigo —dijo, volviendo a cogerle la mano.

Y allí estaba de nuevo aquel desconcertante sentimiento. Era como si las piezas de un puzle hubieran encajado en su lugar. Por un lado, una conexión inocente, y por otro, enormemente satisfactoria.

—¿Harry? —La tierna manera en que ella pronunció su nombre hizo que se le pusiera la piel de gallina.

—¿Sí, cariño? —le preguntó con voz ronca.

—¿Me... me darías un masaje en la espalda?

Harry intentó ocultar su reacción.

—Por supuesto —dijo él, esforzándose por sonar despreocupado—. ¿Puedes ponerte de lado? —Alargó los brazos hacia la parte inferior de la espalda de Poppy y encontró los rígidos músculos a ambos lados de la columna. Ella apartó las almohadas y se tumbó boca abajo. Él subió las manos hasta los hombros de su esposa, masajeándole los músculos tensos.

Ella gimió suavemente, y Harry se detuvo.

—Sí, ahí —dijo ella, con una voz tan llena de placer que impactó directamente en la ingle de Harry. Él continuó masajeándole la espalda, destensándole los músculos con los dedos. Poppy suspiró profundamente—. Te estoy apartando del trabajo.

—No tenía nada previsto.

—Siempre tienes mil cosas previstas.

—Ninguna es más importante que tú.

—Casi suenas sincero.

—Porque soy sincero, ¿por qué no iba a serlo?

—Porque tu trabajo es lo más importante para ti, incluso más que las personas que te rodean.

Molesto, Harry apretó los labios y continuó dándole el masaje.

—Lo siento —dijo Poppy un minuto después—. No quería decir eso. No sé por qué lo he dicho.

Las palabras fueron un bálsamo instantáneo para la rabia contenida de Harry.

—Estás dolorida y achispada. No pasa nada.

En ese momento, les llegó la voz de la señora Pennywhistle desde el umbral.

—Ya estoy aquí. Espero que esto sea suficiente hasta que llegue el médico. —Llevaba una bandeja llena de suministros que incluía vendajes de lino enrollados, un bote de bálsamo y un par de grandes hojas verdes.

—¿Para qué son esas hojas? —preguntó Harry, cogiendo una y lanzándole una mirada inquisitiva al ama de llaves—. ¿Es col?

—Es un remedio muy efectivo —le explicó la señora Pennywhistle—. Reduce la hinchazón y hace desaparecer el moratón. Sólo hay que asegurarse de romper el nervio de la hoja y aplastarla un poco, luego se envuelve el tobillo con ella y se pone el vendaje.

—No quiero oler a col —protestó Poppy.

Harry le lanzó una mirada severa.

—Me importa un bledo a qué huelas, si así te pones mejor.

—¡Lo dices porque no eres tú quien tiene que llevar una hoja de col en la pierna!

Pero, como era de esperar, él se salió con la suya y Poppy aceptó de mala gana que le pusieran la cataplasma.

—Ya está —dijo Harry, en cuanto terminó de vendarle el pie. Luego le bajó el dobladillo del camisón sobre las rodillas—. Señora Pennywhistle, si no le importa...

—Sí, iré a ver si ha llegado el médico. Y de paso tendré una breve charla con las doncellas. Por alguna extraña razón se han dedicado a apilar objetos de lo más pintorescos cerca de la puerta...

Efectivamente, el médico había llegado. Como hombre estoico que era, ignoró el comentario que Harry masculló entre dientes sobre que esperaba, por el bien de todos, que no siempre tardara una eternidad en atender una emergencia médica, pues era muy probable que la mitad de sus pacientes murieran antes de que pudiera verlos.

Tras examinar el tobillo de Poppy, el médico diagnosticó un esguince leve y recetó unas compresas frías para la hinchazón. Además dejó un tónico para el dolor, un tarro de linimento para la lesión muscular que Poppy había sufrido en el hombro y la recomendación de que la señora Rutledge debía descansar.

De no ser por lo incómoda que se sentía, Poppy hubiera disfrutado mucho del resto del día. Al parecer, Harry había decidido que todos debían desvivirse por ella. El chef Broussard les envió una bandeja con dulces, fruta fresca y huevos revueltos. La señora Pennywhistle le llevó una selección de cojines para que estuviera más cómoda. Harry había enviado a uno de los lacayos a la librería, y éste había regresado cargado con las últimas publicaciones.

Poco después, una criada le llevó a Poppy una bandeja con varias cajas atadas con lazos. Tras abrirlas, la joven descubrió que una estaba llena de caramelos, otra con dulces y otra con unos confites gelatinosos recubiertos de azúcar. Pero la mejor de todas era la que estaba llena de un nuevo dulce llamado «Delicias de chocolate» que había estado muy de moda en la Exposición Universal de Londres.

—¿De dónde lo has sacado? —le preguntó Poppy a Harry cuando él regresó a la habitación después de una breve visita a las oficinas principales.

—De la confitería.

—No, me refiero a éstos —dijo Poppy enseñándole la caja de chocolate—. Nadie puede conseguirlos. Los fabricantes, Fellows and Son, han cerrado la tienda mientras trasladan el negocio a una nueva ubicación. Las damas del rastrillo estuvieron comentándolo en el almuerzo.

—Envié a Valentine a casa de los Fellows para encargarle un lote para ti. —Harry sonrió cuando vio los papeles de las pequeñas porciones de chocolate esparcidos sobre el cubrecama—. Ya veo que los has probado.

—Toma uno —le ofreció Poppy generosamente.

Harry negó con la cabeza.

—No me gustan los dulces. —Pero, cuando le hizo gestos para que se acercara, la obedeció y se inclinó sobre ella. Poppy le agarró por el nudo de la corbata.

La sonrisa de Harry se desvaneció cuando ella ejerció una suave presión en la corbata para acercarlo más, hasta que quedó suspendido sobre ella, todo músculos y virilidad. Cuando Poppy mezcló su dulce aliento con el de él, sintió que Harry se estremecía profundamente y entonces se dio cuenta de que había un nuevo equilibrio entre ellos, una armonía entre voluntad y curiosidad. Harry se quedó quieto, permitiendo que la joven hiciera lo que deseara.

Ella lo atrajo más hacia sí hasta que le rozó la boca con la suya. El contacto fue breve pero intenso, y provocó una ardiente llamarada de deseo.

Poppy le soltó lentamente, y Harry se incorporó.

—¿No me besas por diamantes —dijo él con la voz algo ronca—, pero sí por chocolate?

Poppy asintió con la cabeza.

Cuando Harry giró la cara, ella observó que su mejilla se contraía con una sonrisa.

—Entonces, ordenaré que te los traigan a diario.

17

Acostumbrado como estaba a programar el horario de todo el mundo, Harry dio por sentado que Poppy permitiría que hiciera lo mismo con ella. Cuando la joven le dijo que prefería planificar ella misma sus actividades diarias, Harry le respondió que como siguiera insistiendo en socializar con el personal del hotel, él le encontraría mejores tareas en las que ocupar el tiempo.

—Pero a mí me gusta pasar tiempo con ellos —protestó Poppy—. No puedo tratar a todos los que viven y trabajan aquí como si fueran los engranajes de una máquina.

—El hotel lleva muchos años funcionando de esta manera —dijo Harry—, y no es algo que vaya a cambiar ahora. Como ya te he dicho, acabarás creando un problema administrativo si te empeñas en alternar con los empleados. De hoy en adelante, no quiero que visites las cocinas. Ni que charles con el jardinero mientras poda las rosas. Ni que tomes té con el ama de llaves.

Poppy frunció el ceño.

—¿Alguna vez se te ha ocurrido pensar que tus empleados son personas con pensamientos y sentimientos? ¿Te has molestado en preguntarle a la señora Pennywhistle si se le ha curado ya la mano?

Ahora fue el turno de Harry de fruncir el ceño.

—¿Qué le pasa en la mano?

—Se pilló accidentalmente los dedos con una puerta. ¿Y cuándo ha sido la última vez que el señor Valentine se fue de vacaciones?

Harry le dirigió una mirada inexpresiva.

—Pues hace tres años —dijo Poppy—. Incluso las doncellas se van de vacaciones para ver a sus familias, o para ir al campo. Pero el señor Valentine está tan volcado en su trabajo que no se toma tiempo libre. Y estoy segura de que tú ni siquiera se lo has agradecido.

—Le pago un sueldo —dijo Harry con indignación—. ¿Por qué demonios te interesa tanto la vida personal de los empleados del hotel?

—Porque soy incapaz de vivir con gente y verla cada día sin preocuparme por ella.

—¡Entonces preocúpate por mi!

—¿Quieres que me preocupe por ti? —El tono de incredulidad de la joven pareció molestar a Harry.

—Quiero que te comportes como una esposa.

—Entonces deja de intentar controlarme como haces con todo el mundo. Hasta ahora, no me has permitido tomar ni una sola decisión. ¡Ni siquiera me has permitido decidir si quería casarme contigo o no!

—Ah, por fin llegamos al meollo de la cuestión —dijo Harry—. Jamás dejarás de echarme en cara que te haya arrancado de los brazos de Michael Bayning. ¿A que no se te ha ocurrido pensar que él no está lamentando la pérdida tanto como tú?

Poppy entrecerró los ojos con suspicacia.

—¿A qué te refieres?

—A que ha encontrado consuelo en los brazos de otras mujeres desde que nos casamos. No ha tardado nada en ser conocido como el mayor putero de la ciudad.

—No te creo —dijo Poppy, palideciendo. No era posible. No podía concebir que Michael, «su Michael», se comportara de esa manera.

—Y eso no es todo —continuó Harry sin piedad—. Bebe, juega a las cartas y malgasta el dinero. Y sólo Dios sabe la cantidad de enfermedades venéreas que ha contraído a estas alturas en los burdeles. Quizá te consuele pensar que después de todo eso es probable que el vizconde lamente haber tomado la decisión de prohibir un enlace entre su hijo y tú. A este paso, Bayning no vivirá el tiempo suficiente para heredar el título.

—Estás mintiendo.

—Pregúntale a tu hermano. Deberías agradecérmelo. Porque por mucho que me desprecies, cariño, he resultado ser un partido mucho mejor que Michael Bayning.

—¿De verdad crees que debería agradecértelo? —preguntó Poppy con acritud—. ¿Después de lo que tu actitud ha empujado hacer a Michael? —Esbozando una sonrisa aturdida, la joven meneó la cabeza. Se llevó las manos a las sienes como si estuviera sufriendo un terrible dolor de cabeza—. Tengo que ir a verle. Debo hablar con él y... —Se interrumpió cuando él la retuvo sujetándole los brazos con tanta fuerza que casi le hizo daño.

—Inténtalo —dijo Harry con suavidad—, y los dos lo lamentaréis.

Zafándose de sus manos, Poppy clavó la mirada en esos rasgos duros y pensó: «Éste es el hombre con el que me he casado.»

Incapaz de aguantar ni un minuto más la proximidad de su esposa, Harry se marchó al club de esgrima. Necesitaba encontrar a alguien, a quien fuera, con quien entrenar, e iba a hacerlo hasta que le dolieran los músculos y hubiera desaparecido la frustración que sentía. Estaba a punto de volverse loco de deseo. Pero no quería que Poppy se acostara con él por obligación. Quería que se entregara porque lo deseaba. Quería que fuera tierna y cariñosa, igual que lo habría sido con Michael Bayning de haber tenido la oportunidad. Que lo condenaran si pensaba aceptar menos que eso.

Hasta ese momento, jamás había deseado a una mujer que no hubiera conseguido. ¿Por qué tenía tantas dificultades para seducir a su esposa? Su deseo por ella era cada vez mayor, mientras que su habilidad para seducirla menguaba de manera proporcional.

El único y breve beso que ella le había dado había sido mucho más placentero que cualquier noche pasada con otra mujer. Podría intentar aliviar sus necesidades con otra, pero sabía que eso no le satisfaría de ninguna manera. Quería algo que sólo Poppy parecía capaz de darle.

Harry se pasó dos horas en el club, batiéndose en un duelo tras otro a la velocidad del rayo, hasta que el profesor de esgrima se había negado a dejarle continuar.

—Basta ya, Rutledge.

—Quiero seguir practicando —dijo Harry, arrancándose la máscara. El pecho le subía y le bajaba por la respiración acelerada.

—Y yo digo que ya es suficiente por hoy. —El profesor se acercó a él y agregó en voz baja—: Está usando la fuerza bruta en vez de la cabeza. Este deporte requiere de precisión y control, y esta tarde carece de ambos.

—Deme otra oportunidad y le demostraré que está equivocado —dijo con voz calmada a pesar de sentirse ofendido.

El profesor negó con la cabeza.

—Si le dejo continuar, hay muchas posibilidades de que ocurra un accidente. Váyase a casa, amigo. Descanse. Parece cansado.

Harry regresó tarde al hotel. Todavía vestido con la ropa de esgrima, entró por la puerta de atrás. Antes de que pudiera subir por la escalera de servicio que conducía al apartamento, Jake Valentine le salió al encuentro.

—Buenas noches, señor Rutledge. ¿Qué tal el entrenamiento?

—Mejor no hablar de ello —dijo Harry. Entrecerró los ojos al ver la tensa expresión de su ayudante—. ¿Ocurre algo, Valentine?

—Me temo que tenemos un problema de mantenimiento.

—¿Qué clase de problema?

—El carpintero estaba arreglando una sección de suelo en la suite situada justo encima de la habitación de la señora Rutledge. Al parecer, el último huésped que se alojó allí se quejó de que la madera rechinaba, y... yo...

—¿Mi esposa está bien? —le interrumpió Harry.

—Oh, sí, señor. Perdón, no tenía intención de preocuparle. La señora Rutledge está perfectamente. Pero, por desgracia, el carpintero tuvo la mala suerte de estropear una tubería de la instalación de fontanería. Hemos tenido que abrir un agujero en el techo de la habitación de su esposa para dar con la tubería dañada y detener la inundación. Me temo que la cama y la alfombra se han echado a perder. La habitación ha quedado inhabitable.

—Maldita sea —masculló Harry, pasándose una mano por el pelo húmedo de sudor—. ¿Cuántos días durarán las reparaciones?

—Pues calculamos que dos o tres. El ruido será indudablemente una molestia para algunos huéspedes.

—Discúlpese en nombre del hotel y reduzca sus facturas.

—Sí, señor.

Irritado, Harry se dio cuenta de que Poppy tendría que alojarse en su dormitorio. Lo que quería decir que él tendría que buscar otro lugar para dormir.

—Mientras tanto me alojaré en una suite de huéspedes —dijo—. ¿Cuáles están disponibles?

Valentine lo observó sin expresión en el rostro.

—Me temo que esta noche estamos completos, señor.

—¿No hay ni una sola habitación libre? ¿En todo el hotel?

—No, señor.

Harry le miró con el ceño fruncido.

—Entonces, haz que pongan una cama supletoria en el apartamento.

Ahora el ayudante pareció avergonzado.

—Ya lo había pensado, señor. Pero no nos quedan camas supletorias. Teníamos tres, una de las cuales fue instalada en una de las habitaciones de huéspedes, mientras que las otras dos fueron prestadas al Hotel Brown a principios de semana.

—¿Y por qué se hizo tal cosa? —preguntó Harry con incredulidad.

—Fue usted quien me dijo que si el señor Brown nos pedía un favor, le complaciéramos en la medida de nuestras posibilidades.

—¡Le hago demasiados condenados favores a la gente! —maldijo Harry.

—Sí, señor.

Harry consideró sus alternativas con rapidez. Podía alojarse en otro hotel o pedirle a un amigo que le hospedara en su casa esa noche... pero al mirar la implacable cara de Valentine, supo que aquello produciría una mala impresión. Y prefería que lo ahorcaran antes de que pensaran que no se acostaba con su esposa. Maldiciendo entre dientes, pasó rozando a su ayudante y se dirigió a la escalera de servicio, con los músculos de las piernas protestando por el dolor provocado por el implacable entrenamiento al que habían sido sometidos.

En el apartamento reinaba un ominoso silencio. ¿Estaría Poppy dormida? No. Había una lámpara encendida en su habitación. El corazón comenzó a palpitarle con fuerza mientras seguía la suave luz a través del pasillo. Al llegar a la puerta, echó un vistazo dentro.

Poppy estaba en su cama, con un libro abierto sobre el regazo.

Harry se la quedó mirando, observando el recatado camisón blanco, los delicados adornos de encaje de las mangas, y la brillante trenza que le caía sobre un hombro. La joven tenía las mejillas encendidas. Parecía suave, dulce e inocente, con las rodillas dobladas bajo las sábanas.

Un violento deseo le atravesó y le dio miedo moverse. Llegó a temer por la posibilidad de abalanzarse sobre ella sin pensar en la sensibilidad virginal de su esposa. Consternado por la intensidad de su necesidad, Harry luchó por contenerse. Se obligó a apartar los ojos de ella y a mirar fijamente el suelo recurriendo a toda su fuerza de voluntad para recobrar el control.

—Mi dormitorio sufrió daños. —Oyó que decía Poppy con embarazo—. En el techo.

—Eso me han dicho —dijo Harry en voz baja y ronca.

—Lamento causarte tantas molestias.

—No es culpa tuya. —Harry se permitió mirarla otra vez. Un error. Poppy estaba preciosa y parecía absolutamente vulnerable. Observó que su esposa tragaba saliva. Quiso raptarla. Notó que su ingle se engrosaba y calentaba por la excitación y que el pulso se le aceleraba.

—¿No puedes dormir en ningún otro sitio? —preguntó ella con dificultad.

Harry negó con la cabeza.

—El hotel está completo —dijo bruscamente.

Ella bajó la mirada al libro que tenía en el regazo y guardó silencio.

Y Harry, que siempre había presumido de tener mucha labia, contuvo las palabras con firmeza, como si fueran una pared de ladrillos que estuviera a punto de caer sobre él.

—Poppy... Tarde o temprano... Vas a tener que dejar que yo...

—Lo sé —murmuró ella, con la cabeza gacha.

La cordura de Harry comenzó a disolverse en una oleada ardiente. Iba a tomar a su esposa en ese mismo momento. Pero cuando empezó a acercarse a ella vio que apretaba el libro con tanta fuerza que las puntas de los dedos se le pusieron blancas. La joven era incapaz de mirarle a los ojos.

Poppy no le deseaba.

Harry no tenía ni puñetera idea de por qué eso le importaba tanto.

Pero lo hacía.

«Maldita fuera.»

De alguna manera, Harry logró reunir toda su fuerza de voluntad y le habló con voz fría.

—Otro día, quizá. No tengo paciencia para instruirte esta noche.

Abandonó el dormitorio y se dirigió al cuarto de baño, donde se lavó y remojó con agua fría repetidas veces.

—¿Y bien? —le preguntó el chef Broussard a Jake Valentine cuando éste entró en la cocina a la mañana siguiente.

La señora Pennywhistle y el chef Rupert, que estaban parados junto a una larga mesa, le miraron con impaciencia.

—Ya les dije que era una mala idea —dijo Jake, fulminándolos con la mirada. Se sentó en un taburete, cogió un cruasán caliente de una bandeja de dulces y se metió la mitad en la boca.

—¿No ha funcionado? —preguntó el ama de llaves con suavidad.

Jake negó con la cabeza, tragando el cruasán e indicando con un gesto que le sirvieran una taza de té. La señora Pennywhistle vertió el líquido humeante en la taza, le agregó un terrón de azúcar y se la dio.

—Por lo que he podido observar —gruñó Jake—, Rutledge se pasó la noche en el sofá. Jamás le había visto de tan mal humor. Casi me arranca la cabeza cuando fui a llevarle los informes de los gerentes de planta.

—Oh, querido —murmuró la señora Pennywhistle.

Broussard negó con la cabeza con incredulidad.

—Pero ¿qué narices les pasa a los británicos?

—Rutledge no es británico, nació en América —le espetó Jake.

—Ah, cierto —dijo Broussard, recordando aquel hecho—. Los americanos y el amor... Es como observar a un pájaro intentando volar con una sola ala.

—¿Qué vamos a hacer ahora? —preguntó el chef Rupert con preocupación.

—Nada —dijo Jake—. Nuestra intervención no sólo no ha servido de ayuda, sino que además ha empeorado la situación. Ahora apenas se hablan el uno al otro.

Poppy se pasó todo el día sumida en una profunda tristeza. Era incapaz de dejar de preocuparse por Michael, a pesar de que no podía hacer nada por él. Aunque no tenía la culpa de la infelicidad de su antiguo pretendiente, y si hubiera tenido que volver a tomar la decisión, ésta hubiera sido la misma, Poppy se sentía responsable de todas maneras, como si al casarse con Harry hubiera asumido una parte de la culpa de su marido.

Pero Harry era incapaz de sentirse culpable por nada.

Poppy pensó que las cosas le resultarían mucho menos complicadas si, simplemente, odiara a Harry. Pero a pesar de sus innumerables defectos, había algo en él que le llegaba al alma, incluso ahora. Aquella autoimpuesta soledad... su tajante negativa a establecer vínculos emocionales con las personas que le rodeaban e incluso el negarse a pensar en el hotel como su hogar... Todas esas cosas eran inexplicables para Poppy.

¿Cómo demonios había acabado casada con un hombre con el que no podía compartir ni intimidad ni cariño cuando eso era lo único que ella siempre había querido? Pero lo único que Harry quería era usar su cuerpo y crear la ilusión de un matrimonio.

Pues bien, Poppy tenía mucho más que ofrecer que eso. Y él tenía que aceptar todo o nada de ella.

Esa noche, Harry acudió al apartamento para cenar con Poppy. Le informó de que después de la cena se reuniría con unas visitas en la biblioteca privada.

—¿Con quién vas a reunirte? —preguntó Poppy.

—Con alguien del Ministerio de la Guerra, sir Gerald Hubert.

—¿Puedo preguntarte el motivo de la reunión?

—Casi es mejor que no.

Poppy miró los inescrutables rasgos de su esposo y sintió un escalofrío de inquietud.

—¿Debo ejercer de anfitriona? —preguntó.

—No será necesario.

La tarde era fría y húmeda, la lluvia golpeaba contra las ventanas y el tejado, y limpiaba la suciedad de las calles con riachuelos enlodados. Cuando la cena concluyó, un par de criadas retiraron los platos y llevaron el té.

Mientras removía una cucharada de azúcar en el líquido oscuro, Poppy miró a Harry de manera pensativa.

—¿Qué cargo ocupa sir Gerald?

—Es ayudante del ministro.

—¿Cuál es su tarea?

—La administración financiera, la administración del personal y la jefatura de servicios. Está luchado para hacer reformas que incrementen la fuerza del ejército. Son reformas sumamente necesarias para contrarrestar las consecuencias de las tensiones existentes entre los rusos y los turcos.

—Si se declarara una guerra, ¿Gran Bretaña participaría en ella?

—Casi con toda seguridad. Pero es posible que la diplomacia sea capaz de resolver el asunto antes de que se llegue a ese extremo.

—¿Posible pero no probable?

Harry esbozó una sonrisa cínica.

—La guerra es siempre mucho más lucrativa que la diplomacia.

Poppy tomó un sorbo de té.

—Mi cuñado, Cam, me dijo que habías mejorado el diseño del rifle del ejército y que ahora el Ministerio de la Guerra está en deuda contigo.

Harry negó con la cabeza, indicando que no creía haber hecho gran cosa.

—Les sugerí algunas ideas cuando surgió el tema en una cena.

—Es evidente que tus ideas resultaron muy efectivas —dijo Poppy—. Como suelen ser la mayoría de las cosas que se te ocurren.

Harry hizo girar una copa de oporto entre los dedos, luego levantó la mirada hacia ella.

—¿Qué estás tratando de preguntarme, Poppy?

—No lo sé. Bueno, en realidad sí. Es muy probable que sir Gerald quiera hablar contigo sobre la fabricación de armas, ¿me equivoco?

—No, no te equivocas. Vendrá acompañado del señor Edward Kinloch, que posee una fábrica de armas. —Al ver la expresión de su esposa, Harry le lanzó una mirada inquisitiva—. ¿No lo apruebas?

—Creo que una mente tan brillante como la tuya debería emplearse en algo mejor que en diseñar instrumentos cuya única finalidad sea matar a la gente.

Antes de que Harry pudiera responder, sonó un golpe en la puerta, y se anunciaron las visitas.

Harry se puso en pie y ayudó a Poppy a levantarse de la silla. La joven lo acompañó para recibir a los invitados.

Sir Gerald era un hombre grande y robusto, con una cara rubicunda donde destacaban unas tupidas patillas blancas. Vestía una chaqueta militar color gris con los botones de plata. El olor a humo de tabaco y a colonia fuerte flotaba en el aire cada vez que se movía.

—Es un placer para mí conocerla, señora Rutledge —dijo con una reverencia—. Veo que son ciertos los rumores sobre su belleza.

Poppy forzó una sonrisa.

—Gracias, sir Gerald.

Harry, que estaba a su lado, le presentó al otro hombre.

—El señor Edward Kinloch.

Kinloch hizo una reverencia con impaciencia. Resultó evidente que conocer a la mujer de Harry Rutledge era una distracción inoportuna. Quería ponerse a hablar de negocios sin más dilación. Todo en él, desde el traje estrecho y oscuro a la sonrisa forzada que esbozaban sus labios y la mirada cautelosa de sus ojos, incluso el pelo aplastado por la gomina, hablaba de una rígida contención.

—Señora...

—Ha sido un placer conocerles, caballeros —murmuró Poppy—. Les dejaré para que puedan hablar tranquilamente de sus asuntos. ¿Desean tomar algo?

—Gracias, me... —comenzó a decir sir Gerald, pero Kinloch lo interrumpió.

—Es muy amable por su parte, señora Rutledge, pero no es necesario.

Sir Gerald pareció decepcionado.

—Muy bien —dijo Poppy amablemente—. Ya me marcho. Buenas noches, caballeros.

Harry condujo a las visitas a la biblioteca del apartamento, y Poppy les siguió con la mirada. No le gustaban los invitados de su marido y, en especial, no le gustaba el tema que iban a discutir. Pero, sobre todo, odiaba la idea de que el brillante ingenio de su esposo fuera utilizado para mejorar el arte de la guerra.

Se retiró al dormitorio de Harry e intentó leer. Pero su mente estaba pendiente de la conversación que tenía lugar en la biblioteca. Finalmente, se dio por vencida y dejó el libro a un lado.

Discutió consigo misma en silencio. Escuchar a escondidas era algo muy feo. Pero realmente, en la amplia lista de pecados, ¿qué maldad había en éste? ¿Y si había una buena razón para escuchar a escondidas? ¿Y si podía salir algo bueno de esa acción reprobable, algo como impedir que otra persona cometiera un error? Además, ¿no era su deber como esposa ayudar a su esposo siempre que fuera posible?

Sí, Harry podía necesitar su consejo y, desde luego, la mejor manera de ayudarle era averiguar de qué estaba hablando con sus invitados.

Poppy cruzó el apartamento de puntillas hasta llegar a la puerta de la biblioteca, que estaba ligeramente entreabierta. Se mantuvo fuera de la vista y escuchó.

—... existe el impacto del retroceso de un arma contra el hombro —decía Harry en el tono de quien expone un hecho innegable—. Quizás haya una manera de emplear esa energía de una manera más práctica, aprovechando ese impacto para cargar otra bala. O mejor aún, podría diseñar una carcasa metálica que contenga pólvora, proyectil y detonante todo en uno. La fuerza del retroceso impulsaría automáticamente la carcasa y cargaría otro proyectil, lo que permitiría disparar repetidamente. Sería un arma más poderosa y precisa que cualquier otra que se haya creado hasta el momento.

Aquellas declaraciones fueron seguidas por un profundo silencio. Poppy sospechaba que Kinloch y sir Gerald, igual que ella misma, intentaban asimilar lo que Harry acababa de describir.

—Santo Dios —dijo Kinloch finalmente, con voz entrecortada—. Eso va mucho más allá que cualquier cosa que... Es un avance importante con respecto a todo lo que se está fabricando.

—¿Es posible hacerlo? —preguntó sir Gerald lacónicamente—. Porque si es así, nos daría una considerable ventaja sobre todos los ejércitos del mundo.

—Hasta que lo copien —dijo Harry secamente.

—Sin embargo —continuó sir Gerald—, para cuando ellos consigan reproducir nuestra tecnología, nuestro imperio se habrá expandido y consolidado. Nuestra supremacía será incuestionable entonces.

—No sería incuestionable demasiado tiempo. Como dijo Benjamin Franklin en una ocasión, el imperio es como un gran pastel... se consume mejor por los bordes.

—¿Qué demonios puede saber un americano del imperio? —preguntó sir Gerald con un bufido de desdén.

—Debería recordarle —murmuró Harry— que yo también soy americano.

Hubo otro profundo silencio.

—¿Con quién están sus lealtades? —preguntó sir Gerald.

—Con ningún país en particular —respondió Harry—. ¿Supone eso un problema?

—No si nos da los derechos sobre el diseño del arma. Y a Kinloch, la licencia exclusiva para fabricarla.

—Rutledge —dijo Kinloch con la voz llena de ansiedad y dureza—. ¿Cuánto tiempo tardaría en desarrollar esas ideas y crear un prototipo?

—No tengo ni idea. —Harry parecía divertido ante el fervor de los hombres—. Cuando tenga tiempo libre, me pondré a ello. Pero no puedo prometer...

—¿Tiempo libre? —Ahora Kinloch sonaba indignado—. Hay una fortuna en juego, sin mencionar el futuro del imperio. ¡Por Dios, si yo poseyera sus habilidades, no descansaría hasta haber desarrollado esa idea!

Poppy se sintió enferma al oír la avaricia desnuda en la voz del empresario. Kinloch quería ganancias. Sir Gerald quería poder.

Y si Harry los complacía...

No soportó seguir escuchándoles. Mientras los hombres continuaban hablando, ella se escabulló sigilosamente.

18

Después de despedirse de sir Gerald y de Edward Kinloch, Harry se giró y se apoyó contra la puerta del apartamento. La idea de diseñar una nueva arma con metralla incorporada habría sido, en otra ocasión, un desafío interesante.

Sin embargo, ahora no le parecía más que una molesta distracción, pues el único problema que le interesaba resolver en ese momento no tenía nada que ver con la maravilla mecánica.

Frotándose la nuca, Harry se dirigió al dormitorio para coger una camisa de dormir. Aunque solía dormir desnudo, sabía que no resultaría cómodo hacerlo así en el sofá. No le atraía en absoluto la perspectiva de pasar la noche allí, por lo que se preguntaba si no habría perdido el juicio. Podía elegir entre pasar la noche en una confortable cama al lado de su seductora esposa o dormir solo en un estrecho mueble... ¿Y pensaba optar por la segunda opción?

Poppy le lanzó una mirada acusadora desde la cama.

—No puedo creer que te lo estés planteando siquiera —dijo ella sin más preámbulos.

El distraído cerebro de Harry tardó un momento en comprender que ella no estaba refiriéndose a su decisión de acostarse en el sofá, sino al tema de la reunión que acababa de concluir. Si no estuviera tan cansado, quizás habría advertido a su esposa de que ése no era el mejor momento para discutir con él.

—¿Qué es lo que has oído? —le preguntó con serenidad, girándose para rebuscar en uno de los cajones del tocador.

—Lo suficiente para entender que quizá diseñes una nueva clase de arma para ellos. Y que, en consecuencia, puedas ser responsable de muchas carnicerías y sufrimientos...

—No, de ningún modo sería responsable de tal cosa. —Harry se quitó la corbata y la chaqueta de un tirón, lanzando ambas prendas al suelo en vez de colocarlas pulcramente sobre una silla—. Los únicos responsables son los soldados que portan las armas y los políticos y generales que los envían a la guerra.

—Te estás engañando, Harry. Está claro que si tú no inventaras las armas, nadie podría usarlas.

Harry dejó de buscar la camisa de dormir y se desató y quitó los zapatos, lanzándolos al montón de ropa descartada.

—¿De verdad piensas que la gente dejará alguna vez de desarrollar nuevas maneras de aniquilarse entre sí? Si no lo hago yo, otra persona lo hará en mi lugar.

—Entonces, deja que se encargue otro. No permitas que ése sea tu legado.

Ambos se sostuvieron la mirada con beligerancia.

«Por el amor de Dios —quiso rogarle él—, no me presiones esta noche.»

El esfuerzo que le suponía llevar a cabo una conversación coherente estaba mermando el poco control que Harry había conseguido reunir.

—Sabes que tengo razón —continuó Poppy, echando las mantas a un lado y saltando de la cama para enfrentarse a él—. Sabes lo que opino y siento con respecto a las armas. ¿Es que acaso no te importa en absoluto lo que sienta?

Harry podía ver el contorno del cuerpo de su esposa a través del fino camisón blanco. Incluso podía ver las puntas de sus pechos, erizadas y firmes por el frío de la estancia. El bien y el mal... No, a él le importaban un bledo todas esas estúpidas moralidades. Pero si aquello predisponía a su esposa hacia él, si hacía que se suavizara y fuera más receptiva y tierna con él, les diría a sir Gerald y a todo el gobierno británico que podían irse al carajo. En algún lugar, en lo más profundo de su alma, Harry empezaba a experimentar algo totalmente nuevo... el deseo de complacer a otra persona.

Ablandándose y cediendo a ese sentimiento tan nuevo y desconocido, abrió la boca para decirle a Poppy que haría lo que ella le pedía. Al día siguiente enviaría un mensaje al Ministerio de la Guerra para decirles que no pensaba trabajar para ellos.

Sin embargo, antes de que pudiera decir una sola palabra, Poppy continuó con voz queda:

—Si haces lo que te pide sir Gerald, ten por seguro que te dejaré.

Harry no fue consciente de haber cogido a su esposa, sólo de que, de repente, ella estaba entre sus brazos conteniendo el aliento.

—De eso nada —logró decir.

—No puedes obligarme a quedarme aquí si no quiero hacerlo —dijo ella—. No pienso transigir en esto, Harry. O haces lo que te pido, o me marcho.

En ese momento, el infierno se desató en el interior de Harry.

¿Permitir que se marchara?

No en esa vida ni en la siguiente.

Su esposa ya le consideraba un monstruo... pues bien, le demostraría que tenía razón. Que era todo lo que ella pensaba y mucho más. La atrajo con fuerza hacia él, y la sangre ardiente se le agolpó en la ingle al sentir el roce del fino camisón de muselina que cubría el suave y firme cuerpo de su esposa. Le cogió la trenza con una mano y le desató de un tirón la cinta que le anudaba el pelo. Posó la boca en la unión entre el cuello y el hombro de Poppy, y el olor a jabón, perfume y piel femenina le inundó los sentidos.

—Antes de tomar una decisión —dijo él en tono gutural—, me gustaría tener una muestra de lo que me perdería si no cedo.

Ella alzó las manos a sus hombros como si tuviera intención de apartarle de un empujón.

Pero en vez de forcejear, se aferró a él.

Harry jamás había estado tan excitado, tan desesperado y obsesionado con ella. La abrazó, absorbiendo la sensación del cuerpo de su esposa por completo. El pelo de Poppy se deslizó como cálida seda sobre sus brazos. Lo cogió a puñados y se llevó los suaves rizos a la cara. Ella olía a rosas y a un embriagador toque de jabón perfumado o aceite de baño. Intentó empaparse de esa esencia, inspirando tan profundamente como pudo.

Harry tiró de la parte delantera del camisón de Poppy y lo desgarró, haciendo que los diminutos botones que lo cerraban rebotaran en la alfombra. Poppy se estremeció, pero no opuso resistencia alguna cuando él le bajó bruscamente la prenda hasta la cintura, aprisionándole los brazos con las mangas. Llevó la mano a uno de los pechos de su esposa, cuya exuberante y hermosa forma se perfilaba bajo la tenue luz de la estancia. La acarició con el dorso de los dedos, deslizándolos hasta el rosado pezón que atrapó entre los nudillos. Tiró suavemente de él. Ante la sensación que le produjo aquel leve tirón, ella soltó un jadeo y se mordió los labios.

Harry hizo que Poppy retrocediera hasta la cama y se detuvo cuando las caderas de la joven tropezaron contra el borde del colchón.

—Acuéstate —le dijo, con la voz más ronca que nunca. La ayudó a tenderse de espaldas sobre la cama sin dejar de abrazarla. Luego se inclinó sobre el ruborizado cuerpo femenino, saboreando toda aquella piel que olía a rosas, seduciéndola con suaves e inquietas caricias y con pacientes, húmedos y endiablados besos. Le lamió el camino al pezón y capturó el tenso brote con la boca, dándole golpecitos con la lengua. Poppy gimió, arqueándose impotente contra él mientras Harry le succionaba la punta del pecho durante largos minutos.

Él la despojó del camisón de muselina y lo dejó caer al suelo. Luego se quedó mirándola con reverencia y deseo a partes iguales. Poppy nunca le había parecido tan indescriptiblemente hermosa como en ese momento, mientras permanecía tumbada en la cama con dulce abandono. Parecía perdida, excitada e insegura. Tenía la mirada ausente, como si estuviera tratando de asimilar demasiadas sensaciones a la vez.

Harry se arrancó el resto de la ropa y se inclinó sobre ella.

—Acaríciame. —Se sintió avergonzado ante el tono áspero y suplicante de su voz. Jamás había suplicado antes. Jamás en su vida le había pedido nada a nadie.

Ella alzó el brazo lentamente y le deslizó la mano alrededor del cuello, entrelazando los dedos entre los cortos mechones que se le curvaban ligeramente en la nuca. Aquella tierna caricia hizo que Harry emitiera un gemido de placer. Se tendió junto a ella, y le deslizó una mano entre los muslos.

Acostumbrado como estaba a las cosas intrincadas y complejas, a los delicados mecanismos que manejaba, Harry era sensible a cada sutil respuesta del cuerpo de Poppy. Descubrió cómo y dónde le gustaba que la acariciara, lo que más la excitaba y lo que hacía que se mojara de deseo. Al sentir la humedad de su cuerpo, deslizó un dedo en su interior, y ella lo acogió con facilidad. Sin embargo, cuando intentó añadir otro dedo, ella se sobresaltó y trató de incorporarse, alargando el brazo hacia él para apartarle la mano. Harry se retiró y la acarició suavemente con la palma, intentando que se relajara.

Luego la obligó a tenderse de nuevo sobre la cama y se inclinó sobre ella. La escuchó respirar entrecortadamente cuando se acomodó entre sus muslos. Pero no intentó penetrarla, sólo quería que sintiera la presión de su miembro contra ella, cómo la longitud de su erección encajaba contra su monte de Venus. Sabía cómo excitarla, cómo hacer que lo deseara. Se movió suavemente, empujando de una manera íntima contra ella, deslizándose a lo largo de la dulce, húmeda y vulnerable carne. Luego comenzó a rotar las caderas poco a poco, con un movimiento cada vez más intenso.

Poppy tenía los ojos cerrados y fruncía levemente el ceño... Deseaba lo que él le estaba haciendo, le gustaba la tensión, el tormento y el alivio que sentía. El deseo hizo que una película de sudor le cubriera la piel, hasta que el olor a rosas se intensificó y adquirió un indicio de almizcle, tan profundo, embriagador y excitante que Harry podría haberse dejado llevar en ese mismo momento, pero en vez de eso rodó a un lado, apartándose del tentador refugio entre los muslos de su esposa.

Luego deslizó la mano sobre el monte de Venus y volvió a introducir los dedos en su interior, seduciéndola con ternura. Pero esta vez, Poppy estaba relajada y le dio la bienvenida. Harry la besó en la garganta y percibió la vibración de cada gemido contra los labios. Notó un leve y rítmico movimiento alrededor de los nudillos cuando metió los dedos suavemente en el interior de su esposa. Cada vez que ésta los tomaba hasta el fondo, Harry la rozaba íntimamente con la palma de la mano. Poppy jadeó y comenzó a arquearse contra él una y otra vez.

—Sí —susurró Harry, dejando que su cálido aliento le llenara la concha de la oreja—. Sí, cuando esté dentro de ti, será así como te muevas. Muéstrame lo que quieres, y te daré todo lo que necesitas, Poppy, todo lo que deseas...

Ella le ciñó los dedos con fuerza, palpitando, llegando al clímax mientras la atravesaban unos sensuales estremecimientos. Él continuó jugando con ella en cada deliciosa oleada, disfrutando del clímax de su esposa, perdido en sus sensaciones.

Luego la cubrió con su cuerpo, separándole los muslos y descendiendo entre ellos. Antes de que la saciada y satisfecha carne de Poppy comenzara a cerrarse de nuevo, se situó en el centro, justo donde ella estaba mojada y preparada para él. Harry dejó de pensar por completo. Empujó contra el resistente velo de su virginidad, descubriendo que era más difícil traspasarlo de lo que había esperado en un principio, a pesar de la abundante humedad.

Poppy gimió con dolorida sorpresa y se tensó de golpe.

—Abrázame —dijo Harry con voz ronca. Ella obedeció y le rodeó el cuello con los brazos. Harry se inclinó sobre ella al tiempo que le levantaba las caderas, intentando facilitar la entrada mientras presionaba con mayor profundidad y dureza en la ardiente, tierna y tensa carne femenina, hasta que, incapaz de poder contenerse por más tiempo, se hundió por completo en el cálido y suave interior de su esposa.

—Oh, Dios mío —susurró él, estremeciéndose por el esfuerzo que suponía quedarse quieto, dejando que ella se adaptara a él poco a poco.

Cada célula de su cuerpo le exigía que se moviera de una vez, que se deslizara dentro y fuera, dejándose llevar por ese ritmo frenético que lo conduciría a la liberación. Se movió suavemente, pero Poppy hizo una mueca, tensando las piernas en torno a él. Harry esperó un poco más, sin dejar de acariciarla.

—No te detengas —dijo ella con la voz entrecortada—. Estoy bien.

Pero no lo estaba. Cuando él volvió a empujar en su interior, ella volvió a emitir un gemido de dolor. Con cada penetración, Poppy se tensaba y apretaba los dientes, pues cada movimiento era una agonía para ella.

Forcejeando contra la apretada presión de las manos de Poppy en su cuello, Harry se retiró lo suficiente para mirarla. La joven estaba blanca como el papel y se mordía los labios para contener los gemidos de dolor. Maldición, ¿era así de doloroso para todas las vírgenes?

—Esperaré —le dijo él, casi sin aliento—. Dejará de dolerte dentro de un momento.

Ella asintió con la cabeza, con los labios pálidos y los ojos cerrados con fuerza.

Y los dos se quedaron quietos mientras él intentaba tranquilizarla. Pero nada cambió. A pesar de la conformidad de Poppy, aquello le provocaba un inmenso dolor.

Harry enterró la cara en el pelo de su esposa y maldijo para sus adentros. Se retiró a pesar de la violenta protesta de su cuerpo, de todos los impulsos que le gritaban que se enterrara en ella una y otra vez.

Ella no pudo contener un jadeo de alivio cuando cesó la dolorosa intrusión. Al oír el sonido, Harry casi se dejó llevar por un arrebato de frustración asesina.

Oyó que Poppy murmuraba su nombre en tono inquisitivo.

Ignorándola, Harry abandonó la cama y se dirigió tambaleándose al cuarto de baño. Apoyó las manos contra los azulejos de la pared y cerró los ojos, luchando por recuperar el control. Después de unos minutos, hizo correr el agua y se lavó. Encontró restos de sangre, la sangre de Poppy, lo que no era de extrañar, pero al verla quiso gritar.

Porque lo último que quería en el mundo era provocar a su esposa un solo instante de dolor. Antes prefería morir que hacerle daño, aunque fuera él quien sufriera a cambio.

Santo Dios, ¿qué le sucedía? Jamás se había sentido de esa manera con nadie, ni siquiera hubiera imaginado que tal cosa fuera posible.

Tenía que detenerlo.

Irritada y desconcertada, Poppy se puso de costado y escuchó los sonidos que hacía Harry al lavarse. Sentía un ardiente y agudo dolor donde él la había tomado. Había un pegajoso residuo de sangre entre sus muslos. Quería levantarse de la cama y lavarse también, pero sólo de pensar en realizar una tarea tan íntima delante de Harry... no, aún no estaba preparada para eso. Y además se sentía insegura y nerviosa, porque a pesar de su inocencia, sabía que él no había terminado de hacer el amor con ella.

Pero ¿por qué?

¿Habría hecho algo que no debería haber hecho?

¿Habría cometido algún tipo de error? Quizá debería haber sido más estoica. Quizá debería haberse esforzado más, pero el acto amoroso le había dolido terriblemente, aunque Harry había sido muy tierno con ella. Sin duda alguna, él sabía lo dolorosa que podía ser para una mujer la primera vez. Entonces, ¿por qué parecía tan enfadado con ella?

Sintiéndose inepta y a la defensiva, Poppy se movió a gatas por la cama, buscando el camisón. Se lo puso y se apresuró a refugiarse bajo las mantas de nuevo cuando Harry regresó a la habitación. Sin decir una palabra, él recogió la ropa y comenzó a vestirse.

—¿Vas a salir? —se oyó preguntar.

Harry no la miró.

—Sí.

—Quédate conmigo —farfulló.

Harry negó con la cabeza.

—No puedo. Hablaremos después. Pero en este momento yo... —Se interrumpió como si no encontrara las palabras adecuadas.

Poppy se puso de costado y se aferró a la sábana. Había pasado algo terrible... pero no sabía qué era, y le daba demasiado miedo preguntar.

Harry se puso la chaqueta y se dirigió a la puerta.

—¿Adónde vas? —le preguntó Poppy con voz temblorosa.

Él sonó distante.

—No lo sé.

—¿Cuándo volverás?

—Tampoco lo sé.

Aguardó hasta que él se marchó para echarse a llorar, dejando que las lágrimas mojaran la sábana. ¿Se iba Harry con otra mujer?

Con gran pesar, pensó que el consejo de su hermana Win sobre las relaciones matrimoniales no le había servido de nada. Debería haberse centrado menos en las rosas y en la luz de la luna y más en la información práctica.

En ese momento, Poppy quiso ver a sus hermanas, en especial a Amelia. Quería estar con su familia, que la mimaría y la consolaría, y que, además, le ofrecería el cariño y la tranquilidad que tanto necesitaba ahora. Era muy desalentador que su matrimonio hubiera fracasado en tan sólo tres semanas.

Estaba claro que necesitaba un montón de consejos sobre maridos.

Sí, era el momento de retirarse y considerar qué hacer. Tenía que volver a Hampshire.

Un baño caliente le alivió el dolor y le relajó los tensos músculos del interior de los muslos. Después de secarse y empolvarse, se puso un vestido de viaje color burdeos. Guardó algunas pertenencias en una pequeña maleta de mano entre las que incluyó ropa interior y medias, un cepillo con el mango de plata, una novela y un pequeño autómata, un pájaro carpintero que Harry había hecho con un trozo de madera, que ella solía tener en el tocador. Sin embargo, dejó el collar de diamantes que Harry le había regalado, guardando el estuche forrado de terciopelo en el fondo de un cajón.

Cuando estuvo lista para irse, tiró del cordón de la campanilla y le ordenó a una criada que avisara a Jake Valentine.

El alto joven de ojos castaños apareció en el apartamento en un instante, sin hacer ningún esfuerzo por ocultar su preocupación. Su mirada se deslizó con rapidez por la ropa de viaje de Poppy.

—¿Qué puedo hacer por usted, señora Rutledge?

—Señor Valentine, ¿se ha marchado ya mi marido del hotel?

Él asintió con la cabeza con el ceño fruncido.

—¿Le dijo cuándo volvería?

—No, señora.

Poppy se preguntó si podía confiar en él. Su lealtad a Harry era bien conocida. A pesar de ello, no le quedaba más remedio que pedirle ayuda.

—Debo pedirle un favor, señor Valentine. Sin embargo, me temo que podría ponerle en un serio aprieto.

Los ojos castaños de Jake Valentine brillaron con pesarosa diversión.

—Señora Rutledge, casi siempre me encuentro en un serio aprieto. Por favor, no dude en pedirme lo que sea.

Ella cuadró los hombros.

—Necesito un carruaje. Tengo que ir a ver a mi hermano en su apartamento de Mayfair.

La sonrisa desapareció de los ojos de Valentine. Bajó la mirada a la maleta de mano que había a los pies de Poppy.

—Ya veo.

—Lamento mucho tener que pedirle que ignore sus obligaciones con mi marido, pero... me gustaría que no le dijera adónde he ido hasta mañana. Estaré perfectamente segura en compañía de mi hermano. Él me acompañará hasta la casa de mi familia en Hampshire.

—Entiendo. Por supuesto que la ayudaré. —Valentine hizo una pausa como si intentara escoger sus palabras con cuidado—. Espero que vuelva pronto.

—Yo también.

—Señora Rutledge... —empezó a decir él, y se aclaró la garganta, incómodo—. Sé que me estoy extralimitando con esto, pero creo que debería decirle que... —vaciló.

—Continúe —le dijo Poppy suavemente.

—Hace cinco años que trabajo para el señor Rutledge y creo

que no me equivoco al decir que lo conozco todo lo bien que se le puede llegar a conocer. Es un hombre complicado... demasiado listo para su propio bien, y no tiene demasiados escrúpulos; le gusta obligar a todos los que le rodean a vivir bajo sus propios términos. Pero, aun así, ha cambiado la vida de mucha gente para mejor. Incluyendo la mía. Y creo que si uno se molesta en mirar en su interior, descubre que es un hombre esencialmente bueno.

—Yo también lo creo —dijo Poppy—, pero eso no es suficiente para sacar adelante un matrimonio.

—Usted significa mucho para él —insistió Valentine—. Ha formado un vínculo con usted, y jamás vi que hiciera nada parecido con nadie. De hecho, creo que no hay nadie en el mundo que pueda manejarle, salvo usted.

—Incluso aunque eso fuera cierto —logró decir Poppy—, no sé si quiero tener ese honor.

—Señora... —dijo Valentine con honda emoción—, alguien tiene que hacerlo.

La diversión venció la angustia de Poppy, que inclinó la cabeza para ocultar una sonrisa.

—Lo consideraré —dijo ella—, pero por el momento necesito pasar algún tiempo fuera. Tomarme un descanso. Darme un...

—Un respiro —concluyó él, inclinándose para coger la maleta de mano.

—Sí, un respiro. ¿Me ayudará, señor Valentine?

—Por supuesto. —Valentine le pidió que aguardara unos minutos y fue a llamar un carruaje. Comprendiendo la necesidad de discreción, ordenó que llevaran el vehículo a la parte trasera del hotel, donde Poppy podría pasar desapercibida.

Poppy sintió una punzada de pesar al tener que abandonar el Hotel Rutledge y a sus empleados. Ese lugar se había convertido en su hogar en muy poco tiempo... Pero sabía que las cosas no podían continuar como estaban. Algo tenía que cambiar. Y ese algo —o más bien alguien— era Harry Rutledge.

Valentine regresó para acompañarla a la puerta trasera. Abrió un paraguas para protegerla de la lluvia y la escoltó hasta el vehículo que la aguardaba.

Poppy se subió al peldaño que se había colocado al lado del carruaje y se giró para mirar al ayudante de Harry. Con la altura añadida del escalón, sus ojos quedaban casi al mismo nivel. Las gotas de lluvia brillaban intensamente bajo las luces del hotel y caían como collares de piedras preciosas desde los bordes del paraguas.

—Señor Valentine...

—¿Sí, señora?

—¿Cree que mi marido me seguirá?

—La seguirá hasta el fin del mundo, señora —le respondió con voz grave.

Aquellas palabras hicieron sonreír a Poppy, que se giró para subir al carruaje.

19

La señora Meredith Clifton se había pasado tres meses de persecución intensiva antes de lograr, finalmente, seducir a Leo, lord Ramsay. O, para ser más exactos, estar a punto de seducirle. Como joven y guapa esposa de un distinguido oficial de la Marina británica, se pasaba la mayor parte del tiempo sola mientras su marido se encontraba en alta mar. Meredith se había acostado con todos los hombres de Londres con los que valía la pena acostarse —excluyendo, por supuesto, a ese puñado de maridos sosos y fieles a sus votos matrimoniales—, pero por lo que había oído, Ramsay era alguien tan sexualmente audaz como ella.

Leo era un hombre de tentadoras contradicciones; un atractivo galán de pelo oscuro y ojos azules, con una apariencia pulcra y sana, a pesar de que se rumoreaba que era capaz de la depravación más escandalosa. Era cruel pero cortés, duro pero sensible, egoísta pero encantador. Y, por lo que tenía entendido, un amante de lo más experimentado.

Ahora que estaba en el dormitorio de Leo, Meredith permanecía quieta y en silencio mientras éste la desnudaba. Él se tomó su tiempo para desabrocharle los botones de la espalda. Girándose un poco, Meredith le rozó a propósito la bragueta con el dorso de los dedos. Y lo que tocó allí la hizo ronronear.

Oyó que Leo se echaba a reír.

—Paciencia, Meredith —le dijo mientras le apartaba la indagadora mano.

—No sabes cuántas veces he soñado con esta noche.

—Es una pena. Soy terrible en la cama. —Le abrió el vestido muy despacio.

Ella se estremeció cuando sintió la caricia exploradora de la punta de sus dedos en la parte superior de la espalda.

—Está tomándome el pelo, milord.

—Si es así, pronto lo sabrás, ¿no te parece? —Le retiró el pelo de la nuca y la besó justo allí, rozándole la piel con la lengua.

Fue una tierna y sensual caricia que hizo que Meredith se quedara sin aliento.

—¿Alguna vez te tomas algo en serio? —logró preguntarle ella.

—No. Si hay algo de lo que estoy seguro es de que la vida es mucho más agradable cuanto te tomas las cosas con más ligereza. —La hizo darse la vuelta y la atrajo contra su alto y fornido cuerpo.

Cuando él le dio un beso largo, lento y ardiente, Meredith se dio cuenta de que por fin había encontrado al depredador más seductor, al hombre más desinhibido que hubiera conocido nunca. Su poder sexual era incluso más potente al carecer de emoción o de ternura alguna. Aquello era simple y llanamente un desvergonzado acto físico.

Consumida por el beso, Meredith soltó un gemido de protesta cuando él se detuvo.

—La puerta —dijo Leo.

Entonces fue cuando ella se dio cuenta de que alguien estaba llamando a la puerta suavemente.

—Ignóralo —dijo Meredith, intentando deslizarle los brazos alrededor de la delgada cintura.

—No puedo. Mis criados no consienten que les ignore. Créeme, lo he intentado. —Soltándola, Leo se acercó a la puerta y la abrió una rendija. Luego dijo secamente—: Más vale que se haya declarado un incendio o algo por el estilo, o te juro que serás despedida.

Se oyó el murmullo de la criada y el tono de Leo cambió; el arrastrado y arrogante acento desapareció de su voz.

—Santo Dios. Dile que bajaré de inmediato. Encárgate de servirle un té o alguna otra cosa. —Se pasó la mano por los oscuros y cortos mechones de su pelo y, dirigiéndose al armario, hurgó en su interior para buscar una chaqueta—. Me temo que tendrás que llamar a una de las doncellas para que te ayude con el vestido, Meredith. Cuando estés lista, mis criados se asegurarán de acompañarte al carruaje por la puerta de atrás.

La joven abrió la boca de golpe.

—¿Qué? ¿Por qué?

—Ha llegado mi hermana de manera inesperada. —Se detuvo en la búsqueda de la chaqueta y le lanzó una mirada avergonzada por encima del hombro—. ¿En otra ocasión, tal vez?

—Ni hablar —dijo Meredith con indignación—. Ahora.

—Imposible. —Cogió una chaqueta y se la puso—. Mi hermana me necesita.

—¡Pero yo también te necesito! Dile que vuelva mañana. Si no te deshaces de ella ahora mismo, nunca tendrás otra oportunidad conmigo.

Leo sonrió.

—Una terrible pérdida para mí, estoy seguro.

Su indiferencia sólo sirvió para que Meredith se excitara todavía más.

—Oh, Ramsay, por favor —dijo ella de manera apasionada—. ¡Es muy poco caballeroso de tu parte dejar a una dama en este estado!

—Más que poco caballeroso, cariño, es un auténtico crimen. —Leo suavizó la expresión cuando se acercó a ella. Le cogió la mano y se la llevó a los labios para besarle el dorso de los dedos uno a uno. En sus ojos había una chispa de pesarosa diversión—. No es esto lo que tenía planeado para esta noche. Te ruego que me perdones. Lo intentaremos de nuevo otro día. Porque, Meredith... lo cierto es que no soy tan terrible en la cama. —La besó ligeramente y le brindó una sonrisa tan cálida y pícara que ella casi creyó que era auténtica.

Poppy esperó a Leo en la salita del apartamento. Al ver la alta figura de su hermano entrando en la estancia, se puso en pie y corrió hacia él.

—¡Leo!

Él la estrechó contra su cuerpo. Tras un fuerte y breve abrazo, la sujetó con los brazos extendidos y la recorrió con la mirada.

—¿Has abandonado a Rutledge?

—Sí.

—Has tardado una semana más de lo que esperaba —dijo Leo, sin andarse con rodeos—. ¿Qué ha ocurrido?

—Bueno, para empezar... —Poppy intentó sonar pragmática aunque tenía los ojos llenos de lágrimas—, ya no soy virgen.

Leo le dirigió una mirada de fingida vergüenza.

—Yo tampoco —le confesó él.

Ella no pudo evitar soltar una risita tonta.

Leo buscó, sin éxito, un pañuelo en el bolsillo de su chaqueta.

—No llores, querida. No llevo un pañuelo encima y, en cualquier caso, es imposible recuperar la virginidad una vez que se ha perdido.

—No estoy llorando por eso —dijo ella, apoyando la mejilla manchada de lágrimas en su hombro—. Leo... estoy hecha un lío. Necesito reflexionar sobre un montón de cosas. ¿Podrías llevarme a Hampshire?

—Estaba esperando que me lo pidieras.

—Me temo que tendremos que partir de inmediato. Porque si esperamos demasiado tiempo, Harry impedirá que me marche.

—Querida, ni siquiera el diablo en persona impediría que te llevara a casa. De todos modos, sí... será mejor que nos marchemos ya. Prefiero evitar los enfrentamientos siempre que sea posible. Y dudo mucho de que Rutledge se lo tome a la ligera cuando descubra que le has dejado.

—No —dijo ella enfáticamente—. Se lo tomará muy mal. Pero no le dejo porque quiera poner fin a nuestro matrimonio, le dejo porque quiero salvarlo.

Leo sacudió la cabeza, sonriendo.

—Aquí está la lógica de los Hathaway. Lo que me preocupa es que casi te entiendo.

—Es que...

—No, me lo explicarás cuando estemos en camino. Ahora, espera aquí un momento. Ordenaré a los criados que avisen al cochero y que preparen el carruaje.

—Lamento causar tantas molestias.

—Oh, están acostumbrados. Soy el rey de las partidas apresuradas.

Debía de haber algo de cierto en las palabras de Leo, porque le prepararon la maleta y el carruaje con una rapidez asombrosa. Poppy aguardó ante la chimenea de la salita hasta que Leo apareció en la puerta.

—Ya estoy listo —dijo—. Vamos.

La condujo a su carruaje; un vehículo cómodo y bien equipado con tapizados y mullidos asientos. Después de colocar algunos cojines en una esquina, Poppy se reclinó en el asiento, preparada para el largo viaje que la aguardaba. Tardarían toda la noche en llegar a Hampshire, y aunque los caminos que conducían hasta allí estaban pavimentados y en buen estado, eran largos y duros.

—Lamento mucho haberme presentado en tu casa a unas horas tan intempestivas —le dijo a su hermano—. De no ser por mí, ahora mismo estarías durmiendo profundamente.

Él esbozó una amplia sonrisa.

—No lo tengo tan claro —le dijo Leo—. Pero no importa. Ya iba siendo hora de que volviera a Hampshire. Quiero ver a Win y a ese bruto y despiadado marido suyo y, además, tengo que ponerme al día sobre la hacienda y los arrendatarios.

Poppy esbozó una leve sonrisa, pues sabía que Leo se refería a su cuñado de esa manera con todo el cariño del mundo. Merripen se había ganado la eterna gratitud de Leo por reconstruir y administrar la hacienda. Se comunicaban por carta con frecuencia, mantenían una fuerte discusión cada dos por tres y disfrutaban como niños provocándose el uno al otro.

Poppy alargó la mano hacia la cortinilla oscura que cubría la ventana más cercana y la alzó para mirar los edificios desvencijados, las paredes de ladrillos recubiertas con yeso y las estropeadas fachadas de las tiendas, todo bañado por las tenues luces de las farolas de la calle. Por la noche, Londres era una ciudad insípida, salvaje y peligrosa. Y Harry estaba ahí fuera, en alguna parte. Poppy no tenía ninguna duda de que su marido sabía cuidar de sí mismo, pero pensar en lo que podría estar haciendo —o con quién—, la inundaba de melancolía. Exhaló un profundo suspiro.

—Odio Londres en verano —dijo Leo—. El Támesis emitirá un hedor asqueroso este año. —Hizo una pausa y la miró con detenimiento—. Supongo que la expresión preocupada de tu cara no tiene nada que ver con el saneamiento público. Dime en qué estás pensando, hermanita.

—Harry se fue del hotel esta noche, después de que... —Poppy se interrumpió, incapaz de encontrar una palabra que describiera exactamente lo que había ocurrido—. No sé cuánto tiempo estará fuera, pero en el mejor de los casos, le llevaremos una ventaja de diez o doce horas. Por supuesto, cabe la posibilidad de que no me siga, lo que sería decepcionante, pero también un alivio. Y, aun así...

—Te seguirá —dijo Leo, tajante—. Pero no tienes por qué verle si no quieres.

Poppy sacudió la cabeza bruscamente.

—Jamás había tenido tantos sentimientos encontrados hacia nadie. No le comprendo. Esta noche en la cama...

—Alto —la interrumpió Leo—. Algunas cosas es mejor comentarlas entre hermanas. Y ésta, desde luego, es una de ellas. Llegaremos a Ramsay House por la mañana y entonces podrás preguntarle a Amelia cualquier duda que tengas.

—No sé si ella sabrá la respuesta.

—¿Y por qué no? Es una mujer casada.

—Sí, pero... bueno... se trata de un problema masculino.

Leo palideció.

—Pues tampoco sé nada de eso. No tengo problemas masculinos. De hecho, no me gusta cómo suena eso de «problemas masculinos».

—Oh —dijo Poppy, abatida, cubriéndose el regazo con una manta.

—Maldita sea. ¿A qué le llamas exactamente «problema masculino»? ¿Es que Rutledge tiene problemas para izar la bandera? ¿O es que sólo puede izarla a media asta?

—¿Tenemos que hablar de esto metafóricamente o podemos...?

—Sí —la interrumpió Leo con firmeza.

—Está bien. Harry... —Poppy frunció el ceño concentrada en buscar las palabras adecuadas— me dejó cuando la bandera todavía ondeaba al viento.

—¿Estaba borracho?

—No.

—¿Dijiste o hiciste algo para que te dejara tan de repente?

—Justo lo contrario. Le pedí que se quedara, pero no lo hizo.

Negando con la cabeza, Leo hurgó en el compartimento lateral del asiento y maldijo entre dientes.

—¿Dónde demonios están los licores? Les dije a los sirvientes que aprovisionaran el carruaje con bebidas para el viaje. Acabaré despidiéndolos a todos.

—Vi cómo metían el agua, ¿no está ahí?

—El agua es para lavarse, no para beber. —Leo masculló algo sobre una puñetera conspiración para mantenerle sobrio, y suspiró—. Sólo puedo elucubrar sobre los motivos de Rutledge. Créeme, no es fácil para un hombre detenerse cuando está haciendo el amor. Es como si nos poseyera el mismo diablo. —Cruzó los brazos sobre el pecho y la miró especulativamente—. Te sugiero que cojas el toro por los cuernos y le preguntes a Rutledge por qué te ha dejado esta noche, y que discutáis este tema como seres civilizados. Pero antes de que tu marido llegue a Hampshire, tienes que tomar una decisión. Me refiero a si vas a perdonarle o no lo que os hizo a ti y a Bayning.

Ella parpadeó, sorprendida.

—¿Crees que debería hacerlo?

—Bien sabe Dios que yo no lo haría si estuviera en tu lugar. —Hizo una pausa—. Por otra parte, me han perdonado muchas cosas por las que nunca debería haber sido perdonado. La cuestión es que si no puedes perdonarle, no tiene sentido seguir hablando de este tema.

—No creo que a Harry le importe si le perdono o no —dijo Poppy en tono sombrío.

—Por supuesto que sí. A los hombres nos gusta que nos perdonen. Nos hace sentir mejor ante nuestra incapacidad para aprender de nuestros propios errores.

—No sé si estoy preparada para hacerlo —protestó Poppy—. ¿Por qué razón tendría que perdonarle tan pronto? No existe un plazo fijo para el perdón, ¿verdad?

—En algunas ocasiones, sí.

—Oh, Leo... —Poppy se sintió abrumada por el peso de la incertidumbre, el dolor y el anhelo.

—Intenta dormir un poco —murmuró su hermano—. Tenemos al menos dos horas por delante antes de que cambien los caballos.

—No soy capaz de dormir cuando estoy preocupada —dijo Poppy, aunque al instante comenzó a bostezar.

—No tienes de qué preocuparte. Tú ya sabes lo que quieres hacer, lo que pasa es que aún no estás preparada para admitirlo.

Poppy se acurrucó en la esquina y le miró con los ojos entrecerrados.

—Sabes mucho de mujeres, ¿verdad, Leo?

—Faltaría más, con cuatro hermanas que tengo —dijo con un tono divertido en la voz.

Luego se quedó velando por ella mientras dormía.

Después de regresar al hotel, borracho como una cuba, Harry se dirigió dando tumbos al apartamento. Había estado en una taberna decorada con extravagantes espejos, paredes revestidas de azulejos y prostitutas caras. Había estado bebiendo durante casi tres horas hasta que finalmente consiguió sumirse en el estado de entumecimiento apropiado para regresar a casa. A pesar de las insinuaciones amorosas que le hicieron algunas de las chicas ligeras de ropa, Harry no prestó atención a ninguna de ellas.

Quería a su esposa.

Y sabía que Poppy jamás le aceptaría de buen grado mientras no le ofreciese una sincera disculpa por haberla arrebatado de los brazos de Michael Bayning. El problema era que no lamentaba en absoluto haberlo hecho. Lo único que lamentaba era que ella siguiera enfadada por ello. Pero Harry jamás se arrepentiría de haber hecho todo lo posible para conseguir casarse con ella, porque Poppy era lo que más había deseado en su vida.

Su esposa poseía todos los impulsos bondadosos y desinteresados que él no tenía. Todos los pensamientos afectuosos, los gestos de cariño y los momentos de felicidad que Harry jamás conocería. Era cada minuto de sueño tranquilo que siempre le eludía. De acuerdo con la ley del equilibrio universal, Poppy había venido al mundo para compensar la presencia de Harry y sus actos malvados. Eran como dos polos opuestos, y ése era, probablemente, el motivo por el que se sentía atraído como un imán hacia ella.

Por consiguiente, la disculpa no sería sincera. Aun así, le pediría perdón y, entonces, podrían comenzar de nuevo.

Dejándose caer en el estrecho sofá, que odiaba con toda su alma, Harry se sumió en la inconsciencia de los borrachos, que era lo más parecido a un sueño profundo que podía alcanzar.

La luz de la mañana, aunque débil, penetró en su cerebro como un afilado estilete. Gimiendo, Harry abrió los ojos y tomó conciencia de su cuerpo martirizado. Tenía la boca seca, estaba exhausto y dolorido, y no recordaba haber necesitado tanto un baño o una ducha como en ese momento. Lanzó una mirada a la puerta cerrada de su dormitorio, donde Poppy todavía dormía.

Al recordar el jadeo de dolor que ella había emitido la noche anterior cuando él la había penetrado, Harry sintió que se le revolvía el estómago. Poppy iba a estar dolorida esa mañana y era posible que necesitara algo.

Y lo más probable es que le odiara.

Lleno de temor, Harry se levantó del sofá y se dirigió al dormitorio. Abrió la puerta y dejó que sus ojos se acostumbraran a la penumbra.

La cama estaba vacía.

Harry parpadeó mientras una oleada de aprensión lo atravesaba. Se escuchó susurrar el nombre de su esposa.

Al cabo de unos segundos se acercó al cordón de la campanilla, pero no hizo falta llamar a nadie. Como por arte de magia, Valentine apareció en la puerta del apartamento, con una mirada penetrante en sus ojos marrones.

—Valentine —dijo Harry con voz ronca—, ¿dónde está mi esposa?

—La señora Rutledge está con lord Ramsay. Creo que en estos momentos se dirigen hacia Hampshire.

Harry conservó la calma, algo que hacía siempre que se enfrentaba a una situación horrible.

—¿Cuándo se fueron?

—Anoche, mientras usted estaba fuera.

Conteniendo el deseo de matar a su ayudante en el acto, le preguntó suavemente:

—¿Por qué no me lo dijiste antes?

—Porque ella me pidió que no lo hiciera. —Valentine hizo una pausa; parecía aturdido, como si él tampoco pudiera creerse que Harry le hubiese perdonado la vida—. El carruaje ya está preparado, señor, por si tiene intención de...

—Sí, por supuesto que tengo intención de seguirla. —El tono de Harry sonó tan seco como el golpe de un cincel sobre el granito—. Que hagan mi maleta. Saldré dentro de media hora.

Se sentía inundado por una furia tan intensa que Harry apenas creía poder contenerla. Pero lo hizo. Ceder a ella no serviría de nada. Ahora tenía que asearse y afeitarse, cambiarse de ropa y encargarse de la situación.

Cualquier indicio de arrepentimiento o preocupación se hizo trizas. Cualquier intención de ser amable y caballeroso se esfumó en un instante. Retendría a Poppy costara lo que costase. Era él quien dictaba las normas, y, en cuanto se lo dejara bien claro, ella no se atrevería a dejarle de nuevo.

Poppy se despertó de golpe ante una sacudida especialmente fuerte del vehículo. Se incorporó y se restregó los ojos. Leo dormitaba apoyado en el respaldo del asiento de enfrente, con los hombros encorvados y un brazo detrás de la cabeza.

Levantando la cortinilla de una de las ventanas, Poppy vio su amado Hampshire. El sol iluminaba los verdes y tranquilos campos. Había estado demasiado tiempo en Londres y se había olvidado de lo hermoso que podía ser el mundo. El carruaje pasó entre campos de amapolas y margaritas, y entre vibrantes lavandas. El paisaje estaba lleno de prados verdes y de arroyos saltarines. Los martín pescadores de un azul brillante y los vencejos surcaban el cielo como una flecha, mientras los pájaros carpinteros picoteaban la madera de los árboles con un sonido rítmico.

—Casi hemos llegado —susurró.

Leo se despertó, bostezando y desperezándose. Entrecerró los ojos, todavía adormilado, mientras levantaba otra cortinilla para contemplar el paisaje.

—¿No es maravilloso? —preguntó Poppy, sonriendo—. ¿Has visto alguna vez algo tan hermoso?

Su hermano dejó caer la cortina.

—Ovejas. Hierba. Muy emocionante.

Poco después, el carruaje llegó a la hacienda Ramsay y pasó junto a la casa de los guardeses, que estaba construida con ladrillos de tonos azules, grises y crema. Gracias a las recientes y extensas renovaciones, el paisaje y la hacienda tenían un nuevo aspecto, aunque la casa todavía conservaba su antiguo encanto. La hacienda no era demasiado grande, desde luego no podía compararse a la vasta finca vecina, propiedad de lord Westcliff. Pero era una joya con tierras fértiles y ricas y prados irrigados por canales que transportaban el agua desde una corriente cercana a la parte alta de los campos.

Antes de que Leo heredara el título, la hacienda se encontraba en muy mal estado, pues había sido abandonada por la mayoría de los arrendatarios. Ahora, sin embargo, se había convertido en una próspera y productiva empresa, gracias en su mayor parte a los esfuerzos de Kev Merripen. Y Leo, aunque casi le avergonzara admitirlo, había comenzado a preocuparse por la hacienda y se esmeraba por adquirir los conocimientos necesarios para poder dirigirla de manera eficaz.

Ramsay House era una alegre combinación de estilos arquitectónicos. En su origen había sido una casa solariega de estilo isabelino, que fue modificada por las sucesivas generaciones que se dedicaron a añadir nuevas estructuras y alas. El resultado era un edificio asimétrico con enormes chimeneas, ventanas de cristales emplomados y tejados de pizarra gris a cuatro aguas. Dentro, poseía interesantes rincones y hornacinas, habitaciones ocultas y puertas y escaleras secretas, todo dotado de un excéntrico encanto que casaba a la perfección con el de la familia Hathaway.

Había una rosaleda en flor en el exterior de la casa. Detrás de la mansión, los caminos cubiertos de grava blanca conducían al jardín y a los huertos de árboles frutales. Los establos y el patio del ganado estaban situados a un lado de la casa y, un poco más lejos, había un almacén de madera a pleno rendimiento.

El carruaje se detuvo en el camino de entrada, justo delante de unas puertas de madera con vidrieras. Después de que los lacayos avisaran a la familia de su llegada y de que Leo hubiera ayudado a Poppy a bajar del vehículo, Win salió corriendo de la casa y se arrojó a los brazos de su hermano. Él sonrió ampliamente y la hizo girar en círculos.

—Querida Poppy —exclamó Win—, ¡te he echado muchísimo de menos!

—¿Y qué pasa conmigo? —le preguntó Leo, que aún seguía sosteniéndola en sus brazos—, ¿no me has echado de menos?

—Puede que un poco —le dijo Win con una amplia sonrisa, besándole en la mejilla. Luego se acercó a Poppy y la abrazó—. ¿Cuánto tiempo vas a quedarte?

—No estoy segura —dijo Poppy.

—¿Dónde se ha metido todo el mundo? —preguntó Leo.

Sin dejar de rodear a Poppy con un brazo, Win se giró para contestar:

—Cam ha ido a ver a lord Westcliff en Stony Cross Park, Amelia está dentro con el bebé, Beatrix está correteando por el bosque, y Merripen, con unos arrendatarios intentando explicarles unas nuevas técnicas para mejorar el follaje.

Aquello llamó la atención de Leo.

—Yo lo sé todo sobre el follaje. Si no quieres ir a un burdel, hay ciertos distritos de Londres...

—Para mejorar la calidad de las hojas, Leo —dijo Win—. Se trata de unas técnicas innovadoras de fertilización agrícola.

—Oh. Bueno, de eso no sé nada.

—Aprenderás mucho al respecto en cuanto Merripen sepa que estás aquí. —Win intentó mantener la expresión impasible, aunque los ojos le chispeaban de risa—. Espero que sepas comportarte, Leo.

—Por supuesto. Estamos en el campo. No es posible hacer ninguna otra cosa. —Soltando un profundo suspiro, Leo se metió las manos en los bolsillos y observó el pintoresco paisaje que les rodeaba con la misma expresión que si le hubieran asignado una celda en Newgate. Luego, con la perfecta despreocupación que le caracterizaba, preguntó—: ¿Dónde está Marks? No la has mencionado.

—Está bien, pero... —Win hizo una pausa, buscando las palabras adecuadas—. Hoy ha tenido un pequeño contratiempo y está bastante disgustada. Claro que cualquier mujer lo estaría en su lugar, considerando la naturaleza del problema. Por consiguiente, Leo, insisto en que no te metas con ella. Y si lo haces, le diré a Merripen que te dé una paliza que...

—Oh, por favor. Como si me importasen algo los problemas de Marks. —Hizo una pausa—. ¿Qué le ha pasado?

Win frunció el ceño.

—No te lo diría, pero el problema es muy evidente, y te darás cuenta de inmediato. Resulta que la señorita Marks se tiñe el pelo. Yo no lo sabía, pero al parecer...

—¿Se tiñe el pelo? —repitió Poppy, sorprendida—. Pero ¿por qué? No es vieja.

—No tengo ni idea. No me ha explicado por qué. Pero sé que a las mujeres desdichadas les comienzan a salir canas muy pronto, quizá sea una de ellas.

—Pobrecita —dijo Poppy—. Debe de sentirse avergonzada. Desde luego, ha llevado el asunto muy en secreto.

—Sí, pobrecita —dijo Leo, que no sonó para nada compasivo. De hecho, sus ojos bailaban con regocijo—. Cuéntanos qué ha pasado, Win.

—Creemos que el farmacéutico de Londres que le vende la solución ha mezclado mal las proporciones, porque cuando se aplicó el tinte esta mañana, el resultado fue... bueno... algo inquietante.

—¿Se le ha caído el pelo? —preguntó Leo—. ¿Está calva?

—No, de ninguna manera. El caso es que tiene el pelo... verde.

Cualquiera que mirara la cara de Leo en ese momento, pensaría que era la mañana del día de Navidad.

—¿Qué tono de verde?

—Leo, cállate —le dijo Win con seriedad—. No debes atormentarla. Ha sido una experiencia terrible. Hemos hecho una mezcla de peróxido para ver si conseguimos eliminar el color verde, aunque todavía no sé si ha funcionado o no. Amelia le ha ayudado a lavarse el pelo hace un rato. Pero sin importar cuál sea el resultado, no debes decirle nada, Leo.

—No puedes pedirme eso. ¿Cómo esperas que sea capaz de morderme la lengua cuando Marks se siente a cenar con nosotros con el pelo como un espárrago? —Bufó—. No soy tan fuerte.

—Por favor, Leo —murmuró Poppy, tocándole el brazo—. Si eso le hubiera ocurrido a una de nosotras, estoy segura de que no te burlarías.

—¿Acaso crees que esa pequeña arpía tendría piedad de mí si la situación fuera al revés? —Puso los ojos en blanco al ver las expresiones de sus hermanas—. Muy bien, intentaré no burlarme de ella. Pero no prometo nada.

Leo se dirigió con paso tranquilo a la casa, como si no tuviera ninguna prisa. Pero esa actitud despreocupada no engañó a sus hermanas.

—¿Cuánto tiempo crees que tardará en encontrarla? —le preguntó Poppy a Win.

—Dos, tres minutos a lo sumo —respondió Win, y las dos suspiraron.

Justo dos minutos y cuarenta y siete segundos después, Leo había localizado a su archienemiga en el huerto de árboles frutales situado detrás de la casa. Marks estaba sentada en un muro bajo de piedra, con la figura ligeramente encorvada y los codos apoyados en las rodillas. Tenía la cabeza envuelta en un pañuelo, una especie de turbante que le ocultaba el pelo por completo.

De haber sido de otra persona la delgada figura abatida que tenía ante sí, Leo podría haber sentido lástima por ella. Pero no sentía ninguna compasión por Catherine Marks. Desde que la había conocido, ella jamás había dejado pasar la ocasión de fastidiarle, insultarle o desanimarle. Las pocas veces que él le había dicho algo agradable o encantador —por supuesto, sólo habían sido experimentos—, ella había interpretado mal sus palabras a propósito.

Leo jamás había sabido por qué ella le había cogido tanta ojeriza, ni por qué estaba tan decidida a odiarle. Y lo que era más sorprendente de todo, por qué a él le importaba tanto. Era una mujer reservada, quisquillosa y estrecha de miras que poseía una lengua viperina, una boca severa y una altiva naricilla... Se merecía tener el pelo verde, se merecía que él se burlara de ella.

Había llegado el momento de tomarse la revancha.

Mientras Leo se acercaba a ella con aire despreocupado, Marks alzó la cabeza y la luz del sol arrancó destellos a los cristales de sus gafas.

—Oh —dijo ella con acritud—. Ya ha vuelto.

Lo dijo como si acabara de descubrir una plaga de sabandijas.

—Hola, Marks —le dijo Leo alegremente—. Hummm. Parece diferente. ¿Por qué será?

Ella le lanzó una mirada furiosa.

—¿Es una nueva moda eso que lleva en la cabeza? —preguntó con educado interés.

Marks mantuvo un tenso silencio.

Qué momento tan delicioso. Él lo sabía. Ella supo que lo sabía y un mortificante rubor le cubrió el rostro.

—He traído a Poppy conmigo desde Londres —le informó.

Los ojos de Marks se pusieron alerta detrás de las lentes.

—¿Ha venido también el señor Rutledge?

—No. Aunque supongo que estará al caer.

La acompañante se levantó del muro de piedra y pasó junto a él, rozándole con las faldas.

—Debo hablar con Poppy.

—Ya habrá tiempo para eso. —Leo se movió para impedirle el paso—. Pero antes de que regrese a la casa, creo que usted y yo deberíamos ponernos al día. ¿Qué tal le van las cosas, Marks? ¿Le ha ocurrido algo interesante últimamente?

—Desde luego, es tan inmaduro como un crío de diez años —le respondió ella con vehemencia—. Siempre dispuesto a burlarse de las desgracias ajenas. Es usted un cínico desvergonzado que...

—Estoy seguro de que no es tan malo como parece —le dijo Leo con fingida amabilidad—. Vamos, déjeme echar una miradita y le diré...

—¡No se acerque a mí! —le advirtió, intentando esquivarle con rapidez.

Leo le bloqueó el paso con facilidad, conteniendo la risa mientras ella intentaba apartarle de un empujón.

—¿Está intentando empujarme? Si apenas tiene la fuerza de una mariposa. Veo que tiene el turbante torcido. Deje que la ayude...

—¡No me toque!

Comenzaron a forcejear; uno juguetonamente, la otra frenética y agitadamente.

—Vamos, Marks, sólo una miradita —le rogó Leo, ahogando la risa con un gruñido cuando ella se retorció y le incrustó un afilado codo en el estómago. Él logró alcanzar el pañuelo que le cubría la cabeza y comenzó a soltarlo—. Por favor. Todo lo que quiero en esta vida es verla con... —se interrumpió al recibir otro codazo, aunque logró quitarle la tela— el pelo teñido de...

Pero Leo se quedó mudo cuando la tela cayó y el pelo de Marks se desparramó sobre sus hombros. No era verde. Era rubio... con espesos mechones en tonos ámbar, champán y dorado que le caían en una cascada de trémulas ondas hasta la mitad de la espalda.

Leo todavía la sujetaba entre sus brazos mientras deslizaba una asombrada mirada sobre ella. Ambos lucharon por recuperar el aliento, jadeando como dos caballos de carreras. Marks no podría parecer más horrorizada si él la hubiera desnudado. Y lo cierto era que Leo no podría haber estado más condenadamente confundido o excitado que si la hubiera desnudado de verdad. Aunque, desde luego, estaba dispuesto a comprobarlo.

Era tan intensa la conmoción que sufría que Leo apenas sabía cómo reaccionar. Era sólo pelo, sólo unos cuantos mechones de pelo, pero era como ponerle el marco perfecto a una pintura mediocre, revelando la belleza de ésta en su totalidad, hasta el más mínimo y esplendoroso detalle. Catherine Marks, allí bajo la luz del sol, era una criatura mítica, una ninfa de rasgos delicados y ojos opalescentes.

La confusión de Leo no sólo era debida al deslumbrante color del pelo, sino a que él no había podido percibir aquella arrebatadora belleza antes, porque la joven se la había ocultado deliberadamente.

—¿Por qué —le preguntó Leo con voz ronca— quiere ocultar algo tan hermoso? —Clavando los ojos en ella, casi devorándola con la mirada, le preguntó con más suavidad todavía—: ¿De qué se esconde?

A Catherine le temblaron los labios mientras sacudía la cabeza, sabiendo que responder podría resultar fatal para los dos. Y, zafándose de él, se recogió las faldas y corrió hacia la casa.

20

—Amelia —dijo Poppy, apoyando la frente en el hombro de su hermana—, me has causado un gran perjuicio al hacerme creer que el matrimonio era algo fácil.

Amelia se rio suavemente y la abrazó.

—Oh, querida. Perdóname si te he dado esa impresión. Por supuesto que no lo es. En especial cuando los dos miembros de la pareja poseen fuertes caracteres.

—Las revistas femeninas siempre aconsejan dejar que el marido se salga con la suya la mayoría de las veces.

—Oh, eso no son más que mentiras. Sólo hay que dejar que el marido crea que se sale con la suya. Ése es el secreto para tener un matrimonio feliz.

Las dos se rieron entre dientes, y Poppy se incorporó.

Tras acostar a Rye para su siesta matutina, Amelia fue con Poppy a la sala, donde se sentaron a conversar en el sofá. Aunque habían invitado a Win a unirse a ellas, ésta declinó con mucho tacto la invitación, pues sabía que Amelia tenía una relación más maternal con Poppy que ella.

Durante los dos años que Win estuvo en una clínica de Francia, recuperándose de los daños causados por la escarlatina, Poppy había crecido bajo el ala de la hermana mayor. Cuando Poppy quería comentar sus problemas y pensamientos más íntimos, era con Amelia con la que se sentía más a gusto.

Les trajeron la bandeja del té y un plato con dulces de melaza, unas crujientes tortitas de mantequilla cubiertas con sirope de limón y azúcar, hechos según una vieja receta de su madre.

—Debes de estar exhausta —comentó Amelia, poniéndole una mano en la mejilla—. Creo que eres tú, más que Rye, quien necesita echar una siesta.

Poppy negó con la cabeza.

—Dentro de un rato. Antes debo disponer algunas cosas, porque creo que Harry llegará antes del anochecer. Por supuesto, puede que no venga, pero...

—Lo hará —dijo una voz desde la puerta.

Cuando Poppy levantó la mirada se encontró con su antigua acompañante.

—Señorita Marks —exclamó, levantándose de un salto.

Una brillante sonrisa iluminó la cara de la señorita Marks, que se acercó a Poppy para darle un cariñoso abrazo. Poppy se dio cuenta de que la mujer había estado fuera. En lugar del habitual olor a jabón y almidón, olía a campo y a flores; el fresco aroma del verano.

—Las cosas no son lo mismo sin ti aquí —dijo la señorita Marks—. Ahora todo parece mucho más tranquilo.

Poppy se rio.

La señorita Marks se echó hacia atrás y se apresuró a añadir:

—De ninguna manera quería dar a entender que...

—Sí, lo sé. —Todavía sonriendo, Poppy le lanzó una mirada socarrona—. Qué guapa está. Su pelo... —En lugar de llevarlo recogido en un moño severo, los espesos mechones le caían sueltos sobre la espalda y los hombros. Y el color castaño oscuro era ahora de un pálido y brillante tono dorado—. ¿Es ése su color natural?

La señorita Marks se sonrojó.

—Volveré a oscurecérmelo tan pronto como sea posible.

—Pero ¿por qué? —preguntó Poppy, un tanto perpleja—. Le queda muy bien así. Tiene un cabello precioso.

Amelia habló desde el sofá.

—No te recomendaría que te aplicaras ningún producto químico durante algún tiempo, Catherine. Podría debilitarte el pelo.

—Puede que tengas razón —dijo la señorita Marks con el ceño fruncido, pasándose tímidamente los dedos entre las destellantes hebras.

Poppy las miró a ambas con recelo. Jamás había oído que Amelia y la acompañante se tutearan hasta ese momento.

—¿Puedo sentarme con vosotras? —le preguntó la señorita Marks a Poppy con suavidad—. Me gustaría mucho oír qué ha ocurrido desde la boda. Y... —Se interrumpió un momento, pareciendo extrañamente nerviosa—. Tengo algo que contarte, algo que considero de vital importancia dada la actual situación.

—Por favor —dijo Poppy. Lanzó una mirada rápida a Amelia, y se dio cuenta de que su hermana mayor ya sabía lo que la señorita Marks pensaba decirle.

Las tres tomaron asiento. Las dos hermanas en el sofá y Catherine Marks en una silla cercana.

Una forma alargada y flexible cruzó como un rayo la puerta y se detuvo en seco. Era *Dodger* que en cuanto vio a Poppy comenzó a dar brincos de alegría antes de acercarse corriendo a ella.

—*Dodger* —exclamó Poppy, casi feliz de ver al hurón. El pequeño animal se subió a su regazo, la miró con los ojos brillantes y parloteó feliz mientras ella le daba palmaditas. Después de un momento, abandonó su regazo y se acercó a la señorita Marks.

La acompañante le dirigió una mirada severa.

—No te acerques a mí, odiosa comadreja.

Sin dejarse intimidar, el hurón se detuvo a los pies de la señorita Marks y se tumbó ante ella boca arriba, mostrándole la barriga. Para los Hathaway era un motivo de diversión que *Dodger* adorara a la señorita Marks, sin importar lo mucho que ésta le despreciara.

—Vete —le dijo, pero el enamorado hurón redobló sus esfuerzos para seducirla.

Suspirando, ella se inclinó y se quitó un botín, un enorme zapato de cuero con cordones hasta el tobillo.

—Es la única manera de mantenerlo entretenido —les dijo con un gesto hosco.

De inmediato, cesó el parloteo del hurón, que enterró la cabeza dentro del zapato.

Amelia contuvo una sonrisa y centró la atención en Poppy.

—¿Has discutido con Harry? —le preguntó con suavidad.

—En realidad, no. Bueno, al principio sí, pero... —Poppy notó que se ruborizaba—. Lo cierto es que desde el día de la boda no hemos hecho otra cosa que dar vueltas uno alrededor del otro. Pero anoche, finalmente, pensé que dejaríamos de hacerlo... —Las palabras parecieron quedársele atascadas en la garganta y tuvo que hacer un esfuerzo para soltarlas de golpe—. Me temo que nada cambiará nunca. Que siempre seguiremos con este tira y afloja... Creo que Harry se preocupa por mí, pero no quiere que yo me preocupe por él. Es como si necesitara y temiera el amor a la vez. Y eso me deja en una posición imposible. —Soltó una triste y temblorosa risita, y miró a su hermana con gesto impotente, como si le preguntara qué debía hacer con ese hombre.

En lugar de responder, Amelia se giró para mirar a la señorita Marks.

La señorita de compañía parecía vulnerable, confundida e inquieta bajo la apariencia de calma que había adoptado.

—Poppy, quizá yo pueda arrojar un poco de luz sobre este asunto. De por qué Harry parece tan inalcanzable.

Alarmada por la manera familiar en la que se había referido a Harry, Poppy la miró sin parpadear.

—¿Conoce de algo a mi marido, señorita Marks?

—Por favor, llámame Catherine. Me gustaría mucho que me consideraras una amiga. —La mujer respiró hondo—. Lo conozco desde hace tiempo.

—¿Qué? —preguntó Poppy débilmente.

—Debería habértelo dicho antes. Lo siento. No es algo de lo que me guste hablar.

Poppy guardó silencio, demasiado asombrada para decir nada. No sucedía muy a menudo que alguien que conociera desde hacía tiempo la sorprendiera de esa manera. ¿Existía alguna conexión entre la señorita Marks y Harry? Debía de ser algo profundamente inquietante cuando los dos lo habían mantenido en secreto. Sintió que la atravesaba un escalofrío de aprensión cuando le asaltó un terrible pensamiento.

—Oh, Dios mío. Harry y tú...

—No. Nada de eso. Pero es una historia complicada, y no estoy segura de cómo... Bueno, empezaré contándote lo que sé de Harry.

Poppy le respondió con una rígida inclinación de cabeza.

—El padre de Harry, Arthur Rutledge, era un hombre muy ambicioso —dijo Catherine—. Construyó un hotel en Búfalo, Nueva York, más o menos en la época en la que se comenzó a ampliar el puerto. Un proyecto con el que tuvo cierto éxito, aunque según se dice no era un buen administrador. Era demasiado orgulloso, obstinado y dominante. No se casó hasta después de cumplir los cuarenta, y lo hizo con una belleza local, Nicolette, una joven conocida por su vivacidad y encanto. Él le doblaba la edad, y tenían poco en común. No sé si Nicolette se casó con él por dinero o si, al principio, existía algún tipo de afecto entre ellos. Por desgracia, Harry nació poco después de que se casaran y surgieron gran cantidad de especulaciones sobre si Arthur era o no el padre. Creo que fueron los rumores los que propiciaron el distanciamiento entre ellos. En cualquier caso, el matrimonio fracasó. Tras el nacimiento de Harry, Nicolette no se molestó en ocultar sus aventuras amorosas, hasta que finalmente se fugó a Inglaterra con uno de sus amantes. Harry tenía entonces cuatro años.

La expresión de Catherine se volvió pensativa. Estaba tan absorta en sus pensamientos que ni siquiera se había dado cuenta de que el hurón se había acurrucado en su regazo.

—Los padres de Harry casi habían ignorado a su hijo hasta ese momento, pero después de que Nicolette se marchara, el niño quedó desatendido por completo. Incluso peor que eso, quedó totalmente aislado. Arthur lo encerró en una especie de prisión invisible. El personal del hotel recibió órdenes de no relacionarse con el niño. Así que Harry se pasaba la mayor parte del tiempo encerrado solo en su habitación. Incluso cuando comía en la cocina del hotel, a los empleados les daba miedo hablar con él, pues temían las represalias. Arthur se aseguró de que a Harry no le faltara ni comida, ni ropa, ni educación. Nadie puede decir que Harry fuese maltratado, porque nadie le pegó ni le privó de comida. Pero hay muchas maneras de quebrantar el espíritu de una persona además de con el maltrato físico.

—Pero ¿por qué? —le preguntó Poppy con voz débil, intentando asimilar la idea de que un niño hubiera sido tratado de una manera tan cruel—. ¿Cómo un padre puede ser tan vengativo como para culpar a un hijo de las acciones de su madre?

—Porque Harry era un recuerdo constante de la humillación y el desengaño sufridos. Y era más que probable que Harry no fuera siquiera hijo de Arthur.

—Pero eso no es excusa —exclamó Poppy—. Desearía... Oh, ojalá alguien le hubiera ayudado.

—Muchos de los empleados del hotel se sintieron terriblemente culpables por la manera en que trataban a Harry. En particular el ama de llaves. En una ocasión se dio cuenta de que llevaba dos días sin verle y fue a buscarle. Su padre le había encerrado en su habitación sin comida... Arthur había estado tan ocupado que se olvidó de dejarle salir. Y Harry sólo tenía cinco años.

—¿Nadie le oyó llorar? ¿Es que no hizo ningún ruido? —preguntó Poppy con voz temblorosa.

Catherine bajó la mirada al hurón y se puso a acariciarle.

—La regla más importante en un hotel es «jamás molestar a los huéspedes». Se la habían repetido desde que tuvo uso de razón. Así que guardó silencio, esperando a que alguien se acordara de él y fuera a buscarle.

—Oh, no —susurró Poppy.

—El ama de llaves se quedó tan horrorizada —continuó Catherine—, que logró averiguar dónde estaba Nicolette y le escribió varias cartas describiéndole la situación de su hijo con la esperanza de que mandara a alguien a buscarlo. Cualquier cosa, incluso vivir con una madre como Nicolette, sería mejor que el terrible aislamiento que estaba sufriendo Harry.

—¿Nicolette nunca envió a nadie a por él?

—No hasta mucho después, cuando ya era demasiado tarde para Harry. Y, por lo que pudieron ver, demasiado tarde para todos. Nicolette acabó contrayendo una enfermedad degenerativa. Fue consumiéndose y deteriorándose poco a poco hasta que al final empeoró con mucha más rapidez. Quiso ver a su hijo antes de morir, así que le escribió pidiéndole que fuera a verla. Él salió con destino a Londres en el primer barco disponible. Por aquel entonces ya era un adulto de veinte años más o menos. No sé por qué motivo quiso ver a su madre. Es indudable que tenía un montón de preguntas que hacerle. Sospecho que siempre albergará una duda en su mente, que una parte de él siempre pensará que su madre se fue por su culpa. —Hizo una pausa, momentáneamente sumida en sus pensamientos—. Muy a menudo, los niños se culpan por cómo les tratan los adultos.

—Pero no fue culpa suya —exclamó Poppy, con el corazón lleno de compasión. Sólo era un niño. Ningún niño merece que lo abandonen.

—Dudo de que alguien se haya molestado en decírselo alguna vez —dijo Catherine—. A Harry no le gusta hablar de eso.

—¿Qué le dijo su madre cuando se encontraron?

Catherine apartó la mirada durante un momento, parecía incapaz de seguir hablando. Clavó los ojos en el hurón, que se enroscaba en su regazo, sin dejar de acariciarle el liso y brillante pelaje. Al final logró contestar con una voz tensa, sin levantar la vista.

—Murió un día antes de que él llegara a Londres. —Entrelazó los dedos con fuerza—. Como siempre, su madre acabó eludiéndole. Supongo que cualquier esperanza que tuviera Harry de encontrar respuestas, cualquier esperanza de afecto, murió con ella.

Las tres mujeres guardaron silencio.

Poppy estaba consternada.

¿Cómo habría afectado a un niño crecer en un ambiente tan desprovisto de amor y cariño? Debió de pensar que todo el mundo le había traicionado. Qué carga tan cruel para unos hombros tan pequeños.

«Nunca te amaré», le había dicho ella el día de la boda.

¿Qué le había respondido él?

«Jamás he querido que me amen. Bien sabe Dios que nadie lo ha hecho nunca.»

Poppy cerró los ojos, sintiéndose enferma. Eso no era un problema que pudiera resolverse con una charla, ni en un par de días. Ni siquiera en un año. Aquello era una herida abierta en el alma.

—Quise contártelo antes —oyó decir a Catherine—. Pero temía que eso hiciera inclinar la balanza a favor de Harry. Siempre has sido una persona tierna y compasiva, Poppy. Y lo cierto es que Harry jamás querrá tu compasión y, lo más probable, es que ni siquiera quiera tu amor. No creo que llegue a convertirse en el tipo de marido que te mereces.

Poppy la miró con los ojos llenos de lágrimas.

—Entonces, ¿por qué me cuentas todo esto?

—Porque aunque siempre he creído que Harry es incapaz de amar, tampoco puedo asegurarlo por completo. Jamás he estado segura en nada que concierna a Harry Rutledge.

—Señorita Marks... —comenzó Poppy, aunque rectificó de inmediato—, Catherine, ¿qué relación hay entre Harry y tú? ¿Cómo es que sabes tanto de él?

Una serie de curiosas expresiones cruzó la cara de Catherine... ansiedad, pesar, súplica. Comenzó a estremecerse visiblemente hasta tal punto, que el hurón se despertó y dio un brinco en su regazo.

Cuando el silencio se alargó entre ellas, Poppy le lanzó a Amelia una mirada inquisitiva. Su hermana le respondió con una sutil inclinación de cabeza, como diciéndole que tuviera paciencia.

Catherine se quitó las gafas y limpió las lentes empañadas por la transpiración. Parecía que toda la cara se le había humedecido por los nervios, su fina piel tenía un brillo nacarado.

—Algunos años después de que Nicolette llegara a Inglaterra con su amante —dijo—, tuvo otro hijo. Una niña.

Poppy estableció la conexión de inmediato. Enseguida se apretó la boca con los nudillos.

—¿Tú? —logró preguntar finalmente.

Catherine levantó la cara, con las gafas todavía en la mano. Tenía unas facciones armoniosas, con los huesos finos y elegantes, pero había algo franco y resuelto en la hermosa simetría de sus rasgos. Sí, había algo de Harry en ese rostro. Una seriedad en ese gesto reservado que hablaba de profundas emociones.

—¿Por qué no lo has mencionado nunca? —le preguntó Poppy,

desconcertada—. ¿Por qué no lo hizo Harry? ¿Por qué mantener tu existencia en secreto?

—Es para protegerme. He adoptado un nombre nuevo. Nadie debe enterarse.

Había muchas más cosas que Poppy quería preguntarle, pero parecía que Catherine Marks había dicho todo lo que quería decir por el momento. Murmurando una disculpa por lo bajo, se puso en pie y dejó al hurón dormido encima de la alfombra. Cogió con rapidez el botín que se había quitado antes y salió de la estancia. *Dodger* se desperezó y la siguió al instante.

Poppy se quedó sola con su hermana, con la mirada perdida en el plato de las pastitas en la mesita cercana. Trascurrió un largo silencio.

—¿Té? —oyó que preguntaba Amelia.

Poppy se limitó a asentir con la cabeza.

Después de que sirviera el té, las dos alargaron el brazo y cogieron una pastita, que mordieron cuidadosamente, degustando el sirope de limón y el azúcar de la suave y crujiente cobertura del dulce. Era uno de los sabores que ambas recordaban de la infancia. Poppy lo tragó con un sorbo de té caliente con leche.

—Esto me recuerda a nuestros padres —dijo Poppy con aire distraído—, y aquella preciosa casita en Primrose Place... Cosas que me hacen sentir mejor. Como comer estas pastitas. Y las cortinas con flores estampadas. Y leer las *Fábulas* de Esopo.

—Y el olor de las rosas —recordó Amelia—. Observar la lluvia caer desde los aleros del tejado de paja. ¿Y recuerdas cuando Leo capturó varias luciérnagas en unos frascos e intentamos usarlas como si fueran las luces de las velas en la mesa de la cena?

Poppy sonrió.

—Recuerdo que jamás podían encontrar la fuente para hacer pastel porque Beatrix siempre la utilizaba como cama para sus mascotas.

Amelia soltó un bufido de risa impropio de una dama.

—¿Recuerdas cuando una de las gallinas se asustó tanto por el perro del vecino que se le cayeron todas las plumas? Bea obligó a mamá a hacerle un jersey.

Poppy se atragantó con el té, intentando contener la risa.

—No sabes la vergüenza que pasé. Todo el mundo en el pueblo vio a nuestra gallina calva pavoneándose por los alrededores con un jersey.

—Por lo que tengo entendido —dijo Amelia, con una amplia sonrisa—, Leo no ha vuelto a probar el pollo desde entonces. Dice que no puede comer algo que quepa la posibilidad de que pueda usar ropa.

Poppy suspiró.

—Jamás me había dado cuenta de lo maravillosa que fue nuestra infancia. Yo quería que fuéramos una familia vulgar y corriente para que dejaran de llamarnos los «excéntricos Hathaway». —Se lamió una pegajosa gota de sirope de la punta del dedo, y le lanzó a Amelia una mirada de pesar—. Jamás seremos una familia vulgar y corriente, ¿verdad?

—No, querida. Aunque, debo confesar, que jamás he comprendido del todo ese anhelo tuyo de llevar una vida corriente. Para mí sería algo muy aburrido.

—Para mí significa seguridad. Saber a qué atenerme. Hemos recibido tantas sorpresas terribles, Amelia... Las muertes de nuestros padres, la escarlatina y, por último, el incendio de la casa.

—¿Y crees que te habrías sentido segura con el señor Bayning? —le preguntó Amelia con suavidad.

—Eso creía, sí. —Poppy meneó la cabeza, confundida—. Estaba segura de que sería feliz con él. Pero volviendo la vista atrás, no puedo evitar pensar que... Michael no luchó por mí, ¿verdad? Harry le dijo algo el mismo día de nuestra boda, justo delante de mí: «Habría sido suya si usted la hubiera deseado de verdad, pero está claro que yo la deseaba más.» Si bien odié lo que hizo Harry, a una parte de mí le gustó que él no me viera como alguien inferior.

Subiendo los pies al sofá, Amelia la miró con tierna preocupación.

—Supongo que sabes que la familia no te dejará regresar con Harry hasta que estemos seguros de que será amable contigo.

—Pero lo ha sido —dijo Poppy. Y le contó a Amelia lo ocurrido el día que se había torcido el tobillo, cuando Harry había cuidado de ella—. Fue amable y tierno y... bueno, cariñoso. Y sí es así como es Harry realmente... —Se interrumpió y pasó un dedo por el borde de la taza de té, mirando ensimismada el líquido del interior—. Leo me dijo una cosa mientras veníamos hacia aquí. Me dijo que tenía que decidir si quería perdonar a Harry por la manera en que comenzó nuestro matrimonio. Amelia, creo que debo hacerlo. Tanto por mi bien como por el de Harry.

—Errar es de humanos —dijo Amelia—; perdonar, absolutamente mortificante. Pero sí, creo que es una buena idea.

—El problema es que ese Harry, el que cuidó de mí aquel día, no suele salir a la superficie muy a menudo. Se mantiene ridículamente ocupado, y se entromete en los asuntos de todo el mundo en ese maldito hotel que regenta para evitar tener que pensar en algo más personal. Si pudiera mantenerle apartado del Rutledge, estar con él en algún lugar tranquilo aunque sólo fuera para...

—¿Mantenerle en la cama una semana? —le sugirió Amelia, con los ojos chispeantes.

Poppy le lanzó a su hermana una mirada de sorpresa antes de sonrojarse e intentar contener la risa.

—Quizás hiciera maravillas en tu matrimonio —continuó Amelia—. Es maravilloso poder hablar tranquilamente con tu marido después de haber hecho el amor. Se sienten tan agradecidos y relajados que dicen que sí a todo.

—Me pregunto si podría convencer a Harry de que se quedara aquí conmigo durante unos días —dijo Poppy, pensativa—, ¿la casa del guardabosques sigue vacía?

—Sí, pero la casa de los guardeses es más bonita, y está a una distancia más conveniente de la mansión.

—Ojalá... —Poppy vaciló—. Pero eso sería imposible. Harry jamás consentirá en quedarse lejos del hotel durante tanto tiempo.

—Pónselo como condición si quiere que regreses a Londres con él —le propuso Amelia—. Sedúcele. Por el amor de Dios, Poppy, no es tan difícil.

—Pero no sé cómo seducirle —protestó Poppy.

—Sí, claro que sí. La seducción no es más que alentar a un hombre a hacer algo que ya quiere hacer.

Poppy le dirigió una mirada aturdida.

—No entiendo por qué me das este consejo ahora, cuando al principio te oponías a mi matrimonio.

—Bueno, ahora que estás casada, poco se puede hacer, salvo sacar partido de ello. —Hizo una pausa reflexiva—. Algunas veces, cuando sacas el mayor partido posible a una situación, las cosas resultan mucho mejor de lo que esperabas.

—Sólo tú —dijo Poppy— haces que seducir a un hombre parezca la opción más razonable.

Amelia sonrió ampliamente y cogió otra pastita.

—Pero lo que estoy sugiriendo es que te lances de cabeza sobre él. Ve directa al grano. Enséñale la clase de matrimonio que quieres tener.

—¿Quieres que me lance de cabeza sobre él? —murmuró Poppy—. ¿Como un conejo contra un gato?

Amelia le dirigió una mirada perpleja.

—¿Hummm?

Poppy sonrió.

—Es algo que Beatrix me aconsejó que hiciera. Tumbar un gato. Quizá sea la más lista de todos nosotros.

—Jamás lo he dudado. —Amelia levantó el brazo y apartó a un lado la cortina blanca, haciendo que los rayos del sol cayeran sobre su pelo brillante e iluminaran sus finos rasgos. Soltó una risita—. Ahí está, regresa de su paseo por el bosque. Se pondrá contentísima cuando descubra que Leo y tú estáis aquí. Y parece que lleva algo en el delantal. Santo Dios, podría ser cualquier cosa. Es una chica encantadora, pero un tanto salvaje... Catherine ha hecho maravillas con ella, pero sabe que jamás la domará por completo.

Amelia lo dijo sin preocupación ni censura, simplemente aceptando a Beatrix como era, confiando en que el destino sería amable con ella. Era indudable que eso era influencia de Cam. Él siempre había tenido el buen tino de darle a los Hathaway toda la libertad posible, permitiendo sus excentricidades cuando otra persona las habría aplastado. Ramsay House era su puerto seguro, su refugio, el lugar donde nadie podía entrometerse.

Y Harry llegaría en cualquier momento.

21

El viaje de Harry a Hampshire resultó largo, incómodo y tedioso sin más compañía que la de sus propios pensamientos. Había intentado descansar, pero para un hombre al que le resultaba difícil dormir incluso en las mejores circunstancias, echar una cabezada en un traqueteante carruaje a plena luz del día le resultaba totalmente imposible. Se había entretenido pensando en extravagantes amenazas para intimidar a su esposa y conseguir que lo obedeciera. Luego se había imaginado cómo castigaría a Poppy, hasta que aquellos pensamientos le habían excitado e irritado a la vez.

Maldita fuera. No debería haberse marchado.

Harry jamás había sido dado a la introspección, encontraba el territorio del corazón y de los sentimientos demasiado traicionero y complicado para explorarlo y menos en profundidad. Pero le resultaba imposible olvidar cómo era su vida antes, cuando no existía ni el más mínimo atisbo de ternura, de placer o de esperanza, y había tenido que valerse por sí mismo. Su supervivencia había dependido de no permitirse jamás necesitar a otra persona.

Harry intentó distraer sus pensamientos prestando atención al paisaje; aún había luz en el cielo veraniego, a pesar de que eran casi las nueve. De todos los lugares que Harry había visitado en Inglaterra, jamás había estado en Hampshire. En ese momento, el carruaje atravesaba las colinas del sur de Inglaterra hacia los fértiles prados y densos bosques cerca de New Forest y Southampton. El próspero mercado de Stoney Cross estaba ubicado en una de las regiones más pintorescas de Inglaterra. Pero el pueblo y sus alrededores poseían algo más que un bonito paisaje: una cualidad mística difícil de describir. Parecía que estuviera viajando a un lugar atemporal, donde las criaturas que poblaban aquellos antiguos bosques sólo existían en la mitología. Al caer la noche, la niebla cubrió el valle y las carreteras, haciendo que pareciera un lugar casi sobrenatural.

El carruaje tomó el camino privado de la hacienda Ramsay atravesando dos portones abiertos junto a una casita de ladrillos gris azulado. La mansión poseía una mezcla de estilos arquitectónicos que no deberían combinar tan bien, pero que resultaban extrañamente armónicos.

Poppy estaba allí. Saberlo animó a Harry y se sintió desesperado por llegar a ella. Pero era más que desesperación. Perder a Poppy era la única cosa de la que jamás podría recuperarse y esa certeza hacía que se sintiera aterrado, furioso y atrapado como una fiera enjaulada. Los sentimientos que bullían en su interior catalizaron en una especie de mantra: no permitiría que le mantuvieran separado de ella.

Con la misma paciencia que un tejón atrapado en un cebo, Harry se dirigió a grandes zancadas hasta la puerta principal, sin esperar que le recibiera un lacayo. Entró con paso resuelto en un vestíbulo a doble altura con paneles de color crema en las paredes y una escalera curva de mármol en el fondo.

Cam Rohan se acercó a saludarle. Su cuñado estaba vestido de manera informal con una camisa sin cuello, pantalones y un chaleco de piel.

—Rutledge —le dijo en tono agradable—. Acabamos de terminar de cenar. ¿Quiere tomar algo?

Harry sacudió la cabeza con gesto impaciente.

—¿Cómo está Poppy?

—Venga, tomemos una copa de vino y discutamos algunas cosas.

—¿Está cenando?

—No.

—Quiero verla. Ahora mismo.

La agradable expresión de Cam no varió.

—Me temo que tendrá que esperar.

—Deje que se lo diga de otra manera: pienso verla aunque para ello tenga que reducir este lugar a cenizas.

Cam se encogió de hombros, imperturbable.

—Entonces será mejor que vayamos afuera.

Aquella sencilla declaración para entablar una pelea asombró y complació a Harry. Sintió que le hervía la sangre por la furia contenida. Su temperamento estaba a punto de estallar.

En alguna parte de su subconsciente, Harry reconocía que no era realmente él mismo, que los precisos engranajes de su mente no funcionaban bien y estaba fuera de control. La fría lógica de la que siempre hacía gala le había abandonado. Lo único que sabía ahora era que quería a Poppy, y si era necesario pelear por ella, que así fuera. Pelearía hasta quedarse sin fuerzas.

Siguió a Cam por el vestíbulo y un pasillo que conducía al exterior hasta llegar a un pequeño invernadero iluminado por un par de farolas.

—Voy a decirle una cosa —le comentó el romaní como quien no quiere la cosa—, tiene a su favor que su primera pregunta fuera «¿Cómo está Poppy?» y no «¿Dónde está Poppy?».

—En lo que a mí respecta, usted y sus opiniones me traen al fresco —dijo Harry con un gruñido, quitándose la chaqueta y dejándola a un lado—. No estoy pidiendo permiso para ver a mi esposa. Es mía y la veré cuando quiera, y todos ustedes pueden irse al diablo.

Cam se giró hacia él, la luz de las farolas se reflejó en sus ojos y en los negros mechones de su pelo.

—Ella forma parte de mi tribu —dijo el romaní, comenzando a dar vueltas en torno a Harry—. Regresará sin Poppy, a menos que encuentre la manera de convencerla de que vuelva con usted.

Harry también comenzó a moverse a su alrededor, intentando tranquilizar el caos de sus pensamientos mientras centraba la atención en su adversario.

—¿Sin reglas? —preguntó bruscamente.

—Sin reglas.

Harry golpeó primero, y Cam lo esquivó fácilmente. Entonces, el hotelero ajustó y calculó los movimientos, inclinándose hacia un lado cuando Cam le lanzó un derechazo. Harry giró y conectó un gancho de izquierda. El romaní reaccionó demasiado tarde por lo que sólo consiguió desviar una parte de la fuerza del golpe.

Tras soltar una suave maldición y esbozar una pesarosa sonrisa, Cam volvió a ponerse en guardia.

—Es duro y rápido —dijo con admiración—. ¿Dónde aprendió a pelear así?

—En Nueva York.

Cam se abalanzó hacia delante y le lanzó al suelo.

—Yo, en Londres.

Rodando a un lado, Harry se incorporó de inmediato. Al levantarse, clavó el codo en el estómago de Cam.

El gitano soltó un gruñido. Agarró el brazo de Harry y, poniéndole una zancadilla, lo derribó de nuevo al suelo. Rodaron un par de veces, hasta que Harry consiguió levantarse y retroceder unos pasos.

Con la respiración jadeante, observó cómo Cam se ponía en pie de un salto.

—Podría haberme inmovilizado poniéndome un antebrazo en la garganta —señaló Cam, apartándose el pelo de la frente.

—No quería aplastarle la tráquea —dijo Harry con voz ronca—, no antes de que me diga dónde está mi esposa.

Cam esbozó una sonrisa. Sin embargo, antes de que pudiera responderle, fueron interrumpidos por el alboroto que formó el resto de la familia al entrar en el invernadero; Leo, Amelia, Win, Beatrix, Merripen y Catherine Marks. Todos salvo Poppy, observó Harry con desolación. ¿Dónde demonios estaba?

—¿Así que éste es ahora el entretenimiento de después de la cena? —preguntó Leo con sarcasmo, dando un paso adelante—. Si me hubierais preguntado, os hubiera dicho que prefería jugar a las cartas.

—Usted será el siguiente, Ramsay —dijo Harry con el ceño fruncido—. En cuanto acabe con Rohan, voy a hacerle pagar por haberse llevado a mi mujer de Londres.

—No —dijo Merripen con una tranquilidad mortal, dando un

paso hacia delante—. Yo seré el siguiente. Y seré yo quien le hará papilla por haberse aprovechado de mi cuñada.

Leo desplazó la mirada de la cara de pocos amigos de Merripen a la de Harry, y puso los ojos en blanco.

—Ya veo que no pinto nada aquí —dijo, dirigiéndose hacia la salida del invernadero—. En cuanto Merripen acabe con él, no quedarán ni las migas. —Se detuvo al lado de sus hermanas y le habló a Win en voz baja—: Más vale que hagas algo.

—¿Por qué?

—Porque Cam sólo quiere hacerle recuperar el juicio a golpes, pero Merripen sí tiene intención de matarle, y no creo que a Poppy le agrade mucho la idea.

—¿Y por qué no le detienes tú, Leo? —le sugirió Amelia, secamente.

—Porque soy un noble. Nosotros los aristócratas siempre procuramos que sean los demás los que hagan el trabajo sucio. —Le lanzó a su hermana una mirada de superioridad—. Es lo que se conoce como «nobleza obliga».

La señorita Marks arqueó las cejas.

—Ése no es el significado de «nobleza obliga».

—Para mí, sí —dijo Leo, encantado de molestarla.

—Kev —dijo Win con serenidad, dando un paso hacia delante—. Hay algo que me gustaría decirte.

Merripen, pendiente como siempre de su esposa, la miró con el ceño fruncido.

—¿Ahora?

—Sí, ahora.

—¿No puedes esperar?

—No —dijo Win con ligereza. Al ver la vacilación de su esposo, continuó—: Estoy esperando.

Merripen parpadeó.

—¿Esperando qué?

—Esperando un bebé.

Todos observaron que Merripen palidecía.

—Pero ¿cómo...? —preguntó aturdido, casi tambaleándose mientras se acercaba a Win.

—¿Cómo? —repitió Leo—. Merripen, ¿acaso no recuerdas aquella conversación especial que tuvimos antes de tu noche de bodas? —Sonrió ampliamente cuando Merripen le lanzó una mirada de advertencia. Inclinándose hacia Win, le murmuró al oído—: Muy bien hecho, hermanita, pero ¿qué le dirás cuando se entere de que es mentira?

—Es que no es mentira —dijo Win jovialmente.

La sonrisa de Leo desapareció y se dio una palmada en la frente.

—Santo Dios, ¿dónde está el brandy? —masculló y desapareció dentro de la casa.

—Estoy segura de que quería felicitarte —comentó Beatrix con una sonrisa radiante, siguiendo a todos los que abandonaron el invernadero.

Cam y Harry se quedaron solos.

—Probablemente debería explicarle —le dijo Cam a Harry como pidiendo disculpas— que Win estuvo enferma durante una época de su vida y, aunque está totalmente recuperada, Merripen aún teme que un parto sea demasiado para ella. —Hizo una pausa—. En realidad, todos lo hacemos —admitió—, pero Win está resuelta a tener hijos, y que Dios ayude al desdichado que intente negarle algo a un Hathaway.

Harry sacudió la cabeza, desconcertado.

—Su familia es...

—Lo sé —le interrumpió Cam—. Acabará acostumbrándose a nosotros. —Hizo una pausa y luego le preguntó en tono despreocupado—: Y ahora, ¿quiere seguir con la pelea o prefiere que prescindamos de ella y vayamos a tomar un brandy con Ramsay?

A Harry le quedó clara una cosa: sus parientes políticos no eran personas normales.

Uno de los mejores aspectos de los veranos en Hampshire era que aun cuando los días fueran soleados y calurosos, la mayoría de las noches eran tan frías que había que encender la chimenea. A solas en casa de los guardeses, Poppy se acurrucó ante el pequeño y crepitante fuego para leer un libro bajo la luz de una lámpara. Leyó la misma página repetidas veces, incapaz de concentrarse en nada mientras esperaba a Harry. Había visto pasar el carruaje frente a la casa de los guardeses de camino a Ramsay House, y sabía que sólo era cuestión de tiempo que su familia enviara allí a su esposo.

—No lo verás —le había dicho Cam— hasta que su temperamento se haya enfriado un poco.

—Jamás me haría daño, Cam.

—De todos modos, hermanita, tengo intención de decirle un par de cosas.

Llevaba puesta una bata que le había pedido prestada a Win, una prenda de color rosa pálido con un adorno de encaje blanco en la parte superior. El escote era muy bajo y dejaba demasiado a la vista, pues como Win era más delgada que ella, la prenda le quedaba muy ceñida y los pechos casi se le salían por encima del encaje. Dado que sabía que a Harry le gustaba que llevara el pelo suelto, se lo había cepillado, dejándolo caer como una pesada y fogosa cortina sobre los hombros.

Escuchó un sonido en el exterior; un golpe duro contra la puerta. Poppy levantó la cabeza de repente, sintiendo que se le aceleraba el corazón y que le daba un vuelco el estómago. Dejó el libro a un lado y se acercó a la puerta, giró la llave en la cerradura y tiró del picaporte.

Se encontró cara a cara con su marido, que estaba un escalón más abajo del porche.

Aquélla era una nueva versión de Harry. Estaba exhausto, despeinado, magullado y sin afeitar. De alguna manera, aquel aspecto tan desaliñado y viril agradó a Poppy, pues pensó que le confería a su marido un atractivo duro y feroz. Parecía como si estuviera considerando al menos una docena de maneras de castigarla por haberse escapado de él. La mirada que le lanzó le puso la piel de gallina.

Poppy respiró hondo y dio un paso atrás para dejar entrar a Harry. Luego cerró la puerta suavemente.

Entre ellos reinó un tenso silencio; el aire de la estancia estaba cargado de emociones a las que ella no podía dar nombre. El pulso le latió en las corvas, en los codos y en la boca del estómago cuando Harry paseó la mirada por su cuerpo.

—Si alguna vez intentas dejarme de nuevo —dijo él en tono amenazador—, las consecuencias serán peores de lo que puedas imaginar. —Y continuó diciendo algo sobre que existían reglas que ella debía acatar sin rechistar y que, desde luego, había cosas que él no pensaba consentir. Que si necesitaba que le enseñara una lección, estaría condenadamente encantado de complacerla.

A pesar del tono rudo y feroz, Poppy sintió una oleada de ternura. Harry parecía un hombre duro y solitario. Y muy necesitado de afecto.

Antes de darse la oportunidad de reconsiderarlo siquiera, la joven se acercó a él en dos zancadas, borrando la distancia entre ellos. Tomándole la tensa mandíbula entre las manos, se puso de puntillas y se apretó contra él, silenciando sus palabras con los labios.

Poppy sintió el estremecimiento que ese tierno contacto provocó en Harry. Notó que contenía el aliento antes de agarrarla por la parte superior de los brazos y apartarla lo suficiente para mirarla a los ojos con incredulidad. Poppy sintió lo fuerte que era él, podía romperla en dos si así lo quería. Harry permaneció inmóvil, fascinado por lo que fuera que veía en su expresión.

Ansiosa y resuelta, Poppy se inclinó hacia él para besarle de nuevo en la boca. Harry se lo permitió durante un momento, luego se apartó. Tragó saliva visiblemente. Si el primer beso le había cogido por sorpresa, el segundo le había desarmado por completo.

—Poppy —le dijo con voz ronca—, no quise hacerte daño. Intenté ser tierno y suave.

Poppy le cogió la cara entre las manos suavemente.

—¿Acaso piensas que te abandoné por eso, Harry?

Él pareció aturdido por la caricia. Separó los labios en una pregunta muda, torciendo los rasgos con exquisita frustración. Poppy se dio cuenta del momento exacto en que él dejó de intentar buscarle un sentido a las cosas.

Inclinándose sobre ella con un gemido, la besó.

El calor compartido de sus bocas, el roce sinuoso de sus lenguas, llenó a Poppy de placer. Le respondió apasionadamente, sin reservarse nada, dejando que la lengua de su marido indagara y acariciara como deseaba. Harry la rodeó con sus brazos, apretándole las nalgas con una mano para acercarla más a él.

Al ponerse de puntillas, Poppy se sintió completamente pegada a su cuerpo; sus pechos, sus vientres y sus muslos se apretaban con fuerza. Él estaba muy excitado y su carne presionaba con atrevimiento contra la de ella. Cada una de esas fricciones provocaba un profundo y estremecedor deleite en Poppy.

Harry le deslizó los labios por un lado de la garganta y le echó la cabeza hacia atrás hasta que los pechos de la joven presionaron contra el encaje de la bata. Luego, se dedicó a acariciarle el valle entre los senos, pasándole la lengua por los pechos. Su aliento cálido se mezcló con el encaje blanco de la prenda, humedeciendo la piel de Poppy. Harry buscó un pezón, que estaba oculto bajo el tejido rosa de la bata. Ella se arqueó con desesperación, pues quería sentir su boca allí; la quería en todas partes, lo quería todo de él.

Poppy trató de decir algo, quizá sugerirle que fueran al dormitorio, pero lo único que salió de su boca fue un gemido. Sintió que se le doblaban las rodillas mientras Harry tiraba de la parte delantera de la bata, descubriendo la hilera de corchetes ocultos. Se la abrió con sorprendente rapidez y se deshizo de la prenda, dejándola desnuda.

Luego, hizo que ella se diera la vuelta y extendió una mano para apartarle a un lado la brillante mata de pelo y poder deslizarle la boca por la nuca, besándola con pasión, casi mordisqueándola, provocándola con la lengua mientras le acariciaba los senos con las manos. Le acarició un pecho, pellizcándole el duro pico con suavidad mientras le deslizaba la otra mano entre los muslos.

Poppy se sobresaltó, respirando entrecortadamente cuando él la apartó un poco. Instintivamente, volvió a acercarse a Harry, un movimiento que él aprobó ronroneando contra su cuello. La sostuvo entre sus brazos sin dejar de acariciarla, sintiendo cómo crecía el deseo de su esposa, llenándola con los dedos hasta que ella se arqueó contra él, acunando su erección con el trasero desnudo. Él continuó seduciéndola, dando placer a su vulnerable carne.

—Harry —jadeó ella—, voy a caerme si...

Los dos se hundieron abrazados en el suelo alfombrado en una especie de lento colapso, con Harry todavía detrás de ella. Él murmuró su pasión contra la nuca de Poppy, hablándole del deseo que sentía por ella y de lo hermosa que era. La textura de su boca, la aterciopelada humedad de sus labios, rodeada por la áspera rugosidad de su barba, hizo que Poppy se estremeciera de placer. Luego comenzó a besarle la columna, hasta llegar a las nalgas.

Poppy se giró para desabrocharle la camisa. Sus dedos se movieron con inusual torpeza al intentar liberar los cuatro botones. Harry permaneció inmóvil, con el pecho subiendo y bajando por la respiración jadeante mientras la observaba con aquellos ardientes ojos verdes. Luego, él se deshizo del chaleco y, dejando caer los tirantes a los lados, se quitó la camisa por la cabeza. Tenía un amplio y magnífico torso con musculosas y duras curvas, cubierto por una capa de vello oscuro. Ella se lo acarició con una mano temblorosa y luego bajó la mano a la cinturilla de los pantalones, buscando los botones que cerraban la bragueta.

—Déjame a mí —dijo Harry bruscamente.

—No, ya lo hago yo —insistió ella, resuelta a aprender aquellos detalles que concernían a las mujeres casadas. Sintió el estómago de Harry contra los nudillos, duro y tenso. Al no encontrar los escurridizos botones, los buscó con ambas manos mientras Harry se obligaba a esperar. Los dos dieron un brinco cuando los exploradores dedos de la joven rozaron sin querer su erección.

Harry emitió un sonido ahogado que era una mezcla de gemido y risa.

—Poppy —le dijo jadeante—. Maldita sea, por favor, deja que me encargue yo.

—No sería tan difícil... —protestó ella, logrando por fin desabrochar un botón—, si los pantalones no estuvieran tan apretados.

—Por lo general, no lo están.

Al comprender lo que él quería decir, ella se detuvo y le miró con una sonrisa de disculpa en los labios. Él le tomó la cara entre las manos, mirándola con tal profundidad y anhelo que Poppy sintió que se le ponía la piel de gallina.

—Poppy —dijo él con voz ronca y jadeante—, he pensado en ti cada minuto de las doce horas de viaje. En qué debía hacer para que volvieras conmigo. Haré lo que sea necesario. Te compraré la mitad de Londres si es eso lo que quieres.

—Yo no quiero la mitad de Londres —dijo ella en voz baja. Tensó los dedos en la cinturilla de los pantalones. Aquél era un Harry que ella no había visto nunca, un hombre que había bajado todas las defensas y le hablaba con pura y simple sinceridad.

—Sé que debería disculparme por haberme interpuesto entre Bayning y tú.

—Sí, deberías —dijo ella.

—Pero no puedo. Jamás lo lamentaré. Porque de no haberlo hecho, ahora serías su esposa. Y él sólo te quería siempre y cuando no tuviera que renunciar a nada para tenerte. Pero yo te deseo a mi lado cueste lo que cueste. No porque eres hermosa, inteligente y adorable, aunque bien sabe Dios que eres todas esas cosas y más. Te necesito porque no hay nadie como tú, y porque no quiero empezar los días sin tenerte a mi lado.

Cuando Poppy abrió la boca para contestarle, él le acarició el labio inferior con el pulgar, rogándole en silencio que aguardara a que terminara de hablar.

—¿Sabes lo que es un volante de compensación?

Ella negó con la cabeza.

—Cada reloj lleva uno. Gira de un lado para otro sin parar. Es lo que produce el sonido del tictac. Lo que hace que las manecillas se muevan hacia delante para que marquen las horas. Sin él, el reloj no funcionaría. Pues tú eres mi volante de compensación, Poppy. —Hizo una pausa, cerrando los dedos temblorosos sobre la barbilla de la joven y deslizándolos hacia su oreja—. Me he pasado todo el día pensando en cómo podía disculparme y ser sincero a la vez. Y, por fin, he encontrado el modo.

—¿Y cuál es? —susurró ella.

—Lamento no ser el marido que querías. —La voz de Harry se volvió ronca—. Pero te juro por mi vida que si me dices lo que deseas, te escucharé. Que haré todo lo que quieras. Pero, por favor, no vuelvas a abandonarme.

Poppy le miró, sorprendida. Puede que la mayoría de las mujeres no encontrara muy romántica aquella conversación sobre mecanismos de relojes, pero ella, desde luego, sí. Poppy comprendía lo que Harry trataba de decirle, quizá mejor que él mismo.

—Harry —dijo ella con suavidad, alargando la mano y acariciándole la mandíbula—. ¿Qué voy a hacer contigo?

—Lo que quieras —dijo con una profunda vehemencia que casi la hizo reír. Inclinándose hacia delante, Harry enterró la cara en la sedosa mata de pelo de su esposa.

Poppy continuó desabrochándole los pantalones, abriendo los dos últimos botones. Le temblaron los dedos cuando lo tocó tímidamente. Él emitió un gruñido de placer y le deslizó los brazos por la espalda. Sin saber muy bien cómo tocarle, ella apretó y relajó la mano suavemente, deslizando las yemas de los dedos por la cálida longitud de la erección. Se sentía fascinada por él, por la sedosa dureza que poseía, por aquel cuerpo que se estremecía cuando ella le acariciaba.

Harry asaltó su boca en un largo y profundo beso que le obnubiló los sentidos. Se alzó sobre ella, poderoso y depredador, ansioso por disfrutar de unos placeres que todavía eran nuevos para ella. Cuando la hizo tumbarse sobre la alfombra, Poppy se dio cuenta de que iba a tomarla allí mismo, en lugar de buscar las refinadas comodidades del dormitorio. Pero Harry apenas parecía consciente de dónde estaban. Tenía los ojos totalmente centrados en ella, el rostro ruborizado, y los pulmones bombeando como los fuelles de la chimenea.

Ella murmuró su nombre y lo rodeó con los brazos. Él se deshizo del resto de la ropa y se inclinó para darse un festín con sus pechos, con la boca cálida y húmeda y la lengua inquieta. Poppy intentó atraerlo más hacia sí, quería sentir el peso de Harry sobre ella, inmovilizándola en el suelo. Buscó a tientas la dura y dolorida longitud de él y la apretó contra su cuerpo.

—No —dijo él con voz áspera—. Espera un momento, quiero asegurarme de que estás preparada.

Pero Poppy estaba resuelta y no le soltó, y de alguna manera, en medio de los jadeos y gemidos de Harry, surgió una ronca risa. Él se situó sobre ella, ajustando sus caderas, y se detuvo un instante para recobrar una parte del control.

Poppy se retorció impotente cuando sintió la creciente presión en la entrada de su cuerpo. Era una lenta agonía. Una enloquecedora y dulce tortura.

—¿Te duele? —jadeó Harry, suspendido sobre ella, apoyándose en los codos para no aplastarla—. ¿Quieres que me detenga?

La preocupación en su rostro fue la perdición de Poppy, que sintió que la envolvía una cálida sensación. Le rodeó el cuello con los brazos y comenzó a besarle por las mejillas, la garganta y la oreja, por todos aquellos lugares que podía alcanzar. Lo estrechó con más fuerza contra su cuerpo intentando acercarlo más a ella.

—Harry —susurró—, lo quiero todo de ti. Te quiero por completo.

Él gimió su nombre y se tumbó sobre ella, atento a cada sutil respuesta de su esposa. Demorándose cuando la satisfacía, introduciéndose más profundamente cuando Poppy se arqueaba, perdiéndose por completo en aquellas sensaciones que ella le provocaba. Poppy deslizó las manos sobre la fuerte y tersa espalda de Harry, que notaba como seda caliente bajo los dedos, disfrutando de la textura de su piel.

Siguiendo la larga línea de sus músculos, Poppy deslizó los dedos más abajo, trazando suaves y tiernos círculos sobre las tensas curvas de las nalgas. La respuesta de Harry fue instantánea y comenzó a profundizar los envites mientras emitía un gruñido por lo bajo. A Harry le gustaba eso, pensó Poppy, sonriendo para sus adentros, pues no podía esbozar una sonrisa cuando tenía la boca totalmente perdida en la de él. Quería descubrir más sobre su esposo, todas las maneras de complacerle, pero el creciente placer estaba a punto de descontrolarse, inundándola con su fuerza y anulando cualquier pensamiento.

El cuerpo de Poppy se sacudió con unos fuertes espasmos que, a su vez, provocaron la liberación de Harry. Él dejó escapar un ronco gemido y se hundió en ella con un último envite, estremeciéndose violentamente. Poppy no tenía palabras para describir la satisfacción de sentirle culminar en el interior de su cuerpo, tan poderoso y vulnerable a la vez en ese último instante. Y lo que era mejor aún, de tomarle entre sus brazos mientras él apoyaba la cabeza en su hombro. Ésa era la intimidad que ella había deseado con tanta desesperación.

Poppy le acarició la cabeza; su pelo le provocó un sedoso cosquilleo en el interior de la muñeca, y su aliento le calentó la piel. La barba sin afeitar le rozaba la sensible superficie de los pechos, pero Poppy no se habría movido por nada del mundo.

Cuando se fueron normalizando sus respiraciones, y el peso de Harry comenzó a ser demasiado pesado, Poppy se dio cuenta de que él estaba a punto de quedarse dormido.

—Harry —dijo, empujándole.

Él levantó la cabeza y parpadeó con la mirada desorientada.

—Vamos a la cama —murmuró Poppy, levantándose—. El dormitorio está aquí al lado —le urgió a moverse, obligándole a levantarse—. ¿Has traído una maleta? —le preguntó—, ¿o quizás una bolsa de viaje?

—¿Una bolsa de viaje? —Harry la miraba como si ella le hubiera hablado en un idioma extranjero.

—Sí, ya sabes, algo donde meter la ropa, los artículos de tocador, esa clase de... —Al percibir lo completamente agotado que estaba su esposo, Poppy sonrió y negó con la cabeza—. No importa. Ya nos ocuparemos de eso mañana. —Lo empujó hacia el dormitorio—. Ahora vamos a dormir. Hablaremos más tarde. Venga, son sólo unos pasos más...

La cama de madera era sencilla, pero con espacio suficiente para dos personas, mullida y con sábanas limpias y frescas. Harry se dirigió hacia ella sin titubear, se metió debajo de las mantas —o más bien se desplomó sobre ellas— y se quedó dormido con sorprendente rapidez.

Poppy se quedó quieta, mirando al hombretón sin afeitar que ocupaba su cama. Incluso despeinado como estaba, su belleza de ángel oscuro era impresionante. Se le movieron imperceptiblemente los párpados cuando, al fin, sucumbió a un sueño profundo. Era un hombre complejo, extraordinario e inquieto. Pero no era incapaz de amar... de eso nada. Sólo necesitaba que le enseñaran cómo hacerlo.

Igual que unos días antes, Poppy lo miró y pensó: «Éste es el hombre con el que me he casado.»

Pero ahora, se sentía llena de dicha.

22

Harry jamás había conciliado un sueño tan profundo y revitalizador, de hecho, parecía como si nunca en su vida hubiera dormido de verdad. Se sintió narcotizado al despertar, totalmente aturdido y somnoliento.

Miró a su alrededor con los ojos entreabiertos y descubrió que ya era de día, y que la luz del sol se filtraba por las cortinas. No sintió la abrumadora necesidad de levantarse de un salto de la cama como solía ocurrirle todas las mañanas. Rodó a un lado y alargó el brazo perezosamente, pero su mano sólo encontró un hueco vacío.

¿Había compartido Poppy la cama con él? Frunció el ceño. ¿Había dormido durante toda la noche con otra persona por primera vez en su vida y no se había enterado? Tumbándose sobre el estómago, se movió al otro lado de la cama buscando rastros del olor de su esposa. Sí... había indicios de su aroma a flores en la almohada, y las sábanas también tenían impresa la esencia de su piel, dulce y con un vestigio de lavanda que le excitaba cada vez que inspiraba.

Quería abrazar a Poppy, asegurarse a sí mismo que la noche anterior no había sido un sueño.

De hecho, había sido todo tan absurdamente bueno, que no pudo evitar sentir una punzada de preocupación. ¿Había sido un sueño? Frunciendo el ceño, se incorporó y se pasó los dedos por el pelo.

—Poppy —dijo, sin llamarla en realidad sino sólo pronunciando su nombre en voz baja. Tan silenciosa como el sonido de su voz, ella apareció en el umbral como si hubiera estado esperando a que la llamara.

—Buenos días. —Poppy ya se había puesto un sencillo vestido azul. Se había recogido el pelo en una trenza y se lo había sujetado con un lazo blanco. Qué apropiado que ella, a quien le habían puesto el nombre de la más vistosa y silvestre de las flores,* tan exquisita y vivaz, resplandeciera como una hermosa flor. Los ojos azules de la joven lo observaban con una calidez tan profunda que Harry sintió una opresión en el pecho, como si lo hubiera atravesado un dardo doloroso y placentero a la vez.

—Han desaparecido —dijo Poppy con suavidad. Al darse cuenta de que él no sabía de qué hablaba, añadió—: Tus ojeras, han desaparecido.

Harry apartó la mirada con timidez y se frotó la nuca.

—¿Qué hora es? —le preguntó bruscamente.

Poppy se acercó a la silla donde había dejado la ropa de su marido pulcramente doblada y hurgó en ella para sacar el viejo reloj de bolsillo. Mientras abría la carcasa de oro, se acercó a la ventana y abrió las cortinas. La potente luz del sol entró a raudales en la estancia.

—Las once y media —dijo, cerrando el reloj con un seco chasquido.

Harry la miró anonadado. Santo Dios. Ya había transcurrido la mitad del día.

—Jamás había dormido hasta tan tarde.

La contrariada sorpresa de su esposo pareció divertir a Poppy.

—Nada de informes de gerentes. Nada de golpes en la puerta. Nada de cuestiones o situaciones de emergencia. Tu hotel es una amante exigente, Harry, pero hoy eres mío.

Harry asimiló sus palabras, y su resistencia interior desapareció con rapidez en cuanto se dejó llevar por la enorme atracción que sentía por ella.

—¿Estás conforme? —le preguntó Poppy, que parecía muy contenta consigo misma—. ¿Eres mío durante todo el día?

* Poppy en inglés significa Amapola. *(N. de las T.)*

Harry se encontró devolviéndole la sonrisa, incapaz de resistirse a ella.

—A tus órdenes —dijo. La sonrisa se convirtió en pesar al darse cuenta con embarazo de que no se había aseado ni afeitado—. ¿Hay un cuarto de baño por aquí?

—Sí, tras esa puerta. La casa tiene cañerías. El agua fría es bombeada directamente desde el pozo a la bañera, y tengo un montón de cacerolas con agua caliente sobre el fogón. —Metió de nuevo el reloj en el bolsillo del chaleco. Después se enderezó y estudió el torso desnudo de su esposo con disimulado interés—. Han enviado tus cosas desde la mansión esta mañana junto con el desayuno. ¿Tienes hambre?

Harry jamás había estado tan famélico, pero antes quería lavarse, afeitarse y ponerse ropa limpia. Se sentía fuera de su elemento y necesitaba recuperar parte de su ecuanimidad habitual.

—Antes de nada tomaré un baño.

—Muy bien. —Poppy se dio la vuelta para dirigirse a la cocina.

—Poppy... —Harry aguardó a que ella se girara para mirarle y añadió—: Anoche... —se obligó a preguntar—, después de lo que... ¿Te encuentras bien?

La expresión de Poppy se aclaró al comprender qué era lo que preocupaba a Harry.

—Mejor que bien. —Hizo una pausa durante un segundo antes de añadir—: Fue maravilloso. —Y le brindó una sonrisa.

Harry entró en la cocina de la casita que, en esencia, no era más que una parte de la estancia principal con un pequeño fogón de hierro, una alacena, una chimenea y una mesa de madera que servía como lugar de trabajo y mesa de comedor. Poppy había dispuesto un pequeño festín consistente en té caliente, huevos pasados por agua, salchichas de Oxford y unas enormes y crujientes empanadas rellenas.

—Son una especialidad de Stony Cross —dijo Poppy, señalando el plato que contenía las empanadas—. Una está rellena de carne y la otra, de verduras. Es una comida completa. Puedes empezar con una y... —Su voz se desvaneció al levantar la mirada hacia Harry, que estaba aseado, vestido y recién afeitado.

Parecía el mismo de siempre, pero su aspecto era totalmente diferente. Tenía los ojos despejados y sin sombras, y las pupilas más brillantes y verdes que nunca. Cualquier indicio de tensión había desaparecido de su rostro. Parecía haber sido reemplazado por otro Harry mucho más joven, uno que no hubiera aprendido a dominar con maestría el arte de ocultar todos sus pensamientos y emociones. Estaba tan arrebatadoramente atractivo que Poppy sintió cómo le revoloteaban mariposas en el estómago y se le aflojaban las rodillas.

Harry clavó los ojos en las abundantes viandas con una amplia sonrisa irónica.

—¿Por dónde empiezo?

—No tengo ni idea —respondió ella—. Creo que será mejor que pruebes de todo un poco.

Harry le rodeó la cintura con las manos y la hizo girar suavemente hacia él.

—Creo que empezaré contigo.

Cuando bajó la boca hacia la de ella, Poppy cedió encantada y separó los labios para él. Harry la saboreó a placer, disfrutando de la respuesta de la joven. Lo que comenzó siendo un beso tierno y suave se transformó en algo mucho más profundo y voraz; un beso tan cálido y exquisito como las flores exóticas. Finalmente, Harry levantó la cabeza, y le encerró la cara entre las manos como si fuera un hombre sediento cogiendo agua. Ella pensó en medio de su aturdimiento que él tenía una manera única de tocarla, unos dedos ágiles y astutos, capaces de las caricias más tiernas.

—Tienes los labios hinchados —susurró él, acariciándole la comisura de la boca con la punta del pulgar.

Poppy apretó la mejilla contra una de sus palmas.

—Nos hemos dado un montón de besos para recuperar el tiempo perdido.

—De hecho —dijo él, lanzándole una mirada tan vívida que a Poppy se le aceleró el corazón—, creo que deberíamos seguir besándonos.

—Come, o te morirás de hambre —dijo ella, intentando empujarle para que se sentara. Él era un hombre tan grande y sólido que la idea de obligarle a hacer algo era ridícula. Pero cedió a las manos insistentes de Poppy y, al sentarse, comenzó a pelar un huevo.

Después de que Harry se hubiera tomado una de las empanadas, dos huevos, una naranja y una taza grande de té, salieron a dar un paseo. Ante la impaciencia de Poppy, él no se puso ni el chaleco ni la chaqueta, una informalidad que podría hacer que lo arrestaran en ciertas partes de Londres. Incluso se dejó desabrochados los botones superiores de la camisa y se arremangó las mangas. Impulsado por la impaciencia de Poppy, la tomó de la mano y permitió que lo llevara afuera.

Cruzaron un prado en dirección a un bosque cercano, donde pasearon por un sendero cubierto de hojas y bordeado de árboles. Enormes tejos y antiguos robles entrelazaban sus ramas formando un denso tejado que impedía el paso de los rayos del sol. Era un lugar lleno de vida, donde las plantas crecían por doquier. Un liquen verde pálido cubría las ramas de los robles y las madreselvas colgaban sobre el suelo.

Después de que el oído de Harry se hubiera acostumbrado a la ausencia de ruido de la ciudad, percibió los nuevos sonidos que le rodeaban... El coro de trinos de los pájaros, el susurro de las hojas, el borboteo de un arroyo cercano y un chirrido muy parecido a cuando uno pasa la uña por las púas de un peine.

—Son cigarras —dijo Poppy—. Éste es el único lugar de Inglaterra donde podrás verlas. Suelen encontrarse en los trópicos. Sólo los machos de las cigarras hacen ese sonido, es un cántico de apareamiento.

—¿Y cómo sabes que no están comentando el tiempo?

—Bueno —murmuró Poppy, lanzándole una provocativa mirada de soslayo—, aparearse es lo único que los miembros del género masculino tienen siempre en mente, ¿no es cierto?

Harry sonrió.

—Bueno, si existe un tema más interesante —dijo él—, aún no lo he descubierto.

El aire tenía un dulce y picante olor a madreselvas y a hojas y flores calentadas por el sol que él no reconoció. Cuando se internaron en lo más profundo del bosque, pareció como si hubieran dejado el mundo atrás.

—He hablado con Catherine —dijo Poppy.

Harry la miró con atención.

—Me habló de la razón por la que viniste a Inglaterra —continuó Poppy—. Y también me dijo que sois medio hermanos.

Harry volvió a centrar la mirada en el camino que tenían delante.

—¿Lo sabe el resto de la familia?

—Sólo Amelia, Cam y yo.

—Me sorprende —admitió él—, pensaba que ella hubiera preferido morir antes que decírselo a nadie.

—Insistió en la necesidad de mantenerlo en secreto, pero no nos explicó por qué.

—¿Y quieres que te lo explique yo?

—Eso esperaba —dijo ella—. Sabes de sobra que jamás diría ni haría nada que pudiera hacerle daño.

Harry guardó silencio mientras sopesaba la cuestión, reacio a negarle nada a Poppy. Pero, aun así, él le había hecho una promesa a Catherine.

—No puedo revelar secretos que no son míos, cariño. ¿Te importa si primero hablo con Cat y le pregunto si puedo contártelo?

Poppy le apretó la mano.

—Claro que no. —Una sonrisa burlona le curvó los labios—. ¿Cat? ¿Es así como la llamas?

—Algunas veces.

—Harry... ¿existe afecto entre vosotros?

La titubeante pregunta provocó una risa tan seca como el susurro de las mazorcas de maíz.

—Lo cierto es que no lo sé. Ninguno de los dos se siente exactamente cómodo cuando se trata de dar o de recibir afecto.

—Creo que a ella le cuesta un poco menos que a ti.

Harry la miró con recelo, pero observó que no había ningún tipo de reproche en la expresión de Poppy.

—Estoy tratando de mejorar —dijo él—. Es una de las cosas

que discutí con Cam anoche. Me dijo que una de las características de las mujeres Hathaway es la necesidad que tenéis de que se os demuestre afecto constantemente.

Poppy hizo un mohín, fascinada y divertida a la vez.

—¿Qué más te dijo?

El estado de ánimo de Harry cambiaba a una velocidad de vértigo. Ahora le brindó una sonrisa de oreja a oreja.

—Lo comparó a trabajar con caballos árabes. Éstos son receptivos y rápidos, pero necesitan libertad. Me dijo que jamás se adiestra un caballo árabe, sino que se le convierte en un compañero. —Hizo una pausa—. Al menos creo que eso fue lo que dijo. En ese momento, además de estar muerto de cansancio, acababa de tomarme un brandy con él.

—Sí, es algo que diría Cam. —Poppy levantó la vista al cielo—. Y después de darte ese consejo, te envió conmigo, el caballo.

Harry se detuvo y la apretó contra su cuerpo, apartándole la trenza a un lado para besarla en el cuello.

—Sí —susurró— y menuda montura tan agradable y deliciosa.

Ella se sonrojó e intentó zafarse de él con una risita de protesta, pero él continuó besándola, trazando un sendero de besos hacia su boca. Sus labios eran cálidos, seductores y resueltos, pero en cuanto se apoderó de la boca de Poppy, se volvieron más tiernos y suaves contra los de ella. A Harry le gustaba bromear y seducir a la vez y Poppy sintió que la atravesaba una cálida oleada de excitación que le hizo hervir la sangre en las venas y le provocó un dulce hormigueo en algunos lugares ocultos.

—Me encanta besarte —murmuró él—. El peor castigo que pudiste ponerme fue ése, no dejar que te besara.

—Pero no fue un castigo —protestó Poppy—. Es sólo que un beso significa algo especial para mí. Y después de lo que habías hecho, me daba miedo intimar contigo.

Cualquier indicio de diversión desapareció de la expresión de Harry. Le pasó la mano por el pelo y le acarició la mejilla con el dorso de los dedos.

—Jamás volveré a traicionarte. Sé que no tienes motivos para volver a confiar en mí, pero con el tiempo, espero...

—Yo confío en ti —dijo ella con seriedad—. Ahora no tengo miedo.

Harry se quedó perplejo por las palabras de Poppy, y aún más por la intensidad de su respuesta a ellas. Sintió que lo inundaba una sensación desconocida: una profunda y abrumadora ternura.

—¿Cómo puedes darme tu confianza —preguntó con una voz que le sonó extraña incluso a él—, cuando no tienes manera de saber si soy digno de ella?

Ella esbozó una sonrisa.

—Por eso se le llama confianza, ¿no?

Harry no pudo evitar volver a besarla, lleno de adoración y de deseo. Apenas podía sentir la forma del cuerpo femenino a través de las faldas, y las manos le temblaron por el deseo de arrancarle las capas de tela y eliminar todo aquello que se interponía entre ellos. Una rápida mirada a las dos direcciones del camino le aseguró que estaban solos. Sería tan fácil tumbarla sobre la suave alfombra de hojas y musgo, levantarle las faldas y tomarla allí mismo, en el corazón del bosque. La apartó a un lado del camino y cerró los puños en las capas de sus faldas.

Pero se obligó a detenerse, respirando hondo para contener su deseo. Tenía que ser cuidadoso y considerado con Poppy. Ella se merecía algo mejor que hacer el amor en medio del bosque.

—¿Harry? —murmuró ella, confundida cuando la giró de espaldas a él.

La abrazó desde atrás, cruzándole los brazos sobre el pecho.

—Cuéntame algo que me ayude a distraerme de la certeza —le dijo, bromeando sólo a medias, mientras respiraba hondo— de que soy un canalla dispuesto a tomarte aquí mismo.

Poppy guardó silencio durante un momento. Harry no sabía si se había quedado muda de espanto o si estaba considerando la idea. Evidentemente fue lo último porque le preguntó:

—¿Se puede hacer fuera?

A pesar de su feroz excitación, Harry no pudo evitar sonreír contra su cuello.

—Cariño, apenas existen lugares en los que no se pueda hacer. Se puede hacer contra los árboles o las paredes, en sillas y bañeras, en las escaleras, las mesas... los balcones, los carruajes... —Harry emitió un profundo gemido—. Maldita sea, tengo que dejar de pensar en ello o ni siquiera podré caminar.

—Pues ninguno de esos sitios parece muy cómodo —dijo Poppy.

—Te gustaría hacerlo en una silla. Te lo aseguro.

Ella soltó una carcajada, lo que la hizo apretarse contra el pecho de Harry.

Aguardaron a que él se hubiera relajado lo suficiente para soltarla.

—Bueno —dijo él—, ha sido un paseo encantador. ¿Por qué no regresamos y...?

—Pero si ni siquiera hemos llegado a la mitad del recorrido —protestó ella.

Harry paseó la mirada del rostro expectante de Poppy al largo sendero que se extendía ante ellos y suspiró. Se cogieron de la mano y echaron a andar por el suelo salpicado de luces y sombras.

Tras un minuto, Poppy volvió a la carga.

—¿Catherine y tú os visitáis y mantenéis correspondencia?

—Casi nunca. No nos llevamos muy bien.

—¿Por qué no?

Aquél no era un tema sobre el que Harry quisiera pensar ni mucho menos discutir. Aquel asunto de tener que hablar libremente con alguien, sin ocultar sus sentimientos ni reservarse nada... era como estar constantemente desnudo, salvo que Harry habría preferido estar realmente desnudo en lugar de revelar sus sentimientos y pensamientos más íntimos. Sin embargo, si ése era el precio que tenía que pagar por tener a Poppy, estaba más que gustoso de pagarlo.

—Cuando conocí a Cat —dijo—, se encontraba en un serio aprieto. Hice lo que pude por ayudarla, pero no creas que lo hice por amabilidad. Jamás he sido bondadoso con nadie. Podría haberme portado mejor con ella. Podría... —Meneó la cabeza con impaciencia—. Lo hecho, hecho está. Me aseguré de que fuera independiente económicamente durante el resto de su vida. ¿Sabes? No tiene por qué trabajar.

—Entonces, ¿por qué solicitó el empleo como institutriz de los Hathaway? No puedo entender por qué razón aceptó la desesperante tarea de hacer de Beatrix y de mí unas damas.

—Supongo que quería estar con una familia. Para saber cómo es. Y para no estar sola o aburrida. —Se interrumpió y le lanzó a Poppy una mirada inquisitiva—. ¿Por qué dices que era una desesperante tarea? Eres toda una dama.

—Que fracasó tres temporadas seguidas —señaló ella.

Harry emitió un sonido burlón.

—Pero eso no tiene nada que ver con ser o no una dama.

—Entonces, ¿con qué tiene que ver?

—El mayor obstáculo que has tenido es tu inteligencia. No te has molestado en ocultarla. Para empezar, una de las cosas que Cat no te enseñó es cómo halagar la vanidad de los hombres, porque ella no tiene puñetera idea de cómo hacerlo. Y ninguno de esos idiotas con los que te has relacionado podría soportar la idea de tener una esposa que fuera más lista que él. En segundo lugar, eres hermosa, lo que significa que cualquier pretendiente estaría preocupándose constantemente de que fueras el objeto de las atenciones de otros hombres. Y además, no olvidemos que tu familia es... tu familia. Es decir que, básicamente, no eres una chica que pudieran manejar a su antojo, y todos saben que es muy fácil encontrar jóvenes tontas y dóciles con las que casarse. Todos salvo Bayning, que se sentía tan atraído por ti que le daba igual todo lo demás. Bien sabe Dios que no puedo reprochárselo.

Poppy le lanzó una mirada irónica.

—Si mi belleza y mi inteligencia resultan tan intimidantes, ¿por qué tú sí quisiste casarte conmigo?

—Porque yo no me siento intimidado por tu inteligencia, por tu belleza o por tu familia. Y la mayoría de los hombres me temen tanto que se lo pensarán dos veces antes de mirar a mi esposa.

—¿Tienes muchos enemigos? —le preguntó ella en voz baja.

—Sí, gracias a Dios. No son tan inconvenientes como los amigos.

Aunque Harry había hablado muy en serio, Poppy encontró aquella declaración muy divertida. Cuando acabó de reírse, se detuvo y se giró para mirarlo con los brazos cruzados.

—Creo que me necesitas, Harry.

Él se detuvo y bajó la mirada hacia ella.

—Ya me he dado cuenta.

Los sonidos que hacían los culiblancos posados sobre las ramas de los árboles llenaron el silencio que hubo entre ellos. Los gorjeos eran tan fuertes que sonaban como graznidos.

—Hay algo que me gustaría pedirte —dijo Poppy después de un momento.

Harry aguardó pacientemente sin apartar la mirada de su rostro.

—¿Podríamos quedarnos en Hampshire unos días?

La mirada de él se volvió cautelosa.

—¿Para qué?

Ella sonrió.

—Es lo que se conoce como vacaciones. ¿Alguna vez te has tomado vacaciones?

Harry negó con la cabeza.

—No sabría qué hacer durante ese tiempo.

—Podrías leer, pasear, montar a caballo, pescar o cazar, tal vez visitar a los vecinos... Visitar las ruinas de la localidad, ir de compras al pueblo... —Poppy hizo una pausa al ver la falta de entusiasmo en la cara de su marido—. ¿Hacer el amor con tu mujer?

—Hecho —dijo él con rapidez.

—¿Podríamos quedarnos dos semanas?

—Diez días.

—¿Once? —preguntó ella, esperanzada.

Harry suspiró. Once días lejos del Rutledge. En compañía de su familia política. Estaba tentado a negarse, pero no era tan tonto como para arriesgar el terreno que había ganado con Poppy. Había ido allí pensando que tendría que enzarzarse en una batalla campal con ella para llevarla de regreso a Londres. Pero Poppy le estaba proponiendo compartir voluntariamente su cama y luego regresar a Londres sin protestar, lo que bien mirado, merecía una concesión por su parte.

Pero, aun así... Once días...

—¿Por qué no? —masculló—. Lo más probable es que me vuelva loco después de tres días.

—No importa —dijo Poppy, jovialmente—, aquí nadie se dará cuenta.

A la atención del señor Jacob Valentine.
Hotel Rutledge
Embankment & Strand
Londres

Valentine:

Espero que cuando reciba esta misiva se encuentre bien. Le escribo para informarle de que la señora Rutledge y yo hemos decidido quedarnos en Hampshire hasta final de mes.

En mi ausencia, espero que siga encargándose de todo como de costumbre.

Le saluda atentamente,

J. H. Rutledge

Jake levantó la mirada de la carta con incredulidad.

«¿Encargándome de todo como de costumbre?»

Aquello, desde luego, no era lo acostumbrado.

—Bueno, ¿qué dice? —le apremió la señora Pennywhistle, mientras todos los que estaban en la oficina principal agudizaban el oído.

—Que no regresarán hasta final de mes —dijo Jake, anonadado.

Una extraña sonrisa curvó los labios del ama de llaves.

—Que Dios bendiga su alma. Lo ha conseguido.

—¿Qué ha conseguido?

Antes de que el ama de llaves pudiera responder, el conserje de más edad se acercó a ella y le preguntó en un tono discreto:

—Señora Pennywhistle, no he podido evitar escuchar la conversación. ¿Debo entender que el señor Rutledge se ha ido de vacaciones?

—No, señor Lufton —le dijo con una sonrisa de oreja a oreja—. Se ha ido de luna de miel.

23

Durante los días siguientes, Harry aprendió mucho sobre su esposa y su familia. Los Hathaway eran un extraordinario grupo de individuos, ingeniosos y vivaces, con una buena disposición colectiva para llevar a cabo todas las ideas que se les ocurrían. Bromeaban y se reían, debatían y discutían, pero había una innata bondad en la manera en que se trataban.

Había algo casi mágico en Ramsay House. Era una casa bien administrada, amplia y confortable, con muebles sólidos y gruesas alfombras, repleta de libros por todas partes... Pero no era eso lo que la hacía especial, sino ese algo intangible, pero tan vivificante como la luz del sol, que uno sentía en cuanto traspasaba el umbral de la puerta. Algo que Harry no alcanzaba a explicar.

Poco a poco se dio cuenta de que ese algo era el amor.

El segundo día después de la llegada de Harry a Hampshire, Leo lo invitó a que lo acompañara en un recorrido por la hacienda. Fueron a caballo a visitar a algunos de los arrendatarios, y Leo se detuvo en varias ocasiones para hablar con los agricultores. Intercambiando comentarios bien fundamentados con todos ellos sobre el clima, la tierra y la cosecha, haciendo gala de un profundo conocimiento del campo que Harry no había esperado que poseyera.

En Londres, Leo se dedicaba a interpretar a la perfección el papel de canalla disoluto y despreocupado. Sin embargo, allí en el campo, la máscara de indiferencia desaparecía. Estaba claro que se preocupaba por las familias que vivían y trabajaban en la hacienda Ramsay, ayudándolas en todo lo que podía. Había diseñado un ingenioso sistema de irrigación que conducía el agua a lo largo de canales de piedra desde un río cercano, ahorrándole a la mayoría de los arrendatarios la ardua tarea de tener que transportar el agua. Y hacía todo lo posible por implantar los métodos modernos en la agricultura local, incluyendo convencer a sus inquilinos para que plantaran una nueva cepa de trigo híbrido que se había desarrollado en Brighton y que producía una paja más alta y fuerte.

—Aún les cuesta trabajo aceptar los cambios —le dijo Leo a Harry con pesar—. La mayoría de ellos sigue insistiendo en usar la hoz y la guadaña en lugar de la segadora. —Sonrió ampliamente—. Les he dicho que, de seguir así, el siglo XIX concluirá antes de que se decidan a formar parte de él.

A Harry se le ocurrió que los Hathaway estaban consiguiendo que la hacienda resultara todo un éxito gracias precisamente a su falta de orígenes aristocráticos, pues no tenían ninguna tradición ni costumbre que seguir. No había nadie que protestara y les dijera: «Pero no es así como hacemos las cosas.» En consecuencia, habían abordado la dirección de la hacienda como si se tratara de un negocio y una labor científica, porque no conocían otra manera de proceder.

Leo le mostró a Harry el almacén de madera de la hacienda, donde se llevaba a cabo la pesada tarea de cortar, transportar y aparejar los leños a mano. Los troncos eran llevados a hombros o eran cargados con ganchos, lo que a veces provocaba que los trabajadores sufrieran lesiones.

Después de la cena, Harry ideó una nueva técnica para mover los troncos con un sistema de rodillos, tablas y carretillas. Dicho sistema podría ser construido sin que supusiera un gran coste, y serviría tanto para acelerar la producción como para evitar accidentes entre los trabajadores. Merripen y Leo aceptaron la idea de inmediato.

—Ha sido muy amable por tu parte dibujar esos planos —dijo Poppy a Harry esa misma noche, cuando regresaron a la casa de los guardeses—. Merripen estaba muy agradecido.

Harry encogió los hombros de manera despreocupada mientras le desabrochaba la espalda del vestido y le ayudaba a sacar los brazos de las mangas.

—Sólo me he limitado a señalar algunas mejoras evidentes.

—Las cosas que son evidentes para ti —dijo ella—, no lo son necesariamente para el resto del mundo. Eres muy listo, Harry. —Tras quitarse el vestido, Poppy se volvió para mirarle con una sonrisa satisfecha—. Me alegro mucho de que mi familia tenga la oportunidad de conocerte. Comienzas a gustarles. Eres encantador y nada condescendiente, y no armas un escándalo por cosas como encontrar un erizo en la silla.

—No soy tan tonto como para competir con *Medusa* por la silla —dijo él, y ella se rio—. Me gusta tu familia —continuó, desabrochándole la parte delantera del corsé, liberándola poco a poco de las capas de tela y encaje que la envolvían—. Verte con ellos me ha ayudado a comprenderte mejor.

El corsé cayó al suelo con un ruido sordo. Poppy se quedó frente a él sólo con la camisola y los pololos, y se sonrojó mientras su marido la estudiaba con atención.

Una sonrisa de incertidumbre cruzó la cara de la joven.

—¿Qué es lo que comprendes de mí?

Harry enganchó un dedo bajo la tira de la camisola y se la deslizó por el brazo.

—Que forma parte de tu naturaleza establecer vínculos estrechos con las personas que te rodean. —Movió la palma de la mano por la curva del hombro desnudo, en una caricia circular—. Que eres tierna y sensible, y leal a tus seres queridos y, sobre todo, que necesitas sentirte segura. —Le bajó la otra tira de la camisola, y sintió el estremecimiento que atravesó a Poppy. La tomó entre sus brazos y la estrechó contra su cuerpo mientras ella se amoldaba a él con un suspiro.

—Voy a hacerte el amor durante toda la noche —murmuró Harry, al cabo de un rato, contra la curva pálida y fragante de su cuello—. La primera vez, vas a sentirte segura. La segunda vez, seré un poco malo, pero te gustará todavía más. Y la tercera vez... —Hizo una pausa y sonrió al oírla contener el aliento—. La tercera vez, voy a hacerte cosas que te harán enrojecer de vergüenza cuando las recuerdes por la mañana. —La besó con suavidad—. Aunque te aseguro que te encantarán.

Poppy era incapaz de adivinar el estado de ánimo de Harry, que lo mismo parecía travieso como tierno mientras terminaba de desnudarla. La tendió de espaldas sobre el colchón con las piernas separadas, y se colocó entre ellas al tiempo que se quitaba la camisa sin prisas. Cuando deslizó la mirada sobre ella, Poppy se sonrojó e intentó cubrirse con los brazos.

Con una amplia sonrisa, Harry se inclinó sobre ella y le apartó las manos.

—Cariño, si supieras cuánto me gusta mirarte... —La besó en los labios, jugueteando con ellos, y luego deslizó la lengua en el interior de su cálida boca, que ella abrió gustosa para él. El vello de su torso le rozó la punta de los senos, una dulce e incesante estimulación que arrancó un gemido de la joven.

Los labios de Harry se pasearon desde la curva de la garganta a los pechos de Poppy. Capturó el pezón y lo acarició con la lengua, haciendo que se le pusiera tenso y dolorosamente sensible. Al mismo tiempo, llevó la mano al otro pecho, y giró el pulgar, aguijoneándole el pezón.

Poppy se arqueó, estremeciéndose y sonrojándose a la vez. Harry deslizó las manos sobre ella con suavidad, sobre su estómago y más abajo, hacia el lugar donde se había concentrado un dulce y sensual dolor. Al encontrar la delicada carne húmeda, la provocó con los pulgares, abriéndola y preparándola para él.

Poppy alzó las rodillas y extendió las manos hacia él con un sonido incoherente, intentando atraerlo hacia ella. Pero él se arrodilló entre sus piernas y la agarró por las caderas. Un segundo después, ella sintió su boca allí.

Poppy se estremeció bajo las suaves ondulaciones de su lengua, los provocativos, atormentadores e intrincados movimientos, hasta que se le cerraron los ojos y comenzó a respirar entrecortadamente. Harry penetró con la lengua y la atormentó durante lo que pareció una eternidad.

—Por favor —susurró ella—. Por favor, Harry.

Ella notó que se levantaba y oyó el susurro de sus pantalones y de su camisa al caer al suelo. Luego sintió una cálida y suave presión en la entrada de su cuerpo, y soltó un trémulo gemido de alivio. Harry se introdujo profundamente en su interior y ella aceptó aquella deliciosa invasión. Se sintió completamente dilatada y llena, y entonces arqueó las caderas hacia él, intentando que la penetrara con mayor profundidad. Luego, Harry comenzó a moverse con un ritmo lento, sumergiéndose en su cuerpo en el ángulo más adecuado una y otra vez, conduciéndola a la culminación con cada deliciosa embestida.

Poppy abrió los ojos de golpe cuando la sensación acumulada la atravesó con una fuerza vertiginosa y feroz, y vio la cara empapada de sudor de Harry sobre la de ella. Él la estaba observando, saboreando su placer; luego se inclinó para capturar los impotentes gemidos de Poppy con la boca.

Cuando los últimos espasmos de Poppy se desvanecieron, se quedó tan laxa como unas medias, y se encontró acunada entre los brazos de Harry. Permanecieron tumbados juntos en la cama; las suaves extremidades de la joven entrelazadas con las de él, más largas y duras.

Ella se removió con adormecida sorpresa al darse cuenta de que él todavía seguía excitado. Harry la besó, se levantó y jugueteó con su pelo suelto.

Suavemente, él le guio la cabeza hacia su regazo.

—Chúpamela —susurró. Y ella cerró la boca con suavidad sobre el glande hinchado, introduciéndolo en su boca todo lo que pudo, al tiempo que se incorporaba. Intrigada, acarició con la nariz la sedosa dureza, lamiéndola con la lengua como si fuera un gatito.

Harry le hizo darse la vuelta de manera que quedara tendida boca abajo sobre el colchón. Le levantó las caderas y la cubrió desde atrás mientras deslizaba los dedos entre sus muslos. Ella sintió un ramalazo de excitación y su cuerpo se tensó de inmediato ante su caricia.

—Ahora —le susurró al oído—, voy a ser malo. Y tú me dejarás hacer lo que quiera, ¿verdad?

—Sí, sí, sí...

Harry la agarró con firmeza, cubriéndola y apretándola contra su sólido peso. Sintió que la movía con un provocativo balanceo, rozando la excitada erección contra la mojada entrada de su cuerpo. La penetró, pero sólo un poco, y cada vez que Poppy se mecía hacia atrás, él se introducía un poco más. Murmurando su nombre, ella se impulsó con más fuerza, intentando empalarse por completo. Pero Harry se rio suavemente y la mantuvo donde quería, sin abandonar el lento y voluptuoso ritmo.

Mantuvo el control, apoderándose de la carne de Poppy con una habilidad vertiginosa, dejando que se contorsionara y jadeara durante largos minutos. Apartándole el pelo a un lado, la besó y le mordisqueó la nuca con fuerza. Todo lo que Harry hacía incrementaba el placer de la joven, y él lo sabía y se vanagloriaba de ello. Poppy sintió que el orgasmo se acercaba con mayor rapidez, que sus sentidos se preparaban para una ardiente liberación y, sólo entonces, él la tomó por completo, penetrándola larga y profundamente.

Harry abrazó a Poppy hasta que ésta dejó de estremecerse y se quedó lánguidamente satisfecha. Luego volvió a tumbarla de espaldas y le susurró unas palabras al oído.

—Otra vez.

Fue una noche larga y ardiente, llena de una intimidad inconcebible. Después de la tercera vez, se acurrucaron en la oscuridad, y Poppy apoyó la cabeza en el hombro de Harry. Era maravilloso estar en la cama con él, y hablar de todo y nada, con los cuerpos totalmente relajados tras la pasión compartida.

—Me fascinas en todos los aspectos, Poppy —susurró Harry, jugueteando suavemente con su pelo—. Existen misterios en tu interior que tardaré toda una vida en descubrir... Pero quiero conocer todos y cada uno de ellos.

Nadie le había dicho nunca que fuera una mujer misteriosa. Aunque Poppy no se consideraba así, le gustaba que él lo hiciera.

—Pero no soy tan misteriosa, ¿verdad?

—Claro que sí. —Sonriendo, Harry le levantó la mano y le dio un beso sobre la sensible palma—. Eres una mujer.

A la tarde siguiente, Poppy dio un paseo con Beatrix mientras el resto de la familia se dedicaba a diversos quehaceres: Amelia y Win fueron a visitar a una amiga enferma en el pueblo, Leo y Merripen acudieron a una cita con un nuevo arrendatario y Cam fue a una subasta de caballos en Southampton.

Harry se sentó en el escritorio de la biblioteca con un detallado informe de Jake Valentine. Disfrutando de la paz y la tranquilidad que reinaba en la estancia —algo extraño en la casa de los Hathaway—, comenzó a leer. Sin embargo, el sonido rechinante de una tabla del suelo atrajo su atención y levantó la mirada hacia el umbral.

Catherine Marks estaba allí con un libro en la mano y las mejillas sonrojadas.

—Perdón —dijo ella—. No era mi intención interrumpirte. Sólo he venido a devolver un libro...

—Adelante —se apresuró a decir Harry, levantándose de la silla—. No has interrumpido nada.

—Sólo será un momento. —Se acercó deprisa a una librería, colocó el libro en su lugar y luego se giró para mirarle. La luz que entraba por la ventana se reflejó en sus gafas, ocultando sus ojos.

—Puedes quedarte aquí, si quieres —dijo Harry, sintiéndose inexplicablemente torpe.

—No, gracias. Hace un día precioso y he pensado en dar un paseo por el jardín. —Se interrumpió y se encogió de hombros, sin saber qué más decir.

Santo Dios, qué incómodos se sentían el uno con el otro. Harry la observó durante un momento, preguntándose qué era lo que le molestaba de ella. Jamás había sabido qué hacer con aquella indeseada medio hermana, y qué lugar podía ocupar Catherine en su vida. Jamás había querido preocuparse por ella y, aun así, siempre lo había hecho, algo que le dejaba bastante perplejo.

—¿Puedo pasear contigo? —preguntó él con voz ronca.

Ella parpadeó sorprendida y tardó en responderle.

—Como quieras.

La acompañó a un pequeño jardín rodeado de setos y con narcisos blancos y amarillos por todas partes. Entrecerrando los ojos ante la cegadora luz del sol, recorrieron el camino cubierto de grava.

Catherine le dirigió una mirada insondable, con los ojos brillantes como ópalos bajo el luminoso día.

—No te reconozco, Harry.

—Pues es probable que seas la persona que mejor me conoce —dijo Harry—, excepto Poppy, por supuesto.

—No, no lo creo —repuso ella con seriedad—. Sólo hay que ver la manera en que te has comportado esta semana... Jamás habría esperado eso de ti. Ese afecto que pareces haber desarrollado por Poppy me resulta bastante asombroso.

—No estoy fingiendo —dijo él.

—Lo sé. Es evidente que eres sincero. El caso es que antes de la boda dijiste que no te importaba si el corazón de Poppy pertenecía al señor Bayning siempre y cuando...

—Siempre y cuando tuviera el resto de ella —dijo Harry, sonriendo ante lo prepotente que había sido—. Fui un cerdo arrogante. Lo siento, Cat. —Hizo una pausa—. Ahora sé por qué te sentías tan protectora con Poppy y Beatrix. Con todos los Hathaway, en realidad. Es lo más cercano que has tenido a una familia.

—Aparte de ti.

Transcurrió un incómodo silencio antes de que Harry se resignara a admitirlo.

—Sí, aparte de mí.

Se detuvieron en un banco situado en medio del camino, y Catherine se sentó en él.

—¿Me acompañas? —le preguntó, señalando el espacio vacío junto a ella.

Él la complació. Se sentó en el banco y se inclinó hacia delante, apoyando los codos en las rodillas.

Permanecieron sentados en un extraño y amigable silencio, los dos buscando una cierta afinidad, pero sin saber muy bien cómo encontrarla.

Harry decidió hablar con sinceridad. Respiró hondo y dijo bruscamente:

—Jamás he sido amable contigo, Cat. En especial cuando más lo necesitabas.

—Eso no es verdad —dijo ella, sorprendiéndole—. Me rescataste de una situación muy desagradable y me proporcionaste la manera de vivir con desahogo sin tener que buscar empleo, y nunca me has exigido nada a cambio.

—Te lo debía. —La estudió con detenimiento, observando el brillante pelo dorado, el pequeño óvalo de su cara y la delicada piel de porcelana. Frunció el ceño. Apartó la mirada de ella y se frotó la nuca—. Te pareces muchísimo a nuestra madre.

—Lo siento —susurró Catherine.

—No, no lo sientas. Eres hermosa, tan hermosa como ella. Más incluso. Pero algunas veces es difícil ver el parecido y no recordar...

—Harry dejó escapar un tenso suspiro—. Cuando me enteré de tu existencia, sentí un profundo resentimiento contra ti porque tú tuviste la oportunidad de vivir con ella y yo no. Fue mucho después cuando me di cuenta de lo afortunado que era.

Una amarga sonrisa asomó a los labios de Catherine.

—No creo que ninguno de los dos hayamos tenido mucha suerte, Harry.

Él respondió con una risita carente de humor.

Continuaron allí sentados uno junto al otro, quietos y en silencio, cerca pero sin tocarse. Ninguno de los dos sabía cómo dar o recibir amor. La vida les había dado lecciones que ahora debían olvidar. Pero algunas veces el destino era inesperadamente generoso, reflexionó Harry. Poppy era la prueba de ello.

—Los Hathaway fueron un golpe de suerte para mí —dijo Catherine como si le hubiera leído el pensamiento. Se quitó las gafas y las limpió con el borde de la manga—. Estar con ellos durante estos tres últimos años... me ha devuelto la esperanza. Han sido como un bálsamo para mis heridas.

—Me alegro —dijo Harry en voz baja—. Te mereces eso y más.

—Hizo una pausa, buscando las palabras—. Cat, tengo algo que preguntarte...

—¿Sí?

—Poppy quiere saber más sobre mi pasado. ¿Qué puedo contarle de la época en que te conocí?

Catherine volvió a ponerse las gafas y se quedó mirando ensimismada una mata de narcisos cercana.

—Cuéntaselo todo —dijo finalmente—. A ella se le pueden confiar mis secretos. Y los tuyos.

Harry asintió con la cabeza, mudo de asombro por una declaración que jamás hubiera esperado oír de sus labios.

—Hay una cosa más que quiero pedirte. Un favor. Comprendo las razones por las que no podemos reconocer nuestra relación en público. Pero en privado, me gustaría que de ahora en adelante me concedas el honor de... bueno... de dejarme actuar como tu hermano.

Ella lo miró con las pupilas dilatadas, demasiado aturdida para responder.

—No tenemos por qué decírselo al resto de la familia hasta que estés preparada —dijo Harry—. Pero me gustaría no tener que ocultar la relación que nos une cuando estemos a solas. Eres mi única familia.

Catherine metió un dedo debajo de las gafas para enjugarse una lágrima furtiva.

Un sentimiento de compasión y de ternura invadió a Harry, algo que no había sentido antes. Alargó los brazos y atrajo a su hermana hacia él para besarla suavemente en la frente.

—Déjame ser tu hermano mayor —le susurró.

Catherine le observó perpleja mientras él regresaba a la casa.

Se quedó sentada en el banco durante algunos minutos más, escuchando el zumbido de las abejas, el agudo y dulce trino de los vencejos comunes y los gorjeos más suaves y melodiosos de las alondras. Se preguntó sobre el cambio que había sufrido Harry. Casi temía que estuviera jugando a algo con ella, con todos ellos en realidad, salvo que... parecía completamente sincero. La emoción que se reflejaba en su cara, la sinceridad que brillaba en sus ojos, era algo que no se podía negar. Pero ¿cómo podía cambiar tanto el carácter de una persona?

Quizá, reflexionó, no era que Harry hubiera cambiado tanto, sino que ahora dejaba ver la verdadera esencia de su ser. Que capa por capa, permitía que se derrumbaran todas sus defensas. Quizás Harry se estaba convirtiendo —o lo haría con el tiempo— en el hombre que siempre debía haber sido, porque por fin había encontrado a alguien a quien le importaba.

24

El coche correo llegó a Stony Cross y un lacayo fue a recoger el montón de cartas y paquetes dirigidos a Ramsay House. El hombre dejó la correspondencia en la parte trasera de la casa, donde Win y Poppy estaban sentadas en una de las *chaise* que habían sacado a la terraza trasera. El paquete más grande era para Harry.

—¿Más informes del señor Valentine? —preguntó Poppy, tomando un sorbo de vino dulce mientras se acurrucaba al lado de Win.

—Eso parece —dijo Harry con una burlona sonrisa de oreja a oreja—. Parece que el personal del hotel se las arregla perfectamente sin mí. Quizá debería haberme ido antes de vacaciones.

Merripen se acercó a Win y le deslizó los dedos debajo de la barbilla.

—¿Cómo te encuentras? —le preguntó suavemente.

—De maravilla —dijo, sonriéndole.

Él se inclinó y besó la rubia coronilla de Win antes de sentarse en una silla cercana. Cualquiera podía darse cuenta de que el hombre intentaba reconciliarse con la idea de que su esposa esperaba un hijo, pero la preocupación que sentía irradiaba prácticamente por cada poro de su piel.

Harry se sentó en otra silla y abrió su correspondencia. Después de leer las primeras líneas del informe, emitió un sonido de sorpresa y esbozó una mueca de dolor.

—Santo Dios.

—¿Qué ha ocurrido? —preguntó Poppy.

—Uno de los huéspedes habituales, lord Pencarrow, se hizo daño hace unos días.

—Oh, querido. —Poppy frunció el ceño—. Es un caballero muy agradable. ¿Qué le ocurrió? ¿Se cayó?

—No exactamente. Al parecer se deslizó por el pasamanos de la gran escalinata desde el entresuelo a la planta baja. —Harry hizo una pausa, incómodo—. Se deslizó hasta el final de la balaustrada... donde acabó chocando contra el adorno en forma de piña que la remata.

—¿Por qué haría tal cosa un hombre de casi ochenta años? —preguntó Poppy, desconcertada.

Harry le dirigió una sonrisa sardónica.

—Me imagino que habría bebido más de la cuenta.

Merripen se estremeció.

—Uno no puede sentirse más que agradecido de que ya no esté en edad de procrear.

Harry siguió leyendo unas líneas más.

—Avisaron a un médico. Al parecer el daño no es permanente.

—¿Alguna noticia más? —preguntó Win, y agregó, esperanzada—: ¿Quizás algo un poco más alegre?

Harry continuó leyendo dispuesto a complacerla, esta vez en voz alta.

—Lamento mucho tener que informarle de otro desagradable incidente que ocurrió el viernes pasado alrededor de las once, en el que está involucrado... —Se interrumpió de repente y desplazó la mirada con rapidez hasta el final de la página.

Antes de que Harry lograse componer una expresión imperturbable, Poppy notó que había pasado algo malo. Él sacudió la cabeza, rehuyendo la mirada de su esposa.

—No es nada interesante.

—¿Puedo verlo? —preguntó Poppy con suavidad, cogiendo el papel.

Él no lo soltó.

—No es importante.

—Deja que lo vea —insistió ella, tirando de la hoja.

Win y Merripen intercambiaron una mirada silenciosa.

Poppy se reclinó en la *chaise* y bajó la mirada a la carta.

—En el que está involucrado el señor Michael Bayning —continuó leyendo ella en voz alta—, que se presentó en el vestíbulo del hotel sin previo aviso, completamente ebrio y con un humor muy violento. Exigió verle a usted, señor Rutledge, y no nos creyó cuando le dijimos que estaba de vacaciones. Para nuestra sorpresa, blandió un... —ella se detuvo y tomó aliento— revólver, y amenazó con utilizarlo. Intentamos llevarle a las oficinas para tranquilizarle en privado. Luego hubo una pelea y, lamentablemente, el señor Bayning logró disparar antes de que pudiéramos desarmarle. Gracias a Dios nadie resultó herido, aunque muchos de los huéspedes hicieron multitud de preguntas sobre lo ocurrido y, además, el techo de las oficinas sufrió daños y deberá ser reparado. El señor Lufton se llevó un gran susto durante el incidente y sufrió un fuerte dolor en el pecho, pero el médico le recetó un día de reposo en cama, y añadió que estaría como nuevo al día siguiente. Por lo que respecta al señor Bayning, lo enviamos a su casa sin que sufriera daño alguno, y no tuve más remedio que asegurarle a su padre que no presentaríamos ningún cargo contra él, pues el vizconde parecía muy preocupado por la posibilidad de que se produjera un escándalo...

Poppy guardó silencio, sintiéndose mareada y temblorosa a pesar de que hacía un día soleado.

—Michael —susurró.

Harry le lanzó una mirada penetrante.

El joven despreocupado que ella había conocido jamás se habría comportado de una manera tan mezquina e irresponsable. Una parte de ella lo sentía por él, otra estaba horrorizada, y otra, sencillamente, furiosa. Michael había irrumpido en su casa —porque así era como ella consideraba el hotel— para montar una escena y, lo peor de todo, poner en peligro la vida de la gente. Podría haber herido a alguien, incluso podría haberlo matado. Santo Dios, ¿es que ni siquiera había tenido consideración por los niños que había en el hotel? ¿Y si el pobre señor Lufton hubiera sufrido una apoplejía como consecuencia de aquel acto irresponsable?

A Poppy se le puso un nudo en la garganta mientras la atravesaba una punzada de rabia y dolor. Deseó ir a ver a Michael en ese mismo momento y gritarle cuatro cosas. Y también quería gritarle a Harry, porque nadie podía negar que el incidente era consecuencia directa de su engaño.

Ensimismada en tan sombríos pensamientos, no fue consciente de cuánto tiempo había transcurrido hasta que Harry rompió el silencio.

Comenzó a hablar en aquel tono que ella tanto odiaba. Un tono suave y divertido con el que quería dar a entender que todo le importaba un bledo.

—Debería haberlo planeado mejor. Si lo hubiera hecho bien, podría haberte convertido en una viuda rica y, así, Michael y tú habríais tenido un final feliz.

Harry supo al instante que había metido la pata al soltar el típico comentario frío y sarcástico al que siempre recurría cuando sentía la necesidad de defenderse. Lo lamentó incluso antes de lanzarle a Merripen una mirada de reojo. El romaní meneó la cabeza en un gesto de advertencia y se pasó un dedo por la garganta.

A Poppy se le encendieron las mejillas y frunció el ceño.

—¡Cómo se te ocurre decir tal cosa!

Harry se aclaró la garganta.

—Lo siento —dijo bruscamente—. Estaba bromeando. Ese pobre hombre... —Se agachó cuando observó que algo pasaba volando junto a él—. ¿Qué demonios...?

Poppy le había lanzado un cojín.

—¡No quiero quedarme viuda! ¡No quiero a Michael Bayning! ¡Y no quiero que bromees con algo así, estúpido!

Los tres se la quedaron mirando boquiabiertos. Luego, Poppy se levantó de un salto y se marchó con paso airado y los puños cerrados a los costados.

Desconcertado por el repentino estallido de furia de su esposa

—muy parecido a la picadura de una mariposa—, Harry la siguió con la mirada, mudo de asombro.

—¿Acaba de decir que no quiere a Michael Bayning? —preguntó después de un momento. Era el primer pensamiento coherente que se le ocurrió.

—Sí —dijo Win con una sonrisa insinuándose en sus labios—. Es lo que ha dicho. ¿A qué esperas, Harry? Ve tras ella.

Harry se moría por hacerlo. Pero tenía la impresión de estar al borde de un acantilado, sabiendo que una palabra mal dicha le precipitaría al vacío. Le lanzó a la hermana de Poppy una mirada desesperada.

—¿Y qué le digo?

—Quizá deberías exponerle sinceramente tus sentimientos —sugirió Win.

Harry frunció el ceño mientras consideraba sus palabras.

—¿Alguna idea mejor?

—Yo me encargaré de esto —le dijo Merripen a Win antes de que ella pudiera responder. Se levantó y, pasándole a Harry el brazo por los hombros, lo condujo a un lado de la terraza. Podían ver la agitada figura de Poppy a lo lejos. Avanzaba con paso furioso por el camino que conducía a la casa de los guardeses, con las faldas y los zapatos levantando pequeñas nubes de polvo.

Merripen se dirigió a Harry en voz baja, casi con cordialidad, como si se viera impulsado a conducir a un compañero de desventuras lejos del peligro.

—Sigue mi consejo, *gadjo*... Jamás se te ocurra discutir con tu mujer cuando esté en ese estado. Dile que te has equivocado y que lo sientes muchísimo. Y prométele que nunca volverás a hacerlo.

—Es que ni siquiera sé lo que he hecho —dijo Harry.

—Eso no importa. Tienes que pedirle perdón de todas formas. —Merripen hizo una pausa y luego añadió con un susurro—: Y por el amor de Dios, hombre, cuando tu mujer se enfade contigo, no emplees la lógica.

—Lo he oído —dijo Win desde la *chaise*.

Harry alcanzó a Poppy cuando ésta se encontraba a medio camino de la casa de los guardeses. La joven ni siquiera le miró, siguió caminando con la mirada al frente y los dientes apretados.

—Sé que piensas que todo esto es culpa mía —dijo Harry en voz baja, ajustando su paso al de ella—. Crees que he arruinado su vida al igual que la tuya.

Aquello avivó la ira de Poppy hasta tal punto que no estuvo segura de si se echaría a llorar o si, por el contrario, se liaría a golpes con él. Maldito fuera, iba a volverla loca.

Ella se había enamorado de un príncipe, pero había acabado en los brazos de un villano, y todo sería mucho más fácil si pudiera seguir considerando la situación bajo esos términos tan simples. Pero parecía que su príncipe no era tan perfecto como había parecido al principio, y que el villano era en realidad un hombre apasionado y compasivo.

Finalmente se había dado cuenta de que el amor no consistía en encontrar a alguien perfecto con quien casarse. El amor era ver a una persona tal y como era, y aceptarla con sus defectos y virtudes. El amor era un don. Y Harry lo tenía en abundancia, incluso aunque no estuviera preparado para reconocerlo.

—No te atrevas a decirme lo que pienso —dijo ella—. Y te equivocas en las dos cosas. Michael es el único responsable de su propio comportamiento y, en este caso —se detuvo para darle un puntapié a un guijarro—, ha sido egoísta e inmaduro. Estoy muy decepcionada con él.

—No puedo culparle —dijo Harry—, yo me habría comportado mucho peor si hubiera estado en su lugar.

—De eso no me cabe duda —dijo ella con sequedad.

Él la miró con el ceño fruncido, pero guardó silencio.

Poppy se acercó a otro guijarro y le dio otro brusco puntapié.

—Odio que digas esas cosas tan cínicas —le espetó ella—. Cosas como ese estúpido comentario de que «sería una viuda muy rica».

—No debería haberlo dicho —se disculpó Harry con rapidez—. Ha sido injusto y desacertado. Debería haber considerado que estarías disgustada porque aún te preocupas por él...

Poppy se detuvo en seco y le clavó una mirada asombrada y desdeñosa a la vez.

—¡Oh! ¿Cómo un hombre al que todo el mundo considera tan inteligente puede ser tan imbécil? —Negando con la cabeza, ella continuó su apresurada marcha por el camino.

Desconcertado, Harry la siguió.

—¿No se te ha ocurrido pensar —le dijo ella por encima del hombro, lanzándole las palabras como si fueran flechas— que podía disgustarme la idea de que alguien amenazara tu vida? ¿Que podría horrorizarme la idea de que alguien llegara a nuestra casa blandiendo un arma con la clara intención de dispararte?

Harry tardó un buen rato en responderle. De hecho, casi habían llegado a la casa cuando él repuso con una extraña voz ronca:

—¿Estás preocupada por mi seguridad? ¿Por... mí?

—Alguien tiene que hacerlo —masculló ella, abriendo de golpe la puerta principal—, lo que no sé es por qué tengo que ser yo.

Poppy se giró para cerrarle la puerta en las narices, pero Harry la cogió por sorpresa empujándola al interior y cerrando de un portazo. Antes de que ella pudiera siquiera tomar aire, él se dejó llevar por la impaciencia y la aprisionó bruscamente contra la puerta.

Ella jamás le había visto así: anhelante, incrédulo y ansioso.

El cuerpo de su marido se apretó contra el suyo y su aliento le calentó la mejilla. Poppy vio cómo el pulso le latía con fuerza en la garganta.

—Poppy... ¿tú...? —Se obligó a hacer una pausa, como si estuviera hablando en un idioma extranjero y le costara trabajo encontrar las palabras correctas.

Lo que, de hecho, era cierto.

Poppy sabía lo que Harry quería preguntarle, y ella no quería que lo hiciera. Él iba a forzar una respuesta antes de tiempo, y ella quiso rogarle que fuera paciente por el bien de los dos.

Él logró por fin soltar las palabras.

—Poppy, ¿estás empezando a preocuparte por mí?

—No —dijo ella con firmeza, pero eso no pareció amilanarle.

Harry apoyó la cara contra la de ella, rozándole la mejilla con los labios entreabiertos en un beso tierno.

—¿Ni siquiera un poquito? —susurró él.

—Ni siquiera un poquito.

Él apretó la mejilla contra la de ella, con los labios jugueteando con los mechones de su pelo en la oreja.

—¿Por qué no quieres decírmelo?

Él era tan grande y cálido que todo lo que ella quería era rendirse.

Poppy comenzó a estremecerse ligeramente de dentro a fuera.

—Porque si lo hiciera, huirías de mí como alma que lleva el diablo.

—Jamás huiría de ti.

—Sí, claro que lo harías. Te volverías distante y me apartarías de tu lado, porque aún no estás dispuesto a aceptar lo que siento.

Harry apretó todo su cuerpo contra el de ella, apoyando ambas manos a los lados de la cabeza de Poppy.

—Dímelo —la urgió, tierno y amenazador—. Quiero oír cómo suena.

Poppy nunca había pensado que fuera posible divertirse y excitarse tanto a la vez.

—No, no quieres. —Lentamente, ella le rodeó la delgada cintura con los brazos.

Ojalá Harry supiera todo lo que ella sentía. En cuanto tuviera la certeza de que él estaba listo para oírlo, en cuanto estuviera segura de que su matrimonio no se resentiría con aquellas palabras, le diría lo muchísimo que le amaba. De hecho, estaba impaciente por hacerlo.

—Conseguiré que me lo digas —dijo Harry, cubriendo la boca de ella con sus sensuales labios y llevando las manos a los corchetes del corpiño.

Poppy no pudo contener el estremecimiento de anticipación. No, él no iba a conseguirlo... pero durante las próximas horas, ella disfrutaría dejando que lo intentara.

25

Para sorpresa de los Hathaway, Leo decidió regresar a Londres el mismo día que los Rutledge. En un principio, su intención había sido pasar el resto del verano en Hampshire, pero al final decidió aceptar el encargo de diseñar un invernadero para una mansión de Mayfair. Poppy se preguntó para sus adentros si su cambio de planes tendrían algo que ver con la señorita Marks. Sospechaba que habían discutido, porque en los últimos días habían hecho grandes esfuerzos para evitarse el uno al otro. Incluso más de lo habitual.

—No puedes marcharte —le dijo Merripen en tono indignado cuando Leo le comunicó que volvía a Londres—. Vamos a plantar nabos dentro de poco. Hay mucho que decidir al respecto, incluyendo la composición del estiércol y las nuevas técnicas de sembrado.

—Merripen —le había interrumpido Leo con sarcasmo—, sé que consideras mis consejos de vital importancia, pero estoy seguro de que podrás plantar esos nabos perfectamente sin mi ayuda. En lo que respecta a la composición del estiércol... en eso sí que no puedo ayudarte. Tengo una visión muy democrática de los excrementos. Para mí todo es mierda.

Merripen le había respondido una frase en romaní que nadie, salvo Cam, entendió. Y Cam se negó a traducir ni una sola palabra, afirmando que no había equivalente en inglés, y añadiendo que eso era lo mejor que podía pasar.

Después de despedirse, Leo partió en su carruaje rumbo a Londres. Poppy y Harry se fueron poco después, tras tomar una última taza de té y disfrutar de un último vistazo a los verdes campos de la hacienda.

—Casi me sorprende que me dejes llevármela —le dijo Harry a Cam después de que Poppy se subiera al carruaje.

—Oh, lo votamos esta mañana, fue una decisión unánime —le respondió su cuñado como si no hubiera nada más que decir al respecto.

—¿Habéis sometido a votación mi matrimonio?

—Sí, y hemos decidido que encajas muy bien en la familia.

—Oh, Dios mío —dijo Harry, mientras Cam cerraba la puerta del carruaje.

Tras un viaje agradable y sin incidentes, los Rutledge llegaron a Londres. Para cualquiera que los viera, en particular para los empleados del hotel, resultó evidente que entre Harry y Poppy se había forjado ese misterioso e intangible vínculo que se forma entre dos personas que se han hecho una promesa mutua. Ahora eran una pareja.

Aunque Poppy estaba encantada de regresar al Rutledge, le preocupaba cómo se desarrollaría su relación con Harry a partir de ese momento... si él volvería a adoptar sus antiguas costumbres. Para tranquilidad de la joven, Harry había tomado un nuevo camino y no parecía tener intención de desviarse de él.

Las diferencias en su esposo fueron observadas con gran satisfacción por el personal del hotel el primer día después de su llegada. Poppy había traído un montón de regalos, incluyendo frascos de miel para los gerentes y los demás empleados de las oficinas, unos paños de encaje para la señora Pennywhistle, jamones curados de Hampshire y tocino ahumado para el chef Broussard, el chef Rupert y el personal de cocina, y unos guantes de piel de oveja, que habían sido trabajados hasta que el material estuvo tan suave como la mantequilla, para Jake Valentine.

Después de repartir los regalos, Poppy se sentó en la cocina y comentó animadamente la visita a Hampshire.

—... encontramos una docena de trufas —le dijo al chef Broussard— casi tan grandes como mi puño. Estaban escondidas entre las raíces de un haya a tan sólo cinco centímetros de la superficie. ¿A que no adivina cómo las encontramos? ¡Fue gracias al hurón de mi hermana! El animal dio con ellas y las desenterró para mordisquearlas.

Broussard suspiró con aire soñador.

—Cuando era niño, viví durante un tiempo en Périgord. Allí había unas trufas que casi hacían llorar de gusto. Eran tan deliciosas que, por lo general, sólo las comían los nobles y sus amantes. —Miró a Poppy con expectación—. ¿Cómo las prepararon?

—Picamos unos puerros y las mezclamos con ellos, luego las salteamos con mantequilla y nata, y... —Hizo una pausa al notar entre los presentes un repentino frenesí de actividad que incluía lavar, picar y revolver en los cajones. La joven miró por encima del hombro y vio que Harry había entrado en la cocina.

—Señor —dijo la señora Pennywhistle mientras Jake y ella comenzaban a levantarse.

Harry les hizo un gesto con la mano para que permanecieran sentados.

—Buenos días —dijo con una leve sonrisa—. Perdón por interrumpir. —Se acercó a Poppy, que estaba sentada en un taburete—. Señora Rutledge —murmuró—, me preguntaba si podría secuestrarte durante unos minutos. Hay algo que... —Su voz se desvaneció al mirar la cara de su esposa. Ella le estaba mirando con una pícara sonrisita que al parecer le hizo perder el hilo de sus pensamientos.

«¿Quién podría culparle?», pensó Jake Valentine, divertido y fascinado a la vez. Aunque Poppy Rutledge siempre había sido una mujer hermosa, ahora poseía un nuevo resplandor, un brillo diferente en sus ojos azules.

—El carrocero —dijo Harry, saliendo de su ensimismamiento— acaba de entregar tu carruaje. ¿Puedes venir a echarle un vistazo y ver si todo ha quedado a tu entera satisfacción?

—Sí, claro. —Poppy tomó otro bocado de *brioche*, un trocito de pan glaseado cubierto de mantequilla y mermelada. La joven sostuvo el último trocito ante los labios de Harry—. ¿Me ayudas a terminarlo?

Todos observaron con asombro cómo Harry tomaba el delicado manjar en la boca y, sosteniendo la muñeca de su esposa con una mano, le pasaba la lengua por la yema del dedo para limpiarle una gota de mermelada.

—Delicioso —dijo él, ayudándola a bajarse del taburete. Luego, miró a sus empleados—. Os la devolveré enseguida. Y, Valentine...

—¿Sí, señor?

—Me he enterado de que hace mucho tiempo que no te tomas vacaciones. Quiero que resuelvas eso de inmediato.

—No sabría qué hacer en vacaciones, señor —protestó Jake, y Harry sonrió.

—Ésa, Valentine, es la razón por la que las necesita tanto.

Después de que Harry acompañara a su esposa fuera de la cocina, Jake miró a los demás con una expresión perpleja.

—Es un hombre totalmente diferente —dijo con aturdimiento.

La señora Pennywhistle sonrió.

—No, siempre ha sido Harry Rutledge. Sólo que ahora, es un Harry Rutledge con corazón.

Como el hotel era, prácticamente, un hervidero de murmuraciones, Poppy estaba al tanto de todos los escándalos y secretos a voces que circulaban por Londres. Para sorpresa y decepción de la joven, había persistentes rumores sobre la continua decadencia de Michael Bayning. Al parecer solía emborracharse con frecuencia de manera pública y notoria, jugaba, se peleaba y, en general, tenía un comportamiento impropio de un hombre de su posición. Por supuesto, algunos de esos rumores estaban relacionados con Poppy y su precipitada boda con Harry. A la joven le entristecía profundamente oír lo que Michael estaba haciendo con su vida y deseaba poder hacer algo al respecto.

—Es el único tema del que no puedo hablar con Harry —le dijo a Leo, una tarde que fue a verlo a su apartamento—. Se pone de un humor terrible, se queda callado y con el rostro muy serio. Anoche, incluso, llegamos a discutir por culpa de ello.

Aceptando la taza de té que le tendía su hermana, Leo arqueó una ceja con ironía ante la información.

—Hermanita, me encantaría darte la razón en todo... pero ¿por qué quieres hablar de Michael Bayning con tu marido? ¿Y qué demonios tienes que decirle al respecto? Ese capítulo de tu vida está cerrado. Si yo estuviera casado, algo que gracias a Dios no sucederá nunca, te aseguro que no acogería el tema de Bayning con más entusiasmo que Harry.

Poppy miró con el ceño fruncido su taza de té mientras removía lentamente un terrón de azúcar en el humeante líquido ambarino. Esperó a que estuviera totalmente disuelto antes de responder.

—Me temo que Harry se ofendió por una petición que le hice. Le dije que quería visitar a Michael para ver si podía meterle un poco de sentido común en la cabeza. —Cuando vio la expresión de Leo, añadió a la defensiva—: ¡No estaría con él más que unos minutos! Y llevaría acompañante. Incluso le dije a Harry que me acompañara él. Pero se limitó a prohibírmelo de manera tajante sin ni siquiera dejar que le explicase por qué yo...

—Debería haberte puesto sobre las rodillas —la informó Leo. Al ver que su hermana se quedaba boquiabierta, dejó la taza de té sobre la mesita y la obligó a hacer lo mismo antes de coger sus manos entre las de él. La expresión de Leo era una cómica mezcla de reproche y simpatía—. Querida Poppy, eres una mujer compasiva y no me cabe la menor duda de que para ti visitar a Bayning es un acto de bondad, comparable a cuando Beatrix rescata un conejo de una trampa. Pero eso también indica que aún sigues siendo una triste ignorante en cuestión de hombres. Aunque no me corresponde a mí decírtelo, no somos tan civilizados como pareces pensar. De hecho, éramos mucho más felices en los días en los que podíamos ahuyentar a nuestros rivales clavándoles una lanza. Por consiguiente, pedirle a Harry que te deje visitar a Michael, cuando todo el mundo sabe que es la única persona a la que en realidad le importaría que visitaras, para intentar aliviar sus sentimientos heridos es... —Leo negó con la cabeza.

—Pero Leo —protestó Poppy—, ¿no recuerdas aquella época en la que tú hacías las mismas cosas que Michael está haciendo ahora? Hubiera creído que tú, entre todos, sentirías un poco de simpatía por él.

Soltándole las manos, Leo sonrió, aunque la sonrisa no le llegó a los ojos.

—Las circunstancias eran un poco diferentes. En mi caso, tuve que ver morir a la mujer que amaba entre mis brazos. Y sí, reconozco que luego me comporté muy mal. Incluso peor que Bayning. Pero cariño, un hombre que ha tomado ese camino no puede ser rescatado. Tiene que seguirlo hasta precipitarse al abismo. Puede que Bayning sobreviva a la caída o puede que no. En cualquier caso... no, no siento ninguna simpatía por él.

Poppy cogió la taza de té y tomó un trago caliente y vigorizante. Al verlo desde el punto de vista de Leo, no podía menos que sentirse un tanto insegura y avergonzada.

—Entonces, dejaré estar el tema —dijo ella—. Puede que me haya equivocado al pedírselo a Harry. Quizá debería pedirle disculpas.

—Ésa —dijo Leo con ternura— es una de las cosas que siempre he admirado en ti, hermanita. El valor de recapacitar e, incluso, cambiar de idea.

Tras concluir la visita a su hermano, Poppy se dirigió a una joyería en Bond Street. Recogió un regalo que había encargado para Harry y regresó al hotel.

Por suerte, Harry y ella habían decidido cenar esa noche en el apartamento, lo que le permitiría disponer del tiempo y la intimidad necesarios para solventar la discusión que habían mantenido la noche anterior. Se disculparía con Harry. En su deseo de ayudar a Michael Bayning, no se había detenido a considerar los sentimientos de su marido al respecto, y ahora sólo deseaba pedirle perdón.

Aquella situación le recordaba algo que su madre había dicho muy a menudo sobre el matrimonio: «Jamás recuerdes los errores de tu marido, pero nunca olvides los tuyos.»

Tras tomar un baño perfumado, Poppy se puso un vestido azul claro y se dejó el pelo suelto, justo como a él le gustaba.

Harry entró en el apartamento en el mismo momento que el reloj marcaba las siete. Parecía el Harry que recordaba de los primeros días de su matrimonio, con la cara sombría y aspecto cansado. Su mirada era fría como una tarde de invierno.

—Hola —murmuró ella, acercándose para darle un beso. Harry se quedó inmóvil. No la rechazó, pero tampoco se mostró cariñoso o alentador—. Pediré que nos suban la cena —dijo ella—, y luego podemos...

—No quiero nada, gracias —la interrumpió él—. No tengo hambre.

Sorprendida por su tono lacónico, Poppy le miró con preocupación.

—¿Ha ocurrido algo? Pareces cansado.

Harry se quitó la chaqueta y la dejó sobre una silla.

—Acabo de regresar de una reunión en el Ministerio de la Guerra. Les he comunicado a sir Gerald y al señor Kinloch que he decidido no encargarme de diseñar esa nueva arma. Han recibido mi decisión como si fuera una traición. Kinloch incluso amenazó con recluirme en una habitación hasta que le entregara los planos.

—Lo siento. —Poppy esbozó una mueca de compasión—. Ha debido de ser espantoso. ¿Te... te sientes decepcionado por no hacer ese trabajo para ellos?

Harry negó con la cabeza.

—Como les he dicho a ellos, podría hacer cosas mejores por mis compatriotas. De hecho, podría dedicarme a diseñar tecnología agrícola. Llenar el estómago de alguien es mucho mejor que inventar una manera de meterle una bala en el cuerpo.

Poppy sonrió.

—Has hecho bien, Harry.

Pero él no le devolvió la sonrisa, sólo le dirigió una mirada fría y especulativa y luego ladeó la cabeza ligeramente.

—¿Qué has hecho hoy?

El placer de Poppy se disolvió al comprender lo que su esposo estaba insinuando.

Sospechaba de ella.

Pensaba que había ido a visitar a Michael.

Aquella injusticia y el dolor que le provocó el recelo de Harry hicieron que tensara la cara.

—Salí a hacer un par de recados —le respondió con voz temblorosa.

—¿Qué clase de recados?

—Prefiero no decírtelo.

La mirada de Harry fue dura e implacable.

—Me temo que no tienes otra opción. Quiero que me digas adónde fuiste y a quién viste.

Enrojeciendo de indignación, Poppy le dio la espalda y apretó los puños.

—No tengo obligación de dar cuenta de lo que hago cada minuto del día, ni siquiera a ti.

—Hoy lo harás. —Entrecerró los ojos—. Dímelo, Poppy.

Ella se rio con incredulidad.

—¿Para que luego puedas comprobar mis declaraciones y ver si te estoy mintiendo?

Su silencio fue una elocuente respuesta.

Dolida y furiosa, Poppy se acercó a su bolsito, que antes había dejado en una mesita y hurgó en el interior.

—Fui a visitar a Leo —le espetó sin mirarle—. Él responderá por mí, y también te contará de qué hablamos. Y luego fui a Bond Street para recoger un regalo que había encargado para ti. Hubiera querido esperar un momento más apropiado para dártelo pero, al parecer, ya no es posible.

Extrajo un objeto guardado en un saquito de terciopelo, resistiendo la tentación de lanzárselo.

—Aquí tienes la prueba —masculló, tendiéndoselo—. Sabía que tú jamás te lo comprarías.

Harry abrió lentamente el saquito y el objeto se deslizó en su mano.

Era un reloj de bolsillo con una sólida carcasa de oro, sencilla y sin adornos salvo por las siglas JHR grabadas en la tapa.

Harry tuvo una desconcertante falta de reacción. Tenía la cabeza inclinada, por lo que Poppy no pudo verle la cara. Acarició el reloj con la yema de los dedos y respiró hondo.

Preguntándose si habría hecho lo correcto, Poppy se volvió hacia el cordón de la campanilla.

—Espero que te guste —le dijo con voz neutra—. Ahora voy a pedir la cena. Yo sí tengo hambre incluso aunque tú...

En ese momento, Harry la abrazó desde atrás, rodeándola con los brazos sin dejar de sostener el reloj en la mano. Le temblaba todo el cuerpo, y sus músculos estaban tan tensos que amenazaban con aplastarla.

—Lo siento —dijo con voz baja y cargada de remordimientos.

Poppy se relajó contra él mientras Harry continuaba abrazándola. Ella cerró los ojos.

—Maldición —dijo él contra su pelo—, lo siento mucho. Es sólo que pensar en que sientes algo por Bayning... No saca precisamente lo mejor de mí.

—Eso es quedarse corto —dijo Poppy en tono sombrío. Pero se giró entre sus brazos y se apretó contra él al tiempo que deslizaba la mano hasta su nuca.

—Es algo que me tortura —admitió él con brusquedad—. No quiero que te preocupes por otro hombre que no sea yo. Incluso aunque no me lo merezca.

El dolor que Poppy sentía se desvaneció mientras reflexionaba que la experiencia de ser amado todavía era nueva para Harry. El problema no era la falta de confianza en ella, sino en sí mismo. Lo más probable era que Harry siempre fuera muy posesivo con ella.

—Estás celoso —lo acusó con suavidad, haciéndole apoyar la cabeza en su hombro.

—Sí.

—Bueno, pues no tienes por qué estarlo. Lo único que siento por Michael Bayning es compasión y piedad. —Le rozó los labios contra la oreja—. ¿Has visto el grabado en el reloj? ¿No? Está en el interior de la tapa. Míralo.

Pero Harry no se movió, no hizo nada salvo abrazarla como si ella fuera su salvavidas. Poppy supuso que él estaba demasiado abrumado para hacer nada por el momento.

—Es una cita de Erasmo —le informó—. El monje favorito de mi padre después de Roger Bacon. La frase que está inscrita en el reloj es: «La esencia de la felicidad consiste en que aceptes ser como eres.» —Ante el prologando silencio de Harry, ella no pudo evitar continuar hablando—: Quiero que seas feliz, hombre exasperante. Quiero que tengas muy claro que te amo por ser exactamente como eres.

La respiración de Harry se hizo más fuerte y profunda. La estrechó con tanta fuerza contra su cuerpo que ni cien hombres habrían logrado que la soltara.

—Te amo, Poppy —le dijo con voz entrecortada—. Te amo tanto que es un auténtico infierno.

Ella intentó contener una sonrisa.

—¿Por qué es un auténtico infierno? —le preguntó suavemente, acariciándole la nuca.

—Porque ahora tengo mucho que perder. Pero voy a amarte de todas formas porque, simplemente, no puedo dejar de hacerlo. —La besó en la frente, en los párpados, en las mejillas—. Te quiero tanto que mi amor llenaría habitaciones enteras. Edificios. Estarás rodeada por él dondequiera que vayas, lo sentirás envolviéndote, lo respirarás e inundará tus pulmones, y tu boca, lo palparás con tus manos... —Movió la boca apasionadamente sobre la de ella, urgiéndola a separar los labios.

Fue uno de esos besos capaces de derribar montañas y de hacer caer las estrellas del cielo. Fue uno de esos besos que harían desmayarse a los ángeles y llorar a los demonios... Uno de esos besos tan apasionados y ardientes que casi hizo que la Tierra se saliera de su eje.

O, al menos, Poppy lo sintió así.

Harry la tomó en brazos y la llevó a la cama. Se inclinó sobre ella y le acarició la espesa melena.

—Jamás me separaré de ti —dijo él—. Voy a comprar una isla desierta y a llevarte allí conmigo. Y sólo una vez al mes vendrá un barco para traernos comida. El resto del tiempo estaremos solos, desnudos, comiendo frutas exóticas, haciendo el amor en la playa y...

—Establecerías un negocio de exportación de productos locales y organizarías la economía del lugar en menos de un mes —dijo ella con firmeza.

Harry gimió como si reconociera la verdad que contenían las palabras de Poppy.

—Santo Dios, ¿cómo eres capaz de soportarme?

Ella sonrió ampliamente y le deslizó los brazos alrededor del cuello.

—Me encantan los beneficios adicionales —le dijo—. Y, además, me parece lo más justo dado que tú también me soportas a mí.

—Tú eres perfecta —dijo Harry con acalorada seriedad—. En todo lo que haces y dices. Incluso aunque tengas algún pequeño defecto aquí y allá...

—¿Tengo defectos? —le preguntó ella con fingida indignación.

—... también los amo.

Harry la desnudó, aunque le llevó su tiempo pues Poppy trataba de desnudarle a él al mismo tiempo. Rodaron sobre la cama, forcejeando con la ropa y, a pesar de la intensidad de su mutua necesidad, no pudieron evitar echarse a reír al encontrarse enredados entre la tela y sus propias extremidades. Finalmente, se quedaron desnudos y jadeantes.

Harry agarró las rodillas de Poppy y le separó los muslos, tomando posesión de ella con una enérgica zambullida. Poppy gritó, estremeciéndose por la sorpresa que le produjo la intensidad de sus embestidas. El cuerpo de Harry era esbelto y fuerte, y la reclamaba con exigentes envites. Le ahuecó los pechos con las manos y le cubrió un tenso pezón con la boca, succionándolo al mismo ritmo que los movimientos de sus caderas.

Un profundo calor inundó a Poppy, la dura carne de Harry deslizándose en la suya le provocaba un exquisito alivio y un erótico tormento. Poppy gimió e intentó mantener el mismo ritmo que su marido mientras las oleadas de placer la atravesaban cada vez con más fuerza hasta que fue incapaz de moverse. Harry absorbió los gemidos de su esposa con su boca, haciéndole el amor hasta que ella se quedó finalmente exhausta, con el cuerpo laxo y repleto de sensaciones.

Harry se la quedó mirando fijamente, con la cara cubierta de sudor y los ojos felinos y brillantes. Poppy le rodeó con los brazos y las piernas, intentando retenerle, deseando tenerle tan cerca de ella como fuera posible.

—Te amo, Harry —le dijo. Las palabras hicieron que Harry contuviera el aliento y se estremeciera—. Te amo —repitió ella mientras él se hundía lenta y profundamente en su interior una última vez antes de alcanzar la liberación.

Luego, Poppy se acurrucó entre sus brazos, mientras Harry jugaba suavemente con su pelo. Durmieron juntos, soñaron juntos, sin que, por fin, ninguna barrera se interpusiera entre ellos.

Al día siguiente, Harry desapareció.

26

Para un hombre como Harry, que cumplía sus horarios a raja-
tabla, llegar tarde no sólo era inusual, sino una auténtica barbari-
dad. Por consiguiente, cuando no volvió al hotel después de su clase vespertina en el club de esgrima, Poppy comenzó a preocuparse
bastante por él. Al ver que pasaban tres horas y su marido no regresaba, llamó a Jake Valentine.

El ayudante de Harry llegó de inmediato, con la expresión
preocupada y el pelo castaño despeinado como si se hubiera estado
pasando las manos por él repetidamente.

—Señor Valentine —dijo Poppy con el ceño fruncido—. ¿Sabe
dónde se encuentra el señor Rutledge en este momento?

—No, señora. El cochero ha regresado sin él.

—¿Qué? —preguntó ella, desconcertada.

—El cochero le esperó en el lugar y la hora convenidos y, cuando una hora después el señor Rutledge seguía sin aparecer, entró en
el club para averiguar qué había pasado. Se llevó a cabo una búsqueda. Al parecer el señor Rutledge no se encontraba en ninguna
parte del local. El dueño del club les preguntó a varios socios si habían visto al señor Rutledge marcharse con alguien, o subir a algún
carruaje, o incluso si le habían oído mencionar sus planes, pero nadie oyó ni vio nada después de que el señor Rutledge acabara la cla-

se de esgrima. —Valentine hizo una pausa y se pasó los nudillos por los labios, un gesto que denotaba nerviosismo y que Poppy jamás le había visto antes—. Parece que ha desaparecido.

—¿Había ocurrido algo así antes? —preguntó ella.

Valentine negó con la cabeza.

Se quedaron mirando el uno al otro con la certeza de que había pasado algo malo.

—Ahora iba a ir al club para buscarle otra vez —dijo Valentine—. Alguien tiene que haber visto algo.

Poppy se preparó para una larga espera. Quizá no fuera nada, se dijo a sí misma. Puede que Harry se hubiera ido a alguna parte con un conocido y que regresara en cualquier momento. Pero tenía el presentimiento de que había ocurrido algo malo. Le pareció que la sangre se le congelaba en las venas... se sentía aturdida, entumecida y aterrorizada. Se paseó con nerviosismo por el apartamento antes de bajar las escaleras a las oficinas, donde el recepcionista y el conserje estaban tan ansiosos y nerviosos como ella.

La noche ya había caído sobre Londres cuando Valentine regresó finalmente.

—No hay ni rastro de él —dijo con abatimiento.

Poppy sintió un escalofrío de temor.

—Debemos avisar a la policía.

Él asintió con la cabeza.

—Ya lo he hecho. Hace tiempo recibí instrucciones del señor Rutledge de lo que debíamos hacer si alguna vez ocurría algo parecido. He notificado los hechos a un agente de policía en Bow Street, y también a un maleante del sur de Londres llamado William Edgar.

—¿A un maleante?

—A un ladrón, que de vez en cuando hace un poco de contrabando. El señor Edgar está familiarizado con cada calle y cada nido de ladrones de Londres.

—¿Mi marido le dejó instrucciones de que contactara con un agente de policía y un delincuente?

Valentine parecía un tanto avergonzado.

—Sí, señora.

Poppy se llevó los dedos a las sienes, intentando tranquilizar sus agitados pensamientos. Un doloroso sollozo amenazó con escapar de su garganta antes de que pudiera contenerlo. Se pasó la manga por los ojos llenos de lágrimas.

—Si no lo encuentran antes de mañana —dijo, tomando el pañuelo que él le tendía—, quiero ofrecer una recompensa por cualquier información que conduzca a la vuelta de mi marido sano y salvo. —Se sonó la nariz con muy poca delicadeza—. Cinco mil... No, que sean diez mil libras.

—Sí, señora.

—Y deberíamos darle una lista a la policía.

Valentine la miró sin comprender.

—¿Una lista de qué?

—De toda la gente que podría querer hacerle daño a Harry.

—No será fácil —masculló Valentine—. La mayoría de las veces no sé diferenciar a sus amigos de sus enemigos. Tiene amigos que le matarían sin pensárselo dos veces y, sin embargo, algunos de sus enemigos le han puesto su nombre a sus hijos.

—Creo que el señor Bayning debería ser considerado sospechoso —dijo Poppy.

—Ya lo había pensado —admitió Valentine—. Teniendo en cuenta sus recientes amenazas, diría que es el principal sospechoso.

—Y no podemos olvidar la reunión que tuvo ayer en el Ministerio de la Guerra. Harry me dijo que no se habían quedado muy contentos con él... —Respiró hondo—. Me dijo que el señor Kinloch había amenazado con encerrarle en algún sitio.

—Se lo diré inmediatamente al agente de policía —dijo Valentine. Al ver la manera en que a Poppy se le llenaban los ojos de lágrimas y torcía el gesto, se apresuró a añadir—: Le encontraremos. Se lo prometo. Y recuerde que el señor Rutledge sabe cómo cuidar de sí mismo.

Incapaz de contestar, Poppy asintió con la cabeza y volvió a sonarse la nariz.

En cuanto Valentine se fue, le habló al conserje con voz llorosa:

—Señor Lufton, ¿podría escribir una nota en su escritorio?

—¡Oh, desde luego que sí, señora! —El conserje dispuso un papel, tinta y una pluma con la punta metálica sobre el escritorio, y se retiró respetuosamente a un lado mientras ella escribía.

—Señor Lufton, quiero que entreguen esta misiva de inmediato a mi hermano, lord Ramsay. Vendrá a ayudarme a buscar al señor Rutledge.

—Sí, señora, pero... ¿cree que es prudente salir a estas horas? Estoy seguro de que el señor Rutledge no querría que usted pusiera su vida en peligro saliendo a buscarle por la noche.

—Yo también estoy segura de ello, señor Lufton. Pero no puedo quedarme aquí sentada sin hacer nada. Me volvería loca.

Para gran alivio de Poppy, Leo llegó de inmediato. Llevaba la corbata torcida y el chaleco desabotonado, como si se hubiera vestido de manera precipitada.

—¿Qué ha ocurrido? —preguntó bruscamente—. ¿Qué querías decir con eso de que «Harry ha desaparecido»?

Poppy le describió la situación tan rápido como pudo, y luego le agarró de la manga.

—Leo, necesito que me acompañes a un sitio.

Por la expresión que puso su hermano, supo que había entendido a qué lugar se refería.

—Sí, lo sé —repuso, dejando escapar un tenso suspiro—. Casi sería mejor que me pusiera a rezar para que tarden en encontrar a Harry. Porque cuando descubra que te he llevado a ver a Michael Bayning, mi vida no valdrá ni un penique.

Tras preguntarle al mayordomo de los Bayning por el paradero de Michael, Leo y Poppy fueron a Marlow's, un club tan exclusivo que sólo se podía pertenecer a él si el padre y el abuelo de uno habían figurado entre sus miembros, pues los socios aristócratas de Marlow's solían mirar con evidente desdén al resto de la gente, incluidos los nobles menos privilegiados. Como siempre había sentido una gran curiosidad por ver el interior del lugar, Leo estaba más que dispuesto a buscar allí a Michael Bayning.

—No te permitirán pasar de la puerta —dijo Poppy—. Tú eres precisamente el tipo de persona que no es bien recibida allí.

—Sólo les diré que Bayning es sospechoso de secuestro y, que si no me dejan entrar, les considerarán cómplices del delito.

Poppy observó por la ventanilla del carruaje cómo Leo se acercaba a la fachada de piedra y estuco blanco de Marlow's. Tras conversar un par de minutos con el portero, Leo entró en el club.

Poppy se rodeó con los brazos intentando entrar en calor, aunque el frío que sentía en su interior era provocado por el pánico y no por el aire fresco de la noche. Harry estaba en algún lugar de Londres, quizás herido, y ella no podía llegar a él. No podía hacer nada por él. No podía protegerle. Recordó lo que Catherine le había contado sobre la infancia de Harry, cuando había estado encerrado en una habitación durante dos días sin que nadie se acordara de ir a buscarlo, y casi se echó a llorar.

—Te encontraré —susurró, meciéndose ligeramente sobre el asiento—. Pronto estaré contigo, Harry. Sólo tienes que esperar un poco más.

La puerta del carruaje se abrió con una brusquedad sorprendente.

Leo estaba allí con Michael Bayning, que parecía muy desmejorado por sus recientes hábitos. La ropa elegante y la corbata pulcramente atada sólo servían para acentuar la hinchazón de su cara y el rubor que le cubría las mejillas.

Poppy lo miró sin apenas reconocerle.

—¿Michael?

—Está medio borracho —le dijo Leo—, pero aún puede mantener una conversación coherente.

—Señora Rutledge —dijo Michael, curvando los labios en una mueca burlona. Cuando habló, el olor a alcohol inundó el interior del carruaje—. Su marido ha desaparecido, ¿no es cierto? Al parecer se supone que yo poseo algún tipo de información al respecto. El problema es... —torció el gesto y reprimió un eructo— que no tengo nada que ver con ello.

Poppy entrecerró los ojos.

—No le creo. Creo que ha tenido algo que ver con su desaparición.

Él le brindó una sonrisa etílica.

—Llevo ahí dentro cuatro horas, y antes estuve en mi casa. Lamento mucho decirle que no he planeado ningún turbio complot para hacerle daño a su esposo.

—En ningún momento ha ocultado su animosidad hacia él —señaló Leo—. Le ha amenazado en público. Incluso apareció en el hotel con un revólver. Usted es la persona que más probabilidades tiene de estar implicado en su desaparición.

—Por mucho que me gustaría reclamar tal responsabilidad —dijo Michael—, no puedo. Creo que no merece la pena dejar que me ahorquen sólo por sentir la satisfacción de matarlo con mis propias manos. —Fijó sus enrojecidos ojos en Poppy—. ¿Cómo sabe que no ha decidido pasar la noche con alguna putilla? Lo más probable es que ya se haya cansado de usted. Váyase a casa, señora Rutledge. Estará mejor sin ese bastardo.

Poppy parpadeó como si la hubieran abofeteado.

Leo intercedió con serenidad.

—Si Harry Rutledge no aparece en un par de días, vendrán a interrogarlo, Bayning. Todos, incluidos sus amigos, le acusarán. Mañana por la mañana, medio Londres estará buscando a Harry. Podría ahorrarse muchos problemas si nos ayuda a resolver este asunto ahora.

—Como ya les he dicho, no tengo nada que ver con eso —espetó Michael—. Pero espero que lo encuentren pronto, ahogado en el Támesis.

—¡Basta! —gritó Poppy. Los dos hombres la miraron, sorprendidos—. ¡Esto es indigno de usted, Michael! Puede que Harry se haya interpuesto entre nosotros, pero se ha disculpado y ha intentado enmendar la situación.

—¡No conmigo, por Dios!

Poppy le lanzó una mirada de incredulidad.

—¿Quiere que se disculpe con usted?

—No. —Le lanzó una mirada feroz y, cuando habló, su voz tenía una nota de súplica—. Yo sólo la quiero a usted.

Ella se puso roja de ira.

—Eso nunca será posible. Jamás lo fue. Su padre no habría consentido en tenerme como nuera, porque me consideraba inferior a él. Y la verdad es que usted también lo hacía, o habría manejado la situación de una manera diferente a como lo hizo.

—No soy un esnob, Poppy, sólo alguien convencional. Es diferente.

Ella sacudió la cabeza con impaciencia. Aquélla era una discusión en la que no quería perder el tiempo.

—Da lo mismo. Ahora amo a mi marido y jamás le abandonaré. Así que por su bien y por el mío, acabe de una vez con este bochornoso espectáculo y continúe con su vida. Tiene cosas mejores que hacer con ella.

—Muy bien dicho —masculló Leo, subiéndose al carruaje—. Vámonos, Poppy. No conseguiremos nada más de él.

Michael agarró el borde de la puerta antes de que Leo pudiera cerrarla.

—Espere —le dijo a Poppy—. Si al final resulta que a su marido le ha ocurrido algo malo... ¿Volverá conmigo?

Ella bajó la mirada a aquel rostro suplicante y negó con la cabeza, incapaz de creer que le hubiera preguntado tal cosa.

—No, Michael —le dijo con voz queda—. Me temo que usted es demasiado convencional para mi gusto.

Leo cerró la puerta ante la atónita mirada de Michael Bayning.

Poppy clavó los ojos en su hermano con desesperación.

—¿Crees que Michael ha tenido algo que ver con la desaparición de Harry?

—No. —Leo alargó la mano para hacerle una señal al cochero—. No está en condiciones de planear nada más allá de dónde hallará su próxima botella. Creo que en esencia es sólo un muchacho decente que se está ahogando en la autocompasión. —Al ver la expresión afligida de su hermana, le tomó la mano y se la apretó en un gesto de consuelo—. Volvamos al hotel. Quizás hayan recibido noticias de Harry.

Poppy permaneció callada y triste, sus pensamientos comenzaban a tomar forma de pesadilla.

Mientras el carruaje avanzaba traqueteando por la calle, Leo buscó un modo de distraerla.

—El interior de Marlow's no es tan agradable como había pensado —comentó—. Oh, es cierto que estaba repleto de paneles de caoba y de alfombras preciosas, pero no resultaba fácil respirar allí dentro.

—¿Por qué? —preguntó Poppy con aire sombrío—. ¿Demasiado humo?

—No —dijo Leo—, demasiado ego.

En efecto, medio Londres buscaba a Harry a la mañana siguiente. Poppy se había pasado la noche en vela esperando noticias de su marido. Mientras, Leo y Jake Valentine le habían buscado en clubes de caballeros, tabernas y casas de juego. Aunque Poppy estaba frustrada por aquella espera forzosa, sabía que ella no podía hacer más de lo que ya estaban haciendo. El maleante, el señor Edgar, había prometido usar su red de ladrones para encontrar cualquier mínimo rastro de información sobre la desaparición de Harry.

Por otra parte, el agente de policía Hembrey se había pasado la mañana investigando. Sir Gerald, del Ministerio de la Guerra, le confirmó que Edward Kinloch había amenazado a Harry durante la reunión que mantuvieron. Por consiguiente, Hembrey había obtenido una orden de registro de uno de los magistrados de Bow Street, y había interrogado a Kinloch a primeras horas de la mañana. Sin embargo, tras registrar la residencia de Kinloch no habían encontrado ni rastro de Harry.

El ministro del Interior, que era de quien dependía el cuerpo de policía de Londres, había pedido a la Unidad de Investigación Criminal, compuesta por dos inspectores y cuatro sargentos, que aplicara sus habilidades en este caso. Todos estaban interrogando a diversos individuos, incluyendo a los empleados del club de esgrima y a algunos de los sirvientes de Edward Kinloch.

—Es como si se lo hubiera tragado la tierra —dijo Jake Valentine con aire cansado, dejándose caer en una silla en el apartamento del Rutledge, donde Poppy tomaba una taza de té. Le dirigió a la mujer de su jefe una mirada llena de cansancio—. ¿Ha habido algún problema en el hotel? No he visto los informes de los gerentes...

—Ya me encargué de eso esta mañana —dijo Poppy, que sabía que Harry querría que el negocio continuara como siempre—. Eso me dio algo que hacer. No hay ningún problema en el hotel. —Se pasó ambas manos por la cara—. Ningún problema —repitió con desolación—, salvo que Harry ha desaparecido.

—Lo encontraremos —dijo Valentine—. Y pronto. Es imposible que no lo hagamos.

La conversación se vio interrumpida cuando Leo entró en el apartamento.

—No se levante, Valentine —le dijo—. Hemos recibido un mensaje de Bow Street. Dicen que al menos tres hombres afirman ser Harry Rutledge; están acompañados por sus respectivos rescatadores. Está claro que todos son impostores, pero he pensado que quizá fuera una buena idea ir a echar un vistazo por si acaso. De paso, podríamos hablar con el agente Hembrey, si es que está allí.

—Yo también voy con vosotros —dijo Poppy.

Leo le dirigió una mirada sombría.

—No dirías eso si supieras la clase de chusma que desfila por ese lugar todos los días.

—No te lo estoy pidiendo —le aclaró Poppy—. Te estoy diciendo que no vas a irte sin mí.

Leo la miró durante un buen rato y suspiró.

—Coge tu capa.

El tribunal de Bow Street era conocido por poseer los magistrados más destacados de la justicia de Londres. Allí era donde se investigaban y procesaban la mayoría de los casos criminales más importantes. La policía metropolitana de Bow Street había sido creada unos veinte años antes, y ésa era la razón por la que todavía se la conocía como la «Nueva Policía de Londres».

Sin embargo, la fuerza policial de Bow Street era una de aquellas que todavía quedaba fuera del control directo del Ministerio del Interior. Su policía montada y sus detectives sólo rendían cuentas a los magistrados de Bow Street. Extrañamente, allí nunca se habían establecido unas bases reglamentarias que regularan su autoridad. Pero eso no parecía importarle a nadie. Cuando se buscaban resultados, se iba a Bow Street.

Las oficinas y el tribunal se encontraban ubicados en dos edificios, los números 3 y 4, sencillos y modestos, que no daban ningún indicio del poder que se ejercía allí dentro.

Poppy llegó a Bow Street acompañada de Leo y de Valentine y abrió los ojos como platos cuando vio una multitud de gente agolpada en torno al edificio y a lo largo de la calle.

—No hables con nadie —le dijo Leo—. No te detengas cerca de nadie, y si oyes, hueles o ves algo ofensivo, no digas que no te lo advertí.

Cuando entraron en el número 3, se vieron envueltos por una mezcolanza de olores a sudor, abrillantador y yeso. Un estrecho pasillo conducía a las diversas oficinas, salas de interrogatorio y almacenes. Cada centímetro del pasillo estaba ocupado por gente, y el aire estaba cargado de gritos y quejas.

—Hembrey —gritó Jake Valentine, y un hombre delgado con el pelo muy corto se giró hacia él. El hombre poseía una cara alargada y estrecha y unos ojos oscuros e inteligentes—. Es el encargado del caso —le dijo Valentine a Poppy mientras el hombre se acercaba a ellos.

—Señor Valentine —dijo Hembrey—, acabo de llegar y me he encontrado con esta locura.

—¿Qué ocurre? —preguntó Leo.

Hembrey centró su atención en él.

—Milord, la desaparición del señor Rutledge ha sido publicada en el *Times* esta mañana, junto con la promesa de una recompensa a quien pueda aportar alguna pista sobre su paradero. Se dio su descripción física. Con una gratificación tan elevada en juego, cada estafador alto y de cabello oscuro que haya en Londres se presentará hoy en Bow Street. Y lo mismo está ocurriendo en Scotland Yard.

Poppy se quedó boquiabierta cuando recorrió con la mirada la multitud que abarrotaba el pasillo y se dio cuenta de que al menos la mitad de aquellos hombres se parecía vagamente a su marido.

—¿Son...? ¿Todos afirman ser Harry? —preguntó anonadada.

—Eso parece —dijo Leo—. Y vienen acompañados por sus heroicos rescatadores, que no hacen más que alargar las manos y exigir la recompensa.

—Vengan a mi despacho —los urgió el agente Hembrey, guiándolos por el largo pasillo—. Allí tendremos más intimidad y les informaré de las últimas novedades. Nos han llegado muchas pistas...

Hay gente que asegura haber visto cómo drogaban a Rutledge y le subían a bordo de un barco a China, que fue atracado en un burdel, cosas de ese estilo...

Poppy y Valentine siguieron a Leo y a Hembrey.

—Esto es horrible —le dijo ella a Valentine en voz baja, recorriendo con la mirada la fila de impostores—. Todos fingiendo y mintiendo con la esperanza de sacar tajada de la desgracia ajena.

Se vieron forzados a detenerse cuando Hembrey tuvo que abrirse paso hacia la puerta de su despacho.

Uno de los hombres de pelo oscuro que estaba cerca de Poppy se inclinó ante ella de manera teatral.

—Harry Rutledge para servirla. ¿Quién es usted, bella criatura?

Poppy le fulminó con la mirada.

—La señora Rutledge —le dijo secamente.

—¡Cariño! —exclamó de inmediato otro hombre, tendiéndole los brazos a Poppy, que se echó hacia atrás y le lanzó una mirada de horror.

—Idiotas —masculló Hembrey, y alzó la voz—: ¡Clerk! Busque algún lugar donde meter a todos estos condenados Rutledge para que no entorpezcan el paso en el pasillo.

—¡Sí, señor!

Entraron en el despacho, y Hembrey cerró la puerta con firmeza.

—Es un placer conocerla, señora Rutledge. Le aseguro que estamos haciendo todo lo posible para localizar a su marido.

—Mi hermano, lord Ramsay —dijo ella, y Hembrey se inclinó respetuosamente.

—¿Cuáles son las últimas noticias? —preguntó Leo.

Hembrey cogió una silla para Poppy sin dejar de hablar.

—Un mozo del club de esgrima nos dijo que en torno a la misma hora que desapareció el señor Rutledge, vio a dos individuos que acarreaban el cuerpo de un hombre por el callejón hasta un carruaje que parecía estar esperándolos.

Poppy se sentó de golpe en la silla.

—¿Un cuerpo? —susurró mareada, sintiendo que un sudor frío le cubría la cara.

—Estoy seguro de que sólo estaba inconsciente —se apresuró a decir Valentine.

—El mozo logró ver fugazmente el carruaje —continuó Hembrey, sentándose detrás del escritorio—. De hecho, nos lo describió. Era lacado en negro, con un pequeño emblema de rosas y volutas en la puerta. La descripción corresponde con un vehículo que encontramos en las cocheras de la residencia en Mayfair del señor Kinloch.

—¿Qué van a hacer? —preguntó Leo con una mirada dura en sus ojos azules.

—Tengo intención de traerle aquí para interrogarle. Y procederemos a hacer un inventario de las demás propiedades del señor Kinloch, como la fábrica de armas o cualquier otra casa que posea en la ciudad. Pediremos una orden de registro y lo inspeccionaremos todo metódicamente.

—¿Cómo sabe con certeza que Rutledge no se encuentra prisionero en la casa de Mayfair? —preguntó Leo.

—Porque registré la casa palmo a palmo personalmente. Le aseguro que no está allí.

—¿Aún está en vigor la orden de registro? —insistió Leo.

—Sí, milord.

—Entonces, ¿podríamos regresar a la casa de Kinloch para hacer otro registro ahora mismo?

El agente de policía lo miró, perplejo.

—Sí, pero ¿por qué?

—Me gustaría comprobar una cosa si me lo permite.

Un atisbo de irritación apareció en los ojos oscuros de Hembrey. Resultó evidente que consideraba la petición de Leo como una mera muestra de prepotencia.

—Milord, cuando registramos esa casa y sus alrededores, lo hicimos a conciencia.

—No me cabe la menor duda —respondió Leo—. Pero he cursado estudios de arquitectura durante varios años y podré observar el lugar desde la perspectiva de un dibujante.

Jake Valentine intervino entonces.

—¿Acaso cree que puede haber allí dentro un cuarto secreto, milord?

—Si lo hay —dijo Leo con firmeza—, lo encontraré. Y si no,

al menos habremos fastidiado a Kinloch, lo que será muy divertido.

Poppy contuvo el aliento mientras esperaban la respuesta del agente de policía.

—Muy bien —dijo finalmente Hembrey—. Haré que un oficial los acompañe mientras interrogo al señor Kinloch. Sin embargo, insisto en que obren de acuerdo a nuestras reglas durante la búsqueda. El oficial que los acompañe se asegurará de que así sea.

—Oh, descuide —respondió Leo con seriedad—. Yo siempre obedezco las reglas.

El agente de policía no pareció muy convencido.

—Si aguardan un momento —dijo—, hablaré con uno de los magistrados, y él designará al oficial que los acompañará.

En cuanto salió del despacho, Poppy se levantó de un salto de la silla.

—Leo —dijo ella—, yo también...

—Sí, ya lo sé. Tú también vienes.

La casa de Kinloch era grande y de aspecto elegante y sombrío, con interiores en tonos verdes y granate, y las paredes revestidas con paneles de roble. El cavernoso vestíbulo estaba pavimentado con losetas donde los pasos resonaban repetitivamente.

Sin embargo, lo que Poppy encontró más inquietante y fantasmagórico de la casa de Edward Kinloch fue que en vez de decorar las habitaciones y los pasillos con obras de arte tradicionales, había llenado el lugar con una imponente colección de trofeos de caza. Estaban por todas partes, docenas de pares de ojos de cristal seguían a Poppy, a Leo, a Jake Valentine y al agente de policía que los acompañaba. El vestíbulo principal estaba decorado con las cabezas de un carnero, un rinoceronte, dos leones, un tigre, así como las de un ciervo, un alce, un caribú, un leopardo y una cebra, y otras especies que Poppy no reconoció.

Se rodeó la cintura con los brazos mientras giraba lentamente.

—Me alegro de que Beatrix no pueda ver esto.

Sintió que Leo le ponía la mano en la espalda en un gesto reconfortante.

—Al parecer, al señor Kinloch le gusta el deporte de la caza —comentó Valentine, observando aquella horrible colección.

—Cazar no es un deporte —dijo Leo—, sólo es un deporte cuando ambas partes están en igualdad de condiciones.

Poppy sintió una fría punzada de inquietud al quedarse mirando la cabeza del tigre.

—Harry está aquí —dijo ella.

Leo la miró.

—¿Por qué estás tan segura?

—Al señor Kinloch le gusta exhibir su autoridad. Su poder. Y éste es el lugar adonde trae sus trofeos. —Le lanzó a su hermano una mirada de pánico apenas contenido y añadió en voz muy baja—: Encuéntrale, Leo.

Él le dirigió un gesto de asentimiento con la cabeza.

—Voy a dar una vuelta por el perímetro exterior de la casa.

Jake Valentine cogió a Poppy del codo.

—Venga —dijo—, recorreremos las estancias de esta planta e inspeccionaremos todas las molduras y los paneles para ver si existe alguna discrepancia que indique la existencia de una puerta oculta. Y también miraremos detrás de los muebles más grandes, como armarios o librerías.

—Y en las chimeneas —dijo Poppy, recordando las del hotel, en una de las cuales se había perdido ella misma.

Valentine sonrió brevemente.

—Sí.

Después de dialogar con el oficial, acompañó a Poppy a la salita.

Se pasaron media hora investigando cada grieta, cada borde y escalón, pasando las manos por las paredes, arrodillándose para levantar los bordes de las alfombras.

—¿Puedo preguntarle —dijo la voz apagada de Valentine que miraba detrás de un sofá— si lord Ramsay ha estudiado realmente arquitectura o es más bien un...?

—¿Aficionado? —concluyó Poppy por él, moviendo todos los objetos de la repisa de la chimenea—. No, es arquitecto de verdad. Estudió en la Académie Des Beaux Arts de París durante dos años, y luego trabajó como dibujante para Rowland Temple. A mi hermano le gusta interpretar el papel de aristócrata decadente, pero en realidad es mucho más listo de lo que parece.

Finalmente, Leo regresó al interior de la casa. Fue de habitación en habitación, contando los pasos de una pared a otra, haciendo una pausa para anotar el resultado en una pequeña libreta. Poppy y Valentine continuaron examinando con detenimiento cada rincón, y se dirigieron a la escalera del vestíbulo de entrada en cuanto acabaron de registrar la sala. Cada minuto que pasaba, la ansiedad de Poppy se agudizaba. De vez en cuando pasaba junto a ellos una criada o un lacayo, que los miraban con curiosidad aunque permanecían en silencio.

Poppy pensó con frustración que alguno de ellos tenía que saber algo. ¿Por qué no les ayudaban a encontrar a Harry? ¿Acaso un sentido equivocado de la lealtad a su amo les privaba de cualquier sentimiento de decencia humana?

Cuando una joven doncella pasó a su lado con un montón de ropa doblada, Poppy perdió la paciencia.

—¿Dónde está? —explotó, lanzándole a la joven una mirada furiosa.

La doncella dejó caer la ropa, sorprendida, y abrió los ojos como platos.

—¿D-dónde está qué, señora? —preguntó con voz aguda.

—Dónde está la puerta oculta. El cuarto secreto. En algún lugar de esta casa hay un hombre encerrado contra su voluntad y ¡quiero saber dónde está!

—Yo no sé nada, señora —gritó la doncella, echándose a llorar. Recogió la ropa caída y subió las escaleras corriendo.

—Ya han interrogado a los sirvientes —dijo Valentine en voz baja, con una mirada comprensiva en sus ojos oscuros—. O no saben nada, o no se atreven a traicionar a su patrón.

—¿Por qué iban a guardar silencio sobre algo así?

—Un criado que es despedido sin referencias tiene muy pocas posibilidades de encontrar trabajo hoy en día. Tendría que vivir en la más absoluta pobreza.

—Lo siento —dijo Poppy, apretando los dientes—. Pero es que en este momento no me importa nada ni nadie, salvo el bienestar de mi marido. Y sé que se encuentra aquí, y no me iré hasta que lo encuentre. ¡Echaré la casa abajo si es...!

—No será necesario —dijo Leo, entrando a grandes zancadas en el vestíbulo. Con un gesto brusco de cabeza indicó uno de los pasillos que partían del vestíbulo principal—. Vamos a la biblioteca.

Los dos lo siguieron junto con el agente de policía.

La biblioteca era una habitación rectangular repleta de sólidos muebles de caoba. Tres de las paredes estaban llenas de librerías coronadas con una cornisa que continuaba por la pared. El suelo de madera de roble estaba cubierto por una alfombra desgastada por el tiempo.

—Esta casa —dijo Leo, dirigiéndose directamente a las ventanas cubiertas con cortinas— es de estilo georgiano clásico, lo que quiere decir que está diseñada de manera que la mitad del edificio sea un reflejo perfecto de la otra mitad. Cualquier cambio en ese sentido sería considerado una gran aberración. Y de acuerdo con esa simetría tan estricta, esta estancia debería tener tres ventanas en esa pared, para hacer juego con la habitación correspondiente al otro lado de la casa. Pero es evidente que sólo hay dos. —Descorrió las cortinas de la primera ventana con un hábil movimiento para que entrara tanta luz como fuera posible.

Leo agitó las manos con impaciencia para apartar las motas del polvo que flotaban en el aire y se acercó a la segunda ventana, abriendo también esas cortinas.

—Así que salí afuera y me percaté de que la colocación de los ladrillos es diferente en la sección de la pared donde debería haber una tercera ventana. Y si medimos con pasos la longitud de esta estancia, y las comparamos con las medidas de las dimensiones exteriores de la casa, es evidente que hay una discordancia entre ocho y diez pasos que pertenecerían a una habitación sin un acceso aparente.

Poppy corrió a la librería del fondo y la examinó con desesperación.

—¿Hay una puerta aquí? ¿Cómo la encontraremos?

Leo se acercó a ella, inclinándose y clavando los ojos en el suelo.

—Busca marcas de arañazos recientes. Las tablas del suelo nunca están enrasadas en este tipo de casas. O busca fibras prendidas entre los estantes. O...

—¡Harry! —gritó Poppy, usando el puño para golpear con fuerza una de las librerías—. ¡Harry!

Permanecieron en silencio, esperando oír una respuesta.

Nada.

—Miren esto —dijo el oficial, señalando una pequeña raya blanca en el suelo—. Es una marca reciente. Si moviéramos esa librería, se correspondería con ella.

Los cuatro se reunieron al lado de la librería. Leo examinó, empujó y golpeó el marco, pero el mueble permaneció firmemente en su lugar. Ramsay lo miró con el ceño fruncido.

—Sé cómo encontrar un cuarto secreto, pero que me ahorquen si sé cómo entrar.

Jake Valentine comenzó a sacar los libros de los estantes y a lanzarlos al suelo.

—Las puertas ocultas que tenemos en el hotel —dijo— están cerradas con mecanismos compuestos por poleas y clavijas, con un alambre que se sujeta en un objeto cercano. Cuando se inclina el objeto, el alambre levanta la clavija y libera el tope de la puerta, haciendo que ésta se abra.

Poppy cogió más libros y los lanzó a un lado. Uno de los volúmenes se quedó clavado en el lugar.

—Aquí está —dijo ella, jadeando.

Valentine deslizó la mano por la parte superior del libro, encontró el alambre y tiró de él con suavidad.

La librería se movió con sorprendente facilidad, revelando una puerta cerrada.

Leo comenzó a golpear la puerta con el puño.

—¡Rutledge!

Todos se quedaron en silencio al oír una respuesta distante, casi inaudible, y la vibración sorda de la puerta que también estaba siendo golpeada desde el otro lado.

Algunos sirvientes se reunieron boquiabiertos ante la puerta de la biblioteca, observando todo el procedimiento.

—Está ahí —dijo Poppy, con el corazón acelerado—. ¿Puedes abrir la puerta, Leo?

—No sin una condenada llave.

—Perdone —dijo Valentine, acercándose a ellos mientras sacaba un pequeño bulto de tela del bolsillo de su chaqueta. Extrajo dos finas varas de metal, se arrodilló al lado de la puerta, y comenzó a hurgar en el cerrojo. A los treinta segundos oyeron un ruido seco cuando se accionó la cerradura.

La puerta se abrió.

Poppy sollozó de alivio cuando vio a Harry con el uniforme blanco de esgrima, ahora gris por el polvo. Su marido estaba pálido y sucio, pero extraordinariamente compuesto considerando las circunstancias. Poppy se arrojó sobre él, que la tomó entre sus brazos mientras decía su nombre con voz ronca.

Entrecerrando los ojos ante la luz de la biblioteca, Harry sostuvo a Poppy contra su cuerpo mientras alargaba el brazo para estrechar la mano de los tres hombres.

—Gracias. No creí que pudieran encontrarme. —Tenía la voz ronca y áspera, como si hubiera estado gritando durante mucho tiempo—. El cuarto está revestido con aislante para amortiguar los sonidos. ¿Dónde está Kinloch?

El agente de policía fue el que respondió.

—Está siendo interrogado en las oficinas de Bow Street, señor. ¿Qué le parece si me acompaña allí para hacer un informe y poder arrestarlo de manera definitiva?

—Será un verdadero placer —dijo Harry con honda emoción.

Pasando junto a él, Leo se introdujo en el cuarto secreto.

—Muy profesional —le dijo el oficial a Valentine mientras se guardaba las ganzúas en el bolsillo—. No sé si elogiarle o arrestarle. ¿Dónde aprendió a hacer eso?

Valentine le dirigió a Harry una amplia sonrisa.

—Me enseñó mi patrón.

Leo salió del cuarto secreto.

—Hay poco más que un escritorio, una silla y una manta —dijo con seriedad—. Te secuestró para que hicieras un poco de ingeniería mecánica, ¿no?

Harry asintió tristemente con la cabeza, y se llevó la mano a un punto sensible del cráneo.

—Lo último que recuerdo es que algo me golpeó en la cabeza cuando salía del club de esgrima. Me desperté aquí, con Kinloch cerniéndose sobre mí, y vociferando algo de que me mantendría encerrado hasta que diseñara un prototipo de arma factible.

—Y después —dijo Valentine en tono sombrío—, cuando ya no le fuera útil, ¿qué pensaba hacer con usted?

Harry acarició la espalda de Poppy cuando la sintió estremecerse.

—Será mejor olvidar esa parte.

—¿Tiene alguna idea de quiénes son sus cómplices? —preguntó el agente de policía.

Harry negó con la cabeza.

—No vi a nadie más.

—Le prometo, señor —juró el oficial, con voz solemne—, que meteremos a Kinloch en las celdas de Bow Street en menos de una hora, y que conseguiremos el nombre de todos los que estén involucrados en este desagradable asunto.

—Gracias.

—¿Estás bien? —le preguntó Poppy con ansiedad, levantando la cabeza del pecho de Harry—. ¿Lo suficientemente bien para ir a Bow Street? Porque si no...

—Estoy bien, cariño —murmuró él, colocándole un mechón de pelo detrás de la oreja—. Sólo un poco sediento... y no me importaría comer algo en cuanto volvamos al hotel.

—Estaba tan asustada por ti —dijo Poppy, con voz rota.

Harry le acarició la espalda con un murmullo reconfortante, estrechándola contra su cuerpo y haciendo que apoyara la cabeza en su hombro.

De mutuo acuerdo, los demás hombres se alejaron para concederles un momento de intimidad.

Tenían mucho que decirse —demasiado—, así que Harry se limitó a sostenerla entre sus brazos. Ya habría tiempo más tarde para revelar lo que había en sus corazones.

Toda la vida, si las cosas salían como él quería.

Harry bajó la boca a la ruborizada oreja de Poppy.

—La princesa rescata al villano —le susurró al oído—, es una bonita variación de la historia.

Después de pasar lo que le pareció una eternidad en las oficinas de Bow Street, Harry pudo regresar al fin al Rutledge. Cuando Poppy y él abandonaron las dependencias policiales, les informaron de que Edward Kinloch y dos de sus criados ya estaban retenidos en las celdas, y de que los detectives andaban buscando a un tercer y anónimo sospechoso.

Todos y cada uno de los charlatanes que afirmaban ser Harry Rutledge habían sido expulsados del edificio.

—Si hay algo que hoy me ha quedado claro —dijo el oficial Hembrey en tono burlón—, es que el mundo sólo necesita a un Harry Rutledge.

Los empleados del hotel recibieron la vuelta de Harry con gran alborozo y se apiñaron a su alrededor antes de que pudiera subir al apartamento. Todos manifestaron un nivel de afectuosa familiaridad que jamás se habían atrevido a mostrar antes, estrechando la mano de Harry, palmeándole la espalda y los hombros y expresándole su alivio por que hubiera regresado sano y salvo.

Harry pareció un tanto aturdido por las demostraciones de afecto, pero las toleró de buena gana. Al final fue Poppy la que puso fin al feliz alboroto.

—El señor Rutledge necesita comer y descansar —dijo con firmeza.

—Mandaré que suban una bandeja al apartamento de inmediato —declaró la señora Pennywhistle, dispersando a los empleados de manera eficiente.

Los Rutledge subieron a su apartamento privado, donde Harry se dio una ducha, se afeitó y se puso una bata. Engulló la comida sin apenas saborearla, y se tomó la copa de vino de golpe. Luego se recostó en la silla, pareciendo exhausto, pero feliz.

—Maldita sea —dijo—. Me encanta estar en casa.

Poppy se sentó en su regazo y le rodeó el cuello con los brazos.

—¿Es así como consideras ahora el hotel?

—No sólo el hotel, sino cualquier lugar en el que estés tú. —La besó, suavemente al principio, pero la pasión no tardó en crecer entre ellos.

Harry se volvió más exigente, casi asaltando ferozmente la boca de Poppy, que respondió con una ardiente dulzura que casi le hizo hervir la sangre. Él alzó la cabeza, con la respiración jadeante. La acunó entre sus brazos y la estrechó con fuerza contra su cuerpo. Debajo de las nalgas, ella sintió la insistente presión de la excitación de su marido.

—Harry —jadeó ella—, lo que más necesitas en este momento es dormir, no esto.

—Jamás necesitaré dormir más que esto. —La besó en la cabeza, acariciándole los rojizos mechones de pelo. Su voz se volvió más suave y ronca—. Pensé que perdería el juicio si tenía que pasar otro minuto más en ese maldito cuarto. Estaba preocupado por ti. Allí sentado, me di cuenta de que todo lo que quiero en la vida es pasar tanto tiempo como sea posible contigo. Y luego se me ocurrió que te habías alojado en el hotel durante tres temporadas, ¡tres!, y nunca te conocí. Pensé que habíamos perdido todo ese tiempo cuando podíamos haber estado juntos.

—Pero Harry... incluso aunque nos hubiéramos conocido antes y nos hubiéramos casado hace tres años, seguirías diciendo que no es suficiente tiempo.

—Tienes razón. No puedo pensar ni en un solo día de mi vida que no hubiera sido mejor contigo a mi lado.

—Cariño —susurró ella, acariciándole la mandíbula con la punta de los dedos—, has dicho algo precioso. Incluso más romántico que compararme con las piezas de un reloj.

Harry le mordisqueó un dedo.

—¿Te estás burlando de mí?

—En absoluto —dijo Poppy, sonriendo—. Sé lo mucho que significan para ti los engranajes y los mecanismos.

Levantándola en brazos con facilidad, Harry la llevó al dormitorio.

—Y sabes lo que me gusta hacer con ellos, ¿verdad? —dijo él

con suavidad—. Me gusta desarmarlos... Y volver a montarlos de nuevo. ¿Quieres que te enseñe cómo, cariño?

—Sí... sí...

Y pospusieron el sueño sólo un poco más.

Porque la gente enamorada sabe que nunca se debe perder el tiempo.

Epílogo

Tres días después

—Tengo un retraso —dijo Poppy con aire pensativo, atándose el cinturón de la bata mientras se acercaba a la mesa del desayuno.

Harry se puso en pie y le acercó la silla, robándole un beso mientras se sentaba.

—No sabía que tuvieras una cita hoy. No hay nada en la agenda.

—No, no he dicho que vaya con retraso. Sino que tengo un retraso. —Al ver que Harry la miraba sin comprender, Poppy sonrió—. Me refiero a cierta cosa que me ocurre todos los meses...

—Ah. —Harry se la quedó mirando fijamente con una expresión ilegible en el rostro.

Poppy se sirvió el té y añadió un terrón de azúcar.

—Sólo son un par de días —dijo ella, en un tono deliberadamente despreocupado—, pero jamás se me había retrasado antes. —Vertió un poco de leche en el té y tomó un sorbo, mirando a su marido por encima del borde de la taza de porcelana china mientras intentaba evaluar su reacción a esa información.

Harry tragó y parpadeó sin apartar la vista de ella. Se había ruborizado con intensidad, con lo cual sus ojos parecieron todavía más verdes.

—Poppy... —Se interrumpió por la necesidad de tomar aire—. ¿Crees que podrías estar embarazada?

Ella sonrió, observando la excitación de su marido con un poco de nerviosismo.

—Sí, creo que es posible. No lo sabremos con certeza hasta que pase un poco más de tiempo. —La sonrisa de Poppy se volvió insegura cuando vio que Harry guardaba silencio. Quizás era demasiado pronto... Quizás a él no le gustaba la idea—. Por supuesto —dijo, intentando sonar despreocupada—, puede llevarte algún tiempo acostumbrarte a la idea, pero es natural.

—No necesito tiempo.

—¿No? —Poppy se quedó sin aliento cuando se vio arrebatada de la silla y atraída a su regazo. Él la rodeó rápidamente con los brazos.

»Entonces, ¿quieres tener un bebé? —preguntó ella—. ¿No te importa?

—¿Que si me importa? —Harry apretó la cara contra el pecho de su esposa, besándole con frenesí la piel expuesta, el hombro y la garganta—. Poppy, no hay palabras para describir cuánto deseo tener un hijo. —Alzó la cabeza, y la profunda emoción en sus ojos hizo que Poppy se quedara sin aliento—. Durante la mayor parte de mi vida he pensado que siempre estaría solo. Y ahora te tengo a ti... y un bebé...

—Aún no es seguro —dijo Poppy, sonriendo cuando él comenzó a besarle la cara.

—Entonces, vamos a asegurarnos. —Todavía sosteniéndola entre sus brazos, Harry se levantó de la silla y se dirigió al dormitorio.

—¿Y qué pasa con tu agenda matutina? —protestó ella.

Y Harry Rutledge dijo unas palabras que jamás había dicho en su vida.

—A la mierda con la agenda.

En ese momento resonó un golpe en la puerta.

—¿Señor Rutledge?

—Vuelve más tarde, Valentine —respondió Harry, sin pararse mientras entraba con Poppy al dormitorio—. Estoy ocupado.

La voz del ayudante sonó ahogada por la puerta.

—Sí, señor.

Poppy enrojeció por completo.

—¡Pero bueno, Harry! —exclamó—. ¿Sabes qué debe de estar pensando en este momento?

Dejándola sobre la cama, le arrancó la bata.

—No, dímelo.

Poppy se retorció en señal de protesta, y emitió una risita tonta cuando él comenzó a besarla por todas partes.

—Eres un hombre de lo más malvado...

—Sí —murmuró Harry con satisfacción.

Los dos sabían que ella le quería de esa manera.

Ese mismo día, algo más tarde...

El inesperado regreso de Leo a Hampshire había provocado un gran revuelo en Ramsay House; las doncellas se apresuraron a prepararle la habitación y un lacayo puso otro servicio en la mesa. La familia le dio una calurosa bienvenida. Merripen sirvió unas copas de un vino añejo cuando se reunieron en la salita para conversar unos minutos antes de que se sirviera la cena.

—¿Qué ha pasado con el proyecto del invernadero? —preguntó Amelia—. ¿Has cambiado de idea?

Leo negó con la cabeza.

—Es un proyecto tan pequeño que esbocé algo enseguida. Pareció gustarles. Resolveré los detalles aquí mismo y les enviaré los planos finales a Londres. Pero no te preocupes por eso. Tengo algunas noticias que creo que os interesarán. —Procedió a relatarle a la familia la historia del secuestro y el rescate de Harry, y el consiguiente arresto de Edward Kinloch. Todos reaccionaron con expresiones de asombro y preocupación, y alabaron a Leo por su participación en el asunto.

—¿Cómo está Poppy? —preguntó Amelia—. Desde luego, de casada no ha tenido la vida tranquila y serena que esperaba.

—Pues está más feliz que nunca —respondió Leo—. Creo que Poppy se ha resignado a la idea de que uno no puede evitar las tormentas y las calamidades de la vida, pero al menos ha encontrado al compañero perfecto para enfrentarse a ellas.

Cam sonrió ante esas palabras, sosteniendo a su hijo de cabello oscuro contra el pecho.

—Muy bien dicho, *phral*.

Leo se puso en pie y dejó la copa en la mesita.

—Iré a asearme antes de que sirvan la cena. —Lanzó una mirada alrededor de la habitación, mostrando una leve expresión de sorpresa—. No veo a Marks por ningún lado. Espero que baje a cenar. Necesito una buena discusión.

—La última vez que la vi —respondió Beatrix— buscaba sus ligas por toda la casa. *Dodger* se las robó todas del cajón del tocador.

—Bea —murmuró Win—, ya sabes que es mejor no mencionar la palabra «liga» en compañía masculina.

—Bien. Pero no sé por qué. Todos saben que las llevamos... ¿por qué tenemos que comportarnos como si fuera un secreto?

Mientras Win intentaba explicárselo con tacto, Leo sonrió ampliamente y subió las escaleras. Pero en lugar de dirigirse a su habitación, se encaminó al final del pasillo, giró a la derecha y dio un golpecito a una puerta. Sin esperar una respuesta, entró en la habitación.

Catherine Marks se giró para mirarle, con la respiración jadeante.

—Cómo te atreves a entrar en mi habitación sin ser invita... —Su voz se apagó cuando Leo cerró la puerta y se acercó a ella. Humedeciéndose los labios con la punta de la lengua, Catherine retrocedió hasta que chocó contra el borde del tocador. El pelo le caía como pálidas y sedosas serpentinas sobre los hombros, y sus ojos se oscurecieron hasta adquirir el gris azulado de un océano turbulento. Mientras lo miraba, se le enrojecieron las mejillas.

—¿Por qué has regresado? —preguntó ella con voz débil.

—Ya sabes por qué. —Lentamente, Leo apoyó las manos sobre el tocador, a ambos lados de Catherine. Ella se encogió hasta que ya no pudo encogerse más. La esencia de la piel de la joven, a jabón de baño y a flores frescas, inundó las fosas nasales de Leo. El recuerdo de las sensaciones flotó entre ellos. Cuando Leo vio el estremecimiento que la atravesó, sintió una oleada de calor indeseada y su sangre se convirtió en lava hirviente.

Recurriendo a toda su autodisciplina, Leo respiró hondo para tranquilizarse.

—Cat, tenemos que hablar de lo ocurrido.